NOUS ÉTIONS LES REINES

Collection Hugo Thriller et ouvrage dirigés par Bertrand Pirel
Graphisme de couverture : © Rémi Pépin
Visuels de couverture : © Danchooalex/Getty Images
& Oppenheim Bernhard/Getty Images
Conception graphique Hugo Thriller et mise en page : Emmanuel Pinchon

ISBN : 9782755689457
Dépôt légal : septembre 2021
Imprimé en France

LAURIE ELIZABETH
FLYNN

NOUS ÉTIONS LES REINES

Traduit de l'anglais (Canada)
par Caroline Lavoie

Hugo Thriller

À toutes celles qui ont obtenu ce qu'elles désiraient,
à un prix qu'elles ne pouvaient se payer.

IL Y A QUATORZE ANS

Ensemble, nous étions les reines. Sur ce campus verdoyant, dans son enchevêtrement de fêtes, nous avions créé notre royaume. Dressées sur nos fines jambes, nous avions marqué notre territoire, nos talons martelant le sol, nos bouches de sorcières barbouillées de rouge, déformées par nos rires grimaçants. Tous ces garçons dont j'ai oublié le nom et que j'aurais pu croiser sans même me souvenir de les avoir baisés. Quand j'ai fini par choisir mon roi, la couronne était trop lourde pour sa tête.

Un jour, un poing s'est refermé sur notre monde, en expulsant toute lumière. Cette scène de carnage à laquelle nous avons assisté, massés devant notre résidence universitaire, nous l'avions couvée en notre sein. Une pulsion de destruction qui a anéanti notre capacité de création.

Sa voix à mon oreille, apeurée, mais pas assez : « On doit raconter la même histoire. »

J'ai voulu fuir, mais elle n'avait pas fini de déplacer ses pions.

Notre règne a été bref et sanglant.

Mais le pire restait à venir.

1

AUJOURD'HUI

À : Ambrosia Wellington, a.wellington@wesleyan.edu
De : Comité des anciens étudiants de Wesleyan, reunion.classof2007@gmail.com
Objet : Retrouvailles de la promotion 2007

Chère Ambrosia Wellington,

Notez bien la date sur votre agenda !

Les diplômés de 2007 de l'université Wesleyan se réuniront pour leurs retrouvailles du 25 au 28 mai 2017. Rejoignez vos camarades pour un week-end riche en activités, dont un dîner officiel et une grande fête du campus.

Réservez en ligne avant le 1er mai.

Vous comptez être des nôtres ? Le site de l'université Wesleyan propose une <u>liste complète des hôtels de la région</u>. Quelques chambres seront également disponibles dans nos résidences universitaires, la plupart pouvant loger deux personnes. Idéal pour revivre des souvenirs avec vos anciennes camarades de chambre !

Meilleures salutations,
Le comité des anciens étudiants

J'efface aussitôt ce message, comme ceux que m'envoient Sephora ou Michael Kors pour vanter leurs produits ou l'application Fertility Friend pour me rappeler l'imminence de mon ovulation. Je vide ensuite la corbeille, car je sais bien que rien ne s'efface jamais vraiment tout à fait.

Deux semaines plus tard, second message :

Nous n'avons toujours pas reçu votre confirmation !

Nous comptons sur votre présence.

L'équivalent d'un doigt accusateur pointé vers moi. J'efface une fois de plus, mais pas avant d'avoir fait défiler le message jusqu'à la fin, assez longtemps pour voir son nom en caractères gras sous la liste des membres du comité. Flora Banning.

Je chasse rapidement ces messages de mes pensées, car ce qui est loin des yeux est vraiment loin du cœur. C'est facile, quand chaque jour ressemble au précédent : ligne N depuis Astoria jusqu'à Midtown, arrêt chez Key Food pour les courses, les avant-bras sciés par des sacs en tissu réutilisables. Apéro chez Ditty bondé de hipsters, un deuxième verre de vin, malgré Adrian qui me dit à moitié à la blague : « Tu ne devrais pas... » Vendredi, en rentrant à la maison avec le poids de la semaine sur les épaules, je trouve une enveloppe à mon nom sur le comptoir. Assis sur le sofa avec sa tablette, Adrian est sûrement occupé à monter une équipe idéale pour un championnat de foot imaginaire plutôt qu'à retravailler le manuscrit du roman toujours inachevé dont il parle à la moindre occasion.

— Adrian, tu as encore laissé la porte déverrouillée ! Combien de fois je t'ai demandé de ne pas le faire ?

C'est l'un des mille et un reproches que je lui adresse régulièrement. « Verrouille la porte. Referme le sac de céréales. Ramasse ton linge sale. » Parfois, j'ai l'impression d'être sa mère plutôt que sa femme.

— Calme-toi. Notre immeuble est tout ce qu'il y a de plus sûr. Au fait, tu as reçu du courrier. C'est un faire-part de mariage, à mon avis, quelqu'un qui ne sait pas que tu as changé de nom.

Mon nouveau nom... Une fierté toute masculine qu'Adrian prétendait sans importance. « Moi, je m'en fiche, mais tu tiens vraiment à ce que nos enfants aient deux noms ? Et le tien est trop long », demanda-t-il pourtant pendant la préparation des noces, premier point d'achoppement dans mon bonheur de future jeune mariée.

Nos enfants... Cette certitude éclatante sur son horizon, l'inévitabilité des concessions que je devrais leur faire.

Mon nom de jeune fille, Ambrosia Wellington, est tracé d'une écriture soignée sur l'enveloppe. Il y a trois ans, je suis devenue Ambrosia Turner après avoir descendu l'allée ombragée de la Mountain Lakes House pour rejoindre Adrian qui m'attendait les larmes aux yeux devant l'autel. Je lui ai laissé croire que Turner, c'était pour nous, pour nos enfants. Il ignore complètement pourquoi j'avais tellement hâte de changer de nom.

Adrian trépigne en me regardant ouvrir l'enveloppe. Il adore les mariages, ou plutôt, les réceptions. Parce qu'il peut boire à volonté et prendre des photos avec des gens qu'il vient à peine de rencontrer. De meilleurs amis instantanés qu'il invite à sortir ou à un barbecue, sachant pourtant qu'il ne les reverra jamais.

— Alors, c'est qui ? Laisse-moi deviner. Ta collègue Bethany ? Elle sort toujours avec ce géant ? Mark. Le hockeyeur.

Adrian et ses amis ont cinq ou six ans de moins que moi. Ils affichent des photos de fiançailles sur Facebook et Instagram : des filles aux cheveux longs, espadrilles Chanel et manucures laquées mettant en évidence leur pierre précieuse en forme de poire, posant à côté de garçons en chemises à carreaux. Comme mes subordonnées au département des relations publiques, chez Brighton Dame.

« Tellement conventionnelles », disions-nous de ce genre de filles à l'époque où nous étions convaincues de ne jamais leur ressembler.

— Bethany n'a que vingt-deux ans, remarqué-je en sortant le carton de l'enveloppe.

Hypnotisée par ce que j'ai sous les yeux, je n'entends pas ce que me répond Adrian. Ce n'est pas un faire-part de mariage. Personne ne sollicite l'honneur de me recevoir à Gramercy Park, code vestimentaire veston-cravate, adultes seulement.

Une belle écriture en rouge et noir sur carton crème. Les couleurs de Wesleyan. Des lettres légèrement penchées à droite, comme tracées dans l'urgence.

« Il faut que tu viennes. Nous devons parler de ce que nous avons fait cette nuit-là. »

Aucune signature. Ç'aurait été inutile, car ce message ne peut venir que d'une seule personne. Mes joues s'empourprent, mon cou se marbre, comme toujours quand l'angoisse me saisit. Je me retiens au comptoir. Elle sait que j'ai effacé les messages. Cela ne devrait pas me surprendre : déjà à l'époque, elle savait toujours tout.

La voix d'Adrian interrompt le tourbillon de mes pensées.

— Ne fais pas durer le suspense. Dis-moi au moins qu'il y aura de l'alcool à volonté.

— Ce n'est pas un mariage.

Je remets le carton dans l'enveloppe, et l'enveloppe dans mon sac. Plus tard, je la cacherai là où je cache tout ce qu'Adrian ne doit jamais voir.

Il pose sa tablette et se lève. C'est maintenant qu'il décide de m'accorder son attention ?

— Ça va ? Tu es toute pâle...

Je pourrais déchiqueter le carton, mais je sais bien qu'un autre viendra. À l'époque déjà, elle savait se montrer insistante. Ce trait de caractère s'est sans doute renforcé depuis.

— Ce n'est rien. On va boire un verre sur le toit?

Cette terrasse, d'où l'on aperçoit quelques gratte-ciel de Manhattan, nous avait semblé fantastique quand nous avons emménagé ici, et pourtant nous en profitons rarement.

Adrian hoche la tête, sa curiosité calmée pour le moment. Il se penche par-dessus le comptoir et m'embrasse sur la joue.

Soulagée, je souris à mon mari: tignasse abondante, fossettes, beaux yeux verts agréables à regarder. « Vachement sexy », avait commenté ma meilleure amie Billie, découvrant une photo d'Adrian. Il ressemblait à sa photo sur le site de rencontres, ce qui explique peut-être pourquoi je l'ai suivi chez lui dès le premier soir. Sur la banquette arrière d'un taxi qui descendait Broadway à tombeau ouvert, nos bouches et nos mains se cherchaient. Certes, sa photo ne mentait pas, contrairement à celle d'une dizaine d'autres hommes avant lui, tous avec dix kilos à perdre. En revanche, j'ai appris plus tard que son récit était moins fidèle à la réalité. Il avait bel et bien fréquenté Florida State, mais sans jamais obtenir son diplôme, puisqu'il avait abandonné ses études en troisième année pour se consacrer à un roman dont le premier chapitre était toujours à écrire. Sa notice biographique taisait aussi son expérience de barman, le seul boulot conséquent qu'il ait jamais décroché.

J'ai fermé les yeux sur ces détails, car Adrian me traite avec gentillesse, il séduit facilement et m'a séduite, moi, par son air chaleureux et confiant. Il n'a pas connu celle que j'étais à l'université, et il aime celle que je suis devenue avec tant de simplicité que je ne me vois plus comme cette personne si horrible aux yeux des autres. Jamais je n'aurais imaginé être avec quelqu'un qui a cinq ans de moins que moi. Mais cela a ses avantages. Notre différence d'âge est assez petite pour que nous formions un beau couple, mais assez grande pour que les instincts d'Adrian soient moins affirmés, plus malléables. Lorsque, approchant la trentaine, j'ai laissé entendre qu'une demande en mariage serait bien reçue, il a compris et s'est empressé d'aller acheter une bague. Pas celle que je voulais, mais tout de même.

Pendant que nous montons sur le toit, je n'écoute pas ce qu'il me raconte, car la voix dans ma tête résonne plus fort. Sa voix *à elle* :

— Nous devons parler de ce que nous avons fait cette nuit-là.

Mais quelle nuit ? Il y en a eu deux. De laquelle parle-t-elle ? Celle qui a tout déclenché, ou celle où tout s'est terminé ? Elle n'a jamais voulu parler ni de l'une ni de l'autre. Mais il faut dire qu'elle était championne pour violer ses propres règles.

2

IL Y A QUATORZE ANS

J'allais partager une chambre pour deux pendant ma première année à l'université, dans la résidence Butterfield C, au premier étage. Un édifice comme un point d'interrogation tracé autour d'une cour centrale, où je me voyais déjà, assise avec un livre, le vent dans les cheveux. Ma future coloc et moi avions échangé quelques messages, sans plus. Le jour où je l'ai rencontrée, ses parents et une fille plus jeune, sans doute sa petite sœur, l'aidaient à sortir un minuscule frigo de son emballage. Mes parents venaient juste de quitter le campus. Ma mère pleurerait sans doute jusqu'à Pennington et mon père la bombarderait de promesses sur mon retour prochain. Deux ans plus tôt, ma grande sœur Toni était entrée à Rutgers, mais c'était si près qu'elle revenait chez nous pratiquement tous les week-ends avec son linge sale. Avant de partir, la portière ouverte, ma mère m'avait embrassée :

— C'est ton tour, ma chérie. Profites-en bien. Et surtout, évite les ennuis !

Comme si on pouvait laisser les ennuis dehors en affichant *Ne pas déranger* sur la porte. Comme si je voulais vraiment les laisser dehors.

Ah, si ma meilleure amie avait été là ! Refusée à Wesleyan, Billie avait opté pour le campus de l'université de Miami en

Ohio, renommé pour ses fêtes et pas grand-chose d'autre. À l'école, nous avions noué une amitié rassurante, fondée sur notre maladresse à toutes les deux et notre volonté commune d'y remédier. Billie aimait les deux versions de moi-même : celle que j'étais et celle que j'aspirais à devenir. Dès mon arrivée à Wesleyan, je lui avais envoyé un texto :

Je me demande si je serai populaire ici.

Sa réponse enjouée, Sûrement !!! m'avait réconfortée.

Ma nouvelle coloc avait les cheveux blond platine et portait une robe en vichy comme celle qu'on me forçait à porter, enfant, pour le Memorial Day. Elle n'avait rien à voir avec mes anciennes camarades de classe ; toutes, nous portions un uniforme avec minijupe et des Uggs pour mettre en valeur nos jambes couvertes d'autobronzant. Ma coloc était vraiment jolie, l'air naturel, impeccable. Billie lui aurait sûrement donné un surnom ; c'était notre maigre défense contre les harpies de Hopewell Valley Central High : après les avoir observées attentivement, nous les épluchions comme des fruits trop mûrs et nous lancions dans un marathon de ragots pour nous consoler de n'avoir pas été invitées à leurs fêtes.

Je partage ma chambre avec Heidi, ai-je écrit à Billie.

Son véritable prénom ne valait guère mieux.

— Je m'appelle Flora, comme tu sais, m'a-t-elle dit en me faisant l'accolade. Ravie de te rencontrer. Tu es tout à fait comme je l'imaginais. Voici mes parents et ma petite sœur, Poppy.

Derrière sa frange, sa gêne et ses grands yeux bleus, Poppy m'a fait un signe de la main.

— Ambrosia, ai-je répliqué à leur intention plutôt qu'à celle de Flora. Tout le monde m'appelle Amb.

Flora, elle, ne ressemblait pas du tout à ce que j'avais imaginé, elle était beaucoup plus jolie. Notre correspondance m'avait appris qu'elle siégeait au comité d'élèves de son école privée, dans le Connecticut. Elle ne fumait pas, ne buvait pas, et aspirait à devenir psychologue pour enfants. Elle ne dissimulait pas sa gentillesse le moins du monde. Exactement le genre d'amies que mes parents me souhaitaient. Elle « en fait un peu trop », aurait raillé Billie.

— D'où viens-tu, Amb ? m'a demandé la mère de Flora en posant son regard glacial sur moi.

— De Pennington, dans le New Jersey.

— Ah, c'est bien.

Son air pincé disait le contraire. J'avais déjà commis une erreur à ses yeux.

— Prends bien soin de Flora, a-t-elle ajouté. Elle fait trop facilement confiance aux gens.

— Maman, arrête, l'a interrompue Flora, le rose aux joues.

La mère a serré les lèvres, malgré son envie d'en rajouter. J'ai retourné ses paroles dans ma tête. M'accordait-elle sa confiance, ou m'avertissait-elle que j'avais tout intérêt à ne pas tromper celle de sa fille ?

Après le départ de sa famille et une étreinte plus appuyée pour sa petite sœur, accompagnée de quelques mots à son oreille, Flora s'est exclamée :

— On va passer une année d'enfer ! Ma mère et sa coloc en première année d'université sont restées les meilleures amies du monde.

Une brève exaltation m'a saisie. Oui, on allait passer une année d'enfer ! J'avais travaillé dur pour en arriver là, pour réaliser mes rêves. Pour me fabriquer un avenir en technicolor, format panoramique, dont je serais la star.

— C'est mignon, ton accent, a remarqué Flora pendant qu'elle fixait des photos à son tableau de liège.

— Heu... merci, ai-je dit, sans en penser un seul mot.

Elle n'avait *sans doute* pas voulu m'offenser, mais elle m'avait tout de même embarrassée, car j'ignorais en avoir un. La façon de parler est aussi importante que les paroles elles-mêmes. Je m'étais inscrite en théâtre à Wesleyan, mais comment devenir actrice si le New Jersey me collait à la peau ?

Nous avons défait nos valises en laissant la porte ouverte. Dans le couloir, les présentations allaient bon train, des étudiants s'attardaient. Je souriais, rendais les saluts, hochais vigoureusement la tête pour accepter une invitation à des soirées *futures*. Mais dans mon for intérieur, je frissonnais. Plusieurs filles se connaissaient d'avant, riaient de blagues sans doute réservées aux écoles privées de l'Upper East Side. Deux blondes de Los Angeles, maigres comme des mannequins, tapaient furieusement sur leurs téléphones, se moquant d'un after après leur bal de promo, où une camarade de classe s'était envoyée en l'air avec deux garçons dans les toilettes d'un club.

Rien à voir avec les filles que je fréquentais à Central, toujours la tasse de Starbucks à la main, ponctuant chacune de leurs phrases de « genre » et de « on s'en fout ». Celles-là rivalisaient pour savoir qui avait embrassé qui lors d'une fête de merde dans un sous-sol de merde, avec des garçons en jogging, une manette de jeu à la main. Je portais des jeans serrés et coiffais mes cheveux comme elles. Avec toute une année d'économies sur mon salaire à temps partiel chez Stop & Shop, j'avais acheté un petit sac Louis Vuitton, pour posséder moi aussi le modèle iconique à monogrammes multicolores qui pendait aux épaules émaciées des célébrités.

À Wesleyan, j'étais prête à me glisser sans peine dans la peau de la femme que je voulais devenir. Mais ce jour-là, j'ai compris que ce ne serait pas « sans peine ». Ici, les filles étaient belles sans faire d'efforts, fraîches comme la rosée, brillantes sans donner l'impression qu'elles voulaient attirer l'attention. Je doutais de pouvoir arriver à faire de même.

Il n'y avait pas que les filles. Notre résidence était mixte, et j'en étais ravie. Les garçons n'étaient pour moi qu'une masse indistincte de sourires éclatants et de regards insistants. J'avais peu de chances d'être l'élue de leur cœur, étant donné le véritable buffet à volonté qui s'offrait à eux, des filles toutes en jambes interminables, à l'élégance discrète. Et les garçons ont toujours faim. J'ai songé à mon ex-petit ami, Matt, avant de le chasser de mes pensées. Je ne voulais pas gâcher ma première journée avec le souvenir de ce qu'il m'avait fait.

— Viens manger avec nous, m'a suggéré Flora. On est quelques-unes. J'espère que je trouverai quelque chose à mon goût… Je t'ai dit que j'étais végane, non ? À douze ans, j'ai vu un documentaire sur le traitement des animaux dans les abattoirs et j'ai tout de suite arrêté de manger de la viande. Ce n'est pas si difficile, il suffit de s'informer.

Elle ne me faisait pas la morale, elle s'expliquait. Notre correspondance m'avait déjà appris tout ça. Je me fichais pas mal de son alimentation. Ce qui m'intriguait, c'était comment elle avait fait pour savoir que les filles se réunissaient à la cafétéria. J'étais là depuis moins d'une journée et déjà, j'étais à côté de la plaque.

Nous nous sommes retrouvées à Summerfields, la cafétéria qui surmontait Butterfield C comme un haut-de-forme. On avait rassemblé des tables. J'avais tellement envie d'appeler ma mère pour lui dire que je m'étais trompée d'endroit ! J'ai préféré envoyer un texto à Billie.

À l'aide ! Ces gens-là sont si différents !

Comme d'habitude, sa réponse ne s'est pas fait attendre :
C'est ça que tu voulais, non ?

Une fille au parfum trop suave s'est assise à ma gauche avec un sandwich au fromage grillé bien graisseux. Elle avait sans doute voulu imiter la coiffure de Posh Spice, avec un résultat désastreux.

— Salut ! Je m'appelle Ella Walden. Ma chambre n'est pas loin de la vôtre. C'est vraiment cool, ici, non ?

Sa présence m'a aussitôt soulagée, sans que je sache pourquoi. Potelée, le teint terreux, pas à la mode, elle était la preuve que tout le monde n'était pas si *cool* que ça, à Wesleyan. À la fois jalouse et critique, je l'ai regardée dévorer devant tout le monde un truc bien calorique, alors qu'elle avait de toute évidence quelques kilos à perdre. Moi, je déteste manger en public.

Un juron retentissant m'a fait sursauter. Il provenait d'une fille à l'autre bout de notre table. Un tunnel de fard abritait ses grands yeux, elle portait une queue-de-cheval blonde et un chemisier trop grand sous lequel se voyait son soutien-gorge en dentelle. Ses sourcils épais et foncés s'agitaient quand elle parlait, un contraste frappant avec les arches soigneusement épilées des filles de mon ancienne école. Ignorant Ella, j'ai fixé ces sourcils qui semblaient jouer un rôle de gardien dans ce visage monopolisant instantanément l'attention.

— C'est là que Buddy m'a dit : « T'en vas pas, je ferais n'importe quoi pour toi », racontait-elle en imitant une voix rauque. Et je lui ai répondu : « C'est justement ça, le problème. » J'ai pas attendu sa réponse !

Éclat de rire général. Je me demandais si tout le monde connaissait ce « Buddy ».

— Tu n'es pas mal, toi, a continué la fille en s'adressant à une Asiatique tirée à quatre épingles assise à côté d'elle

(Clara? je n'étais pas certaine, après avoir entendu tant de nouveaux prénoms). Tu ferais mieux de ne pas être en couple, tant que tu seras ici!

Elle a caressé le bras de Clara. Je voulais que ce soit à moi qu'elle s'adresse ainsi.

Comme si elle lisait dans mes pensées, elle s'est tournée vers moi.

— Et toi, comment tu t'appelles? D'où tu viens? m'a-t-elle demandé en dardant son regard vert intense sur moi.

— Je m'appelle Ambrosia. Je viens de Pennington. Dans le New Jersey.

La fille a ouvert la bouche, mais Ella ne lui a pas laissé le temps de répliquer:

— Pennington, c'est pas vrai! s'est écriée Ella. Moi, je viens de Morristown. C'est juste à côté! On devrait regarder nos albums de fin d'études ensemble. Je parie qu'on a des amies en commun.

J'ai mordu mes lèvres jusqu'au sang, furieuse d'avoir mentionné Pennington et dégoûtée qu'une fille comme Ella pût exister. La fille à l'autre bout de la table était déjà passée à autre chose. Elle discutait avec un garçon à côté d'elle en lui passant un bras autour des épaules.

À ma droite, une brunette au visage couvert de taches de son (celle-là s'appelait Lauren, et sa chambre jouxtait la nôtre) a annoncé:

— C'est ma coloc. Elle a un déficit d'attention. On vient toutes les deux de Spence. Elle est folle à lier.

Je me demandais ce qu'elle voulait dire par là.

— Comment elle s'appelle?

Ma question est restée sans réponse. Lauren demandait déjà à quelqu'un d'autre où on pouvait trouver de l'herbe à peu près fumable sur le campus. La seule qui semblait vouloir me parler, c'était Ella. Entre deux bouchées, elle m'a tout raconté sur son bal de promo et son chat Freddy, sujets auxquels j'ai fait semblant de m'intéresser. Ç'aurait été facile d'en faire une amie, car nous venions du même milieu. Mais je ne voulais pas retourner là d'où je venais.

Quand la «folle» qui partageait la chambre de Lauren s'est levée de table, suivie de Clara et de deux garçons, j'ai dû ravaler ma déception. Je voulais faire partie de sa bande. J'ai fixé le Coca light d'une autre fille, Gemma, qui venait de Saint Ann; elle se plaignait de son petit ami qui étudiait à Yale et lui manquait déjà. Flora se montrait compatissante:

— C'est difficile, je sais. Mais tu lui manques toi aussi. Regarde-toi un instant. Comment pourrait-il en être autrement?

Le problème n'était pas tellement ce qu'elle disait, mais l'authentique *gentillesse* de son ton. Un frisson m'a parcouru l'échine. Flora, malgré ses babies et son col droit, cadrait mieux que moi dans notre nouvel environnement. Elle savait comment être elle-même, tout le monde savait être soi-même. Sauf moi, qui me contentais d'imiter les autres.

Lauren détaillait Flora de la tête aux pieds. J'étais sûre que plus tard, elle parlerait dans son dos avec sa coloc. Pourtant, quand le groupe s'est séparé, Flora l'a serrée dans ses bras et, si Lauren s'est d'abord raidie, son air buté s'est transformé en grand sourire en entendant ce que Flora lui murmurait à l'oreille.

Plus tard ce jour-là, je rangeais mes robes, que je trouvais à présent vulgaires et de mauvais goût, pendant que Flora sortait les photos d'amis qu'elle avait laissés derrière elle. Il y en avait quelques-unes de son amoureux, les joues obscurcies par une acné visible même sur les clichés granuleux en noir et blanc.

— Ça, c'est Kevin, m'a-t-elle dit en tenant la photo de si près qu'elle aurait pu l'embrasser. Il étudie à Dartmouth. Depuis l'an dernier.

— Il est mignon, ai-je menti.

— Oui, c'est le plus beau ! Tu le rencontreras sûrement. Il m'a dit qu'il viendrait me voir tout le temps, dès qu'il pourra s'échapper. Son université est à moins de trois heures d'ici, autant dire juste à côté.

Je présumais que son petit ami l'avait déjà trompée, mais qu'elle ne s'en était pas encore rendu compte. Les garçons nous montent vraiment à la tête. Ma mère était convaincue que je rencontrerais « quelqu'un de bien » à l'université. Toni, elle, avait rencontré son petit ami à Rutgers : Scott, un « bon garçon », aux manières impeccables. Moi, le conte de fées universitaire, je n'y croyais pas.

— Et toi ? a continué Flora. Tu as sûrement un copain.

J'ai regardé les photos que j'avais trouvées assez jolies pour être exposées. Il y en avait une de moi avec Matt, le sourire spontané, le bras passé négligemment autour de mes épaules. Flora tenait pour acquis que j'avais un amoureux, ça me contrariait. J'ai eu envie de lui raconter toute l'histoire, dans toute sa laideur, avant de me raviser.

— Non, me suis-je finalement résolue à répondre. J'ai eu un copain, mais c'était compliqué.

— « Compliqué », a-t-elle répété, comme si ce mot lui était étranger.

J'avais perdu ma virginité avec Matt l'été d'avant. Billie avait déjà couché avec un garçon et je ne voulais pas être en reste ; stupide hymen, ligne arbitraire entre celles qui ont accueilli un pénis à l'intérieur de leur corps et les autres ! Mais ce n'était pas la seule raison. À l'époque, je pensais honnêtement que Matt serait non seulement mon premier, mais aussi mon dernier amour. Lors d'un bal organisé par l'école, il m'avait assuré, les bras autour de ma taille, mon visage enfoui dans son cou :

— Toi et moi, c'est pour la vie.

— Tu as tellement de chance, se lamentait Billie. Ce garçon est trop beau pour être vrai.

Pourtant, il était bien vrai, et il était à moi. Je l'avais rencontré un an plus tôt dans un cours de théâtre. Il avait prétendu plus tard s'y être inscrit juste pour moi.

— J'ai vu toutes tes pièces. Tu as un talent incroyable !

Je ne me suis pas méfiée. Je lui ai accordé ma confiance dès le jour où il est venu me chercher pour la première fois, un bouquet de fleurs pour moi et une poignée de main pour mon père. Ses doigts sous mes vêtements étaient doux, sa voix, délicate. Les garçons dans l'orbite desquels Billie et moi avions évolué jusque-là nous ignoraient complètement, à moins d'être saouls et de vouloir un certain quelque chose. Je n'avais pas l'habitude qu'on s'occupe de moi, ni même d'ailleurs qu'on me remarque.

Je savais que d'autres filles craquaient pour Matt, mais il ne leur accordait même pas un regard. Il ne voyait que moi. Après ses matchs de basket, auxquels Billie et moi assistions en arborant les couleurs de Central, c'était moi qu'il enlaçait dans une étreinte mouillée de sueur, moi qu'il embrassait dans les soirées, devant tout le monde. « Pour la vie », aimait-il répéter lorsque nous étions étendus dans son lit, après l'école, le ventilateur tournant paresseusement au-dessus de nos têtes. « Grâce à toi, je comprends ce que ça veut dire, "pour la vie". »

Je n'avais aucune raison de douter de ses paroles.

— C'est moi qui ai rompu, ai-je dit à Flora en savourant le sentiment de puissance qui accompagnait ce mensonge.

— Je suis sûre que tu trouveras quelqu'un de mieux ici. Au fait, a-t-elle continué en me prenant les mains, je peux te mettre du vernis à ongles de la même couleur que le mien ? Comme ça, on sera assorties pour la fête de ce soir.

Elle affichait déjà fièrement les couleurs de Wesleyan. Rouge cardinal et noir.

J'avais un peu honte de l'apparence de mes ongles. Jamais de la même longueur, et les rares fois où j'appliquais du vernis, je passais mon temps à l'écailler ensuite. Flora tendait déjà la main vers une lime à ongles rose, alors je l'ai laissée pétrir mes doigts dans les siens en la regardant travailler. Elle m'a ensuite aidée à choisir ma tenue pour la soirée, une robe bleue décolletée achetée chez Forever 21 et des talons compensés ayant appartenu à Toni.

— T'es sûre que ça me va ? lui ai-je demandé.

Je me sentais pitoyable, les cheveux graisseux, jaunis, la peau orangée. Le pire, c'était de me sentir tellement quelconque.

— Tu es très belle, m'a rassurée Flora. Cette robe met tes yeux en valeur.

Ses paroles m'ont un peu réconfortée.

Une fête avait lieu ce soir-là à Butterfield A, dans la chambre de deux filles qui avaient de faux papiers d'identité, ce qui n'était pas rare, ai-je appris par la suite. J'ai passé le plus clair de la soirée à boire un mélange de vodka et de Sprite dans un verre en papier, adossée au mur, pendant que les filles se penchaient tour à tour dans un coin de la pièce au-dessus d'un miroir de casier couvert de lignes de cocaïne bien droites. J'avais trop peur pour essayer, et personne ne m'en a offert de toute façon. La seule drogue à laquelle j'avais touché jusque-là, c'était de l'herbe, et l'expérience n'avait fait qu'empirer ma propension à croire qu'on parle dans mon dos, calcifiant ma paranoïa en un exosquelette trop serré pour moi.

Gemma butinait d'un groupe à l'autre, vêtue d'un jeans et d'un t-shirt blanc qui contrastait avec son bronzage, une tenue simple, superbe. Je me suis soudain sentie ridicule, saucissonnée dans ma robe et maquillée à outrance. Gemma a posé les yeux sur moi une seconde et haussé les sourcils en remarquant mon petit Louis Vuitton aux couleurs vives, avant de se tourner vers Clara et son petit sac brun ordinaire. Ce LV était une fausse note. Ici, les filles ne considéraient pas les marques comme des marqueurs sociaux. Ce qui plaisait à Central détonnait ici.

Flora a quitté la fête assez tôt, après avoir siroté l'eau de sa bouteille toute la soirée.

— Kevin m'appelle à dix heures. Veux-tu que je revienne te chercher plus tard ?

— Non, c'est bon, merci.

Je ne voulais pas être l'ivrogne dont elle allait devoir s'occuper.

Lauren et sa coloc se sont pointées après le départ de Flora, en retard juste ce qu'il fallait pour avoir l'air chic. Sauf que seule Lauren avait l'air chic. L'autre, la « folle », portait des boxers, un haut sans manches strié et pas de soutien-gorge, comme si elle venait tout juste de sortir du lit. J'ai vidé un nouveau verre pendant qu'elle attendait son tour pour la cocaïne. Ensuite, elle s'est mise à danser au milieu de la pièce et a attrapé un garçon par la chemise. Je l'ai vue se détourner juste ce qu'il faut quand ce dernier a tenté de l'embrasser. Tête en l'air, elle repoussait ses cheveux pour exhiber la chair de son cou et appuyait ses hanches contre l'entrejambe de son partenaire, dont le visage exprimait de plus en plus de désarroi à mesure qu'elle jouait avec lui. On n'entendait plus que son ricanement de hyène.

Je pouvais voir le jeune homme passer du désir à la servitude. J'assistais à un transfert d'énergie : la fille aspirait le pouvoir du garçon comme une vampire. Du grand art. Ce n'était pas la première fois qu'elle soumettait un garçon à sa volonté. Elle ne s'est laissée embrasser qu'après avoir tiré de lui tout ce qu'elle voulait.

Puis, elle s'est détournée de la bouche gourmande qui cherchait la sienne et m'a regardée droit dans les yeux. Elle m'a lancé un clin d'œil. J'ai souri en retour, pour le regretter aussitôt. Elle s'était rendu compte que je l'observais et raconterait sûrement partout à quel point j'étais bizarre.

J'ai baissé les yeux juste à temps pour voir un garçon renverser son verre sur mon sac.

— Désolé, a-t-il dit sans même me regarder.

Je ne savais plus où me mettre.

Après en avoir sorti mon téléphone, j'ai jeté mon sac souillé contre le mur. Je n'en aurais plus besoin. Billie serait horrifiée ; impossible pour elle de comprendre.

En me redressant, j'ai réalisé à quel point j'étais ivre. Je me suis traînée jusque vers Lauren et Gemma. J'espérais prendre part à leur conversation, mais elles ne m'ont pas vue, ou elles ont fait comme si. J'ai hoché la tête sur un air invisible et fait celle qui s'en foutait.

— Elle a déjà couché avec le meilleur pote du gars, racontait Lauren. C'est une sorte de jeu.

Un frisson m'a parcourue. Je ne connaissais pas les règles de ce jeu, mais je voulais y jouer, moi aussi. En balayant la pièce du regard, j'ai constaté ce que je savais déjà : la coloc de Lauren avait disparu.

On s'était trompé en attribuant les chambres : c'est avec moi que cette fille aurait dû passer l'année. Ceux qui m'avaient donné Flora pour coloc seraient les véritables responsables, le jour où Butterfield C deviendrait la « résidence maudite ».

3

AUJOURD'HUI

À : Ambrosia Wellington, a.wellington@wesleyan.edu
De : Comité des anciens étudiants de Wesleyan, reunion.classof 2007@gmail.com
Objet : Retrouvailles de la promotion 2007

Chère Ambrosia Wellington,
Il reste moins d'un mois avant vos retrouvailles avec vos camarades d'il y a dix ans ! Il y a forcément quelqu'un avec qui vous avez envie de renouer, alors c'est maintenant ou jamais. Si vous n'avez pas encore rejoint le groupe Facebook de la promotion 2007, n'attendez plus. Vous serez surprise par la liste de ses membres...

Meilleures salutations,
Le comité des anciens étudiants

Je ne souffle mot à personne de ces retrouvailles. Ni à ma mère quand elle m'appelle pour me demander si Adrian et moi comptons participer à la « Journée de Pennington », ni à Toni quand elle m'envoie des photos de Layla, ma nièce de deux ans. Ni même à Billie, à qui j'envoie constamment des textos, Billie qui en sait plus sur moi que quiconque. Elle m'encouragerait à y aller. Mais elle ne comprendrait pas : son passé, à elle, n'a fait aucune victime.

Hadley et Heather, les seules anciennes de Wesleyan avec lesquelles je suis toujours en relation, me demandent dans notre groupe de discussion si je compte y assister. Je leur réponds que j'ai autre chose ce week-end-là.

Snif ! persifle Hadley. Justin sera déçu de ne pas avoir Adrian avec qui parler.

Tous les jours, je me précipite pour aller chercher le courrier avant qu'Adrian ne tombe sur d'autres messages qui me seraient adressés. Adrian ne pose pas beaucoup de questions, mais quand sa curiosité est piquée, on dirait un petit garçon de six ans. *Pourquoi, pourquoi, pourquoi ?* Ce n'est pas tant cette insistance que je déteste le plus. C'est sa simplicité, la qualité même qui m'a attirée vers lui. Sa croyance qu'à tout problème, il y a une solution.

On ne me livre aucun nouveau message, et je me convaincs que le problème est résolu. Mais le passé me rattrape là où je m'y attendais le moins. Au Skylark, où Adrian vient me rejoindre à l'occasion après le travail, l'un de ses rares pèlerinages hors du confortable cocon d'Astoria et de sa bière artisanale. Le Skylark est mon bar favori dans Midtown, un somptueux petit nid au faîte d'un gratte-ciel. Nous sirotons nos verres – pour moi, un martini (« juste un, comme aime le répéter Adrian, juste au cas où... ») – quand Tara Rollins déboule à notre table. Tara était rédactrice en chef adjointe du journal du campus, *The Wesleyan Argus,* et travaille à présent dans l'édition.

— Ambrosia ! s'écrie-t-elle d'une voix de crécelle.

Je ne l'ai pas revue depuis l'enterrement de vie de jeune fille de Heather, un week-end arrosé sur la plage à Sag Harbor, au cours duquel Tara avait admis, les larmes aux yeux, avoir trompé son mari avec un collègue éditeur. La voici devant nous et déjà, Adrian est debout et lui serre la main avec une chaleur embarrassante.

— Regarde-toi un peu, tu as l'air ravissante ! me dit Tara. Dis-moi que tu viendras. Ce ne serait pas pareil sans toi.

Comme si nous étions l'une pour l'autre autre chose que de vagues connaissances qui ont partagé quelques soirées.

— Où ça ? demande Adrian.

— Aux retrouvailles, bien sûr ! répond Tara en riant. Tu viendras toi aussi, pas vrai ? Mon mari ne manquerait pas ça pour tout l'or du monde.

J'avale mon verre d'un trait, sans grimacer malgré la vodka qui me brûle la gorge. *Ton mari a manqué pas mal d'autres choses.*

— Quelles retrouvailles ?

Dans la bouche d'Adrian, le mot me donne l'impression d'une blessure ouverte. Je regarde ses avant-bras bronzés, les touffes de poils bruns qui sortent des manches de sa chemise à carreaux.

— Je ne savais pas...

— Je n'ai pas encore eu le temps de t'en parler, dis-je pour lui épargner l'humiliation. Ça ne fait rien, de toute façon. Je ne compte pas y aller.

Tara sait très bien pourquoi, mais elle fait l'innocente.

— Il faut que tu viennes. Tout le monde sera là.

— C'est notre anniversaire de mariage, expliqué-je. Trois ans déjà.

C'est le genre d'occasion où j'aimerais avoir une bague plus impressionnante.

— Mais non, intervient Adrian. On ne peut pas rater tes retrouvailles ! On célébrera notre anniversaire de mariage une autre fois. On ne fait jamais rien de spécial, de toute façon, juste une pizza sur le patio.

Il sourit à Tara avec son charme de petit garçon, comme s'il voulait l'impressionner avec notre façon plutôt sobre de célébrer.

— Exactement, rétorque-t-elle.

Ils se mettent à discuter comme si je n'étais pas là. Il ne faut même pas une minute à Adrian pour mentionner son roman, et moins de deux à Tara pour parler de Butterfield C. La colère me monte au nez. Je veux protéger Adrian non seulement de la vérité, mais aussi du jugement inévitable que Tara portera sur lui, sur nous.

— Je faisais les quatre cents coups à l'époque, avoue-t-elle en riant.

Mes yeux balaient la salle du regard, à la recherche du garçon pour commander un second martini.

— Et Amb encore plus.

— Il y a erreur sur la personne, fait Adrian en tentant de me prendre le poignet. Amb gardait un profil bas et se concentrait sur ses études.

Je détourne les yeux, car je sais ce que je lirais dans le regard de Tara. *Ça oui, elle gardait un profil bas !* Cette fille est une bombe à retardement, et je dois me débarrasser d'elle avant qu'elle n'explose.

— C'est bon, nous viendrons, lui dis-je en serrant mon verre si fort que je l'imagine éclater en mille morceaux.

Ce n'est qu'après avoir prononcé ces paroles à haute voix que la vérité me frappe.

Je dois y aller. Pas pour Tara, ni pour personne d'autre, mais pour *elle.* Parce qu'elle sait peut-être quelque chose qui pourra nous absoudre. Où qu'elle se trouve, elle a pris le temps d'écrire avec soin. Cela ne cadre pas du tout avec sa personnalité, elle faisait toujours tout en coup de vent. Elle a sûrement une raison de m'avoir convoquée ainsi, et je dois savoir laquelle.

J'ai menti à moitié en disant « nous viendrons ». Je me creuse les méninges, fouille Internet à la recherche d'un prétexte pour laisser Adrian à la maison. Peut-être que ce sera bon pour notre mariage. Je pourrai affronter le passé, me débarrasser de ma vieille peau, et retrouver un peu de cette gratitude que j'éprouvais pour mon mari, au début.

Je lui parle avec enthousiasme d'un atelier d'écriture donné le même week-end à l'université de New York, une occasion unique de se mettre sérieusement à écrire.

— Je te l'offre comme cadeau pour notre anniversaire. Imagine un peu comme tu pourras avancer ton roman.

J'en rajoute tant qu'il est à deux doigts de s'inscrire quand il repère la date.

— Pas cette fois. Il y aura d'autres ateliers. Hé, dis donc, est-ce que je devrais acheter un nouveau costume pour les retrouvailles de ta promotion ?

Hadley nous envoie un texto :

Vous prenez une chambre en résidence, les amies ?

Je m'imagine main dans la main avec Adrian sur Foss Hill. Peut-être que ce ne serait pas si mal...

À peu près tous les deux mois, nous dînons ou prenons un verre avec Hadley, Heather et leurs maris. Les garçons se passionnent tant pour les sports et les films d'action qu'ils oublient notre présence. Hadley et Heather savent que je n'ai jamais parlé à Adrian de la « résidence maudite ». Lors de mes fiançailles, je leur avais avoué ne pas vouloir gâter notre relation avec ces affreuses rumeurs. Hadley et Heather m'avaient serrée fort dans leurs bras en me promettant de ne rien dire, que ça ne les regardait pas. Je survivrais bien à un week-end à Wesleyan. *Nous* y survivrions.

J'ai laissé l'idée mariner, prudemment. Adrian revient sur le sujet un jour que nous dînons avec Billie et son mari Ryan à Brooklyn. Nous faisons de moins en moins souvent la route d'une heure depuis Astoria, et eux ne viennent jamais dans notre quartier « à cause des enfants ». Adrian me prend la main quand nous nous asseyons, un petit geste qui fait de nous une équipe, comme les époux sont censés en former. Les plats sont arrivés quand il en parle.

— Ce sera super, ces retrouvailles de promotion, lâche-t-il la bouche pleine de steak. Dix ans déjà. Je regrette de ne pas avoir fini mes études.

— Des retrouvailles ? s'étonne Billie.

J'avale une gorgée de vin, le deuxième verre commandé contre l'avis d'Adrian. Je sens sur moi le regard de Billie, blessée que je ne lui aie rien dit.

— Attends un peu. À Wesleyan ? Et tu vas y aller ?

— Oui, rétorqué-je d'un ton calme. Je t'en ai parlé, non ?

— Non, répond Billie. Tu dois avoir oublié.

Elle sait très bien que je n'ai pas oublié. Je me rappelle le reflet bleu sur le visage de Billie à Hamilton Manor, au bal de promo de Central, sa main froide essuyant les larmes sur mes joues. *Matt est là. Avec elle. Ne regarde pas. Qu'ils aillent se faire foutre, je suis là pour toi, moi.*

Je cherche désespérément un autre sujet de conversation.

— La dernière photo que tu as mise en ligne... Les filles te ressemblent de plus en plus : tellement mignonnes !

Son air pincé s'adoucit, mais je ne suis pas tirée d'affaire. Elle m'écrira plus tard ce soir, espérant que je me répande comme un verre trop plein.

— Ouais. Il a fallu que j'achète la collaboration de Sawyer avec de la pâte à biscuit pour qu'elle arrête de bouger tout le temps. Je vais remporter le prix de la mère de l'année.

Billie ne travaille plus depuis la promotion de Ryan à un poste dont je ne me rappelle pas les détails, dans une banque privée du Financial District ; ça coïncidait avec la naissance de Beckett. Elle se voit comme une « influenceuse ». Sa personnalité en ligne, distillée dans un blog qui s'est transformé en compte Instagram avec près de trente mille abonnés, ne ressemble en rien à sa véritable personnalité. Elle est le modèle même de ces mères de deux enfants en bas âge qui portent leurs bambins comme des sacs accrochés à leur pantalon de yoga moulant. Ces mères qui adulent Billie et l'espèce de perfection rose bonbon qu'elle met en scène.

C'est pourquoi je n'ai pas de compte Instagram. Parce que je ne veux pas attirer trop d'attention sur une vie #nofilter, un pastiche de sourires faux. À Wesleyan, j'ai appris qu'on n'envie pas les filles les plus intelligentes ou les plus jolies. On envie celles qui sont intelligentes et jolies sans faire d'efforts. On a toujours pu lire mes tentatives d'avoir l'air naturelle pour ce qu'elles étaient : des tentatives. Et une fois démasquée, impossible de revenir en arrière.

— Je me rappelle la fête pour les cinq ans de ma promo, raconte Ryan.

Je déteste qu'il enfonce le clou.

— On a dormi en résidence et on s'est bien éclaté ! J'avais l'intention de renouer avec une fille qui m'obsédait, à l'époque, mais j'ai eu du mal à la reconnaître, tant sa chirurgie esthétique était ratée.

— Ma résidence était géniale, renchérit Adrian. J'avais l'impression de vivre dans un palace.

Un palace de chattes et de cannabis. Adrian n'en a pas fait mystère : il couchait avec tout le monde à l'université. Il m'a même avoué avoir repris ses esprits quand la chlamydia l'avait envoyé à l'infirmerie du campus, paniqué à l'idée que sa bite finirait par tomber à force d'être trop utilisée. C'est l'une de ses nombreuses anecdotes qui ne manquaient jamais de m'amuser quand nous sortions ensemble, même si je doutais de leur véracité. Adrian est barman. Ses clients racontent de nombreuses histoires. Normal qu'il soit tenté de s'en approprier quelques-unes.

— Quand j'ai appelé, on m'a dit que les résidences étaient pleines, précisé-je. J'ai réservé une chambre d'hôtel.

Pas l'un de ceux que recommande le comité, mais un autre, bien plus loin, hors de Middletown ; la course en Uber sera exorbitante.

— Dommage ! fait Adrian, au moment même où Billie remarque, sur la défensive :

— Difficile d'en vouloir à Amb de ne pas avoir envie de dormir là-bas.

— Qu'est-ce que tu veux dire ? demande Adrian après un silence un peu trop long.

— Sa coloc... commence Billie.

Je l'interromps.

— Mes anciennes colocs seront là. Hadley et Heather. Ce sera super. Qui veut du dessert ?

Billie fait la moue. Elle sait que je n'ai rien dit à Adrian à propos de ma première camarade de chambre, alors pourquoi ramène-t-elle la conversation là-dessus ? Elle plisserait le front, n'eussent été ses récentes injections de Botox.

J'ai peur de ce que Billie va lâcher ensuite, mais son téléphone couine et crée une diversion.

— Merde ! C'est maman. Elle dit que Beckett refuse d'aller au lit. J'imagine qu'il est temps de rentrer, ajoute-t-elle après une dernière gorgée de vin.

Ryan fait signe au garçon, comme s'il écrivait dans l'air avec le pouce et l'index. Heureusement que le garçon est rapide.

— Maman et papa rentrent bientôt, assure Billie à Beckett au téléphone. Va te coucher, ma chérie, et écoute Nana.

Je siffle le reste de mon vin, et c'est à ce moment-là que je l'aperçois. Ce n'est pas elle, bien entendu, ce n'est jamais elle. Au fond de moi, je le sais bien, et pourtant je continue à l'apercevoir de temps en temps, ici ou là.

En robe d'été avec des collants, une touche de rouge à lèvres quand elle a envie de faire chic. Elle m'observe lorsque je pars de chez moi le matin, ses mains blanches comme le ventre d'un poisson collées contre les vitres maculées du train, et descend avec moi à Bryant Park. Dans le hall de l'immeuble où je travaille, un café glacé à la main, elle me regarde monter dans l'ascenseur qui m'emmènera jusqu'au vingt-quatrième étage, jusqu'à la ruche de Brighton Dame, prête à me transformer à nouveau en garce du département des relations publiques. Son regard furieux me transperce le crâne. Elle a une seule question : « Pourquoi ? »

La psychologue que mes parents m'ont forcée à voir l'été suivant ma première année d'université m'a dit une chose que je n'ai jamais oubliée, une formule pour laquelle elle était grassement payée :

— Vous avez vécu un traumatisme. Vous regrettez de n'en avoir pas fait assez. Mais peut-être que vous avez peur de lâcher prise, car vous ne savez pas à quoi vous raccrocher à la place.

En mon for intérieur, j'étais impressionnée qu'elle ait déduit tout cela à partir de mes silences et de mes hochements de tête. Pourtant, c'était faux de croire que je ne faisais que m'accrocher à certaines choses. En fait, ces choses-là, j'avais mes mains passées autour de leur cou, bien décidée à les étrangler.

Je lui avais dit que je regrettais de ne pas en avoir fait assez. C'était ce qu'elle voulait entendre. La vérité, c'est que je regrettais de ne pas en avoir fait moins.

— Appelle-moi plus tard, Amb, me dit Billie en lissant sa jupe de dentelle fripée aux cuisses. Il faut qu'on parle.

Pendant que je serre Billie dans mes bras, l'autre fille sort des toilettes, les yeux rivés sur moi, le silence lourd de reproches. Elle déteste mon rouge à lèvres. Elle pense que le rouge ne me va pas. Et elle a raison. Le rouge sera toujours sa couleur à elle.

4

IL Y A QUATORZE ANS

Ma première semaine à Wesleyan fut une chasse au trésor malsaine, avec des butins aux quatre coins du campus. Je devais apprendre une nouvelle langue, celle des filles, et une nouvelle géographie, celle du campus. Nous mélangions la vodka Stoli et le Sprite dans les chambres de Butterfields, que j'appelais bientôt « Butts », comme tout le monde. À Olin, la bibliothèque toute de piliers et de lumière, j'étais tellement consciente des gens autour de moi qu'il m'était difficile de me concentrer sur mes premières dissertations, le corps électrifié comme un câble. MoCon, « le vaisseau de ravitaillement » comme on l'appelait affectueusement, dominait le campus telle une sentinelle vigilante en haut de Foss Hill. C'est là que nous prenions tous nos repas. Nous y faisions la queue devant un buffet de salades perpétuellement flétries. Les mains moites, je cherchais Flora des yeux. Ou Ella, qu'au moins je n'avais pas besoin d'impressionner.

Notre chambre était mon quartier général. La moitié occupée par Flora était toujours impeccablement rangée ; ses bouteilles de vernis à ongles alignées en un bel arc-en-ciel.

— Pas besoin de demander, m'avait-elle dit. Tu peux prendre tout ce que tu veux.

Ce que j'ai fini par faire, mais un peu plus tard.

J'avais accroché des photos de Billie et, j'ai honte de l'avouer, j'avais laissé celle avec Matt, la seule de notre couple qui n'avait pas terminé en origami après notre rupture. C'en était bien fini de nous - même si, un soir de l'été suivant, nous nous étions retrouvés saouls tous les deux -, mais j'avais besoin de me sentir désirée, car être désirée était ce qu'il y avait de plus précieux sur le campus.

Je détestais voir la belle gueule de Matt sur le mur, mais elle me servirait d'avertissement : *N'accorde plus aussi facilement ta confiance.* Je ne me laisserais plus avoir comme une débutante. Je ne serais plus cette fille qui croit son petit ami sur parole quand il se prétend malade et incapable d'aller à une fête. Je ne serais plus celle qui irait malgré tout à cette foutue fête avec Billie. Celle qui lèverait un peu trop le coude et tituberait jusqu'au sous-sol. Celle qui tomberait sur Matt, tête baissée entre les jambes de Jessica French. Si j'avais pu disparaître...

Le pire n'avait pas été cette image charnelle, burinée à tout jamais dans ma mémoire. Le pire, c'était d'être restée figée, sous le choc, incapable de dire un mot. Je tentais de me convaincre : *Ce n'est pas Matt*, mais bien sûr que c'était lui. Plutôt que de lui lancer au visage toute la colère qu'il méritait, je suis sortie furtivement en disséquant tous mes défauts, comme si c'étaient eux qui l'avaient poussé vers une Jessica French à la perfection de poupée. *Bien sûr qu'il me trompe*, me disais-je. *Je n'ai rien de spécial.* En songeant aux compliments qu'il m'avait adressés, je sentais de petites détonations dans ma tête. Aucun n'était sincère.

Quand Billie m'avait finalement retrouvée, je n'étais qu'une loque en larmes sur la véranda. Elle m'avait serrée fort dans ses bras et s'était déchaînée contre Matt.

— Qu'il aille se faire foutre, Amb. Je suis sérieuse ! Il est grand temps de l'envoyer paître sans rien lui épargner, ce trou du cul.

Nous étions rentrées chez Billie pour préparer le discours de rupture épique que j'allais lui assener pour le faire souffrir au maximum. J'avais éteint mon téléphone et à peine fermé l'œil de tout le week-end. Le lundi, à l'école, Matt avait fait comme si de rien n'était, posant sa main au creux de mes reins et m'embrassant sur la joue. Je n'avais pas trouvé le courage de prononcer les bons mots sur-le-champ, alors j'avais piteusement fait écho à son « Je t'aime », en me détestant un peu plus à chaque syllabe.

— Alors, ça va mieux ? avais-je réussi à articuler en retenant mes larmes.

— Ouais, je suis comme neuf, aujourd'hui. J'ai cru que tu ne te sentais pas bien toi non plus, comme tu ne m'as pas rappelé.

Ç'aurait été le moment ou jamais de lui infliger le petit laïus que j'avais préparé, mais les mots ne voulaient pas sortir.

— Je n'étais pas malade, avais-je réussi à dire juste avant que la cloche sonne.

J'étais résolue à rompre ce soir-là au téléphone, ce serait plus facile ainsi, me justifiais-je auprès de Billie. Mais il avait été plus rapide que moi, et m'avait envoyé un texto :

On doit arrêter de se voir. Vraiment désolé, je dois me concentrer sur mes études.

Nouvelle blessure.

J'avais fini par riposter :

Quel minable tu fais si tu ne peux même pas rompre en personne ! Je sais ce que tu as fait.

Mais il était trop tard. Mes paroles avaient perdu tout leur impact. C'est alors que j'ai décidé d'utiliser les garçons de la même façon qu'ils m'avaient utilisée. Si je me foutais d'eux jusqu'au dernier, il n'y aurait plus jamais d'autres blessures.

À Wesleyan, j'acceptais toutes les invitations, de peur de rester collée à Flora, qui sortait peu, même si les filles étaient nombreuses à venir l'inviter. Tous les soirs avant de se mettre au lit, c'était une heure de téléphone avec Kevin. Elle chuchotait et poussait de petits rires étouffés. Elle avait installé une sonnerie spéciale pour lui : *I don't want to miss a thing*, d'Aerosmith.

Je mettais des écouteurs et faisais semblant de ne pas tendre l'oreille, mais j'en entendais tout de même pas mal. Leurs conversations d'une banalité extraordinaire étaient ponctuées d'anecdotes à propos de tout et de rien dans le quotidien de Flora. La lasagne de MoCon, les nouilles dentelées mal cuites, « Aucun respect pour les végans ! » Le chocolat chaud sans produit animal que lui envoyait sa sœur pour la réconforter. Les propos d'un prof. Une chose que j'avais dite. Mon nom revenait souvent : « Attends de rencontrer Amb. Elle est si gentille ! »

Je tentais de rendre à Flora son enthousiasme, mais j'avais l'impression de jouer un rôle qui ne me ressemblait guère. Pour moi, être gentille était aussi naïf qu'être fidèle, ça ne m'avait menée nulle part. Flora donnait aux gens le pouvoir de la blesser, il faudrait bien qu'elle s'en rende compte ! Se montrer trop gentille était dangereux dans un monde où il fallait une bonne carapace pour se protéger.

Je n'allais pas me laisser avoir une nouvelle fois. Pas tant qu'il y aurait des filles comme Jessica French, qui ne m'avait souri que pour me trahir dès que j'avais le dos tourné. Et aussi profonde qu'ait été ma haine pour Matt, j'en éprouvais une encore plus forte pour les filles qui avaient ri à mes dépens.

J'ai donc renforcé ma carapace. J'ai copié le style des filles de notre résidence, toutes plus jolies et élégantes que moi : Gemma avec son jeans déchiré et sa chemise de flanelle trop grande, Clara avec ses minijupes par-dessus ses collants, et même la responsable d'étage, Dawn, dont les cheveux auburn retombaient en boucles dans le dos, tourbillon miraculeusement étincelant et sans frisettes.

Tous les jours, avant le début des cours, je me faisais un brushing méticuleux et me maquillais avec mon arsenal de chez Bobbi Brown. Je détestais à présent ma garde-robe, tous ces vêtements volontairement trop serrés. Chaque miroir me renvoyait mes défauts, magnifiés.

Mais ces défauts, je pouvais les corriger. J'étais actrice, j'étais venue à Wesleyan pour apprendre, améliorer mon jeu. Je n'étais pas si mal, avec un maquillage avantageux ; j'étais assez mince, avec un régime alimentaire adéquat. Mais je n'avais pas encore ce qu'il fallait pour m'enfuir jusqu'à Hollywood et y vivre dans ma voiture, à me coiffer sous les sèche-mains des fast-foods entre deux auditions. J'avais besoin d'approfondir mes connaissances du métier.

Lorsque j'avais reçu mon offre d'admission à Wesleyan, j'avais fait semblant d'être surprise, sans savoir pourquoi. Il m'aura fallu des années pour comprendre que les filles n'étaient pas censées s'approprier leurs ambitions, juste les emprunter de temps à autre quand cela n'offusquait personne.

Je croyais pouvoir décrocher quelques rôles à l'université, mais j'ai déchanté une fois arrivée à Wesleyan. Après avoir fait la connaissance de Dora, une fille qui résidait dans l'un des autres Butts et avait joué sur Broadway, et de Sienna, qui vivait sur le même étage que moi et avait participé au pilote d'une série télé pendant l'été, j'avais compris que la compétition serait féroce. Je comptais auditionner pour un rôle dans l'une des pièces que préparait le département de théâtre pour l'automne. Mais la crainte d'être rejetée - ou plutôt la certitude, qui m'avait saisie tout d'un coup - m'avait incitée à ne pas me présenter aux auditions. Je tenterais ma chance au prochain trimestre. J'aurais alors eu le temps d'étudier mes rivales et de trouver un moyen de me démarquer.

J'ignorais à quel point je me démarquerais.

Flora, quant à elle, voulait devenir psychologue et travailler avec les enfants en difficulté. Elle jouait au gourou auprès des autres filles de notre étage, distribuant tampons et conseils amoureux, laissant des Post-it sur les portes avec des messages comme : « Tu peux réussir tout ce que tu veux ! Tu es extraordinaire ! »

Elle m'accordait une attention toute particulière, me réservait un sourire sirupeux en tressant mes cheveux, se montrait avide de mes histoires d'avant l'université, peut-être comme excuse pour me raconter les siennes. Elle parlait sans cesse de Kevin, qu'elle avait rencontré au club de Fairfield où leurs pères respectifs jouaient au golf.

— Les relations à distance ne sont pas faciles, me confiait-elle. Mais nous sommes patients, tous les deux. Nous ferons en sorte que ça marche.

— Pourquoi tu ne t'es pas inscrite à Dartmouth, toi aussi ? lui ai-je demandé un jour que nous déjeunions ensemble à MoCon. Il te manque tellement !

Ce que j'essayais de lui dire : les relations à distance sont vouées à l'échec. Sauf si ni l'un ni l'autre des amoureux n'est jaloux. Et Flora était jalouse, même si elle prétendait avoir entière confiance en Kevin. Comment, sinon, expliquer leurs appels plus fréquents que des transits intestinaux ? Et la sonnerie de son téléphone comme un aveu : *I don't want to miss a thing* ? Elle ne voulait rien manquer.

— Je n'avais pas les notes, m'a répondu Flora avec ce que je percevais pour la première fois comme une pointe de déception dans la voix. J'aurais pu aller dans le New Hampshire pour être plus près de lui, mais Kevin pensait que Wesleyan serait un meilleur choix.

— Il veut sans doute ce qu'il y a de mieux pour toi.

— Oui. Il n'a pas essayé de me convaincre de déménager là-bas.

Je sentais qu'elle le regrettait.

Des années plus tard, j'ai essayé d'imaginer Flora avant notre rencontre : étendue sur un très grand lit, dans sa maison cossue de Fairfield, son uniforme scolaire épousant les formes de son corps parfait, des brochures d'université étalées autour d'elle comme un éventail. Le monde littéralement à portée de main. Je l'imagine examiner la brochure de Wesleyan, puis la rejeter. Et j'imagine ce qu'aurait été sa vie aujourd'hui si elle l'avait fait.

J'ai officiellement rencontré la coloc « folle à lier » de Lauren, notre autre voisine, au début du semestre, à l'occasion d'une soirée organisée pour briser la glace entre les étudiants. Elle suivait deux cours avec moi : Interprétation I et Introduction à l'écriture théâtrale. Elle partageait sans doute mon rêve d'être actrice, et c'était une fille avec laquelle je n'arriverais jamais tout à fait à rivaliser : une diplômée de Spence, une New-Yorkaise qui avait fait un peu de mannequinat et passé une partie de son enfance en France.

Elle s'appelait Sloane Sullivan, mais préférait le surnom de « Sully ». Ses parents, en jetant les yeux sur le petit paquet rose braillard, avaient sans doute compris quel genre de fille elle deviendrait. Quant à moi, mes parents m'avaient affublée de neuf syllabes : Am-bro-sia Fran-ces-ca Wel-ling-ton. Un nom qui n'a même pas la décence de se prêter convenablement à l'abréviation, alors on m'appelle Amb, une amputation lamentable. On a souvent cru que je m'appelais Amber. J'ai rarement pris le temps de corriger.

Sully avait le choix de ses amis. Elle aurait pu être l'une de ces vaches bon chic bon genre de Butterfields, aussi bien qu'une hipster de la côte ouest, car il y avait quelque chose chez elle qui défiait toute catégorisation. Elle allait et venait en douce dans les couloirs de Butts, en collants résille et en Docs un jour, en jogging et chemise d'homme le lendemain. Elle fumait ses joints avec la plus grande désinvolture. Une cour de filles et de garçons flottait en permanence derrière elle comme une traîne de princesse.

Elle n'avait aucune raison de me parler, à moi, car son charisme lui avait attiré assez d'admirateurs. Mais une semaine ou deux après la rentrée, lors d'une fête à Nicolson Hall, qu'on appelait « Nics », ma soif d'attention a croisé son ennui à elle.

— Cette soirée est nulle, a-t-elle dit en s'approchant de Lauren, Flora (qui avait pour une fois délaissé Kevin) et moi. On devrait mettre un peu de vie dans cette fête.

— Ah non, l'a implorée Lauren en secouant la tête. Je t'en prie, non.

— C'est pas à toi que je parlais, a répliqué Sully. Je parlais à Ambrosia, la fille de Pennington. Et à vous autres, aussi.

Elle a fait signe à Gemma et à Clara de s'approcher.

— Vous voyez ce garçon, là-bas ? Celui qui porte ce pantalon de merde, couleur caca d'oie ? C'est Dave-Longue-Distance. Il n'y a pas de gars plus arrogant dans Nics ce soir que ce trou du cul, et ce n'est pas peu dire.

— Dave Holman ? a répondu Clara. Il est dans mon cours de statistiques.

— Il n'arrête pas de parler de sa copine à UCLA, a poursuivi Sully. C'est vraiment chiant. Il faut faire quelque chose.

Personne n'a mordu à l'appât. Sauf moi, parce qu'il me fallait me distinguer à tout prix. Du reste, je connaissais déjà Dave-Longue-Distance. Il vivait à Butts A et se lamentait sans cesse à propos de sa Leslie chérie. La façon dont il prononçait son nom d'une voix susurrante me tombait sur les nerfs.

— C'est un vrai connard, ai-je statué. Tu as un plan ?

Sully a fixé les yeux sur moi. Comme si elle me sacrait reine. Les autres filles se taisaient, attendant que Sully me donne ses ordres. Comme si plus personne que moi n'existait.

La musique s'est mise à jouer plus fort. Sully s'est penchée vers moi et j'ai senti son souffle contre mon oreille.

— Tu vas le pousser à tromper sa copine. Ce soir. C'est un animal comme tous les autres. Prouve-le.

Je me suis demandé pourquoi elle ne le faisait pas elle-même. Si quelqu'un en était capable, c'était bien elle. J'avais parfaitement conscience que ma réaction définirait le reste du semestre, mais j'ignorais à quel point.

Je n'ai même pas eu l'impression qu'il fallait trancher.

— D'accord.

Les doigts de Sully ont caressé ma joue.

— *Que le spectacle commence !* a-t-elle dit presque trop doucement pour que je l'entende.

— Amb, moi, je rentre, est intervenue Flora. Tu viens avec moi ?

Je captais bien qu'elle m'offrait une échappatoire, mais je ne voulais pas de son aide.

— Je reste encore un peu, lui ai-je répondu.

J'ai remarqué un cillement, un froncement réprobateur des sourcils. Sa désapprobation m'enhardissait, allez savoir pourquoi.

Une fois Flora partie, j'ai avalé cul sec un petit verre de tequila et foncé sur Dave-Longue-Distance. Sully et les autres filles m'observaient. Je jouais un rôle, comme sur la scène à Central, mais avec un public bien plus critique. Je savais que dévoiler ostensiblement un peu de peau ne marcherait pas avec Dave. Le massacre devait être plus subtil. Mes larmes, quand elles sont venues, avaient l'air sincères.

— Ça ne va pas ? m'a-t-il demandé, ses yeux couleur chocolat pleins d'inquiétude. Tu as l'air bouleversée.

— C'est mon copain, ai-je répondu en enfouissant mon visage dans mes mains. Il vient de me quitter. Une relation à distance. Il a dit qu'on n'aurait même pas dû essayer.

Dave a posé une main sur mon dos pour me rassurer. Il m'a offert un mouchoir. J'ai préféré enfouir ma tête contre sa chemise rose saumon, et je l'ai senti se raidir.

— C'est vraiment moche, Amb. Mais tu es peut-être mieux sans lui. Il n'a pas de respect pour toi.

— Le plus con, ai-je continué, c'est qu'il me soupçonne depuis des mois. Il me posait mille questions sur tous les garçons à qui je parlais. Il était parano.

J'allongeais les syllabes de façon grotesque, comme le faisait Leslie, d'après ce que j'avais compris de mes conversations avec Dave. Leslie, qui dans mon esprit se confondait avec Jessica French, la fille aux lèvres roses.

— Désolé pour toi.

Il s'excusait au nom de tous les hommes, en vain. J'ai continué sur ma lancée.

— Tu comprends comment on se sent ? Quand quelqu'un ne veut pas te croire, alors que tu n'as rien fait de mal ?

— Ouais, je vois très bien ce que tu veux dire, a-t-il confirmé.

Exactement ce qu'il fallait. Cela m'a pris une autre demi-heure et une autre cascade de larmes de crocodile pour que Dave me demande si je voulais aller quelque part où il y aurait moins de bruit. Nous nous sommes retrouvés dans sa chambre, qui sentait le déodorant Axe. Il a passé une couverture sur mes épaules. Je m'en suis débarrassée immédiatement.

J'ignore combien de temps je suis restée assise là avant que Dave commence à faire allusion à tous les défauts de Leslie. Pas plus que je ne sais quelle heure il était quand nous avons enfin laissé nos têtes retomber sur l'oreiller, épuisés de notre discussion à cœur ouvert. Mais moi, je n'étais pas assez épuisée pour ne pas me blottir contre lui. Et lui, pas assez pour se retenir de bander dans son jeans. Il a gémi quand je l'ai touché à travers le tissu, ses lèvres cherchant les miennes dans l'obscurité. Même si je n'étais pas du tout attirée par Dave, avec sa peau boutonneuse et son menton fuyant, j'étais étrangement excitée lorsque j'ai fini par monter sur lui, protégée par un sentiment de puissance.

Dave est venu dans son pantalon, et c'était à la fois une déception et un soulagement pour moi. Je me suis glissée hors de sa chambre dès qu'il s'est mis à ronfler et j'ai filé le long des couloirs sinueux jusqu'à Butts C, où j'ai aspergé mon visage dans la salle de bain. Sully m'attendait pieds nus dans le couloir, en short et en sweat à capuche. Sans doute qu'elle venait tout juste de quitter un autre garçon.

— Le spectacle est terminé, ai-je dit en lui retournant son clin d'œil de la première fête.

J'étais désormais certaine qu'il m'avait été destiné.

Je n'arrivais pas à effacer mon sourire en ouvrant la porte de ma chambre, sur laquelle un Post-it vert néon brillant disait : « Tu peux faire tout ce que tu veux ! »

Tope là, ai-je pensé. Je ne m'étais jamais sentie si vivante.

5

AUJOURD'HUI

À : Ambrosia Wellington, a.wellington@wesleyan.edu
De : Comité des anciens étudiants de Wesleyan, reunion.classof 2007@gmail.com
Objet : Retrouvailles de la promotion 2007

Chère Ambrosia Wellington,
Plus que quelques jours avant votre retour dans le passé ! N'oubliez pas votre appareil photo, vos scrapbooks, photos, albums de fin d'études, et tous vos souvenirs de Wesleyan, afin de les raviver... et de vous en créer de nouveaux ! Mettez vos plus beaux atours aux couleurs de l'université pour la réception officielle de votre promotion.

Meilleures salutations,
Le comité des anciens étudiants

Son nom clignote au bas de tous les messages, niché sous le titre du comité, plus voyant qu'elle-même ne l'a jamais été. Flora Banning, membre de tous les comités, éternelle activiste manifestant contre la nourriture trop carnée de la cafétéria, organisatrice de soirées cinéma. Sur le campus, avec Adrian, je serai obligée de revoir son sourire éclatant, son visage sans ride aucune, miracle dû à ses rituels d'hydratation, chef-d'œuvre de dévouement aux soins de la peau.

Quand je pense à qui je retrouverai là-bas, c'est elle qui me terrifie le plus.

En fait, il y a une autre personne que je souhaite encore moins croiser, mais elle ne sera pas aux retrouvailles.

Le midi, en finissant une salade au coût prohibitif dans mon bureau, je tape dans Google « détective Tom Felty » (capitaine Felty, à présent). Je cherche régulièrement son nom, juste pour me rassurer qu'il est toujours à Middletown, loin d'ici. Ses yeux bleus sur l'écran me transpercent, comme s'il savait où je me trouve en ce moment. Je me rappelle son barrage de questions au poste de police : « Aviez-vous remarqué… ? Étiez-vous au courant que… ? »

Il voulait que je m'immole par le feu. Ce à quoi j'ai toujours résisté.

Je suis trop stressée pour rentrer à la maison, alors après le travail, je vais faire un tour à la salle de gym de notre immeuble, en passant par la porte de derrière. La vieille madame Lowe la laisse toujours ouverte en la coinçant avec un morceau de bois pour être moins gênée en rentrant de ses courses, les bras chargés de sacs. Je ne veux pas risquer de rencontrer Adrian dans le hall d'entrée. Quand nous avons signé notre bail, nous pensions que nous ferions de l'exercice tous les soirs au lieu de nous enfoncer dans le divan et d'allumer la télé.

Je faisais des efforts, au début. Je me rasais les jambes et épilais la moindre trace de poil pubien qui dépassait de la piste d'atterrissage anémique que j'entretenais comme un jardin secret. Le week-end, j'allais rejoindre Adrian au parc Astoria pour un jogging. Nous avons emménagé ensemble très tôt, et c'est ainsi que les choses se sont gâtées. Adrian a commencé à laisser la porte ouverte quand il se vidait les intestins, il a pris du poids, son ventre s'est mis à faire saillie au-dessus de son jeans.

— Un physique de papa, a-t-il plaisanté.

Mais nous n'avions pas d'enfants, même s'il en voulait, lui.

J'ai commencé à me laisser aller, moi aussi. Adrian se fichait pas mal de me voir maquillée ou pas. Il ne remarquait même pas la différence. Pour la première fois de ma vie, quelque chose me semblait facile. Pas naturel, facile. Je ne savais pas qui j'étais quand je n'essayais pas d'être quelqu'un d'autre.

Je suis montée sur le tapis de course et j'ai fait quelques étirements. Adrian m'avait suggéré d'acheter notre propre tapis.

— Comme ça, tu pourras courir et je pourrai écrire.

Je lui avais demandé où on pourrait bien l'installer, ce tapis, et il avait été incapable de me répondre. Notre appartement fait à peine soixante-cinq mètres carrés, et seule une embrasure voûtée sépare la cuisine du reste de l'espace, notre chambre rattachée au corps du logis comme une petite tumeur. Deux mille trois cents dollars par mois et je n'avais aucun espace bien à moi, forcée à me brosser les dents au-dessus d'un lavabo sur colonne parsemé des poils de barbe de mon mari.

Je commence à courir, en augmentant l'inclinaison du tapis pour brûler plus de calories. La télé fixée au mur diffuse une chaîne d'actualités locales et rapporte les dernières affaires criminelles. Cela me fait penser aux séquences filmées de la « résidence maudite » qui nous montraient, nous, les filles de Butterfield C, nos jambes pâles comme de la paille chancelant sur la pelouse, un jeune policier nous intimant de nous éloigner du ruban jaune qui claquait au vent. Je ne me doutais pas que j'allais bientôt faire face à la batterie de questions de Felty. Le rôle de ma vie.

Mes pieds frappent en cadence et je passe à la vitesse sept ; une chaleur irradiante émane de mon corps. Pour la centième fois, je fantasme sur la possibilité d'éviter ces retrouvailles.

Hadley et Heather n'arrêtent pas de me demander ce que je compte porter lors de la réception et projettent d'aller se faire photographier avec moi devant la maison de bois de l'avenue Fountain que nous avions partagée en dernière année d'université. Et puis, il y a ce message que je n'arrive pas à oublier: « Nous devons parler. »

Pourquoi maintenant? Pourquoi lors de ces retrouvailles? Pourquoi n'a-t-elle pas essayé de me contacter auparavant, pas même une fois? Où était-elle quand moi, j'ai essayé de communiquer avec elle? Pas de compte Facebook, pas d'Instagram, aucune présence dans les médias sociaux.

De mes doigts moites, je passe à la vitesse huit. Ces mots me poursuivent: « Nous devons parler de ce que nous avons fait cette nuit-là. » Des mots qui se transforment en ce qu'elle aurait dû dire. *Nous devons parler de ce que nous sommes devenues cette nuit-là.*

J'ignore totalement ce qu'elle est devenue. Mais au fond, je n'ai jamais su qui elle était vraiment. Pendant tout ce temps, elle m'est restée étrangère. Notre amitié n'a duré que quelques mois, une amitié érigée sur l'idée que nous avions de nous-mêmes plutôt que sur la réalité. Mais ma peau est encore à vif là où elle s'est greffée à moi. Ça ne m'est pas très difficile d'imaginer une autre dimension où nous sommes encore ces filles-là, inséparables.

Parfois, je me plais à vivre dans cette autre dimension, juste une minute: toutes les deux à Hollywood, lisant des scénarios, zébrées de soleil, des étoiles plein les yeux. Parfois, cette vie-là me fait envie.

Malgré mes rappels constants à Adrian de verrouiller la porte, il ne l'a pas fait, encore une fois. Je le retrouve assis sur le divan, en jogging. Notre divan en faux suède de chez Furniture Market, notre premier meuble à nous. Le jour où nous l'avons acheté, je me fichais pas mal de sa mauvaise qualité, car j'étais heureuse.

Je fais le décompte des détritus : un carton de pizza, des bouteilles de bière sur le comptoir, quelques-uns de nos couteaux Wüsthof à manche blanc négligemment jetés dans l'évier, des chaussettes et des papiers traînant sur le plancher.

— Tu n'étais pas en congé, aujourd'hui ? Tu aurais pu ranger un peu.

Je m'attends à son refrain habituel (« Relaxe, ma chérie ») qui m'exaspère, comme c'est précisément la désinvolture d'Adrian qui me met dans cet état tendu, irritable. Mais au lieu de me dire de relaxer, il se retourne vers moi et me tend une photo.

— C'est qui, ce garçon ?

Je jette un œil sur l'image qu'il brandit et resserre ma queue-de-cheval d'une main tremblante.

— Où as-tu trouvé ça ?

Je le rejoins d'un pas décidé pour lui arracher la photo.

— Je cherchais mon livre sur l'écriture de scénarios, tu sais bien, *Save the Cat*, celui que tu m'as offert à Noël. Il y avait un autre livre dessus et j'ai attrapé les deux en même temps. Cette photo a glissé par terre.

Il ment. Il furetait dans mes affaires, mais je ne peux pas vraiment le rappeler à l'ordre. Je me mords la lèvre.

— John Donne.

Je pousse un petit rire forcé.

— Qui c'est, John Donne ? Un ex ?

— C'est l'un des plus grands poètes métaphysiques. C'est un livre de ses poèmes.

— Ah bon. Sauf que tu sais bien que je ne parle pas de ça, mais de l'homme sur la photo. Pourquoi tu as caché ça là ?

— C'est juste un type que j'ai connu il y a très longtemps.

— Un petit copain, alors, à l'université ? conclut Adrian, presque jaloux (ce qui changerait un peu de son flegme habituel, n'eût été la boîte de Pandore qu'il vient d'ouvrir).

— Pas tout à fait.

Je parle vite. Il plisse les yeux.

— Je veux dire... J'imagine que oui. Ce livre, c'était pour un cours que nous avons suivi ensemble.

— Ce garçon, il va être aux retrouvailles ? insiste Adrian en posant sa bière sur la table basse. Ce n'est pas grave. On est mariés, après tout. Ça ne me fait rien que tu aies eu des petits amis avant moi. J'ai eu des copines, moi aussi.

Il ne m'a d'ailleurs jamais épargné le moindre détail à leur sujet. La folle qui avait essayé d'installer ses affaires dans les tiroirs de sa commode une semaine après le début de leur relation. Celle qui ne pensait qu'à rencontrer des célébrités. Cette autre qui avait toujours un lapin en peluche sur son lit, même pendant qu'elle faisait l'amour. Cette autre encore qui ne regardait que des films de Leonardo DiCaprio. On aurait dit qu'Adrian voulait que j'en conclue que c'était toujours leur faute, à elles, jamais la sienne ; qu'il était, lui, le modèle même de la normalité. Est-ce que je n'étais pas chanceuse qu'il soit sorti indemne de ce maquis de filles ?

— Lui et moi, nous étions ensemble.

J'ai besoin d'entendre ces paroles tout haut, de croire à cette petite fiction malsaine.

— Mais il ne sera pas aux retrouvailles, ajouté-je. Il est... eh bien, il est mort.

— Ah, merde ! fait Adrian en portant sa main à sa bouche. Qu'est-ce qui lui est arrivé ?

Je secoue la tête.

— Je n'ai pas envie d'en parler.

Adrian opine.

— C'est nul que ce garçon soit mort, dit-il, mais à vrai dire, tu m'as fait peur avec cette photo. Je pensais qu'il y avait quelque chose derrière tout ça. Surtout que j'ai trouvé autre chose dans le même livre.

Il sort l'enveloppe avec mon nom, tracé de son écriture à elle.

— Tu l'as ouverte ?

— Désolé, j'étais curieux. Qu'est-ce que vous avez fait, cette nuit-là ? Quelle nuit, d'ailleurs ?

Je ne devrais pas me fâcher. Adrian pense qu'il m'a déjà vue en colère, mais il n'en connaît qu'une version diluée.

— Juste une mauvaise blague. Quelque chose qu'une de mes amies m'avait donné.

Adrian m'observe un tantinet trop longtemps, avant de se décider à reprendre sa bière.

— C'était sérieux, toi et lui ?

Je fais tourner la photo entre mes doigts, ses coins piquent ma paume. Je ne la regarde pas, et je n'arrive pas à regarder Adrian non plus.

— Oui. Mais c'est le passé. J'avais même oublié que j'avais encore ce livre. Ça fait des années que je ne l'ai pas ouvert.

Les yeux d'Adrian pétillent.

— Je t'imagine bien en passionnée de poésie, tu devais être adorable. J'espère que les autres ne se moquaient pas de toi. Même si c'était le cas, attends un peu qu'on débarque là-bas. Les mauvaises langues seront tellement jalouses !

Mais mon pauvre chéri... Nous étions les mauvaises langues.

Je prends une gorgée de sa bière. Dans son imagination, Adrian voit une petite fille suivre un sentier du campus recouvert de feuilles, son sac à dos comme une carapace, toujours studieuse, toujours à l'heure. Il n'a aucune idée.

Je ne peux défaire ce que nous avons fait. Ce que *j'ai* fait. Je me suis transformée en monstre, mais le monde sait exactement comment transformer en monstres les filles qui convoitent ce qui leur est inaccessible.

Le garçon sur la photo ne sera pas aux retrouvailles. Grâce à moi, c'est impossible. Toujours grâce à moi, c'est également impossible pour sa petite amie, tout comme il est impossible que je les revoie, l'un et l'autre.

6

IL Y A QUATORZE ANS

Dave-Longue-Distance a été ma première dose, le début de mon addiction. J'étais convaincue que mon audace dans cette histoire me lierait à Sully, me conférerait une aura qu'elle reconnaîtrait comme complémentaire à la sienne. Mais pendant plusieurs jours, rien n'a changé. Parfois, en classe, elle soutenait mon regard, sans dire un mot, jusqu'à une fête organisée par la fraternité Beta ce week-end-là.

Puisque je recherchais l'attention masculine, je buvais comme une éponge, je portais très peu de vêtements et je dansais en laissant mes mains errer sur mon corps. J'étais venue en compagnie d'une fille de Butts C que ses amies avaient laissée tomber ce soir-là : Lily, les joues pâles rosies par l'excès de vodka. Comme je sentais les regards se tourner vers nous, j'ai relevé ma jupe d'un cran. Puis, une voix qui n'appartenait pas à Lily est parvenue à mes oreilles et une paire de mains froides s'est abattue sur mes clavicules.

— Tu n'es pas obligée de faire ça, tu sais, a dit Sully.

— Faire quoi ?

J'ai tenté de me retourner, mais elle m'en a empêché en enfonçant ses ongles dans ma peau.

— Te donner tant de mal pour les divertir.

Cette fois, c'est elle qui m'a fait pivoter sur moi-même.

— Tu penses que tu leur plais. Que tu leur donnes envie d'être avec toi. Mais tout ce qui leur importe, c'est de trouver quelqu'un pour les divertir.

— Tu parles des garçons, là ?

Ces meutes autour de nous, ces champions déchus aux yeux de prédateurs.

Sully a éclaté de rire.

— Mais non, je te parle des filles, idiote !

Son « idiote » était caressant.

— Les filles veulent qu'on les croie tellement branchées, prêtes à tout, mais c'est de la frime. Et le pire, c'est qu'elles sourient gentiment devant toi et parlent ensuite dans ton dos. Un peu comme ta coloc.

Flora, avec ses Post-it. Celui qu'elle avait collé à notre porte ce jour-là disait : « La gentillesse, ça ne coûte rien ! » Depuis la soirée avec Dave, Flora se montrait moins chaleureuse. Je savais qu'elle me jugeait.

— Qu'elles aillent toutes se faire foutre ! ai-je répliqué.

Sully a pressé mon menton avec son pouce sans arrêter de me fixer.

— Tu n'es pas très gentille, toi, on dirait.

Je ne savais pas si c'était une question ou une affirmation, mais la réponse était la même.

— Non.

— C'est bien. Je déteste les filles gentilles.

Nous sommes restées en suspens, moi tentant de comprendre la source de son magnétisme, comme si j'essayais d'attraper un papillon à mains nues. Les pupilles de Sully étaient massives (elle était clairement défoncée), ses lèvres rouges, ses cheveux hirsutes. Mais en cela, toutes les filles pouvaient l'imiter, je n'allais d'ailleurs pas m'en priver au cours des semaines suivantes. Ce qui empêchait les gens de dire non à Sully n'avait rien à voir avec son apparence. Plutôt avec son regard, face auquel on ne pouvait faire autrement que de se demander de quoi on avait l'air. Son attitude de kamikaze, la vie qu'elle faisait vibrer autour d'elle. On ne savait jamais ce qu'elle s'apprêtait à faire, ou ce qu'elle nous pousserait à faire.

— Tu as besoin d'une bonne partie de jambes en l'air, ce soir, m'a-t-elle dit en me caressant les clavicules.

J'ai hoché la tête. Comme tout le monde à Wesleyan, elle ignorait que Matt avait été le seul garçon avec qui j'avais couché. L'idée de baiser avec quelqu'un d'autre était stimulante, excitante, terrifiante. C'était peut-être la saignée émotionnelle dont j'avais besoin, un rituel nécessaire pour purger ma mémoire de la trahison de Matt.

— Ouais. J'y pensais justement.

Je n'allais pas me dégonfler sous ses yeux. Retenir l'attention de Sully demanderait un travail constant.

— J'ai justement le garçon qu'il te faut, a-t-elle dit en pointant son long doigt. Lui, là-bas, avec le t-shirt des Stones. Il a besoin d'un peu de sexe, lui aussi. Vas-y, ne te gêne pas.

Ce n'était pas un ordre, plutôt un défi. Que j'ai relevé.

« Lui », c'était Murray. Défoncé, des touffes de poils blonds au visage, la cible la plus facile de Wesleyan. Deux verres plus tard, nous étions déjà en train de nous embrasser dans sa chambre, et le reste allait suivre bien vite. Je me suis soudain sentie accablée par l'idée de laisser un parfait inconnu entrer en moi. *Je ne suis même pas sortie avec lui une seule fois*, ai-je pensé, un peu désemparée. *Il ne connaît rien de moi.* Les garçons étaient censés faire connaissance d'abord, c'était le prix à payer. Je me disais pourtant que Sully avait raison. Divertir les autres, c'était de l'histoire ancienne pour moi.

— Je ne fais pas ça très souvent, ai-je dit en essayant de garder mon sang-froid pendant que les doigts de Murray s'aventuraient jusque dans les replis les plus secrets de mon corps.

Une phrase qui, je l'espérais, alliait parfaitement esprit d'aventure et contrition. J'avais l'impression qu'il fallait avoir les deux.

— Ouais, a-t-il grogné. Ça se voit.

Qu'avais-je bien pu faire pour être une nouvelle fois à côté de la plaque ?

J'étais prête à aller jusqu'au bout, du sexe, je veux dire, mais la bite de Murray ne s'est pas montrée très coopérative. À mettre sur le compte de la cocaïne, a-t-il dit. Comme pour Dave, j'ai ressenti un brin de soulagement. Je n'avais jamais accordé de signification particulière au sexe, mais je savais que baiser, à Wesleyan, me définirait. Comme une ligne qui, une fois franchie, marquerait mes propres limites. Le fait que mes deux premières tentatives de séduction se soient terminées en excuses signifiait peut-être quelque chose. Mais je n'étais pas d'humeur à vouloir lire les signes de l'univers. Les charbons ardents de l'humiliation infligée par Matt brûlaient encore.

— Alors, c'était comment ? m'a demandé Sully le lendemain matin en classe.

— Il n'est pas arrivé à bander, ai-je répondu, avec une gueule de bois à fendre le crâne.

Elle s'est contentée de me fixer, et j'ai immédiatement regretté cet aveu. Elle a porté sa main à sa bouche pour couvrir son éclat de rire et a glissé sa tasse de café vers moi.

— Pareil pour moi. Il a essayé de me la rentrer même si elle était molle ! Au moins, il sait se servir de sa langue, tu ne trouves pas ?

J'ai hoché la tête, sans savoir si elle me faisait passer une sorte de test, et encore moins certaine de l'avoir réussi.

Je n'étais pas du genre à abandonner si facilement la partie. J'ai décidé que baiser pour baiser, c'était exactement ce dont j'avais besoin. Une semaine après Murray, j'ai enfin atteint mon objectif avec Drew Tennant, un guitariste avec qui j'avais flirté après le concert de son groupe à l'Eclectic. Baiser avec Drew et baiser avec Matt, ce n'était pas si différent : plein de sueur, superficiel, avec crescendo de grognements et de draps emmêlés. J'ai quand même ramené Drew dans notre chambre un jour que Flora n'était pas là et j'ai fait semblant de jouir en même temps que lui, comme si c'était si facile.

J'ai honte de l'avouer, mais ce que j'ai préféré, avec Drew, c'était après l'amour. Il était resté étendu, m'enserrant de ses bras, épuisé par l'effort. La chaleur de sa peau contre la mienne m'avait donné plus de satisfaction que le coït lui-même. Je cherchais la motivation pour dire *Il est temps que je parte* quand il m'a pris de court :

— Faut que j'y aille, a-t-il fait avant de boutonner son jeans sur ses abdominaux d'un brun profond. J'ai des trucs à étudier.

Je n'ai jamais su dans quelle discipline il était inscrit. La dernière fois que nous avons couché ensemble, je l'ai embrassé sur le pas de la porte et sur la pointe des pieds, mais quand il s'est détaché de moi, il m'a regardée comme s'il avait déjà oublié mon prénom.

Sully continuait de m'inviter à diverses fêtes, où je ne la voyais jamais que très brièvement, à l'autre bout d'une pièce bondée de monde, ses longs cheveux jaillissant en l'air comme un fanion, sa petite cour constamment renouvelée. Elle faisait toujours des excès : alcool, danse, drogues, ses lèvres sur un nouveau partenaire. C'est pourquoi tout le monde se livrait à elle avec délices. Elle osait ce dont rêvaient les autres, sans jamais oser eux-mêmes. Chaque fois que ses yeux se posaient un instant sur moi, et elle ne manquait jamais de le faire, je savais que mes épreuves n'étaient pas terminées.

On aurait dit que Flora s'était mise en quarantaine, immunisée contre la force d'attraction de Sully.

— Sloane sort tous les soirs. Je me demande comment elle arrive à étudier, a-t-elle persiflé un jour, attendant manifestement que je remplisse le silence en rendant mon jugement, moi aussi.

J'ai haussé les épaules. Flora tentait de me ramener vers elle ; la note sur notre porte ce matin-là disait : « Reste toi-même ! Tous les autres postes sont pris ! »

La brèche se refermait. Je n'étais pas une fille de la ville ni l'héritière d'une vieille fortune dont la famille traîne au club de golf, mais je n'étais pas non plus une banlieusarde de merde comme Ella Walden, avec son jeans trop ajusté, son maquillage nacré et son rire d'ânesse. Je m'étais intégrée au groupe des filles cool. J'en avais l'impression, en tout cas, jusqu'à ce que je me rende compte, le dernier lundi de septembre, que Lauren avait un pouvoir qui me manquait. Une puissance d'attraction si subtile que je ne l'ai remarquée que quand le fil qui m'y rattachait s'est cassé.

— Dis donc, est-ce que tu vas à ce truc que Lauren organise ce week-end ? m'a demandé un jour Flora en pliant ses chemisiers en parfaits carrés de couleur pastel. C'est gentil de sa part d'avoir invité tout le monde, mais j'ai une grosse dissertation à finir. Dommage, parce que j'aime bien les Hamptons.

J'avais l'impression qu'un trou se creusait dans ma poitrine. J'avais du mal à respirer.

— Je ne sais pas, me suis-je étranglée. Je ne sais pas encore ce que je vais faire.

Je n'allais surtout pas raconter à Flora que Lauren m'avait exclue à dessein, pour des raisons que je ne comprenais pas entièrement. Nous mangions parfois ensemble le midi, nous parlions de ce qui s'était passé dans une fête ou une autre. Je l'avais vue la veille, et elle n'avait pas mentionné les Hamptons.

Ma confusion s'est accentuée quand cet après-midi-là, aux toilettes, je suis tombée sur Ella, le visage grisé par l'enthousiasme.

— Peux-tu le croire, les Hamptons ? Je n'y suis jamais allée, et toi ? La famille de Lauren possède une maison sur la plage, tu imagines ? Quel genre de vêtements on doit porter, à ton avis ? Peux-tu m'aider à faire ma valise, et moi je t'aiderai pour la tienne ?

— J'ai déjà visité les Hamptons, ai-je menti. Ce n'est pas si bien que ça.

Je n'arrivais pas à croire qu'Ella avait été invitée. Je sentais ma lèvre inférieure trembler. Je suis sortie à la hâte, avant d'éclater en sanglots, laissant derrière moi une Ella perplexe.

Ce soir-là, je suis allée faire la fête avec Lily et Clara, en quête d'une preuve qu'on voulait bien de moi. J'y ai rencontré Hunter, un garçon au front cireux et boutonneux qui vivait à Butts A. Je l'ai laissé me peloter sur la piste de danse à la fraternité DKE. Cela s'est traduit par du sexe en bonne et due forme deux jours plus tard, un corps-à-corps insatisfaisant qui a justifié un nouvel orgasme simulé. Hunter s'est rhabillé et s'apprêtait à partir juste au moment où Flora rentrait d'un cours.

— Ah, salut, lui ai-je dit. On étudiait.

J'ai repéré Sully par l'embrasure de la porte. Elle se tenait près des toilettes et n'essayait même pas de dissimuler ses ricanements.

— À un de ces jours, Amber! a lancé Hunter.

J'avais le rouge aux joues. C'était un sportif, le type parfait pour une baise sans lendemain. Mais est-ce que j'avais du pouvoir s'il n'arrivait même pas à retenir mon nom?

— Bye, Hudson! s'est exclamé Sully en lui tirant la langue.

— C'est Hunter! a-t-il répliqué, irrité, avant de regarder derrière lui. Ah, c'est toi, Sully! Salut!

Je n'avais nulle envie d'affronter Flora, car je savais qu'elle me désapprouverait. J'ai donc attrapé mon sac et décidé de me rendre à Olin, où je pouvais me cacher parmi la foule studieuse. Sully m'a suivie au pas de course et a posé une main froide sur mon épaule.

— On dirait que son cerveau est en panne. Et sa bite est crochue. Tu as remarqué?

J'ai pivoté sur moi-même.

— Quoi? Tu as couché avec lui aussi?

Ma question l'a fait rire.

— On peut bien partager les jouets, non? Il va falloir apprendre.

Elle a tendu la main vers le collier que Billie m'avait offert pour mes seize ans et a recentré le pendentif floral.

— Je n'oublierais jamais ton nom, moi. C'est trop important.

— Ce n'est pas grave, ai-je répondu. Ce n'était même pas un bon coup, de toute façon.

En vérité, je n'avais pas couché avec assez de garçons pour connaître la différence entre une bonne partie de jambes en l'air et une mauvaise. C'était plus ou moins toujours la même chose, une collision de membres, des frictions et des grognements dans l'obscurité.

— Cet endroit regorge de types qui baisent comme des pieds. Le truc, c'est d'avoir un peu de plaisir avec eux malgré tout. Viens, je vais te montrer.

Nous nous sommes assises autour d'une table, à Olin. Elle entortillait ses doigts dans son collant déchiré, agrandissant les trous. Sa beauté était frappante, avec ses sourcils majestueusement obliques au-dessus de ses grands yeux verts. Elle a tiré quelque chose de sa poche kangourou et l'a glissé vers moi. Un Nokia argenté.

— Hier soir, je suis allée à une fête à Nics avec Gem. Tout le monde avait pris de la coke, et j'ai rencontré ce gars, Buddy.

J'ai frissonné de nouveau devant ce constat abrupt : toutes ces fêtes, tous ces gens à portée de main, et moi, je n'étais pas invitée.

— J'allais te demander de venir avec moi, a ajouté Sully. Mais Flora m'a dit que vous aviez l'intention de regarder *America's Next Top Model* ensemble.

Flora... qui essayait de me retenir, comme elle contrôlait son petit ami, le forçant à ces stupides appels téléphoniques. Mon irritation s'est décuplée.

— En tout cas, Buddy a fait le con. Il a essayé de me forcer à lui sucer la bite. Il voulait me l'enfoncer au complet, tu vois ? Quand j'ai refusé, il m'a dit que je n'étais qu'une sale pute. Alors, je lui ai volé quelque chose. Regarde sa collection de numéros de filles. Je parie qu'il les traite comme de la merde.

J'ai pris l'appareil. Un modèle meilleur et plus récent que le mien. J'ai ouvert la messagerie, toute une encyclopédie de filles. Sarah. Nicole. Steph. Anna. Bridget. « La fille du cours d'éthique ». Molly. Jazz.

— On va le faire chier, a suggéré Sully, les ongles enfoncés dans la table comme une chatte qui se fait les griffes. Choisis une fille. Envoie-lui un message. Enfonce-le bien comme il faut.

Je n'ai pas hésité. L'envie de *la surenchère* était irrépressible.

— OK, qui choisir? Anna?

Le dernier message qu'elle lui avait envoyé (à quatre heures du matin) datait de trois semaines. Anna me rappelait quelqu'un. Moi-même. Ma fierté bafouée quand j'avais envoyé à Matt un texto après notre rupture. J'imaginais les sourcils trop épilés de Jessica French. J'avais l'impression un peu folle de me venger. Cette Anna n'avait jamais reçu de réponse à son pathétique Tu ne devais pas venir, ce soir?

J'ai tapé un nouveau texto.

— Qu'est-ce que tu penses de ça: Hé chérie, tu me manques. On se voit quand?

Sully a soupiré et dispersé ses cheveux blonds rebelles en secouant la tête.

— Tu peux faire mieux que ça! On pourrait s'arranger pour qu'ils se rencontrent vraiment.

J'ai effacé ce que j'avais écrit et tenté autre chose. Quand j'ai lu à haute voix, Sully a frappé le genou osseux qui sortait de son collant déchiré.

— Parfait! Je savais que tu serais la meilleure pour ce genre de choses.

Son compliment m'a réchauffé le corps. J'ai relu les mots sur l'écran avant d'appuyer sur « Envoyer »: Hé chérie, viens dans ma chambre tout à l'heure. Je pense à toi, envie de te revoir. Porte ce que tu portais la dernière fois. J'ai bien aimé. Je t'attends.

— Que le spectacle commence! ai-je lancé, ce qui a fait sourire Sully.

J'ai pensé une seconde à la réaction de Flora, à la mine de dégoût qu'elle me ferait. Mais je m'en foutais. Flora n'avait jamais compris que pour s'élever dans la hiérarchie, il fallait parfois sortir des sentiers battus.

Le téléphone a vibré dans ma main presque instantanément. Sully s'en est emparé et a ricané en lisant la réponse de cette Anna.

— Elle est prête à tout. Elle a tout simplement répondu : J'arrive. Buddy va avoir une belle surprise tout à l'heure.

Je n'ai pas pensé plus d'une minute à ce qui allait arriver à Anna, ni à la réaction de Buddy. J'ai appris plus tard que le type ne s'appelait pas vraiment Buddy, un simple surnom que Sully donnait à tous les garçons avec qui elle couchait, une désignation générique pour tous les hommes.

— On t'a parlé du Festival du sexe à l'Eclectic ? m'a-t-elle demandé.

— Non, c'est quoi ?

— Si j'ai bien compris, tout le monde est plus ou moins à poil, et ça dégénère. C'est ce week-end. Tu viens avec moi.

— Tu ne vas pas dans les Hamptons ?

Elle a secoué la tête.

— Que les Hamptons aillent se faire foutre ! On va bien mieux s'amuser ici.

C'était une offre plus alléchante qu'aucune de celles qu'aurait pu me faire Lauren, plus qu'un week-end de merde dans sa maison de plage de merde, à répliquer à ses critiques déguisées en compliments.

Sully a eu un petit sourire satisfait.

— Je parie qu'on trouvera des garçons avec qui s'amuser un peu.

Elle parlait des garçons comme de jouets. Mais ses jouets favoris, c'étaient les filles.

7

AUJOURD'HUI

À: Ambrosia Wellington, a.wellington@wesleyan.edu
De: Comité des anciens étudiants de Wesleyan, reunion.classof2007@gmail.com
Objet: Retrouvailles de la promotion 2007

Chère Ambrosia Wellington,
Entre les repas à MoCon (de sinistre mémoire) et les rituels que seuls les diplômés de Wesleyan peuvent comprendre (comme étudier en sous-vêtements à Olin), nous en avons bavé pour le rouge et noir. Aujourd'hui, nous comptons les jours qui nous séparent des retrouvailles, chère ancienne étudiante, afin de revivre nos traditions ! Il nous semble déjà entendre votre cri de ralliement !

Meilleures salutations,
Le comité des anciens étudiants

Les semaines précédant les retrouvailles passent à toute vitesse, leur intensité ponctuée des textos surexcités de Hadley et de Heather. J'y réponds avec les « hourras » d'usage, mais une seule chose m'obsède : le petit mot que j'ai reçu.

Je rabroue Adrian à la moindre occasion. Quand il hésite entre porter un costume ou un jeans à la réception. Quand il se demande s'il devrait apporter un parapluie. Quand il me presse de prendre rendez-vous chez un spécialiste de la fertilité, car cela fait déjà six mois et je ne suis toujours pas enceinte. Un sujet qu'il ramène toujours sur le tapis avec décontraction, comme s'il n'avait aucune attente. C'est pourtant le désir de tous les hommes que d'engendrer un double d'eux-mêmes.

— Je m'inquiète, c'est tout. Tu as déjà trente et un ans. J'ai lu quelque part que la production d'ovules se réduit de moitié dès le début de la trentaine.

J'imagine Adrian faisant des recherches sur Google, au lit, à côté de moi déjà endormie. Ma colère s'enroule comme un serpent familier.

— Ne t'inquiète pas pour mes ovules. Je suis sûre d'en avoir des tas. Peut-être que le problème vient de toi.

Assis sur le lit devant sa valise à moitié faite, Adrian ne réagit pas. Même si ce n'est pas lui qui reçoit les agaçants messages du comité de retrouvailles, il réussit malgré tout à suivre leurs instructions à la lettre, comme un bon petit garçon.

— Peut-être que oui. Je n'ai pas d'objection à faire tester mes bijoux de famille. Je te le dis depuis des mois. Je veux juste une maison remplie de gamins. Toute une troupe de petits Ambians.

La première fois qu'il a utilisé ce terme, c'était lors de notre mariage, dans un discours un peu aviné dans lequel il promettait à nos parents respectifs l'arrivée prochaine de petits-enfants. Debout à ses côtés, le visage fatigué de sourire, je m'efforçais de vouloir moi aussi la seule chose qui le rendrait heureux. Adrian était si sûr de lui, si sûr de nous, si sûr de la vie que nous allions partager. « Quel homme formidable ! » m'avait dit Billie juste avant le mariage, et je savais qu'elle avait raison. Après tout ce que j'avais fait, je gagnais l'amour d'un type vraiment bien.

— C'est ce que je veux moi aussi.

Je me retiens de formuler le problème évident : nous n'avons même pas de maison où les mettre, ces enfants. Nous avions de grands projets, avant, et en discutions fiévreusement la nuit. *Voyager. Faire tout ce qui nous plaît.* Puis, la réalité s'est installée. Nous avions un appartement et des factures à payer. Et après la réalité est venu le ressentiment, qui me brûlait comme un coup de soleil. Adrian n'avait aucun besoin de voyager. Le statu quo le contentait. Ses gestes et ses déclarations d'amour romantiques n'ont rien fait pour étouffer la colère qui a grandi en moi comme un fœtus sec.

J'ai tenté de m'imaginer les choses de son point de vue : deux bambins à quatre pattes dans le jardin de mes parents à Pennington, et nous, assis sur la véranda, un verre de vin à la main, roucoulant de les voir si mignons. J'arrivais à évoquer le goût du vin dans ma bouche, l'odeur du barbecue dans mes narines, mais pas ce qui lui importait vraiment : les enfants.

— Il faudrait faire l'amour un peu plus souvent, suggère Adrian en posant la main sur ma cuisse. On n'est pas très assidus, toi et moi. Tu sais, Justin m'a dit, la dernière fois qu'on a pris une bière ensemble, que Hadley et lui vont s'y mettre. Ils veulent s'enraciner.

— Contente pour eux.

Mais au fond de moi, ça me fait vraiment chier que Hadley ne m'en ait pas parlé la première. *S'enraciner.* Tout le monde est content quand les femmes sont fichées en terre comme des arbres.

— Ouais, ajoute Adrian. C'était quand, la dernière fois, d'ailleurs ?

Avant, nous faisions l'amour tous les jours, presque spontanément, un peu partout dans l'appartement. Quand Billie m'a raconté que Ryan et elle avaient rendez-vous au lit tous les vendredis soir avec la précision d'une horloge, je l'ai jugée. À présent, Adrian et moi faisons l'amour pas même une fois par semaine, quand je ne m'efforce pas d'avoir l'air de dormir pour m'en sortir.

— On se rattrape tout à l'heure, d'accord? Il faut que je file. J'ai rendez-vous avec Billie.

— Je ne travaille pas, ce soir, m'informe Adrian avec une petite moue. J'avais envie de passer la soirée avec toi.

— C'est prévu depuis longtemps, lui dis-je en troquant mon pyjama pour un jeans. Je ne la vois presque jamais.

Adrian se redresse sur ses coudes, des mèches de cheveux dans les yeux.

— Tu lui envoies des textos toutes les deux secondes. C'est comme si elle était toujours avec nous dans la pièce. C'est moi que tu ne vois presque jamais.

— Ce n'est pas vrai, répliqué-je en rentrant mon ventre pour boutonner mon jeans. Dans un appart aussi petit, impossible de te manquer!

— On n'est pas si mal, ici, dit-il avant d'ajouter à voix basse: tu n'aimes pas notre vie?

Je lâche des yeux les boutons de mon chemisier pour relever la tête: je vois clairement à son regard tout le mal que je lui fais.

— Je ne déteste pas notre vie. Je ne veux pas qu'elle se résume à ça, c'est tout.

C'est peut-être ce que je lui ai dit de plus honnête depuis longtemps. Il se penche vers moi, m'embrasse, me passe la main dans les cheveux, et quelque chose remue en moi, non seulement le besoin d'être touchée, mais d'être aussi comprise, reconnue. Son autre main se glisse dans mon jeans, et plutôt que de trouver une excuse pour remettre ça à plus tard, toujours plus tard, je le laisse me tirer à cheval sur lui.

— Tu sais que je t'aime, pas vrai ?

Son souffle sur ma joue, ma respiration qui s'accélère.

— Moi aussi.

Pour une fois, je m'abstiens de lui répondre : « Je sais. »

Car je l'aime, c'est sûr. J'aime voir mon reflet dans ses yeux. Épouser Adrian, c'était comme regarder dans un miroir toujours flatteur. Il me voit comme la personne que je voudrais être. J'aimerais bien la voir, moi aussi, cette fille-là.

Je rejoins Billie à Broken Land, un bar de Greenpoint qui se situe plus ou moins à mi-chemin entre nos deux résidences. Elle est déjà assise au bar, un verre de vin à la main, son teint olive un peu empourpré. La Billie un peu éméchée, celle que je préfère. Quand elle boit, elle se met à parler fort, à flirter, et oublie le monde qu'elle a laissé derrière elle, son mari, ses enfants, sa personnalité Instagram. Elle n'y affiche jamais les photos de nos soirées ensemble, ce qui ne me donne pas l'impression d'être un secret gênant, mais plutôt le seul refuge authentique et brut de son existence.

Elle m'embrasse sur la joue.

— Tu fais un régime, non ? Pour les retrouvailles ? Tu as maigri.

— Non, je suis juste stressée.

Je me dégage de son étreinte. À Central, nous sautions le repas du midi lorsque nous nous sentions ballonnées et nous pesions sur la balance de ma mère, célébrant des chiffres arbitraires.

— Qu'est-ce qui t'inquiète ? Tu n'as rien fait de mal.

— Je sais. C'est bizarre. Je ne suis plus celle que j'étais à l'époque.

Le détective Felty ne serait pas d'accord. Dans de petits accès de panique, je me mets à penser que c'est lui, l'auteur du message que j'ai reçu. Qu'il sait, pour la photo cachée entre les pages du John Donne, d'où elle n'aurait jamais dû sortir. Qu'il connaît les dernières paroles que j'ai dites à ce garçon, et ce qu'il m'a répondu.

Je commande une coupe de prosecco, avant de changer d'avis et de me décider pour une bouteille tout entière. Comme ça, quand je rentrerai et qu'Adrian me demandera combien j'en ai bu, je lui répondrai « une seule » et ce ne sera pas un mensonge.

— Tu dormiras à nouveau dans cette chambre, me dit Billie. Dans la « résidence maudite ». Et tu n'as rien raconté de tout ça à Adrian. Il va finir par l'apprendre.

Je hausse les sourcils.

— Je ne peux pas croire que tu utilises encore ce nom ! Ce n'est qu'une résidence ordinaire. De toute façon, j'ai réservé une chambre d'hôtel.

Je feins d'ignorer son reproche concernant Adrian, car j'ai encore l'espoir de ne rien avoir à lui raconter. Il sera distrait tout le week-end par Justin et Monty, et par l'alcool à volonté.

Billie me prend les mains. Je remarque son vernis à ongles, bleu Tiffany. Je remarque toujours le vernis à ongles des gens. C'est un bon indicateur de leur santé mentale, aussi risible que cela puisse paraître. Les ongles de Billie sont impeccables. Le jour où je la verrai avec des petites peaux sanguinolentes autour, je saurai que ça ne va pas.

— Allons, Amb. Je te connais mieux que ça. Il y a quelque chose qui cloche.

À mon arrivée à Wesleyan, Billie m'incitait à me faire des amies. Mais elle voulait rester ma meilleure amie. Je lui avais parlé de Sully, sans trop de détails.

— Je suis stressée, c'est tout. C'est fou, au boulot, ces temps-ci.

Je lui serre les doigts, juste assez pour lui faire un peu mal, avant de la lâcher.

Elle prend une gorgée, ajoutant une seconde empreinte rouge au bord de son verre. L'été, quand nous rentrions à Pennington de nos universités respectives, nous travaillions toutes les deux comme serveuses à la Villa Francesco, et nous nous moquions des femmes dont le rouge à lèvres tachait des verres qui descendaient vite.

— Il sera là ? me demande-t-elle presque à voix basse. Le garçon que tu aimais passionnément et dont tu refuses toujours de parler.

Je réponds par quelque chose qui ressemble plus à un souffle qu'à un nom.

— Buddy ? Bien sûr que non.

— Du calme, fait-elle, je ne suis pas en train de dire que tu vas coucher avec lui. Et puis, tu te rappelles ce qui m'est arrivé avec Colton ? On est passés à un cheveu le week-end de mon enterrement de vie de jeune fille. S'il n'avait pas eu autant de principes, on ne se serait pas gênés.

Billie se frotte les bras.

— As-tu déjà eu envie de lui envoyer un message ? lui demandé-je.

Notre serveur fait sauter le bouchon de ma bouteille de prosecco. Comme si j'avais quelque chose à célébrer.

— Pour lui dire quoi ? « Salut, je suis mariée et j'ai deux enfants à présent. » Parfois, je me demande comment les choses auraient tourné si son sens moral avait été moins aiguisé.

Elle s'interrompt.

— À vrai dire, continue-t-elle, j'ai essayé de consulter son compte Instagram. Mais il est privé. Sa photo de profil le montre en compagnie d'un chien. Ça veut peut-être dire qu'il n'est pas encore marié, avec un peu de chance.

— Avec un peu de chance ? Tu veux dire, une chance pour toi ?

Elle hausse les épaules.

— Je ne peux pas être avec lui, mais je n'ai pas envie qu'il soit avec quelqu'un d'autre, tu comprends ?

Je sais très bien ce dont elle parle.

Chaque fois que Billie ouvre son cœur, je meurs d'envie de lui ouvrir le mien, comme on le faisait du temps de Central, des nuits passées chez l'une ou l'autre à nous raconter nos secrets. Tout ce qu'elle sait, c'est que j'aimais un garçon nommé Buddy et que les choses ont mal tourné. Je voulais qu'il m'accompagne à Pennington pour les vacances de Noël, qu'ils fassent connaissance, Billie et lui.

— Il ne sera pas là. Buddy. Il ne viendra pas.

— Eh bien, peut-être qu'il se pointera quand même. Garde l'esprit ouvert, c'est tout, ajoute-t-elle en faisant tournoyer la dernière larme de vin dans son verre. Je ne te dis pas de tromper ton mari. Je sais que tu l'aimes. Tu as juste besoin de tourner la page.

J'avale une longue gorgée pour empêcher ma bouche de traduire ma pensée. Je bois beaucoup, afin de ne plus savoir distinguer entre sourire et grimace. Heureusement, la vérité est enfermée à double tour dans ma tête.

Il ne peut pas se pointer, à cause de ce que je lui ai fait.

8

IL Y A QUATORZE ANS

Il y avait tous les autres, et puis il y avait Sully et Flora, les deux extrêmes entre lesquelles je rebondissais comme une balle en caoutchouc. La plupart des filles n'étaient pas trop méchantes, du moins en apparence, mais je n'arrivais pas à me détendre tout à fait avec elles, à être moi-même. En vérité, je ne savais plus trop qui j'étais. J'avais peur de ce que j'allais raconter si je buvais trop, peur de laisser entendre mon accent du New Jersey, peur de répandre des histoires idiotes à propos de Central. Je composais ma façade avec les traits combinés des autres filles, une mosaïque de personnalités. Ce que j'enviais le plus à Sully, c'était à quel point elle semblait bien dans sa peau : tout, chez elle, était intéressant, original, cool.

J'étais convaincue qu'il n'y avait rien d'intéressant, d'original ou de cool en moi. Mais j'avais un talent. J'étais bonne actrice et j'imitais si bien les autres que je réussissais à les attirer dans mon orbite. Celle que j'étais avec Sully et celle que j'étais avec Flora n'avaient rien à voir l'une avec l'autre. Pendant un temps, j'ai assumé pleinement les deux versions.

Il aurait été naturel que je choisisse Flora. Mes parents auraient approuvé ses manières, son charme, ses perpétuels « s'il vous plaît », ses nombreux « merci ». Sa famille lui manquait, me confiait-elle parfois, surtout sa petite sœur Poppy, qui avait quatre ans de moins et venait de commencer ses études secondaires. Flora l'appelait presque aussi souvent que Kevin.

— Poppy voudrait venir nous voir, m'a-t-elle dit un jour. Je lui ai beaucoup parlé de toi. Elle a la fibre artistique et veut étudier à Wesleyan. Les choses sont difficiles pour elle, à l'école.

Un jour, Flora me l'avait même passée au téléphone en me chuchotant :

— Elle ne va pas très bien. Dis-lui que les choses vont s'améliorer.

— Tout va finir par s'arranger, ai-je menti au téléphone.

J'étais en sécurité avec Flora ; elle était l'édredon contre lequel je pouvais me blottir. Elle était toujours *là pour moi*. Au lendemain d'une beuverie dans la chambre de Dora, elle avait retenu mes cheveux pendant que je vomissais violemment. Elle était même passée entre les cours pour voir comment j'allais. Les fraîches soirées de septembre, nous arpentions ensemble le campus en parlant de nos rêves ; je pouvais lui raconter les miens sans craindre qu'elle les expose ensuite aux autres filles en haussant les sourcils. « Ambrosia pense vraiment réussir à Hollywood. » Les efforts que je déployais pour faire tomber la façade de sa gentillesse ne menaient à rien, parce qu'elle n'était pas feinte.

Pourtant, un autre sentiment pointait parfois sous son inquiétude. Je me hérissais au moindre air désapprobateur.

— Où vas-tu ? m'a-t-elle demandé un soir alors que je laçais le corset prêté par Sully pour le Festival du sexe.

— Juste une fête, ai-je marmonné.

— Ah, a-t-elle fait, ses pantoufles en forme de lapin pendant de son lit.

Une seule syllabe, mais j'y entendais tout un chapitre. *Encore une fête. Avec Sloane, bien sûr.*

— Viens avec nous, lui ai-je proposé en sachant très bien qu'elle refuserait.

— J'ai une dissertation. Mais appelle-moi si tu as besoin de quelque chose.

Elle a agité son téléphone, en sachant très bien que je m'en garderais.

Si Flora était douce comme le duvet d'un poussin, Sully avait des ailes de cygne noir sous lesquelles je me réfugiais. Au Festival du sexe, je trottinais derrière elle comme une biche effarouchée, le long des couloirs où retentissaient une musique assourdissante et des séquences porno. Des couples s'envoyaient en l'air devant tout le monde, une véritable orgie dionysiaque se déroulait sous nos yeux. Nous avions tous régressé à l'état animal. C'est ce soir-là, dans une salle de l'Eclectic, que j'ai essayé pour la première fois la cocaïne, après avoir admiré le cou de Sully, élégant point d'interrogation penché sur une ligne bien droite. J'avais honte de m'être rempli la tête de scènes d'overdose en regardant avec Billie de stupides séries télé. Dans l'ombre de Sully, la peur n'avait pas sa place. Ma narine brûlait, mais j'étais toujours en vie, plus que jamais.

— Alors, qui tu choisis aujourd'hui ? m'a demandé Sully quelques minutes plus tard avec autant de désinvolture que si nous étions devant le menu de la cafétéria. Moi, je jette mon dévolu sur ce Buddy-là ; tu le vois, dans la cuisine ? Après, on verra bien.

Elle a reniflé d'un coup.

— Pas sûre encore, ai-je répondu en serrant les dents pour les empêcher de claquer.

Il fallait en élire un.

— Ma meilleure amie d'enfance te plairait, m'a dit Sully en passant son petit doigt le long de ses gencives. Evie. Une fille prête à tout. Rien ne l'arrête !

— Cool, ai-je réussi à articuler.

Mais ce n'était pas cool du tout d'apprendre que j'avais une nouvelle rivale, une rivale que je n'avais même pas encore rencontrée.

Plus tard, quand mes nerfs surchauffés se sont détendus, je me suis retrouvée seule à l'étage avec un garçon à forte carrure et au bronzage californien. Je l'ai appelé Buddy, puisque son vrai nom était sans importance. Je l'ai laissé glisser la main dans ma culotte, qu'il a baissée avant de me presser contre un mur couvert de photos de femmes nues. Je suis devenue l'une de ces femmes, les reins cambrés, la poigne primale de mon partenaire dans les cheveux.

Le lendemain après-midi, j'étais avec Sully dans notre chambre quand Flora est rentrée de la bibliothèque Olin. Mon corps tout entier palpitait comme une blessure géante.

— Je me suis inquiétée pour vous, les filles, a dit Flora l'immaculée en se perchant sur sa chaise de bureau. Amb, tu ne m'avais pas dit que tu allais à... cette fête-là.

Allez savoir qui lui avait parlé du Festival du sexe ; presque tout le monde était au « truc de Lauren ». La soirée me revenait par bribes : le garçon qui m'avait prise contre le mur, l'autre après lui qui avait sniffé une ligne de coke sur ma hanche. Sully, omniprésente, sa bouche sur tout ce qui bouge.

— C'était juste une fête, ai-je répondu. Rien de bien grave.

— Ce n'était pas si mal, a jugé Sully en roulant sur le lit. Je m'attendais à plus, en fait.

La tête me tournait en songeant que quelque chose qui me semblait *trop* n'était *pas assez* pour elle. Nous ne jouions pas sur le même terrain. Mais comme je songeais à rester en terrain sûr à l'avenir, elle a passé son bras autour de mes épaules.

— Amb a sauvé la soirée.

Quelques jours plus tard, tandis que nous rentrions de MoCon, Flora a fini par dire tout haut ce qu'elle pensait tout bas, et que je savais déjà.

— Ne le prends pas mal, a-t-elle commencé en ajustant la délicate broche d'or en forme de cœur contre son sternum. Mais je pense que Sloane est sur une pente glissante. J'ai peur qu'elle fasse une grosse bêtise. Et toi aussi, si tu es avec elle.

— Ne t'inquiète pas pour elle, ai-je rétorqué d'un ton brusque. Ni pour moi. Tout va bien.

Flora a eu un mouvement de recul, comme si je l'avais frappée ; sa tolérance au conflit était plutôt faible. J'ai appris plus tard que ses parents avaient peut-être quelque chose à voir avec ça ; elle ne parlait jamais d'eux, sans doute parce qu'elle ne voulait pas me montrer ce qu'était vraiment sa vie, fort différente du conte de fées que j'imaginais.

— Je ne voulais pas t'offusquer, a-t-elle réagi. J'ai juste entendu parler de ce qui se passe dans les fêtes, quand les garçons boivent trop. Je ne veux pas qu'il t'arrive quelque chose.

— Il ne m'arrivera rien, ai-je repris d'un ton plus conciliant. Je sais comment me défendre.

Elle a pris mon bras ; sa peau était fraîche et douce.

— Je veux que tu trouves ton propre Kevin. Je sais qu'il est là, quelque part. Il faut être patiente.

J'avais à moitié envie de croire ses paroles, tant on nous rebat les oreilles en nous répétant sans cesse : « Un jour ton prince viendra. » De tels espoirs sont tenaces.

Mais je n'étais pas d'humeur à attendre un garçon comme Kevin. Cette semaine-là, j'ai encore couché avec Hunter, celui avec la bite crochue, et un autre aussi, que j'ai fait entrer furtivement dans notre chambre pour un coup vite fait. Son souffle chaud s'est épuisé dans mon oreille sans qu'il ne m'ait offert ni compliment ni orgasme. Nous échangions à peine quelques paroles, j'oubliais vite le nom du garçon, tous des « Buddy », des êtres jetables comme les condoms que j'enveloppais de papier hygiénique avant de les balancer dans le panier à côté de mon lit.

— On se revoit un de ces jours ?

Au moment de les quitter, je répétais toujours cette phrase d'une voix monotone, désinvolte. Mais je revoyais rarement ces garçons. J'approchais peut-être un peu trop ma main de la leur, sur le pas de la porte, comme si j'avais envie qu'ils me serrent dans leurs bras. Mon corps me trahissait de mille et une façons.

Par principe, je ne cherchais pas quelqu'un de spécial, même si certaines filles avaient déjà trouvé un copain. Sully se moquait d'elles.

— Nous donner un amoureux est une façon, pour l'univers, de nous tenir en laisse, disait-elle. Nous sommes trop dangereuses, sinon.

Je hochais vigoureusement la tête.

L'univers, lui, allait bientôt placer la barre encore plus haut.

Notre rencontre a été vraiment charmante, comme dans les comédies romantiques ringardes que Billie et moi adulions. Je courais vers Olin, où les filles m'attendaient pour réviser. J'ai laissé tomber l'un des livres que je portais. Il l'a ramassé.

Cheveux courts, l'air assez formel, mâchoire de Superman. Un peu plus vieux que moi, peut-être en dernière année d'université, sûrement membre d'une fraternité ; DKE, avec un peu de chance, et non Beta.

— C'est à toi, je pense, a-t-il dit.

— Désolée, ai-je répondu. Ou plutôt, merci.

— Pas de soucis.

Dents blanches. De près, son visage m'a paru vaguement familier. Peut-être l'avais-je rencontré lors d'une fête. Le Festival du sexe ? Les visages des garçons avec lesquels j'avais couché se confondaient, et soudain, je me faisais horreur.

— Ah, tu lis John Donne ? a-t-il remarqué. Je le connais bien. Quasiment au sens biblique. J'étudie son œuvre en ce moment.

— Moi aussi, ai-je répondu vivement. Comme tu le vois. Mais je ne le connais pas si bien. En fait, j'ai un peu de mal à le comprendre.

C'était un mensonge. Qu'y avait-il à comprendre à propos d'un vieil homme blanc mort depuis longtemps ? Ils avaient tous la même chose à l'esprit.

Le garçon a souri. Quelles dents étincelantes ! Cette rencontre me paraissait chargée de promesses.

— Tu as besoin de mon expertise, on dirait.

Un coup d'œil à sa montre, massive, un cadran bleu à lanière de cuir.

— Je peux te donner un cours intensif, si tu veux.

Une phrase un peu idiote, condescendante même, sous-entendant que j'avais besoin de lui. Mais je me suis surprise à hocher la tête, assoiffée de l'attention soutenue d'un garçon, une attention qui, enfin, n'aurait rien à voir avec le sexe. Au lieu de chercher où nous installer à Olin, je l'ai entraîné vers Foss Hill en passant sous les arbres dont les feuilles brunes frémissaient.

— On a une belle vue, d'ici, s'est-il réjoui une fois assis en haut de la colline.

Il se passionnait réellement pour John Donne, ce que je trouvais à la fois adorable et sexy. Même si moi, je détestais John Donne, je n'avais rien à redire contre un garçon qui pouvait s'enthousiasmer à propos d'autre chose que de bière ou de seins nus. S'il pouvait s'exciter comme ça pour John Donne, qui sait ce dont il était aussi capable ? Ce serait le genre d'amoureux qui me donnerait le sentiment d'être son égale, et non une distributrice automatique.

— Tu en sais plus que tu ne le crois, a-t-il dit.

Il a repoussé derrière mon oreille une mèche que le vent avait fait voler sur mon visage.

— Tu ne sais pas à quel point tu es intelligente, a-t-il continué. Ni à quel point tu es belle.

C'est le mot « belle » qui m'a fait craquer, avec sa double consonne latérale, sa musique particulière. Un instant tout simple, à jamais gravé dans ma mémoire. Les autres garçons n'avaient pas l'habitude de me lancer des fleurs.

— John Donne était un romantique, a-t-il repris. Il a tout perdu pour celle qu'il aimait.

J'ai retenu mon souffle. Ce garçon était sur le point de m'embrasser, et je le laisserais faire. Soudain, Foss Hill m'a semblé un endroit idéal pour tomber amoureuse. Et même si c'était ridicule, j'avais envie de tomber amoureuse, soudainement. Son pouce a effleuré mon menton, brièvement, avant qu'il consulte cette stupide montre.

— Merde ! Je n'ai pas vu le temps passer. Mais si tu as d'autres questions sur Donne, écris-moi quand tu veux !

Il s'est penché et a griffonné dans mon cahier : « bigmac10@gmail.com ». Je ne lui ai pas tenu rigueur de son adresse électronique un peu idiote. S'il fallait s'arrêter à ça! C'était presque mignon.

— Merci, je t'écrirai.

Mon imagination s'est projetée loin dans l'avenir. Il me laisserait choisir la palette de couleurs pour notre mariage. Il dirait à l'organisatrice: « Réalisez tous ses rêves, je veux qu'elle soit comblée. » J'insisterais pour des pivoines, ces grosses boules blanches qui attendent patiemment leur heure, ces globes suaves et bien gras, prêts à se déployer comme autant de petits soleils de feux d'artifice. Je répliquerais que j'étais déjà une femme comblée.

J'ai écrit à Billie sans attendre.

P-ê rencontré qqun ?

Mon corps était comme un câble sous tension, électrifié par le mot « belle ». Je me suis arrêtée à MoCon, et même la salade piteuse m'a semblé meilleure que d'habitude. Billie n'avait pas encore répondu lorsque je suis rentrée à Butts C, et j'avais besoin d'une réaction. C'est à ce moment-là que j'ai pris conscience que j'avais oublié de demander son nom à ce garçon, et lui aussi. Après une seconde de déception, je me suis rappelé que j'avais son adresse électronique; nous avions simplement omis de nous présenter formellement.

Du couloir, j'ai entendu le rire de Flora, plus excité que de coutume, un rire de petite fille. J'ai décidé de lui parler de ma rencontre, parce que son énergie était justement ce dont j'avais besoin.

Flora était assise sur son lit, vêtue du peignoir rose pelucheux qu'elle portait toujours quand elle avait froid. Mais elle n'était pas seule. Il était à côté d'elle, le garçon mystérieux, *mon* garçon mystérieux, le *beau* garçon, et pendant une seconde, je n'ai pas compris ce que j'avais sous les yeux. Comment savait-il où j'habitais ? Pourquoi était-il assis sur le lit de Flora ? Et pourquoi Flora ne protestait-elle pas ?

— Amb, a commencé Flora en me faisant signe d'approcher. Te voilà enfin. Je te présente Kevin. Il m'a fait la surprise, tu te rends compte ?

Kevin s'est retourné vers moi et un nuage de surprise a passé un court instant sur son visage.

— Salut !

Pendant un demi-battement de cœur, j'ai failli répondre : *on se connaît !*

Mais je ne le connaissais pas. Et lui non plus.

— Moi, c'est Kevin.

Sa voix n'était pas la même que celle du garçon sur la colline. Son ton était plus formel, comme s'il était quelqu'un d'autre.

— Ravi de faire ta connaissance.

— Moi aussi, ai-je réussi à articuler.

Kevin. Voilà pourquoi son visage m'avait semblé vaguement familier, même s'il ne ressemblait en rien à ses photos. Il avait les cheveux plus courts, s'était débarrassé de son acné. Et c'était un menteur, comme Matt. Comme tous les garçons.

J'avais laissé la porte ouverte, et c'est ce moment-là que Sully a choisi pour se matérialiser à mes côtés.

— Salut ! a-t-elle dit en entrant. Tu n'es pas étudiant ici, sinon je t'aurais déjà rencontré.

— Je te présente mon copain Kevin, a répondu Flora en le prenant par la main.

J'ai haï le mot « copain » dans sa bouche, gonflant comme une bulle dans l'air. Flora serait du genre à dire « mon fiancé » ou « mon mari » en appuyant un peu trop sur les syllabes.

— Kevin, je te présente Sloane.

— Appelle-moi Sully.

Elle s'est penchée pour l'embrasser sur la joue, son salut habituel.

— Viens me rejoindre dans ma chambre, m'a-t-elle dit. On va se préparer ensemble.

Tout ce que j'ai réussi à faire, c'est hocher la tête.

— Donc, c'est toi, Amb, a dit Kevin une fois Sully partie. J'ai beaucoup entendu parler de toi.

J'ai scruté son visage jusqu'à ce que je l'aperçoive, cet éclat dans le regard qui me suppliait de me taire.

— Moi aussi, ai-je répondu.

Flora voulait que je rencontre mon propre Kevin. Ce n'est jamais arrivé. J'ai rencontré le sien.

9

AUJOURD'HUI

À : Ambrosia Wellington, a.wellington@wesleyan.edu
De : Comité des anciens étudiants de Wesleyan, reunion.classof 2007@gmail.com
Objet : Retrouvailles de la promotion 2007

Chère Ambrosia Wellington,
C'est ce vendredi que tout commence ! Pour ne rien manquer de ce week-end intense, cliquez ici. Présentez-vous à Usdan dès votre arrivée pour vous procurer vos tickets-repas, votre programme et les cartes d'accès à votre chambre en résidence.
Il nous tarde de lancer avec vous ce qui sera sûrement un week-end inoubliable !

Meilleures salutations,
Le comité des anciens étudiants

J'ai été tentée d'abandonner mes études pendant ma première année à Wesleyan. J'aurais pu repartir à zéro ailleurs ou rejoindre Billie à l'université de Miami. Mais cela aurait paru suspect. Alors je suis restée et j'ai laissé mes notes dégringoler jusqu'à ce que ma moyenne me rapproche dangereusement du semestre probatoire. En deuxième année, j'ai repris les choses en main, retournant à la source de mon intérêt pour

Wesleyan : le théâtre, pas les garçons. Je me suis sentie idiote de m'être laissée dévier à ce point de ma trajectoire. Il n'était pas trop tard, me disais-je. Sauf qu'au moment où j'ai dû choisir ma matière principale, je n'avais pas les prérequis ni la motivation pour aller de l'avant.

— J'ai compris que le métier d'actrice n'est pas pour moi, ai-je menti en me justifiant auprès de Hadley et Heather.

Elles savaient, pour la « résidence maudite », mais elles ne croyaient peut-être pas les rumeurs, ou elles étaient tellement absorbées par leur vie d'étudiantes-athlètes qu'elles s'en fichaient.

Je suis aussi restée pour une autre raison : il ne reviendrait plus jamais, lui. Quant à Sully, je n'en savais rien.

Mais à présent qu'Adrian gare notre voiture de location en douceur dans le parking bordant la rue Vine, à Middletown, je regrette de ne pas avoir fini mes études ailleurs. Je n'aurais pas cette pierre sur l'estomac, ce lourd poids sur mes viscères. *Pourquoi maintenant ?* me répété-je. *Pourquoi dix ans plus tard ?*

— Super ! s'exclame Adrian lorsque nous entrons sur le campus derrière Nics et nous dirigeons vers le sommet de Foss Hill. On se sent bien ici. Si j'avais fréquenté cette université, j'aurais sûrement eu assez d'inspiration pour finir mes études.

Je lève les yeux au ciel derrière mes lunettes de soleil. Parfois, Adrian porte son statut de décrocheur comme une médaille d'honneur. Si son roman sort un jour en librairie (et pour ça, il faudrait d'abord qu'il arrive à le commencer), il criera sur tous les toits qu'il n'a pas son diplôme universitaire, laissant entendre par là que ç'aurait été inutile pour un génie comme lui.

— Ouais, confirmé-je. Tout est super, ici.

Le campus grouille de monde. Les retrouvailles de plusieurs promotions ont lieu ce week-end, en plus de la remise des diplômes dimanche. Les jeunes diplômés jouent les touristes avec leurs parents et prennent des photos à l'observatoire Van Vleck et sur Forest Hill, d'où l'on a une vue imprenable sur le campus. J'observe les filles étendues paresseusement sur le gazon en me demandant qui a fait la pire connerie et qui a peiné à suivre le rythme.

Depuis Foss Hill, on peut admirer Andrus Field et l'arrière d'Olin, dans l'ombre. Majestueux et fier, cet édifice a toujours été mon préféré sur le campus. Je me suis souvent demandé ce qui se serait passé si je n'avais pas été là le jour où j'ai rencontré Kevin.

— C'est là que vous regardiez les matchs de football ? me demande Adrian.

Une question légitime, mais je me contente d'un petit rire.

— Le football n'était pas très populaire.

Nous jouions à d'autres jeux.

— Alors, ta résidence, c'est laquelle ? demande encore Adrian. Je ne peux pas croire qu'il n'y a plus de place. Justin m'a dit qu'ils ont trouvé une chambre. On ne peut pas choisir nos colocs comme à l'époque, mais j'imagine qu'ils essaient tout de même de nous placer près de gens qu'on connaît.

— Oui, dommage. Je te ferai visiter tout le campus un peu plus tard.

Je mène Adrian jusqu'à Usdan. Il y a foule partout, ça va et ça vient en petits groupes. Je m'attends à ce qu'on me reconnaisse. Après ce qui est arrivé, nombreux sont ceux qui se sont retournés contre moi ; tout un tas de critiques associées au mot-clef « AW » sont apparues sur le site de dénonciations anonymes de l'université, où mille rumeurs ont éclos, donnant bientôt lieu à d'intenses affrontements.

Certains juraient que c'était ma faute, sans savoir comment je m'y étais prise, voire étaient convaincus de ma culpabilité. La plupart savaient simplement que j'avais fait « quelque chose ».

Nous faisons la queue pour nous inscrire. J'aperçois Tara Rollins à l'autre bout du hall, les cheveux tressés en une couronne qui ne lui va pas du tout. Je sors mon téléphone de mon sac et envoie un texto à Hadley et Heather :

Bien arrivées ?

— Ambrosia !

Je me retourne, sachant très bien que ce n'est pas Sully, elle qui abrégeait toujours mon prénom. C'est Lauren. Au deuxième semestre, elle avait lancé une rumeur à propos de moi, après la Soirée des jumeaux. Je l'ai évitée par la suite, mais la voici devant moi, s'apprêtant à me faire l'accolade.

— Ah, Lauren, contente de te voir.

Je me surprends de constater avec quelle aisance ma voix reprend toute la fausseté que je cultivais à l'époque.

Elle recule d'un pas, son sourire plus grand que jamais. Elle joue un rôle, elle aussi.

— Je pensais justement à toi. Qu'est-ce que tu deviens ? Je t'ai envoyé une invitation pour le groupe Facebook que j'ai créé, non ? Peut-être que tu ne l'as pas reçue.

Peut-être que tu ne me l'as jamais envoyée. Je hausse les épaules. Ça me revient : le week-end dans les Hamptons duquel elle m'avait exclue. Le pouvoir de Lauren avait toujours été celui d'exclure, son outil, un ciseau pour découper le contour d'un groupe et enlever le gras. D'ailleurs, du gras, elle en a désormais pas mal autour de la taille, une constatation qui me ravit.

— Je te présente mon mari, Adrian.

Adrian serre la main de Lauren avec enthousiasme. Pour lui, la première impression compte plus que tout. Il a dû lire quelque part qu'une franche poignée de main garantit l'estime des gens.

— Salut, c'est cool de rencontrer d'autres amies de ma femme.

Heureusement, Lauren ne le détrompe pas.

— Ravie de te rencontrer, Adrian. Mon mari m'attend, je vous laisse. Je l'ai rencontré ici, précise-t-elle en se tournant vers moi. On était seulement amis, à l'époque. Tu te souviens de Jonah Belford ?

— Je ne pense pas, non. Mais c'est super.

Je me souviens très bien de Jonah Belford, ou plus justement, je me rappelle la nuit passée avec lui en deuxième année d'université, tous les deux complètement défoncés, lors d'une fête nudiste à WestCo. J'espérais y revoir Sully, qui ne manquait jamais une soirée avec ce genre de code vestimentaire. À la place, j'avais trouvé Jonah, ou bien c'était lui qui m'avait trouvée. Il m'avait dit que j'avais un corps superbe et nous avions abouti dans sa chambre, où il m'avait posé des questions sur la « résidence maudite » en me baisant. « Alors, c'est vrai ? avait-il grogné. Tu peux me le dire. »

— Ouais, les choses se passent bien pour nous, est en train de dire Lauren. Et vous, comment vous êtes-vous rencontrés ?

Adrian prend une profonde respiration et s'apprête à remercier Internet, mais je l'interromps.

— C'est une longue histoire. On aura l'occasion de se raconter ça un peu plus tard ?

Je ne peux supporter plus longtemps le petit jeu de Lauren ; faire la gentille ne lui va pas plus qu'à moi. Heureusement que c'est presque à notre tour de nous inscrire et de prendre notre programme et nos badges (je n'ai aucunement l'intention de porter le mien).

— Absolument, fait Lauren. Je suis sûre qu'on va se revoir ce week-end. Oh, attends, je te montre mes enfants. On en a trois. Et moi qui n'en voulais pas!

Elle s'empresse de sortir son téléphone et fait glisser son doigt sur l'écran. Trois petites têtes blondes apparaissent, chacune un peu plus petite que la précédente.

— Entre ces trois-là et mon boulot, je te jure, je règle les problèmes des autres toute la journée.

— C'est quoi, ton boulot? demande Adrian.

Il joue son jeu en lui donnant une excuse pour se vanter. Je sais déjà ce que fait Lauren, j'ai consulté son compte Facebook il y a quelques années. Elle est psychologue à Brooklyn. Il y a le mot « Docteur » devant son nom. À l'idée que Lauren entre dans la tête des gens, mon poil se hérisse.

— Je suis psy, répond Lauren. Je travaille surtout auprès des enfants.

Le mot « enfants » éveille mon attention. C'était le rêve de Flora que de travailler auprès d'eux. Lauren a toujours été attirée par elle. Peut-être parce que Flora lui donnait mieux que quiconque l'impression qu'elle était quelqu'un de spécial.

— Cool, commente Adrian. J'adore les enfants. J'ai tellement hâte d'être papa!

Qu'il se taise.

— C'est pour bientôt, avec un peu de chance, réplique Lauren d'un ton plein de sous-entendus.

Comme si j'étais responsable, et que c'était un problème; à ses yeux, c'en est un. Je m'apprête à me défendre, à *nous* défendre, mais elle ne m'en donne pas l'occasion.

— Au fait, j'allais oublier. Tu sais qui est là ?

Ne prononce pas son nom, ai-je envie de dire, mais je ne sais pas vraiment de qui elle parle.

— Qui ça?

— Ella. Je savais qu'elle viendrait, mais attends un peu de la voir ! Elle a un look d'enfer ! Et Gemma est là, elle aussi ; il paraît qu'elle a participé à un épisode de *Dr Grey, leçons d'anatomie*. Ce n'est pas extraordinaire, ça ?

Je hoche la tête.

— Oui, super.

Lauren sait très bien par où m'asticoter : Gemma est diplômée de théâtre, et moi pas. Je me tourne vers la dame assise derrière la table pliante.

— Ambrosia et Adrian Turner, lui dis-je.

— Ambrosia, quel joli nom ! Voilà. Votre chambre se trouve au pavillon Nicolson. Voici vos cartes d'accès, votre trousse d'accueil, vos tickets-repas et un programme des activités du week-end. N'oubliez pas de remplir vos badges.

— Non, nous ne sommes pas à Nics, objecté-je. Nous avons pris une chambre à l'hôtel.

La dame jette un coup d'œil à un papier sur la table et un pli se forme près de la naissance de ses cheveux.

— Ce n'est pas ce que dit la liste, ma jolie.

Je frotte mes paumes contre mon jeans.

— C'est sûrement une erreur.

La femme rit.

— Avec un nom pareil, je ne pense pas que ce soit une erreur.

Adrian tend déjà la main vers les cartes d'accès.

— Super ! On peut annuler la chambre d'hôtel, ma chérie. Tu as dû réserver en résidence et oublier ensuite.

Ça, c'est tout Adrian. Il n'a jamais douté une seconde de ma parole quand j'ai prétendu qu'il n'y avait plus de place sur le campus. Et encore maintenant, il ignore que je mens.

— Non... commencé-je, mais la queue s'allonge derrière nous et Lauren reste plantée là, l'air amusé. Bon, d'accord, allons-y.

Nics n'est pas la « résidence maudite ». J'y ai vécu en deuxième année et apprécié la porte entre moi et ma coloc, une rousse nommée Veronica qui ne portait que des t-shirts de groupes de rock, le visage de Jim Morrison étiré sur la poitrine. Elle utilisait le même sobriquet pour désigner tout le monde. Rien de particulièrement mémorable ne m'est arrivé cette année-là, mais tout d'un coup, je me sens vaciller sur mes jambes. Je me retourne, à la recherche d'un coin isolé, d'une stratégie de sortie. C'est alors que mon regard rencontre celui de la personne que je ne voulais surtout pas revoir.

Flora Banning ne dit rien. Sa bouche sourit, son visage est de porcelaine, ses cheveux toujours platine, retenus par un bandeau.

— Tu n'as pas changé d'un poil, murmuré-je, à voix si basse que même Adrian ne peut m'entendre.

— Ça va, Amb ? On va chercher nos valises et on s'installe ?

J'ai la gorge sèche. Nous nous mesurons du regard, Flora et moi, et ce n'est pas elle qui baissera les yeux la première. Je détache mon regard du sien.

— D'accord, arrivé-je à prononcer en prenant la main d'Adrian. On y va.

Quand je me retourne, Flora nous regarde. *Me* regarde.

10

IL Y A QUATORZE ANS

Quand Kevin est rentré chez lui le lendemain, j'ai appelé Billie. Je voulais entendre l'histoire sortir de ma bouche, l'histoire de ce qui aurait dû arriver. L'histoire d'un garçon rencontré à la bibliothèque et qui m'avait dit que j'étais belle. Billie comprendrait.

Je ne lui ai pas révélé le nom de Kevin ou ce qui s'était passé après Foss Hill. Ni mentionné ce que j'avais trouvé dans ma chambre, tard ce soir-là, en rentrant d'une fête avec Sully. Le bruissement des draps, les rires étouffés, la masse mouvante que formait l'étreinte de Flora et Kevin juste là, à côté. Je ne lui ai pas parlé non plus de mon obsession à les imaginer ensemble, enlacés comme une torsade de cheveux.

— Tu vas le revoir ? m'a demandé Billie. Cette rencontre, c'était un signe. Il faut que tu le revoies.

Son optimisme était frappant, l'antithèse de Sully.

— Je ne sais pas. J'ai son adresse mail. Ou peut-être que je vais tomber sur lui par hasard.

Quand j'ai levé la tête, j'ai aperçu Flora dans l'embrasure de la porte, avec deux tasses à la main. De vraies tasses en céramique, pas ces gobelets en carton qu'elle rapportait d'habitude de la cafétéria pour y concocter son lait au chocolat végan. Un pic de guimauve surmontait l'une des deux comme un petit mont Everest.

Est-ce que Flora avait saisi des bribes de ma conversation ? Elle continuait de sourire (elle souriait *tout le temps*) et quand j'ai éteint mon téléphone, elle s'est assise sur mon lit et m'a tendu la tasse surmontée d'une guimauve.

— C'est quoi ?

— J'ai pensé que ce serait chouette d'avoir des tasses assorties. La mienne dit *Meilleure* et la tienne *Amie*. Mais si tu veux *Meilleure*, on peut faire l'échange. Je t'ai donné celle-là à cause de la guimauve. Je n'en mange pas parce que les guimauves contiennent de la gélatine.

— C'est vraiment gentil, ai-je répondu.

Nous n'étions pas si proches que ça. Nous parlions de nos sœurs respectives, nous parlions de son petit ami, elle m'interrogeait sur Matt, je mentais. Parfois, nous prenions nos repas ensemble. Nous dormions à moins de deux mètres l'une de l'autre. Elle me vernissait les ongles ou me tressait les cheveux. Mais avec elle, ce n'était pas comme avec Sully. Pas d'excitation, rien qui monte à la tête. Cette tasse n'était pas un présent. Ce n'était qu'une façon pour Flora de m'attacher et de cocher « meilleure amie à l'université » sur sa liste ; son imagination était très fertile. Je me demandais : *Pourquoi moi ?* Simplement parce que je partageais sa chambre ?

— Je ne t'ai pas entendue rentrer, hier soir, a-t-elle dit, son visage rose bonbon.

— J'ai essayé de ne pas faire de bruit.

J'ai pris une gorgée qui m'a brûlé les lèvres, en me demandant comment elle réagirait si je la priais d'arrêter de surveiller mes allées et venues.

— Je ne voulais pas te réveiller, ai-je ajouté.

J'ai scruté son visage. Est-ce qu'elle craignait que je les aie entendus, Kevin et elle, pendant leurs ébats de la veille ?

— Il me manque déjà, s'est-elle contentée de dire.

Elle s'est enfoncée dans mon oreiller, son chignon écrasé contre le mur.

— Mais ça m'a fait tellement de bien qu'il vienne ! Ce n'est pas facile d'être séparés, même si je crois dur comme fer qu'on va y arriver. Parfois, je m'inquiète de ce qu'il fait quand je ne suis pas là.

— C'est normal, ai-je remarqué.

Peut-être que la gentillesse de Flora n'était qu'une tête chercheuse s'enfonçant dans la conscience de Kevin dès qu'elle pressentait qu'il regardait un peu trop les filles autour de lui. La gigantesque guimauve flottait sur mon lait au chocolat et j'ai dû réprimer une envie soudaine de la noyer.

— Je ne sais pas. Je suis parfois un peu parano, a-t-elle repris après une gorgée. L'éloignement peut renforcer les sentiments, tu sais.

J'ai hoché la tête, mais je ne savais pas ce dont elle parlait. Pour moi, l'éloignement n'avait jamais renforcé quoi que ce soit. Au début de mes études secondaires, un autre ex-petit ami, Wesley, m'avait quittée alors que j'avais passé l'été dans un camp spécialisé dans les arts de la scène, à Newark. Juste avant, il m'avait embrassée fougueusement en jurant que j'allais lui manquer follement. À mon retour, j'avais quitté la soirée cinéma au parc Kunkel pour aller le surprendre chez lui. Il m'avait jeté un regard vide. Sans même faire un pas vers moi, il m'avait appris que nous avions décidé de rester amis, sans plus ; est-ce que je ne m'en souvenais pas ?

— Kevin reviendra pour Halloween, a dit Flora. On se déguisera en Scarlett O'Hara et Rhett Butler.

J'ai rangé cette information dans ma tête. J'allais avoir l'occasion de revoir Kevin.

— C'est drôle, ai-je lâché. J'avais presque oublié Halloween.

— C'est ma fête préférée, m'a appris Flora en glissant ses pieds dans ses chaussons. J'adore me déguiser et jouer à être quelqu'un d'autre.

C'était la déclaration de trop, elle a terni mon humeur, me laissant sur mes gardes comme un animal traqué. Flora avait tout pour elle, même l'audace de vouloir être quelqu'un d'autre.

— Peut-être que Sloane et toi pouvez nous emmener à une fête d'Halloween. Je veux que Kevin rencontre mes amies. Tu sais que ton amitié est spéciale, pour moi ?

Le lait au chocolat était trop sucré, et je n'avais pas d'amitié spéciale pour Flora. Ç'aurait été trop de responsabilités. Je n'avais pas besoin d'une amie comme elle, qui me donnerait toujours le sentiment d'être un peu inférieure, qui m'imposerait des idéaux que je n'arriverais jamais à atteindre.

— Ouais, ai-je répondu sans conviction. Je sais.

Je n'avais aucune intention d'envoyer un message à Kevin. Il me suffisait de savoir, dans mon for intérieur, qu'il n'était pas le saint que Flora imaginait. S'il l'était, il ne m'aurait pas donné son adresse. Il aurait reconnu devant Flora que nous nous étions rencontrés. Et surtout, nous ne nous serions même pas rencontrés, et nous n'aurions sûrement jamais passé de temps ensemble à Foss Hill, un moment qui s'effaçait peu à peu de ma mémoire.

Tandis que mon petit bout de réalité avec Kevin s'estompait, la journée que Flora avait passée avec lui était disséquée à la loupe et à répétition.

— Oh, j'ai oublié de te raconter ce que Kevin m'a dit, s'est-elle exclamée à MoCon, avant de m'assener une foule de détails que je ne lui réclamais pas. Il garde ma photo sur sa table de chevet pour que je sois la dernière image qu'il voit avant de s'endormir.

Des propos blessants qui s'enfonçaient en moi, me rappelant que je n'avais personne. Je tâchais de chasser cette idée. Mais Flora était sur sa lancée.

— Le soir, Kevin regarde les étoiles et fait un vœu pour moi. Ainsi, il se sent en lien constant avec moi.

Ferme ta gueule, aurais-je voulu lui dire. Je n'avais plus le cœur de regarder son sourire de plus en plus radieux et ses joues toutes rouges, l'image même du bonheur. J'avais été comme ça, moi aussi ; je me rappelais Billie qui haussait les sourcils et me disait à la blague à quel point j'étais « insupportable » quand Matt et moi étions ensemble.

C'est peut-être pourquoi je me suis retrouvée devant mon ordinateur portable trois jours plus tard, le compliment de Kevin (« tu es belle ») réduit à un faible écho dans mon esprit. J'allais m'acharner sur ce « lien constant » dont Flora n'arrêtait pas de parler jusqu'à ce qu'il se rompe. Flora avait avoué quelque chose qui m'avait fait dresser l'oreille :

— Parfois, je m'inquiète de ce qu'il fait quand je ne suis pas là.

Elle avait bien raison de s'inquiéter. Il était irresponsable de se fier aux gens comme elle le faisait.

Je me suis inspirée de la page Wikipédia sur John Donne pour composer un message qui donnerait l'impression d'une fille intelligente, mais qui n'en fait pas un plat.

Salut, c'est Amb ! Merci encore pour ton aide, j'ai eu un A pour ma dissertation !

J'ai parsemé le reste du message de références à l'œuvre de John Donne, des citations habiles qu'il apprécierait sûrement. Puis j'ai appuyé sur « Envoyer ».

Il lui a fallu deux jours pour me répondre. Deux jours pendant lesquels je vérifiais constamment ma messagerie, poussée par une curiosité malsaine. Après être rentrée de Summerfields avec Sully et Gemma le vendredi, j'ai enfin eu droit à un message de *bigmac10*.

Salut Amb, ravi de t'avoir rencontrée. JD c'est mon domaine. Sûr que t'as tout cassé avec cette dissert. Ça se voit, t'es futée, toi !

Pas un mot sur Flora. J'étais futée, mais son message n'avait pas le ton d'un flirt.

J'aurais pu décider d'en rester là. Mais à présent que je m'étais investie, je voulais voir jusqu'où je pouvais aller, jusqu'à quel point il se dévoilerait derrière un écran d'ordinateur.

Ma réponse ne mentionnait pas notre ami commun, John Donne. Je me suis contentée de râler contre le prof du cours d'introduction à la dramaturgie, Ogden, avec ses yeux de fouine. Je lui ai appris que je voulais devenir actrice. Je le testais, pour voir combien il me donnerait en retour. J'avais vu Sully interagir avec assez de garçons pour comprendre ses méthodes. Elle se limitait à de simples transactions. Leur accorder un peu d'attention, se pencher vers eux, rire de leurs plaisanteries, laisser une bretelle de soutien-gorge glisser et révéler une épaule nue ; le retour sur investissement était excellent. Avec Sully, la croissance était continue.

Kevin m'a répondu presque aussitôt. Je l'imaginais penché sur son clavier. Son lit sans doute trop petit pour lui, trop plein de son grand corps.

Je hais les mauvais profs. Le tien m'a l'air d'être une sacrée tête de nœud. Ça se passe comment, tes cours de théâtre ? Ça doit être cool. Je t'imagine bien actrice, t'as le look. Je suis en prépa de droit, mais envie de qqch de plus fun dans la vie. Mes parents sont pas d'accord, et c'est eux qui paient. lol

J'ai fermé les yeux sur le « lol ». Je détestais ce jargon de texto, l'absence de vraies phrases, les abréviations. Sous mon lit, à Pennington, je cachais une boîte de lettres que mon grand-père Wellington avait écrites à ma grand-mère pendant qu'il était à l'armée. Il parlait de vie et de mort, de cette épée de Damoclès suspendue au-dessus de lui, dans une écriture manuscrite un peu guindée. Il l'appelait « ma bien-aimée ». Mais au moins, Kevin s'était confié à moi. Flora n'était sans doute pas si réceptive. Elle le piégeait sous ses gigantesques ailes d'ange, l'empêchant de visiter les coins sombres de son âme.

J'ai redoublé d'audace.

J'ai dû me battre avec mes parents pour venir ici. Mais je veux réaliser mes rêves. Je ne vais pas rester là à attendre.

Après avoir envoyé le message, j'ai pensé que j'en faisais un peu trop. C'était évident que j'essayais de tirer Kevin vers une ligne qu'il ne voulait pas franchir.

Sa réponse ne s'est pas fait attendre. C'était un vendredi soir. Kevin n'avait vraiment rien d'autre à faire ? Je devais rejoindre Sully plus tard pour un concert à l'Eclectic. Soudain, l'idée de quitter ma chambre me semblait éreintante. Kevin me donnait plus d'attention que je n'en recevrais de toute la soirée, là-bas. Cela faisait tellement longtemps qu'un garçon ne m'avait écoutée.

Laisse-moi deviner. T'es la plus jeune dans ta famille toi aussi. Les plus jeunes sont toujours prêts à tout (je suis pareil)

Là, il me draguait, j'en étais sûre. J'ai attrapé l'un des cahiers dont je me servais pour prendre des notes en classe et j'ai écrit les points importants. « Cadet de sa famille. Prépa de droit. »

Ma sœur Toni a 2 ans de plus que moi. C'est elle qui a le beau nez et le cerveau de scientifique dans la famille.

Mettre en lumière mes défauts n'était pas sans risque. J'ai voulu reprendre mon message, mais il était déjà dans le cyberespace. Kevin allait penser que j'étais comme toutes ces filles peu sûres d'elles et obsédées par leur apparence. Je devais me présenter autrement.

Sois pas si dure. Ton nez est pas mal du tout. Le reste de ton visage non plus

J'ai failli m'étouffer avec toute la salive qui s'accumulait dans ma bouche. C'était facile de l'imaginer devant son écran. Peut-être avait-il la main dans son pantalon. J'avais du pouvoir sur lui.

Ma réponse devait être à la fois pleine d'esprit et pleine d'assurance. Me peindre lucide, mais modeste. Sauf que Flora a fait irruption à mes côtés à cet instant précis. Elle parlait au téléphone et j'entendais son rire mignard de petite fille. Celui qui était réservé à Kevin.

— Donc, tu as mangé avec Adam ce midi ? lui demandait-elle en me regardant avec un sourire contrit.

Depuis combien de temps Kevin parlait-il avec Flora au téléphone tout en échangeant des messages avec moi sur son compte gmail ? Elle jouait au gendarme avec les repas de son petit ami, pour s'assurer de connaître ses moindres allées et venues.

J'ai tapé une réponse à la fois crue et vraie. Flora n'avouait probablement pas ses peurs ainsi.

Parfois, on dirait que tout le monde s'attend à ce que je sois quelqu'un d'autre. Personne ne me demande qui je suis. Personne dans ma vie ne fait d'efforts comme moi. C'est peut-être pareil pour toi. Au fond, que veux-tu réellement faire de ta vie ?

S'il me répondait pendant qu'il était au téléphone avec Flora, cela signifierait vraiment quelque chose. J'en avais besoin, de cette victoire contre une fille mieux adaptée au monde que moi. Plus j'attendais, plus je me trouvais idiote. Je construisais un conte de fées dans ma tête, tâchant d'ériger un palace alors que je n'avais même pas assez de chaume pour une pauvre masure.

Mais la réponse est arrivée, et elle valait bien l'attente.

Histoire typique : papa veut faire de Thomas et moi des avocats comme lui, pour avoir l'argent, le manoir, la famille et tout ça. Thomas, ça lui va, il veut être riche. Moi, je voudrais juste quelqu'un qui me comprend. Tu peux garder un secret ? Mon truc, c'est la poésie. Devenir écrivain. Mais je finis toujours par me convaincre de laisser tomber

J'ai eu la sensation qu'un courant électrique me secouait le corps. C'était moins un secret qu'un défi qu'il me lançait gentiment pour voir ma réaction. J'ai choisi mes mots avec soin.

N'hésite pas. Qu'est-ce qui te retient ? Il faut juste que tu te mettes à écrire dans tes temps libres. Je parie que t'as beaucoup de talent.

lol. Trop gentille. L'autre problème : je sais pas quoi écrire. J'ai l'impression que ma vie avance tte seule, je veux sortir de l'engrenage, mais je sais pas comment

Kevin voulait qu'on le comprenne, qu'on voie son être véritable. Peut-être pourrait-il reconnaître en retour le mien ? Rien ne soulage davantage que de s'imaginer sortir enfin de l'invisibilité.

Je comprends parfaitement. C'est drôle, j'ai l'impression qu'on se comprend, tous les deux. Tu peux me parler chaque fois que t'as besoin d'une échappatoire.

Devant son absence de réponse, je me suis mise à me ronger les ongles. Sauvagement. Je me mordais le bout des doigts jusqu'à ce que ça fasse mal, jusqu'à ce que les tissus spongieux sous les ongles soient exposés dans toute leur gloire rouge et nue.

Flora continuait de parler au téléphone. Moi, assise sur mon lit dans l'obscurité, et elle qui ponctuait de ses gloussements la monotonie de sa conversation sans fin. La colère montait dans mon ventre, une colère immense, intense. Flora croyait que le monde lui devait un garçon comme Kevin. Juste pour ça, elle ne le méritait pas.

Je n'arrêtais pas de rafraîchir ma page. Quand un nouveau message a fini par s'afficher, je me suis ruée dessus tellement intensément que j'ai failli propulser mon ordinateur en bas du lit. La réponse de Kevin était l'approbation que je recherchais.

J'avais raison, t pas comme les autres. On peut s'aider, oui, mais on garde ça pour nous, OK? Les gens comprendraient pas

« T pas comme les autres. » Je me fichais pas mal de son orthographe approximative. S'il avait écrit à la hâte, c'était pour préserver la vérité du message, et c'était tout à fait pardonnable. Je comprenais parfaitement sa dernière phrase : il ne voulait pas que Flora sache, pour nous deux. J'ai frissonné. Ce serait notre secret.

Quand j'ai vu l'heure, j'ai rangé mon ordinateur et fait un vague salut de la main à Flora, toujours au téléphone. Ensuite, je suis allée frapper à la porte de Sully.

— Entre ! a-t-elle crié par-dessus la musique. Tu es en retard.

Elle était sur son lit, assise en tailleur, en maillot et sans soutien-gorge.

— Désolée. J'essayais juste de finir une dissertation.

J'ai refermé la porte derrière moi.

— Je m'en fous, a-t-elle poursuivi en me regardant d'un air critique. Qu'est-ce que tu as fait à tes cheveux ? Tu baisais, ou quoi ?

J'ai secoué la tête.

— Non, j'étais juste trop occupée pour les défriser, c'est tout.

Je n'arrivais pas à lire dans son expression si elle était amusée ou écœurée.

— Tu n'es pas comme d'habitude, ce soir, a-t-elle crié plus tard par-dessus la musique.

La reprise d'une chanson rock nous faisait sauter sur place, parmi tous ces corps autour. Des garçons nous fixaient, pointaient en notre direction, comme si nous étions une espèce exotique dans un zoo. Ils ne me voyaient même pas. Tout ce qui comptait pour eux, c'était la surface de ma peau couverte de sueur.

— Je sais. Désolée. J'en ai beaucoup sur les épaules en ce moment.

— Dis-moi que ce n'est pas un garçon, a-t-elle répondu sans rire en m'attrapant le poignet. Ils ne valent pas la peine de tout ruiner pour eux.

— Non.

Je n'étais pas prête à lui parler de Kevin. En plus, son « *tout ruiner* » un peu excessif m'a surprise, comme s'il m'avait assené un coup. Son élan de vulnérabilité venait de me confirmer que j'avais fini par percer sa carapace.

— C'est bien, a-t-elle statué en posant sa joue contre mon épaule.

Je n'ai pas compris à quel point il était dangereux que nos existences reposent sur la peur secrète de cette fille. Comme si je n'avais rien à perdre jusqu'à ce qu'elle craigne, elle, de me perdre.

11

AUJOURD'HUI

À : Ambrosia Wellington, a.wellington@wesleyan.edu
De : Comité des anciens étudiants de Wesleyan, reunion.classof2007@gmail.com
Objet : Retrouvailles de la promotion 2007

Chère Ambrosia Wellington,
Vous voilà arrivée ! Est-ce que les résidences ne sont pas l'endroit idéal pour commencer la fête ? Elles vous rappellent certainement nos nuits de débauche. On a tous fait des folies, à l'époque. Voyons qui peut encore faire la fête comme avant sans avoir à en payer le prix !

Meilleures salutations,
Le comité des anciens étudiants

Au premier étage de Nics, nous disposons d'une chambre pour deux comme celle que j'avais partagée avec Veronica, ma coloc en deuxième année d'université. J'envoie un texto à Hadley et à Heather pour leur demander dans quelle résidence elles logent, mais leur réponse se fait attendre.

À peine entré, Adrian me presse contre la porte. Je lui rends son baiser, sans fermer les yeux. C'est ainsi que je remarque la seconde porte, entrouverte, qui mène à la chambre attenante.

Je tapote les épaules d'Adrian et m'échappe pour aller passer ma tête dans l'entrebâillement. Un lit à une place, une valise sur roulettes à motif d'échiquier. Nous partageons cette chambre avec quelqu'un. Quelqu'un qui dormira juste là.

Adrian passe la tête derrière moi.

— On a un coloc, on dirait.

— Je pensais que Wesleyan n'en attribuait pas pour les retrouvailles.

J'aurais dû m'en douter. Une chaleur moite m'envahit et je me tourne vers Adrian.

— Je ne me sens pas très bien, tout d'un coup. On devrait peut-être rentrer à la maison.

Adrian pose un baiser sur le dessus de mon crâne.

— C'est la nervosité. Tu es sexy, dis donc, continue-t-il en m'embrassant sur la nuque. Impossible de partir maintenant. Ça n'a même pas encore commencé.

Exactement, ai-je envie de dire.

La porte du couloir s'ouvre d'un coup et la voilà devant moi, en tout point identique à mon souvenir. Sully.

Les cheveux toujours longs, délicate comme une adolescente dans son jeans noir et son t-shirt sans manches. Elle n'a pas changé : sourcils épais, perpétuel sourire narquois. Elle a le culot de se montrer surprise, les yeux écarquillés comme si elle était aussi choquée que moi de nous retrouver dans la même chambre. Elle s'appuie à l'embrasure et frotte ses bottillons l'un contre l'autre.

— Ah bon ! C'est donc toi qui m'as envoyé ça ! lance-t-elle.

Le plus frappant, c'est sa voix. Je l'avais oubliée, avec son attrait hypnotique, le sort qu'elle jette sur tout le monde.

Il me faut quelques secondes pour saisir ce qu'elle vient de dire.

— Non ! Bien sûr que non...

Mais impossible de rajouter quoi que ce soit, car Adrian est là, piaffant d'impatience, comblant l'écart entre nous avec sa poignée de main si prévisible.

— Envoyé quoi, ma chérie ? Salut, je m'appelle Adrian. Le mari d'Amb.

La bouche de Sully forme un sourire d'un million de watts.

— Moi, c'est Sully. Ravie de te rencontrer. Et elle ne m'a rien envoyé du tout, c'est juste une vieille blague entre nous.

— Attendez... Vous vous connaissez, alors ?

— On peut dire ça, répond Sully. On vivait toutes les deux à Butts pendant notre première année d'université.

— Colocs ? demande Adrian.

— Non, mais ça aurait dû, répond Sully sans me laisser placer un mot. On a fait les quatre cents coups, ensemble.

— Cool, fait Adrian. Vous me raconterez.

Sully me jette un coup d'œil, et je sais ce qu'elle pense : *Vilaine fille ! Tu ne lui as rien dit...*

— Sans faute, répond Sully d'une voix flûtée, séductrice, tellement *Sully*. On a tout le week-end pour te faire le récit de nos aventures.

Adrian se lance dans l'une de ses anecdotes préférées : son coloc de première année, qui se faisait payer pour rédiger les dissertations des autres étudiants, et blablabla. Je l'ai déjà entendue, celle-là. Je fixe Sully, scrute les contours de son visage. Ce n'est pas la peur, mais une tristesse incommensurable qui me saisit, à l'idée de cette réalité que Sully et moi aurions dû partager : des photos en toges de diplômées, un appartement à Los Angeles, des auditions, une invitation aux Oscars. Cette réalité ne s'est pas seulement évanouie, elle n'a même jamais existé.

— Adrian, je crois que j'ai oublié mon chargeur dans la voiture. Tu peux aller le chercher? Le parking est juste derrière.

— Oui, ma chérie, pas de soucis. Je vous laisse rattraper le temps perdu.

Adrian visse une casquette de base-ball sur sa tête et fait claquer les clés de la voiture. J'ai presque envie de le retenir (la prudence voudrait que je lui tienne la bride), mais le danger est plus grand dans cette chambre que dehors. Entre nous, mon passé se dresse, acéré.

Sully referme la porte derrière lui et cale ses reins contre le mur. Elle cherche son bâton de rouge à lèvres dans son sac.

— Il en faudrait peu pour que je te soupçonne de vouloir me parler seule à seule.

Toujours ce ton amusé qu'elle prend avec moi et qui n'a pas changé du tout, même si le sérieux serait de mise. Son regard me transperce. Difficile à croire, mais je me sens encore sujette à tomber dans cette espèce de transe que cette fille provoque, alors que je sais bien ce dont elle est capable. J'attrape mon sac et sors le carton de son enveloppe.

— Regarde ce que j'ai reçu: «Tu dois venir. Nous devons parler de ce que nous avons fait cette nuit-là.» De quoi est-ce qu'il faudrait parler? Il me semble que tu m'as bien fait comprendre ce que tu en pensais.

Elle tourne la tête et se dirige d'un pas vif vers sa chambre. Elle ouvre la fermeture éclair de sa valise et fouille pour en tirer une enveloppe.

— Tu as une explication?

J'ouvre l'enveloppe qu'elle me tend, même si je sais déjà ce qu'elle contient.

Le même carton que le mien, mais avec l'adresse de Sloane Sullivan tracée d'une belle plume. Le mot «Manhattan» me saute aux yeux. Mon cœur palpite. Sully n'habite pas très loin de chez moi. Nous aurions pu nous croiser mille fois dans la rue.

— Ce n'est pas moi qui ai écrit ça.

— Eh bien, moi non plus.

Nous nous observons en silence; qui détournera les yeux la première, qui attaquera la première?

C'est moi qui brise le silence.

— Il n'y avait que nous deux.

Elle laisse échapper un rire sonore, sans joie.

— Tu plaisantes? Tout le monde était là. La moitié des filles t'a vue entrer aux toilettes avec lui. Et l'autre moitié a cru que c'était moi.

— Mais c'était il y a si longtemps! Pourquoi envoyer ce message maintenant?

Elle hausse les épaules. Sa mâchoire est crispée; son cou, frêle.

— Quelqu'un voulait nous réunir dans une même pièce, je suppose. Et ce quelqu'un avait besoin d'une bonne raison.

Je secoue la tête.

— Comment pouvait-il savoir qu'on viendrait aux retrouvailles?

— Il comptait sur le fait qu'on voudrait se revoir, toi et moi.

Elle semble avoir oublié qu'à l'époque, elle m'avait jetée aux oubliettes.

— Qu'est-ce qu'on nous veut?

Je baisse les yeux, un peu sonnée. Sully a raison. Tout le monde était là. Nous n'avons pas été très prudentes.

Quelqu'un sait. Quelqu'un sait depuis longtemps.

— C'est pourtant évident, déclare Sully. La vérité.

12

IL Y A QUATORZE ANS

Tout le week-end, Kevin et moi avons échangé des messages remplis de détails sur nos vies, un genre de conversation à bâtons rompus. Ce qui avait commencé comme une simple expérience (du moins c'est ce que je me disais) s'était vite transformé en véritable drogue. Kevin se trouvait à des centaines de kilomètres, mais nos interactions me semblaient plus significatives que celles que j'entretenais avec les garçons du campus.

J'ai appris qu'il avait eu des problèmes de poids au début de l'adolescence, jusqu'à ce qu'il s'essaie au football, l'origine de sa métamorphose. Je me plaisais à l'imaginer jeune, plus fragile, inconscient du pouvoir qu'il aurait bientôt sur les gens. Il m'avait dit s'être levé tôt ce matin-là pour écrire, et m'avait demandé si un jour, j'aimerais lire la nouvelle qu'il préparait.

Je sais que tu vas me dire ce que tu en penses vraiment ! T'as un bon sens de l'humour ! Qui a dit qu'une fille ça peut pas être sexy, drôle et brillante en même temps ? Il te connaît pas

Kevin renforçait ma confiance en moi, que la trahison de Matt avait sucée jusqu'à la moelle. Il me reconstruisait. Je lui énumérais les rôles que j'aimerais jouer. Pas la petite chérie du grand public, touchante et maladroite, qui inspire l'amour dans le cœur des hommes, mais des rôles courageux, difficiles. Qui exigeraient que je me rase le crâne, que je maigrisse ou que j'engraisse pour jouer mon personnage. « Le caméléon », c'est ainsi qu'on m'appellerait.

Ouais, tu serais bonne là-dedans. Oublie-moi pas à Hollywood, OK ?

Je ne m'inquiétais pas du côté sommaire de ses mails. Il me tendait un miroir qui soulignait mes qualités, plutôt que mes défauts.

J'ai créé un dossier KM pour sauvegarder nos messages, et je les relisais quotidiennement. J'avais l'impression d'en avoir reçu des tonnes, mais au total, nous n'en avons échangé qu'une poignée.

Le seul sujet dont nous ne parlions jamais était Flora. J'avais envie de mentionner son nom, juste pour voir comment il réagirait. Peut-être la vanne s'ouvrirait-elle, et ensuite, libre à nous d'y écouler tous les défauts de Flora. Je raconterais à Kevin à quel point elle jugeait les autres, s'en cachant à peine. Il admettrait qu'il se sentait libre, maintenant qu'il était loin.

Deux soirs d'affilée, Kevin était au téléphone avec Flora pendant qu'il m'envoyait des messages sur son ordinateur. J'aurais peut-être dû m'en offusquer, mais c'était tout le contraire. Les filles rivalisent entre elles comme les tournesols que ma mère essayait en vain de faire pousser dans son jardin. Elle semait les graines trop rapprochées les unes des autres, et comme les fleurs se disputaient le même soleil, leurs tiges s'étranglaient et les gros cercles jaunes faisaient la tête. Flora allait se faner, et moi, fleurir.

J'ai frissonné quand il m'a demandé :

Comment ça se fait que t'aies pas de mec ?

J'ai répondu très vite.

Mon ex-petit ami m'a trompée. Je ne fais plus confiance aux garçons.

Ce message, j'ai failli ne pas l'envoyer. Je ne voulais pas diminuer ma valeur à ses yeux, la version de moi-même qui se reflétait dans son regard devait exister *pour de vrai.*

Sa réponse m'a remué les tripes.

C'est un con, Amb. Sérieux, t'es extraordinaire, t'es cool, s'il a pas vu ça, il te méritait pas. Et toi tu mérites mieux

Le lundi, j'ai parlé à Billie de cet échange de messages, mais sans lui révéler qui était Kevin. Je l'appelais Buddy, comme Sully ses amants interchangeables, tous ces garçons hirsutes avec qui elle baisait et qui revenaient traîner à Butts C dans l'espoir qu'elle reconnaisse un lien inexistant entre eux. Ils avaient soif d'elle, alors qu'ils se contentaient d'une petite gorgée de moi. Mais je m'en foutais. Pour Kevin, j'étais quelqu'un.

— Revois-le, m'a conseillé Billie. Échanger des messages, c'est super, mais tu n'as pas envie de plus ? Je ne peux pas croire que tu ne sois pas encore tombée sur lui sur le campus.

— C'est une grande université, lui ai-je rétorqué.

C'était un mensonge, bien entendu, mais je préférais taire le fait qu'il étudiait à Dartmouth. J'avais à moitié envie de tout raconter à Billie. Mais elle se méfierait de lui si elle apprenait qu'il avait déjà une petite amie, tout en étant ravie que j'aie enfin trouvé une personne à mon goût. Mais je n'ai rien dit, de crainte qu'elle range Kevin dans la même catégorie que Matt, les infidèles.

— OK, a fait Billie. Mais un jour ou l'autre, l'un de vous deux va arrêter de répondre, et après, qu'est-ce qui va se passer ? C'est trop facile de laisser un message sans réponse. Si j'étais toi, je ferais quelque chose pour m'assurer qu'il ne m'oublie pas.

J'ai soudain eu l'impression d'avoir plongé trop vite, trop profondément. Entre Kevin et moi, rien n'était possible. C'était l'amoureux de Flora. Ce qui se passait entre nous me semblait pourtant si réel que l'idée de laisser tomber me levait le cœur. Peut-être était-ce lui, l'homme de ma vie, et peut-être notre histoire serait-elle semée d'embûches, c'est tout.

— J'y réfléchirai, ai-je répondu à Billie. Tu as peut-être raison.

Ce soir-là, Kevin m'a envoyé un message dans lequel j'ai vu un présage :

C'est fou comme tu me comprends. Si t'étais là, on se verrait, dommage que tu fasses pas théâtre ici

Ce message a été pour moi un moment décisif. Reculer, ou aller jusqu'au bout de ce que j'avais entrepris.

J'ai écrit et effacé plusieurs fois avant d'être satisfaite de ma phrase. Il fallait que ce soit une question, sans en avoir l'air.

On n'est pas si loin, je pourrais aller te voir un jour.

Aucune réponse. Je savais que Kevin ne dormait pas, puisqu'il était en train de parler au téléphone avec Flora. Je me tordais de nervosité et d'irritation. Comment se faisait-il que Flora le retienne si longtemps ?

Kevin devait être en train de peaufiner sa réponse. Quand Flora a fini par raccrocher, je savais que ce n'était qu'une question de minutes avant qu'il ne l'envoie. Plus le temps passait, plus je me persuadais qu'il était en train d'écrire quelque chose d'important.

— Tu veux regarder un film avec moi ? m'a demandé Flora en tendant la main vers ses chaussons. Je suis contente que tu ne sortes pas, ce soir.

Toutes ces choses que j'aurais voulu lui dire. J'ai fixé ses ongles couverts de vernis rose crevette avec des points blancs.

— J'ai du travail. Ce sera pour une autre fois, d'accord ?

J'ai rechargé ma page de messagerie une centaine de fois ce soir-là, je cliquais obsessionnellement, mes doigts raides sur le clavier. Je m'en voulais à moi-même plus qu'à Kevin ; pourquoi étais-je folle de lui, précisément ?

Le lendemain matin, mon ordinateur reposait entre mon dos et le mur, comme un amant négligé. Un courant d'adrénaline m'a traversé le corps, me redressant comme un point d'exclamation. Je trouverais sûrement un message de Kevin dans ma boîte de réception.

Mais toujours rien.

Le troisième jour, l'attente me rendait folle. Le soir, Kevin ne manquait jamais son rendez-vous téléphonique avec Flora, dont la voix formait le fond sonore sur lequel je tentais d'étudier. Dans mon fantasme récurrent, Flora se taisait d'un coup en entendant cette déclaration inattendue de Kevin : il n'était plus amoureux d'elle.

Sully m'a traînée jusqu'à une fête dans la chambre de Clara, où le Stoli coulait à flots et les joints passaient de main en main. Sully virevoltait à travers la pièce. Quand elle en a eu assez, elle m'a convaincue de la suivre à une autre fête. Elle avait beau répéter que les hockeyeurs de Beta étaient terribles, elle retournait toujours vers eux. Peut-être cherchait-elle comme nous toutes à être reconnue, désespérément.

— Avec qui tu vas coucher, ce soir ? m'a-t-elle demandé. Celui-là, Jordan. Il a dit que tes seins l'excitent.

Jordan m'avait bien dit ça, mais quelques instants après avoir enlevé mon soutien-gorge, il s'était endormi, trop saoul. Un autre garçon de Wesleyan qui ne me voyait pas telle que j'étais.

— Je suis crevée, ai-je répondu. Je vais rentrer.

Je me sentais à bout, tout d'un coup. Cela faisait moins de deux mois que j'étudiais à Wesleyan, mais on aurait dit des années.

Mon excuse m'a valu un regard furieux. Sully n'avait pas l'habitude qu'on lui dise non.

— Quoi ? Tu ne peux pas me lâcher comme ça. On va juste rester une petite heure de plus.

Ses ongles se sont enfoncés dans la chair de mon bras.

— À vrai dire... je ne sais pas, je n'ai pas envie de faire la fête, aujourd'hui.

J'étais tentée de tout lui avouer, pour Kevin, mais il ne valait mieux pas. Les garçons, pour elle, n'étaient que des accessoires dont elle changeait aussi souvent que de sous-vêtements.

— T'as raison, a-t-elle approuvé en hochant la tête, ce qui m'a soulagée un instant. Cette fête est nulle. Trouvons autre chose, un truc vraiment cinglé. As-tu déjà fait l'amour à trois ?

J'étais estomaquée.

— Non, et toi ?

— Bien sûr que oui.

Elle a frotté mes lèvres avec son pouce.

— Avec Evie et un garçon, je ne sais plus trop qui. On avait pris de l'ecstasy, avant. Ce n'est rien d'extraordinaire, tu sais, a-t-elle ajouté, les yeux au plafond, en ajustant son collier au ras du cou. Je lui ai parlé de toi. Je pense qu'elle est jalouse.

C'était l'équivalent verbal d'un coup de fouet, me rappelant à mon rang, pour faire monter les enchères. Sully aurait sans doute préféré être avec Evie, ce soir.

— Je ne peux pas, désolée.

Elle a fini par me lâcher le bras et a tiré ses cheveux par-dessus son épaule.

— Bon, je vais trouver quelqu'un d'autre qui a vraiment envie de passer du temps avec moi.

Impossible de ne pas remarquer son ton cassant.

— Tu sais bien que j'ai envie de passer du temps avec toi, Sully. Je suis juste stressée à cause des examens. On peut se voir demain, OK?

En faisant cette suggestion, je me suis rendu compte que ce n'était jamais moi qui décidais de nos sorties.

— Mouais... a-t-elle marmonné avant de tourner les talons.

Je l'ai laissée à Beta et me suis éclipsée. Nous ne nous étions pas vraiment disputées, mais j'avais commis une faute, franchi une ligne dont j'ignorais jusque-là l'existence. À chaque pas vers Butts C, je résistais à une forte envie de faire demi-tour.

Quand je suis rentrée, Flora ne dormait pas. Elle était assise en tailleur sur son lit, en pyjama de flanelle.

— Amb. Tu ne vas pas me croire.

Sa voix tremblait.

Ça y est. Kevin a rompu avec elle. Et elle nageait dans le déni, incapable qu'elle était de ressentir de la tristesse ou de la colère.

— Qu'est-ce qui se passe? ai-je demandé, le souffle soudain coupé, avec l'envie pressante d'aller consulter mes messages.

— Kevin a écrit une nouvelle sur moi!

C'était moins un coup de poing dans le ventre qu'une éviscération en bonne et due forme.

— Il m'a dit qu'il a toujours aimé écrire, mais qu'il n'en a jamais parlé à personne. Alors aujourd'hui, il m'a envoyé un message pour m'expliquer comment sa créativité a été étouffée, comment il a décidé de cesser d'avoir peur et d'enfin écrire ce qu'il avait dans le cœur. As-tu déjà entendu un truc plus romantique ? En tout cas, il m'a demandé de lire son texte, puisqu'il parle de nous. À vrai dire, il n'a pas dit ça, et la fille dans l'histoire s'appelle Clarissa, mais je sais bien qu'il s'est inspiré de moi. Je te jure, j'ai l'impression d'être morte et montée au paradis.

Si seulement c'était vrai. Je ne serai jamais chanceuse à ce point. Quelle pensée affreuse ! J'ai rassemblé toute ma volonté pour peindre sur mon visage le degré d'intérêt nécessaire.

— Et tu sais quoi ? Il a une très belle plume. Comment il me décrit... La profondeur de ses sentiments me semble infinie.

J'avais envie de passer les doigts autour du cou délicat de Flora et de la faire recracher le mot « infinie ».

— Je n'arrive pas à croire qu'il m'ait caché son désir de devenir écrivain. Mais il ne l'a dit à personne d'autre que moi. Ça signifie beaucoup, pour moi, d'être la première à le savoir.

J'ai dû faire appel à chacune des cellules de mon corps pour m'empêcher de lui crier au visage que c'était moi, la première à avoir su.

— Qu'est-ce qui l'a incité à commencer à écrire ? ai-je demandé, car il fallait bien dire quelque chose.

Flora contemplait les petits cœurs roses appliqués méticuleusement sur chacun de ses ongles. Elle était d'une patience exemplaire. Elle dormait avec des gants de manucure, qu'elle gardait en permanence près de son lit, à cet endroit de choix où la plupart d'entre nous posons nos téléphones ou nos boîtes de capotes.

— Il a fini par se demander ce qui l'en empêchait, et il n'a pas pu trouver de réponse convaincante.

Ce qui l'en empêchait ? La question ne venait pas de lui. Elle venait de moi.

C'est à ce moment-là que je me suis rendu compte que Clarissa n'était peut-être pas inspirée par Flora. Clarissa, c'était moi.

— Fantastique, ai-je commenté.

Je commençais à comprendre. Kevin n'allait pas m'envoyer son histoire en premier ; ce serait un geste trop fort, prématuré. C'est pourquoi il l'avait envoyée à Flora, dont la délicatesse lui fournirait une répétition générale idéale.

— Je peux nous faire des tasses de chocolat si tu veux, a-t-elle proposé. Je ne m'attendais pas à te voir rentrer si tôt. Tout va bien entre toi et Sloane ?

Je n'avais pas envie de chocolat végan dans ma tasse *Amie* ou de petits cœurs sur mes ongles. Je voulais gratter sa gentillesse comme la croûte d'une cicatrice, certaine qu'il y avait quelque chose de sanglant dessous.

— Ouais, ça va.

Je me suis assise sur mon lit et j'ai attrapé mon ordinateur. Il fallait que je consulte mes nouveaux messages. Quand je n'en ai trouvé aucun, j'ai eu envie de lancer l'appareil contre le mur. J'ai pourtant puisé la force de demander à Flora :

— Tu me laisseras la lire, cette nouvelle ? Je ne peux pas résister aux histoires d'amour.

Je mourais d'envie de savoir ce qu'avait écrit Kevin.

J'ai été surprise par la réaction de Flora, bras croisés derrière un bouclier de flanelle.

— Comment dire... Je veux la garder pour moi un moment, tu comprends ? Je ne suis pas sûre que Kevin voudrait que je la montre à quelqu'un d'autre.

— Je comprends.

Je ne suis pas quelqu'un d'autre. Je suis Clarissa, bordel de merde ! J'avais raison. Flora était comme toutes les autres, incapable de partager.

J'ai rechargé la page une dernière fois, une prière envoyée dans l'univers. Un message s'est affiché. Un message qui allait changer ma vie.

Ouais, ça serait sympa que tu viennes un de ces jours

Le sourire qui m'est venu a fendu mon visage. Ce n'était pas un message ordinaire, un autre Bonne nuit, Amb.

C'était une invitation.

13

AUJOURD'HUI

À : Ambrosia Wellington, a.wellington@wesleyan.edu
De : Comité des anciens étudiants de Wesleyan, reunion.classof 2007@gmail.com
Objet : Retrouvailles de la promotion 2007

Chère Ambrosia Wellington,
Rejoignez-nous à Russel House pour un pique-nique et des jeux sur la pelouse. Ce sera le lancement officiel des activités, alors espérons que vous aurez faim et que vous arriverez armée de vos meilleures anecdotes sur nos années d'études. Nous en avons tous, ne les gardez pas pour vous !

Meilleures salutations,
Le comité des anciens étudiants

Debout sur le balcon de notre chambre, Sully contemple les arbres qui nous séparent de la rue Vine.

— Tu as vu les filles ?

— Juste Lauren. Elle a grossi.

C'est méchant, mais peut-être n'ai-je jamais cessé d'être méchante. Sully provoque cela en moi, la sécrétion du venin.

Sully rigole en allumant sa cigarette.

— Elle a toujours été grosse. Mais je ne te parlais pas de ces filles-là. Je te parlais des diplômées de cette année. Elles ont l'air si jeunes. Je n'arrive pas à croire qu'on était comme ça, nous aussi.

Mais « nous » n'étions pas comme elles. À la fin de nos études, notre amitié était morte depuis longtemps.

— J'étais certaine que c'était toi qui m'avais envoyé ce message, lui dis-je. Mais si ce n'est pas toi, et si ce n'est pas moi, il y a quelqu'un d'autre qui aurait pu le faire. Felty.

D'une chiquenaude, Sully fait tomber la cendre de sa cigarette.

— Felty. Le crime le faisait bander, celui-là ! Tu penses qu'il est toujours dans la police ?

— Ouais, ici même, à Middletown. Il est devenu capitaine il y a quelques années.

— Il jouait au dur, analyse Sully, mais il est doux comme un agneau.

Je secoue la tête, le vent souffle dans mes cheveux. Il n'y avait rien de doux en Felty.

— Il me détestait. J'avais l'impression que cette affaire le rongeait.

Je fais le même cauchemar depuis que j'ai cherché Felty sur Google : il finit par me rattraper. Je me réveille toute raide, mes mains le long de mon corps comme si j'étais un cadavre. Pas de sueurs, pas de draps froissés comme pour un cauchemar ordinaire. Est-ce prémonitoire ? Peut-être que je n'aurais plus la force de me battre, s'il débarquait.

— Je ne pense pas qu'il te déteste, dit Sully. Il te voulait dans son lit.

— Tu pensais ça de tous les garçons.

— Ils sont nombreux à t'avoir bel et bien eue dans leur lit, poursuit-elle en me fixant. J'avais oublié à quel point tu étais divertissante, à l'époque.

J'ai besoin de détourner les yeux, je devrais détourner les yeux, mais je suis paralysée par la version de moi-même que je retrouve dans ce regard d'un vert vitreux.

Quelqu'un frappe à la porte, et même si c'est Adrian, je sursaute, et Sully aussi. Pendant un bref moment, sa main frôle la mienne, et nous avons de nouveau dix-huit ans.

— Je n'ai pas trouvé ton chargeur. Il doit être dans ton sac, dit Adrian quand je lui ouvre. Monty vient de m'envoyer un texto. Ils partent pour le pique-nique, on devrait y aller, nous aussi.

J'ai l'envie pressante de quitter cette chambre, de fuir l'attrait magnétique et menaçant de Sully, ce nuage noir. Je me sens en sécurité avec Hadley et Heather. Elles ont connu la fille que je suis devenue après Sully. Elles savent qui je suis aujourd'hui.

— Je vous accompagne, propose Sully en posant sa main dans mon dos. Je meurs de faim. Comme ça, on pourra rattraper le temps perdu.

— OK, dis-je.

Il n'y a pourtant rien à rattraper. Les cartons sont les seules choses que nous avons en commun aujourd'hui. Deux cartons nous reliant l'une à l'autre.

— Bonne idée, conclut Adrian. Je parie que vous avez de bonnes histoires à vous raconter, toutes les deux. Je crève d'envie de savoir à quoi ressemblait Amb, à l'université.

Adrian nous fait la conversation pendant que nous marchons vers Russell House, empêchant un silence gênant de s'installer. Il veut tout savoir sur l'adolescente que j'étais et même si Sully aurait beaucoup de choses à dire sur moi, elle n'évente aucun de mes secrets.

— Amb était la seule fille qui pouvait me supporter, raconte-t-elle à Adrian. On ne pouvait demander mieux, comme amie.

J'aurais donné n'importe quoi pour qu'elle me dise ça, à l'époque. Sully ne montrait aucun sentiment envers la plupart des gens. Aucune tasse, *Meilleure* ou *Amie*, aucune déclaration d'affection.

Pour arriver à Russell House en partant de Nics, il faut dépasser Jackson Field en traversant le Centre des arts, une série de bâtiments loufoques en béton, entrecoupés d'espaces verts où nous nous asseyions parfois la nuit, ivres ou défoncées, pour admirer le firmament. Les guides aiment bien dire aux futurs étudiants que ces édifices ont été construits selon cette étrange configuration pour éviter de couper des arbres. C'était ça, Wesleyan, une université toujours prête à sauver le monde, mais remplie de filles qui ne pouvaient pas se sauver elles-mêmes.

Nous apercevons Flora derrière un groupe de diplômés qui se tiennent devant l'auditorium du Centre des arts. Elle nous dévisage au-dessus d'un océan de têtes. Sully ne remarque rien. J'ai envie de lui dire quelque chose, mais je ne trouve pas les mots. Dans une réalité alternative où Flora n'aurait pas été aussi gentille, j'aurais pu croire que c'était elle, l'auteure de ces notes, une version moderne de l'arc-en-ciel qu'elle affichait sur nos portes ; ses Post-it que j'avais toujours jugés à la fois passifs et agressifs. Mais je sais qu'elle serait incapable de faire une chose pareille.

Russell House est magnifique, toute de piliers et de classe. De grandes tentes blanches ont été érigées sur la pelouse.

Les gens se sont assis en petits groupes et discutent en riant, l'air détendu, heureux. Je détonne dans ce paysage, aujourd'hui comme à l'époque.

— Mangeons ensemble, suggère Adrian à Sully. D'autres amis vont venir nous rejoindre. Tu es la bienvenue.

— Merci, répond Sully. Mais je suis censée rencontrer quelques-unes de mes anciennes camarades de théâtre. Je ne les ai pas revues depuis ma dernière visite à Los Angeles. On se retrouve plus tard dans la chambre, OK ?

Ses yeux sont cachés par des lunettes de soleil, mais je me demande si elle a dit ça pour me blesser, comme elle a toujours su si bien le faire. « Mes anciennes camarades de théâtre. » Je n'en fais pas partie.

Mais je n'ai pas le temps de m'y arrêter davantage, car Hadley et Justin se trouvent tout d'un coup devant nous, avec leurs assiettes en papier remplies de cheeseburgers.

— Ah, vous voilà ! s'écrie Hads en plissant son nez camus taché de son. La bouffe est aussi mauvaise qu'avant, sans surprise. MoCon continue de faire ses ravages !

Je suis soulagée de la voir. C'est facile de se détendre avec elle, à cause de son attitude décontractée, de sa présence qui me fait du bien. C'est ce qui m'avait plu, chez elle, après la « résidence maudite ». Et puis l'amitié de Hadley impliquait automatiquement celle de Heather. Sans trop d'efforts, j'avais acquis deux nouvelles amies. Je n'ai jamais ressenti avec elles ce besoin vorace de les impressionner. J'aperçois plus loin la peau foncée et les frisottis étincelants de Heather (mais comment fait-elle ?) ; elle parle et rigole avec d'autres filles. Adrian s'est lancé dans une partie de frisbee avec Justin ; c'est bien. Je me détends un peu. Ici, il n'y a pas grand danger.

— On a trouvé des places là-bas, fait Hads en indiquant une couverture de pique-nique rouge. Justin et Monty ont déjà pris de l'avance sur l'alcool. Ils ne veulent pas admettre qu'on ne peut plus s'en permettre autant qu'avant !

Je ris avec complaisance, à la fois reconnaissante et agacée d'être inclue dans ce « on ». Hads se met à agir comme si elle était *tellement bourrée* chaque fois qu'elle dépasse deux bières. Heather et elle avaient l'habitude de se lever tôt presque tous les jours pour jouer au tennis, sortant à pas de loup pour ne pas me réveiller. Je ne les ai jamais vues prendre de la drogue, ni même en parler. Il ne m'est jamais passé par la tête de les corrompre. J'avais appris ma leçon.

Hadley repart vers la couverture de pique-nique, alors je me dirige vers les tentes blanches et j'attrape une assiette en papier. C'est un buffet, avec des hamburgers et des hot-dogs sous des dômes argentés, des bols débordant de salades, aux pâtes ou aux pommes de terre, protégés des insectes par un petit treillis. Je prends un hamburger qui ressemble à une rondelle de hockey.

— Ambrosia Wellington.

Entendre mon nom prononcé si lentement, si délibérément, me fait songer à l'enveloppe, à l'écriture soignée. Je pivote sur moi-même et ne reconnais pas tout de suite mon interlocutrice. Elle doit s'en rendre compte, Dieu merci, car elle se présente.

— Ella. Je sais, j'ai beaucoup changé.

Je m'efforce de cacher ma surprise. Ella, que je tentais d'éviter tant elle me renvoyait à mon identité d'avant Wesleyan comme un miroir. Ella, seul témoin de ce que Sully et moi avons fait, même si elle ne s'en était pas vraiment rendu compte.

Je me sers des pâtes couleur mastic, mais je sais que je n'en avalerai pas une.

— Ella. Wow ! Quel plaisir de te revoir ! Tu as un look d'enfer.

Ce n'est pas un mensonge. Disparus, le gras de bébé, le contour potelé du visage, la mollesse des bras, les vêtements vulgaires. Filiforme, toute en muscles, cheveux blonds, alors qu'ils étaient autrefois bruns.

— Merci.

Elle tapote sa frange. Je ne suis pas la première à lui faire ce compliment. Ses ongles sont d'un ovale parfait, son vernis rouge grenat. Une personne si minutieuse prête attention aux détails.

Ella avait disparu de ma vie après ma première année d'université. Je ne l'avais plus croisée sur le campus et elle m'était complètement sortie de l'esprit. Elle s'était estompée, un fantôme en jeans mal ajustés et en sabots ridicules que j'entendais tout le temps claquer dans les couloirs de Butts C.

— Alors, qu'est-ce que tu deviens ? me demande-t-elle. Mon Dieu, peux-tu croire qu'on est déjà dans la trentaine ? Je suis avocate dans le domaine de l'environnement. En fait, je suis même associée depuis peu. Et toi ?

Lauren était devenue psychologue pour enfants. Ella, avocate dans le domaine de l'environnement. Je les imagine partager un repas avec Flora, toutes trois déterminées à sauver le monde.

— C'est super ! remarqué-je en attrapant un Coca light. Je travaille dans les relations publiques. À Manhattan.

J'ignore pourquoi je mentionne Manhattan, pourquoi j'essaie d'impressionner Ella.

— On n'est pas loin, alors. Moi, je suis à Tribeca.

— Ah, cool ! dis-je un peu étourdiment.

J'aurais parié qu'Ella serait rentrée au New Jersey tant c'était une fille ennuyante, prévisible. Mais j'aurais dû savoir que les gens changent.

— J'ai déjà revu la plupart des filles de Butts. Même Sloane. Je ne m'attendais pas à ce qu'elle se pointe. Tu l'as vue ? Elle est juste là-bas. Avec un beau mec ; du pur Sloane !

Ma poitrine se contracte à la vue de la scène que je découvre au bout du doigt d'Ella. Adrian ne joue plus au frisbee. Il discute avec Sloane, leurs têtes bien trop proches l'une de l'autre.

— Ce n'est pas du tout ce que tu crois, lui rétorqué-je d'un ton brusque. Ce beau mec, c'est mon mari. Il est très sociable.

— Ah, je vois.

Ella pourrait avoir une raison de m'en vouloir. Elle avait essayé de se lier d'amitié avec moi, et j'avais préféré, avec Sully, lui tomber dessus. Il est possible, si elle a finalement compris ce que nous avons fait, qu'elle soit l'auteure des messages.

Et si c'est le cas, j'ai peur de découvrir pourquoi.

— Bon, je dois y aller, fait-elle. Mais rattrapons-nous un peu plus tard ce week-end, OK ? Je suis sûre qu'on a pas mal de choses à se dire.

Elle disparaît dans une mer de cheveux parfaits, le même blond que ceux de Flora.

14

IL Y A QUATORZE ANS

Lorsque j'ai rencontré Ella Walden, je n'aurais jamais imaginé que j'allais lui pourrir la vie. Je savais seulement qu'il était hors de question de me lier d'amitié avec ce genre de filles à l'université. Ses vêtements bon marché, mal ajustés, les tons pastel démodés de son fard à paupières, tout cela me rappelait trop Pennington. L'allure qu'elle affichait était celle dont je voulais à tout prix me défaire.

Mais parfois, quand il n'y avait qu'elle et moi, nous parlions de nos villes respectives, de notre enfance banlieusarde. Un passé réconfortant. Des histoires d'Ella sur son ancienne école, je déduisais qu'elle était habituée à ce qu'on lui préfère les autres, ça me faisait une sorte de contrepoint. Mais en public, je détestais qu'elle souligne nos ressemblances et attire l'attention sur ce qui nous unissait.

Sully s'en était rendu compte, et il ne lui avait pas fallu longtemps pour m'en faire l'observation.

— Pour Ella, vous avez beaucoup de choses en commun, on dirait, a-t-elle lâché un jour, les lèvres entrouvertes sur un petit sourire satisfait.

— On n'a rien en commun.

— Pourquoi tu ne lui dis pas ? a-t-elle continué en mimant le geste de se trancher la gorge.

C'est alors que j'ai commencé, d'abord un peu mollement, à me rebiffer devant les commentaires constants d'Ella.

Un soir, tandis que nous nous lavions le visage l'une à côté de l'autre dans la salle de bains, Ella a repris ses remarques sur Wesleyan.

— C'est tellement différent, ici.

Elle se frottait la peau à grands coups de Neutrogena et un petit amas de boutons pointait à travers la mousse, comme de petits sommets au-dessus des nuages.

— Tu ne t'ennuies pas de chez toi ?

— Pas du tout, ai-je répondu d'un ton sec. Je n'ai plus rien à voir avec ça.

Ella s'est penchée pour se rincer le visage, mais son air blessé ne m'a pas échappé.

Quelques jours plus tard, Sully et moi préparions des cocktails dans la salle commune de la résidence, quand Ella nous a abordées, prête à tout pour dénicher une invitation à une fête de Nics ce soir-là.

— Bon sang, s'est indignée Sully, t'es encore amie avec elle ?

— Bien sûr que non, me suis-je empressée de répondre. Peu importe ce que je lui dis, elle en redemande.

Sully a tiré sur sa cigarette.

— T'es trop gentille. C'est ça le problème.

Dans sa bouche, « gentille » était un coup de poing au visage, une accusation, une bombe à désamorcer.

— Je ne suis pas gentille. Ella ne comprend rien, c'est tout.

— Trouve son point faible, a suggéré Sully en faisant des ronds de fumée en direction de la fenêtre. On va trouver ensemble.

Sa certitude faisait froid dans le dos. J'ai hoché la tête, essayant déjà de me justifier à mes propres yeux : je ne faisais que ce qu'il fallait pour mériter ma place. Je ne devais rien à Ella juste parce qu'elle m'avait raconté des pans entiers de sa vie ; c'était elle qui avait décidé de se confier à moi. Et moi, j'étais avec Sully. « On va trouver ensemble. »

On a trouvé. Ella m'avait avoué qu'elle était toujours vierge et j'avais juré de taire son secret. Cette information n'aurait dû avoir aucune importance ; mais je l'avais partagée avec Sully. Sans deviner ce qu'elle allait en faire.

Un jour, Ella est venue frapper à la porte de Sully pendant que nous nous préparions à sortir. Sully l'a laissée entrer, avant de lui offrir quelque chose à boire. Ella a souri et s'est assise à côté de moi sur le lit. J'ai descendu mon verre. J'essayais de me convaincre que ce n'était pas mon sentiment de culpabilité que j'avalais comme ça.

Pendant qu'elle soulignait ses yeux au traceur devant le miroir, Sully a lâché avec désinvolture :

— J'ai eu un orgasme du tonnerre, hier soir. J'ai cru que mon corps allait exploser.

Je me suis retenue de rire. Lauren, qui étudiait sous la couette, a secoué la tête avant de se replonger dans son cahier. Ella regardait ses souliers.

— Avec qui ? ai-je demandé, mordant à l'appât tendu par Sully.

Sully poussait le crayon jusque dans le coin de l'œil, là où moi, je n'arrivais jamais à me rendre sans provoquer de larmes. Je l'imitais pourtant, tentant toujours de m'agrandir les yeux, de leur donner un air plus dramatique.

— J'y arrive toute seule, qu'est-ce que tu crois ? Je n'ai pas encore rencontré de garçon qui sache faire jouir une fille. Ce jour-là, ce sera la fin de la partie.

Ella a rougi. Elle sirotait son verre pendant que Sully nous parlait de son vibromasseur, comme si nous étions dans un épisode de *Sex and the City*, une série qui avait fasciné Toni avant son départ pour l'université. Sully ne disait peut-être pas la vérité, mais j'espérais que si, du moins en ce qui concernait son échec à connaître l'orgasme avec les garçons. Moi non plus, ça ne m'était jamais arrivé. Quand Matt et moi avions commencé nos petits jeux, il m'avait dit qu'il voulait me faire du bien, que je devais lui dire ce qui me plaisait. Mais parler de sexe me semblait trop bizarre, alors j'avais prétendu que j'aimais tout et je gémissais dans l'obscurité au contact de ses doigts.

Le soir où nous sommes allés jusqu'au bout, ses parents étaient absents ; c'était l'occasion ou jamais de perdre ma virginité. J'ai cru que mon corps était transpercé par un fer de lance. Ensuite, nous nous envoyions en l'air chaque fois que l'opportunité se présentait, mais ce qui me plaisait le plus, ce n'était pas tant le sexe lui-même qu'après, quand nous restions enlacés. Je n'ai connu la jouissance que plus tard, un soir où, seule dans le bain, je me suis touchée jusqu'à ce que l'eau refroidisse, relâchant la tension de mon corps avec mes doigts. La montée du plaisir, la décharge électrique, les jambes tremblantes, la peau du ventre qui rougit… J'ai finalement compris pourquoi on en faisait toute une affaire, mais je ne me suis jamais résolue à donner des instructions précises à Matt. Je n'arrivais pas à articuler tout ce désir niché en moi, crispé comme un poing.

— On va te dégoter un partenaire ce soir, Ella, a proposé Sully. Un magicien. Et un autre pour Amb. Viens avec nous, tu vas baiser, garanti. Je vais chercher quelque chose à te mettre sur le dos.

Rien dans sa penderie n'irait à Ella, et surtout pas ses minijupes, qui arrivaient à peine à couvrir les minuscules fesses de Sully.

— Vous allez où, en fait ? a demandé Ella.

La curiosité dans sa voix était écœurante. J'ai tressailli, non seulement embarrassée par procuration, mais parce que j'aurais facilement pu être à sa place.

— Nics, a répondu Sully. Avec qui tu as couché sur le campus, jusqu'à présent ?

Le visage d'Ella s'est marbré de pourpre. Quand ses yeux m'ont lancé un éclair, j'ai vu quelque chose de plus que de l'humiliation. Une blessure. Elle avait compris que j'avais livré son secret à Sully. J'ai soutenu son regard, même s'il m'a fallu rassembler toutes mes forces.

— Bof, juste quelques garçons, rien d'important, a-t-elle marmonné.

Sully s'est penché vers elle. Elle n'avait pas fini de s'amuser.

— Allez, Ella, dis-nous leurs noms. Tu as peur qu'on te les vole ?

Ella a dû comprendre qu'elle était dans la mire de Sully. Silencieusement, je l'encourageais à céder, car résister rendrait la morsure du piège plus cinglante quand il se refermerait sur elle. Je me demandais combien de temps elle arriverait à mentir.

— Dis-nous leurs noms, Ella, ai-je répété après Sully.

— À vrai dire, j'ai beaucoup de travail, a fait Ella en se levant. Amusez-vous bien, les filles.

Elle a posé son verre encore plein.

Sully l'a laissée partir, à ma grande surprise.

— On est là si tu changes d'avis, a-t-elle crié dans son dos.

Ella était à peine sortie que Sully éclatait de rire, tout en se passant sur les lèvres un bâton de rouge, ou plutôt magenta brillant.

— Voilà, bon débarras ! Ce n'était pas si difficile.

« Bon débarras. » Comme si elle parlait de se débarrasser d'un cadavre. J'imaginais Ella en larmes et j'ai attendu que mon mal de cœur disparaisse.

— Merci, ai-je dit à Sully, la réponse qu'elle attendait.

— Vous êtes vraiment dégueulasses, a lâché Lauren en sortant de sous la couette. Je sais qu'Ella a l'air un peu vieux jeu, mais c'est une fille bien.

Lauren ne défendait Ella que parce qu'elle avait décidé de me détester. Ou peut-être passait-elle trop de temps avec Flora et voulait-elle essayer d'être *gentille*, elle aussi. Lorsque Lauren s'est levée avec sa trousse de toilette et s'est dirigée vers le couloir, Sully a pointé ses deux majeurs dans son dos.

J'ai tendu la main vers le rouge à lèvres, mais Sully l'a attrapé avant que je puisse y toucher.

— Bois un autre verre, avant. Et dis-moi, c'est quoi, cette tasse ?

J'ai levé ma tasse « Amie ».

— Je n'ai rien pu trouver d'autre. C'est Flora qui me l'a donnée.

Sully me l'a arrachée des mains. Je craignais qu'elle la jette par terre, mais elle s'est contentée de l'étudier de près, avec sa calligraphie fantaisiste et son rose exagéré. Puis, elle a ouvert son flacon de vodka pour remplir ma tasse.

— Allez, bois ! m'a-t-elle ordonné d'une voix monocorde.

À cet instant-là, j'ai détesté cette tasse, et j'ai détesté Flora de m'avoir affligée d'un tel cadeau. Tout le progrès que j'avais fait en me montrant cruelle avec Ella me semblait perdu à cause de cette vilaine porcelaine. À l'époque, j'avais trop peur pour comprendre que Sully n'était pas déçue du tout. Elle était jalouse.

Plusieurs verres et une ligne de coke plus tard, tandis que nous remontions Foss Hill avec difficulté, Sully se taisait, et c'est moi qui ai brisé le silence.

— Moi non plus, je n'ai jamais eu d'orgasme avec un gars. Il n'y en a pas un qui sait utiliser sa bite.

Sully a ri à gorge déployée, exposant son cou blanc comme le lait.

— T'es sérieuse ? C'est pas drôle, ça. Je suis, genre, la personne la plus facile à faire jouir. Je disais n'importe quoi pour nous débarrasser d'Ella.

Pendant une seconde, j'ai haï Sully. Ses vêtements qui épousaient parfaitement son corps, ses cheveux qu'elle n'avait pas à entretenir, ses bonnes notes, la façon qu'elle avait de tout réussir sans peine. À l'opposé des filles cool de Central qui consacraient tout leur temps à cultiver leur image.

Mais c'était surtout moi que je haïssais. Je glissais sans cesse, même quand je pensais avoir enfin pris pied. Je détestais le manque d'élégance de mon corps, la lenteur de mon esprit. J'allais devoir affûter tout cela.

— Mission accomplie, ai-je commenté. Maintenant, il faudra s'occuper de Flora. Elle me juge tout le temps. Elle *nous* juge tout le temps.

Sully a appuyé son épaule contre la mienne, mais sans passer son bras dans le mien comme elle le faisait d'habitude.

— Ouais, c'est une foutue hypocrite. Les filles comme elles sont parmi les plus faciles à corrompre, à vrai dire.

S'il n'y avait pas eu la suite, Ella serait devenue une simple note de bas de page dans l'album de ma vie universitaire : le sourire d'une fille en vêtements démodés, qui essaie trop fort. Mais elle a joué un rôle sans le savoir.

Peut-être en joue-t-elle un autre, aujourd'hui.

15

AUJOURD'HUI

À : Ambrosia Wellington, a.wellington@wesleyan.edu
De : Comité des anciens étudiants de Wesleyan, reunion.classof 2007@gmail.com
Objet : Retrouvailles de la promotion 2007

Chère Ambrosia Wellington,
Si vous avez du mal à vous détendre, joignez-vous à nous pour une séance de yoga au crépuscule sur Foss Hill. Et assurez-vous de faire le plein d'énergie pour le cocktail de la promotion 2007 et pour la fête qui suivra à l'Eclectic. Ce sera comme si vous n'étiez jamais partie, ou comme si l'esprit de Wesleyan était toujours en vous !

Meilleures salutations,
Le comité des anciens étudiants

Le repas terminé, Hads et Heather veulent qu'on rentre toutes à Bennet pour prendre un verre dans leur chambre, mais j'ai promis à Adrian une visite du campus. Je l'amène à Olin et à l'observatoire, et nous descendons Foss Hill, où des gens en leggings et tops échancrés font du yoga, jusqu'à l'avenue Fountain. Je lui montre la résidence externe que Hads, Heather et moi partagions pendant ma dernière année d'université. Je lui dis que j'étudiais *ici*, que je socialisais *là*, que je prenais mes repas *ici*. Je ne lui dis pas ce que je faisais réellement, *ici* ou *là*.

— Sully a l'air vraiment cool, remarque Adrian sur le chemin du retour. Dommage que vous ayez perdu contact. Qu'est-ce qui s'est passé ?

Il part d'une supposition erronée. Nous n'avons pas perdu contact. *Il n'y a jamais eu de « nous ».*

Je lui réponds le plus vaguement et innocemment possible :

— L'eau a passé sous les ponts, c'est tout.

Il met son bras autour de mes épaules.

— Et ta coloc de première année ? Elle est là, elle aussi ?

Elle est là. Je l'ai déjà vue deux fois et j'ai fait semblant de ne pas la voir.

— Je ne sais pas. Ces gens-là...

Je m'interromps.

— Quoi donc, ma chérie ?

Soudain, sa façon de me tenir contre lui, ferme sans être possessive, aimante sans être étouffante, me comble. J'incline la tête vers lui. J'ai envie de lui avouer à quel point j'ai peur. Mais je me retiens.

— Non, rien.

Nous gagnons Bennet, où nous retrouvons les autres. La dernière chose que je veux, c'est faire la fête à Wesleyan, mais Hadley et Heather en remettent sur le « plaisir fou » que ce serait. Alors je me laisse entraîner, bras dessus bras dessous avec elles, comme si nous redevenions frivoles. Au fond, je ne l'ai jamais été. Mon détachement n'était qu'un geste calculé de plus.

La réception a lieu dans la cour Hewitt. Au moins, l'alcool est à volonté. Je ne laisserai pas Adrian me chuchoter que je devrais m'en tenir « à un seul verre ».

Nous dépassons quelques personnes plus âgées, d'une promotion bien antérieure à la nôtre. S'exhiber comme ça, si différente ce qu'on a été au temps de ses études, je n'oserais jamais. Surtout que Flora, elle, ne changera jamais ; elle sera jeune et belle pour l'éternité. *Tu ne prends pas une ride*, trouverais-je le courage de lui dire. *Tu as pris un coup de vieux*, me répondrait-elle.

Je suspends le pas en apercevant une grande silhouette au port altier et à la longue foulée familière. À l'uniforme familier, aussi.

— Amb ? demande Heather en se retournant. Tu viens ?

J'ai le souffle coupé. Je le reconnaîtrais n'importe où : l'agent Tom Felty, ou plutôt le capitaine Tom Felty. Là, devant mes yeux, en chair et en os. Je ne peux me cacher derrière un écran d'ordinateur. La peur me saisit, mais je ne suis même pas surprise de le voir ici. Comme si je savais qu'au fond, il me retrouverait quand il le voudrait.

Ne regarde pas vers moi, ne me regarde pas. J'ai passé des années à lutter contre l'invisibilité, mais à présent, j'aimerais pouvoir disparaître. Comment pourrais-je expliquer à Adrian que je connais un agent de police ? Que j'ai toujours la carte de visite de Felty à la maison, dans un vieux portefeuille ?

Ses cheveux ont blanchi, mais son visage n'a pas beaucoup changé, ses angles se sont seulement un peu durcis. Mêmes yeux bleus, arctiques, immenses. S'il ne me terrifiait pas, je le trouverais sexy.

Pour lui, il a toujours été clair que Sully n'y était pour rien. Il me soupçonnait, moi, même s'il n'a jamais eu de preuves.

Felty pourrait facilement être l'auteur du message que je garde dans mon sac. Ce n'est pas sorcier d'apprendre la calligraphie. « Je vais enfin la prendre en défaut », a-t-il peut-être murmuré joyeusement en mettant l'enveloppe à la poste. Je sais exactement pourquoi cette affaire a été si importante pour lui.

Il lui aura peut-être fallu quatorze ans pour prendre sa revanche.

— J'arrive, dis-je en tentant de rattraper les filles, les yeux fixés sur la nuque et les boucles d'Adrian.

Heureusement, Felty ne bronche pas quand je passe à côté de lui. Peut-être ne m'a-t-il pas vue.

Juste avant d'avoir pu me fondre dans la foule, je commets l'erreur de me retourner. Nos regards se croisent. Aucune trace de sourire, rien qui laisse croire que le passé est enterré. C'est qu'il n'est *pas* enterré. Je suis venue à sa rencontre.

16

IL Y A QUATORZE ANS

Wesleyan était mon univers, Sully mon passeport pour y entrer. Elle me traînait non seulement dans des fêtes dont tout le monde parlait, mais aussi dans plusieurs dont je n'aurais jamais soupçonné l'existence. Elle prenait le pouls du campus, ses doigts fins posés sur les veines de Wesleyan. Les gens lui racontaient des trucs et l'invitaient partout, peut-être parce qu'ils savaient que Sully était prête à tout ; ses excès étaient devenus légendaires. Elle avait raison de dire qu'elle s'ennuyait facilement.

C'est à cause d'elle que j'ai atterri au Tomb la deuxième semaine d'octobre. À la porte, des silhouettes encapuchonnées m'ont posé quelques questions sans queue ni tête. J'ai appris plus tard que seuls les membres de la Société des Crânes et des Serpents pouvaient être admis. J'aimais appartenir à un cercle exclusif, connu des seuls initiés, Sully et moi dansant sur une estrade, dans le noir. C'était un cran au-dessus des soirées habituelles. Ainsi allait la vie, avec Sully : accès privilégiés, files d'attente évitées, réseaux de connaissances semblables à une toile d'araignée aux mailles serrées.

— Danse avec moi, m'a ordonné Sully en tournant sur elle-même, tête levée, talons à la main.

C'était l'aube, nous venions de sortir du Tomb.

— Je n'ai pas envie de rentrer tout de suite, a-t-elle poursuivi. Je vais envoyer un texto à Buddy pour voir si la fête continue ailleurs.

— Moi, je n'en peux plus. J'ai besoin de dormir un peu avant d'aller en cours.

En vérité, j'étais impatiente de retourner dans ma chambre pour lire mes messages, car je savais que Kevin m'aurait écrit.

Sully s'est arrêtée d'un coup avant de saisir mon poignet et de me tirer vers elle. La sueur collait sur nos bras.

— Tu as changé. Tu penses que je n'ai rien remarqué ? C'est un garçon, c'est ça ?

Ses lèvres couleur sang ont formé une moue boudeuse et désapprobatrice. J'avais peur de lui parler de Kevin, peur que cela mette fin à quelque chose.

— Je n'aurais jamais cru que toi, tu lécherais les bottes d'un de ces connards, a-t-elle craché avant de me tourner le dos pour allumer une cigarette. Hypnotisée par une bite. Je pensais que tu étais comme moi.

— Mais je suis comme toi ! ai-je répondu en priant pour que Kevin ne soit pas l'un de ces connards. Ce n'est pas ça. Il est… eh bien, il n'est pas d'ici. Il étudie à Dartmouth.

Elle a bâillé en pianotant sur son téléphone. Elle se détournait déjà de moi. Je devais retenir son attention. L'impressionner.

— C'est le copain de Flora.

Les paroles qui sortaient de ma bouche m'ont donné la frousse. Est-ce que Sully serait impressionnée ? Dégoûtée ? Ou pire, indifférente ?

Mais son sourire a brillé dans le noir.

— Ah, ma salope ! Tu as couché avec lui ? Flora se doute de quelque chose ?

J'ai attaché mes cheveux avec un élastique au sommet de mon crâne. Sully m'avait convaincue que ce style n'était pas ridicule.

— Pas encore. Et non, elle ne se doute de rien.

Mes sentiments à l'égard de Flora s'assombrissaient de jour en jour. Cette fille était de la pire espèce : de celles qui cherchent à vous aveugler par le prisme de leur perfection. « Pas besoin de demander. Tu peux prendre tout ce que tu veux », m'avait-elle dit lors de notre rencontre, mais était-elle sincère ? Tout ce qu'elle voulait, en fait, c'était quelqu'un à surveiller, un animal de compagnie qui lui obéisse.

Tous les jours, je tentais de m'emparer de l'ordinateur de Flora à son insu pour lire la nouvelle de Kevin, mes doigts volant au-dessus de son clavier pendant qu'elle était sous la douche. Mais je n'ai jamais réussi à deviner son mot de passe. La frustration m'a poussée à subtiliser une photo de Kevin sur le tableau de Flora, une photo récente, qu'elle venait juste d'afficher. Mon larcin est passé inaperçu, car la photo était en partie couverte par un article sur la dépression, un sujet qu'elle étudiait dans l'un de ses cours de psychologie. J'ai caché la photo de Kevin dans mon livre sur John Donne. Cela me semblait logique. John Donne était notre ami commun, celui qui avait provoqué notre rencontre.

— Alors, tu vas faire quoi ? m'a demandé Sully.

J'ai secoué la tête.

— Aucune idée.

Je n'ai rien dit de notre échange de messages, de l'intensité de notre lien.

— Il faut y aller à fond, a déclaré Sully en me passant sa cigarette. On va trouver comment.

Continuer la fête ce soir-là ne lui semblait plus une priorité. Lorsque nous sommes rentrées à Butts, elle m'a embrassée sur la joue.

— N'oublie surtout pas que j'existe.

— Jamais, ai-je répondu.

Quand j'ai lavé mon visage un peu plus tard, j'ai vu qu'elle avait laissé une marque rouge sur ma joue.

En vérité, j'avais l'impression que Kevin s'éloignait petit à petit de moi. Il prenait de plus en plus de temps pour répondre et ses messages semblaient de moins en moins enthousiastes. Il disait des choses comme : Ça serait pas pareil si tu étais là. Et moi : J'aimerais tellement ça ! Je tâchais d'imiter son style, comme me le dictait mon instinct quand je sentais que quelqu'un m'échappait.

Ce matin-là, tandis que le bourdonnement dans ma tête aggravait ma gueule de bois, un message attendait dans ma boîte de réception. Kevin l'avait envoyé deux heures plus tôt.

Y a une fête à ma fraternité ce week-end, mais ça ne me dit rien, je préférerais être avec toi à lire du JD ou qqchose comme ça

Plutôt que de répondre sans attendre, comme d'habitude, j'ai laissé passer un peu de temps. Il me semblait entendre dans ma tête la voix de Flora, qui tout à coup ne m'exaspérait plus : « Son université est à moins de trois heures d'ici. » Je pouvais me pointer à cette fête et lui faire la surprise. Ce serait le test ultime pour connaître ses véritables sentiments à mon égard.

J'ai regardé Flora qui dormait sur le dos, les bras le long du corps, les mains dans ses gants de manucure, les cheveux entortillés loin de son visage. Nos tasses *Meilleure* et *Amie* reposaient sur son bureau, ce qui signifiait qu'elle les avait lavées et rapportées de la cuisine. Flora nettoyait toujours derrière moi. Mais je m'apprêtais à provoquer une catastrophe telle qu'elle n'arriverait jamais à ramasser les pots cassés.

Le lendemain, dans notre cours d'introduction à l'écriture théâtrale, nous avons parlé de ce qu'est un héros, et de ce qui provoque sa chute. Ogden nous a fait un long discours, les deux poings en l'air :

— Si vous voulez détruire un personnage pour de bon, assurez-vous de le connaître comme le fond de votre poche. Sachez ce qui lui importe le plus, et volez-le-lui. Ensuite, vous pouvez faire n'importe quoi. Même le tuer. Car il aura perdu ce qui lui était le plus cher.

Sully a levé la main.

— Vous voulez dire que la seule façon de briser définitivement quelqu'un, c'est lui prendre l'objet de son amour ?

Le professeur a joint les mains.

— Absolument. Othello en est un exemple parfait. Mais il est encore plus intéressant de priver le héros de sa morale, en plus de l'objet de son amour. Enfin, je dis objet, mais souvent, c'est une personne. Un amoureux ou une amoureuse, quoi.

Qu'on me fiche la paix avec « l'objet de son amour » et l'obligation de me comparer à cette fille ! On dit que quand on se compare, on se console. Mais quand on rivalise, on se désole. Les proverbes sont silencieux sur ce qui se passe quand l'objet de notre amour est déjà pris.

— On dirait que le cours d'aujourd'hui a piqué ta curiosité, ai-je dit à Sully pendant qu'elle choisissait une lasagne à MoCon et moi un burrito qui me donnerait inévitablement mal au ventre. As-tu une idée pour ta pièce de théâtre ?

Avec sa fourchette, elle tentait d'éjecter un bout de fromage mal décongelé de son assiette.

— Pas vraiment. Je pensais à ta situation.

— Ma situation ?

Le burrito était presque aussi gros que mon avant-bras, la tortilla langée comme un bébé. La première bouchée laisserait une trace d'huile luisante sur mon menton, mais j'avais trop faim pour m'en soucier.

— Ouais. Toi et Kevin. Je pense que le problème peut se régler facilement.

Je continuais d'écraser du bœuf et de petites boules de riz entre mes molaires, car je préférais ne pas avoir à parler. J'ai essuyé ma bouche avec une serviette qui a aussitôt pris une teinte orangée.

— Tu penses à quoi ?

— Pousser un garçon à oublier sa petite amie est très facile. Ce n'est pas normal pour lui de donner sa loyauté à une seule fille. C'est la fille qui lui force la main. Elle l'a sucé à une soirée ; elle a besoin de se sentir légitime, alors elle lui demande si elle est bien sa petite amie. Il répond oui, évidemment, parce qu'il veut se faire sucer la bite plus souvent.

Sully s'est interrompue et a enfoncé sa fourchette dans la chair des nouilles si sauvagement que j'ai détourné les yeux.

C'était de moi qu'elle parlait. Moi, qui m'accrochais aux moindres miettes que les garçons m'accordaient, même ceux qui auraient dû m'être indifférents. Moi, qui avais si facilement gobé tout ce que m'avait dit Matt. Moi, qui avais laissé Hunter m'appeler Amber sans le corriger. Moi, qui m'étais pointée à la porte de Drew Tennant à peine quelques minutes après avoir reçu son texto : Hé, t'as envie de baiser, ce soir ?

— De toute façon, a continué Sully, on est toutes les mêmes, pour eux. On a le même corps. C'est ce qu'on fait avec qui compte. Pourquoi tu penses qu'ils sont si nombreux à céder à la tentation ? Pourquoi tu crois que les enterrements de vie de garçon génèrent, genre, des milliards de dollars ? C'est une industrie qui repose sur l'idée que presque tous les hommes vont tromper leur copine à un moment ou un autre.

Il y avait de la sauce tomate aux coins de ses lèvres.

— Donc, tu es en train de me dire qu'on pourrait inciter Kevin à tromper Flora.

— Exactement, a-t-elle répondu en posant sa fourchette sur l'assiette avec un cliquetis indigné. À vrai dire, je suis sûre qu'il a déjà trompé Flora. Ce n'est pas difficile pour un garçon de coucher à droite et à gauche.

— Sauf que, s'il la trompe, ça va juste rendre Flora encore plus angélique.

J'imaginais son visage baigné de larmes, ses gentils sanglots, son deuil impeccable.

— Tu n'as rien compris, a fait Sully en levant le doigt. Laisse-moi t'expliquer. L'autre partie de mon projet, c'est de l'amener, elle, à tromper Kevin.

Je n'ai pas pu m'empêcher de lâcher un petit rire.

— Facile à dire. Mais avec qui ? Flora croit sûrement que se masturber, c'est déjà tromper son copain. On n'arrivera jamais à la débaucher.

Mais Sully ne se laissait pas décourager. Son sourire de chat du Cheshire s'étirait jusqu'à ses pommettes.

— Laisse-moi faire. Toi, concentre-toi sur le garçon.

Ce que j'ai fait. Je lui ai parlé de la fête à la fraternité, et de Kevin qui m'y avait pratiquement invitée.

— Super ! Dartmouth, nous voilà ! a-t-elle conclu en s'enfonçant dans son siège.

Je me voyais déjà avec Kevin sur le campus, un fantasme vaporeux évacuant toute rationalité en moi. J'allais m'élancer vers lui, lui sauter dans les bras, passer mes jambes autour de sa taille, comme dans les films. Il me soulèverait de terre, comme une plume, et m'embrasserait avec tant de fougue qu'il ne se contenterait pas de ma bouche ; ses lèvres exploreraient mes paupières, mes joues, mon front, la naissance de mes cheveux, nos dents s'entrechoqueraient. Un baiser maladroit, bienveillant, lourd de sens. Et puis, peut-être, sous un saule majestueux qui deviendrait « notre arbre », il ferait un jour sa demande en mariage. La bague qu'il me glisserait au doigt serait un solitaire, au moins deux carats, avec un délicat halo de diamants peinant à supporter son poids.

On pense à tort que l'arme la plus redoutable des filles, c'est leur corps. C'est ignorer à quel point notre imagination peut déplacer des montagnes.

— Pourquoi fais-tu tout ça pour moi ? ai-je demandé à Sully. Ça ne doit pas t'amuser beaucoup.

Elle a frappé la table si fort que j'ai sursauté.

— Tu rigoles ? C'est pour toi, voyons ! Bien sûr que je ferai tout ce que je peux.

Je savourais ses paroles, sachant que Sully n'irait jamais plus loin, côté démonstration d'affection. « C'est pour toi, voyons ! » J'aurais dû savoir que ce n'était pas tout à fait vrai.

Ce soir-là, tandis que Flora tapait sur son clavier d'ordinateur, Sully est venue frapper à ma porte et m'a murmuré à l'oreille :

— J'ai trouvé une voiture.

Le vendredi, j'ai séché mes cours pour pouvoir faire ma valise. J'espérais éviter Flora, mais elle est rentrée en avance de son cours en fin de matinée, sans son sourire habituel. Elle a jeté un coup d'œil à ma valise, l'éléphant dans la pièce. *Elle sait.*

— Salut. Ça ne va pas du tout aujourd'hui. Je me suis fâchée avec Poppy hier soir. Je lui ai dit que Kevin viendrait pour Halloween et elle m'a reproché d'être incapable de m'amuser sans lui. Comme s'il m'interdisait de sortir quand il n'est pas là.

J'avais la bouche sèche. Je n'avais jamais songé que Kevin pouvait être responsable du caractère rasant de Flora.

— Elle se trompe complètement, a continué Flora en s'asseyant sur son lit. Elle ne comprend rien du tout. Elle n'a que quatorze ans. Elle n'a jamais eu de petit ami.

— Kevin n'est pas du genre à t'interdire quoi que ce soit.

J'ai tout de suite regretté mon choix de temps de verbe; « ne m'a pas semblé être du genre à » aurait été plus prudent. Je ne l'avais rencontré qu'une seule fois.

— Ce n'est pas grave, a remarqué Flora, son air blessé se métamorphosant en sourire. Je ne veux pas passer ma mauvaise humeur sur toi. Je suis juste émotive. C'est la faute à tante Flo.

Je songeais à ce que Sully penserait d'une fille qui appelle ses menstruations « tante Flo ».

— Tante Flo est invivable. Ce n'est pas facile d'être une femme.

Flora s'est calée contre son oreiller en soupirant d'un air théâtral.

— Ouais, j'échangerais à tous les coups mes ovaires contre des couilles!

Le mot « couilles » dans la bouche de Flora était si choquant que j'ai ri de bon cœur, et Flora m'a imitée; pendant une petite minute, j'ai eu l'impression que nous étions vraiment amies. Pourquoi avais-je décidé de la détester? Parce qu'elle avait Kevin, et tout ce qui me manquait? Peut-être était-ce moi qui lui mettais une auréole autour de la tête.

Ce n'était qu'une fille comme les autres, une fille qui cherchait son chemin.

Quand elle a tapé sur ses genoux, j'ai remarqué ses ongles. Elle y avait peint des lettres. « K-e-v-i-n » : une lettre sur chaque ongle, le « i » avec un point en forme de cœur. Mon sourire s'est aussitôt figé. Flora aimait l'image qu'elle se faisait de lui. Elle ne le comprenait pas vraiment, elle ne le méritait pas.

— As-tu envie de regarder quelque chose de rigolo ce soir en mangeant n'importe quoi ? a-t-elle demandé en enfilant ses chaussons, avant d'apercevoir ma valise. Oh, tu vas quelque part ?

— Un truc de dernière minute. Ma sœur rentre à la maison ce week-end, alors je vais la rejoindre pour faire la surprise à mes parents. L'automne, on va cueillir des pommes au verger. C'est une tradition familiale.

Un mensonge lisse, prémédité.

Pourtant, c'était bien vrai : mes parents aimaient les traditions ringardes. Il n'en manquait pas à Pennington. La foire de rue de Pennington, la chasse aux œufs de Pâques au parc Kunkel, l'illumination annuelle du sapin de Noël sur la rue principale, avec des gâteaux et du lait au chocolat, les élèves de ma mère chantant des cantiques de Noël sous les hourras enthousiastes de toute la communauté tissée serrée.

— Wow ! s'est exclamée Flora. Tu as de la chance. Mes parents ne font jamais rien avec nous. Ils ne supportent même pas de se retrouver dans la même pièce.

Je croyais que Flora venait d'une famille parfaite : papa rentrant du travail, le chien courant à sa rencontre, la petite Flora regardant maman se préparer pour sortir, dansant dans un nuage de Chanel n° 5. J'avais supposé que ceux qui l'avaient aidée à s'installer à l'université étaient son père et sa mère, la famille traditionnelle, quoi.

— Désolée. Je pensais...

Elle n'en avait jamais parlé. Elle cherchait toujours à laisser de côté les détails déplaisants. C'était la première fois que je voyais Flora si affectée.

— Ça va. Mes parents se sont séparés quand j'avais huit ans. Poppy et moi sommes habituées à passer nos vacances chez l'un ou l'autre. Ils se sont remariés tous les deux et ils arrivent à se parler poliment aujourd'hui, mais pendant un bon bout de temps, ma sœur et moi avions l'impression d'être seules au monde. C'est peut-être pour ça que me fâcher avec elle fait si mal.

J'aurais pu rester. Je n'avais encore rien fait, il n'était pas trop tard. Il était encore possible de rencontrer un autre garçon que Kevin, car lui, il ne m'appartiendrait jamais. Possible d'abandonner mes assauts quotidiens sur l'ordinateur de Flora pour mettre au jour Clarissa, d'oublier ce personnage issu de l'imagination de Kevin.

Quand mon téléphone a couiné, je m'attendais à ce que ce soit Sully, mais le texto venait de Hunter.

Hé, Amber, on se voit plus tard?

Si je croyais aux signes du destin, celui-là était dur à manquer.

J'aurais pu lui répondre, accepter son invitation.

Mais je ne croyais pas aux signes du destin. L'univers n'avait pas l'habitude de me faire de cadeaux.

J'ai pensé à Sully. À la bite courbée de Hunter. Au visage de Sully quand elle se moquait de lui. À l'air qu'elle prendrait si je reculais. Ce serait fini entre nous. C'était pour moi que nous allions toutes les deux jusqu'à Dartmouth, mais c'était aussi pour nous deux. Sully voulait voir jusqu'où j'étais capable d'aller. Ce dont j'étais capable. Et je n'allais pas hésiter à le lui montrer.

J'ai éteint mon téléphone, électrifiée par mon nouveau pouvoir. Je ne répondrais pas à Hunter, et quand je le verrais sur le campus, je l'ignorerais royalement.

— J'aimerais bien aller quelque part moi aussi, ce week-end, a dit Flora en se levant pour étirer ses bras au-dessus de sa tête. J'étais censée voir Kevin, mais sa fraternité organise une grande fête, ce soir, et il ne peut pas manquer ça, a-t-elle poursuivi en haussant les sourcils. J'aimerais bien qu'il me rende visite plus souvent. Il m'avait promis de le faire, mais jusqu'ici, il n'est venu qu'une seule fois. Au moins, il sera là pour Halloween, et on se verra aussi à Thanksgiving.

— Ouais, je comprends ce que tu ressens.

Tout ce que je comprenais, c'était que Flora soulignait les défauts de Kevin, lui demandant d'incarner un idéal impossible.

— Excuse-moi de te rebattre les oreilles avec ça, a-t-elle conclu en repoussant ses cheveux derrière ses épaules. Tu vas me manquer, mais amuse-toi bien chez tes parents. Ils seront ravis de te voir, j'en suis certaine.

C'était ma dernière chance de reculer. Mais, comme je tergiversais, on a frappé à la porte. J'ai ouvert ; c'était Sully, son sac à dos sur l'épaule.

— T'es prête ?

Flora a eu l'air blessée, l'espace d'une seconde, mais je lisais aussi autre chose sur son visage : de la colère peut-être, ou de la déception. Elle croyait sans doute que Sully allait cueillir des pommes avec ma famille et moi, et s'est demandé pourquoi je ne l'avais pas invitée, elle.

— Salut Sloane, a dit Flora machinalement.

— Hey, a répliqué Sully, les yeux braqués sur les chaussons de ma coloc.

D'habitude, Sully faisait un compliment à tout un chacun. C'était toujours « Hey, beauté », ou « chérie », ou « belle poitrine » ! Pour Flora, elle se contentait d'un « Hey » tout court. Sully savait que Flora était immunisée contre ses charmes.

— Allez, viens ! a fait Sully, avant d'apercevoir à son tour ma valise. Tu traînes ce truc énorme jusqu'à...

— Pennington, l'ai-je interrompue en remarquant son petit sourire narquois. Pas si énorme...

— Amusez-vous bien ! nous a souhaité Flora en agitant ses doigts qui traçaient le nom de « K-e-v-i-n » dans l'air.

La porte était à peine refermée que Sully a lâché un grognement :

— La dernière fois que j'ai porté des chaussons en forme de lapin, je devais avoir *huit ans*. Je ne regrette pas du tout qu'on ait monté ce plan !

Flora, à huit ans, voyait ses parents se séparer, ai-je eu envie de lui apprendre. Je me suis contentée de répondre :

— Moi aussi.

17

AUJOURD'HUI

À : Ambrosia Wellington, a.wellington@wesleyan.edu
De : Comité des anciens étudiants de Wesleyan, reunion.classof2007@gmail.com
Objet : Retrouvailles de la promotion 2007

Chère Ambrosia Wellington,
Regardons les choses en face : vous êtes venue à Wesleyan pour étudier, mais vos plus belles leçons, vous les avez sans doute apprises lors de fêtes mémorables. Celle de ce soir ne fera pas exception. Restez donc après la réception, pour encore plus de plaisir !

Meilleures salutations,
Le comité des anciens étudiants

Je sais que Felty me surveille, tout comme je sens le regard de Flora sur moi, à l'affût de mon prochain geste. J'ai l'impression de vivre une distorsion temporelle, de me retrouver dans la « résidence maudite », tous les regards tournés vers moi. C'est exactement ce que je cherchais au début de mes études à Wesleyan, mais cette fois-ci, c'est pour une très mauvaise raison. Et puis le feu des projecteurs sous lequel je me suis finalement retrouvée à l'époque brûlait pour de vrai.

Les murmures sur mon passage, les messages sur le site de dénonciations anonymes, tel un téléscripteur sur mon front. « Je l'ai vue aux toilettes. Elle était avec lui. Je jure que c'était elle. Je l'ai vue s'enfuir de Butts en courant. »

Je reste auprès d'Adrian en cherchant Felty du regard, mais ce sont tous les autres que je vois. Lauren et Jonah qui parlent à quelqu'un que je reconnais vaguement : Hunter, le garçon à la bite crochue qui n'arrivait pas à retenir les prénoms des filles. Son bras est passé autour des épaules d'une femme menue aux cheveux noirs. Quand elle repousse les franges de son visage, je reconnais Clara, une autre fille de Butts C. Elle esquisse un salut de la main, et je le lui retourne avec un sourire forcé. Malgré les années écoulées, quelque chose en moi se raidit. Même les garçons les moins désirables ne voulaient pas de moi.

Où est donc Sully ? Non seulement je ne la vois pas, mais je sens qu'elle n'est pas là. Une déception malsaine monte en moi, et je comprends qu'elle a sauté la réception. Son absence prend plus d'espace que la présence de toutes les autres.

— Ma chérie, tu n'es pas très sociable, me reproche Adrian en désignant les gens autour de nous. On est ici pour rattraper le temps perdu, non ?

— J'ai déjà salué tous ceux qui comptaient pour moi.

Ce n'est pas tout à fait un mensonge. Je poursuis sur ma lancée, avant qu'Adrian puisse m'interrompre :

— Regarde, Monty est là, dis-je en pointant vers le bar, contente que notre ami, grand buveur, soit aussi prévisible.

Dès que je peux être certaine qu'Adrian est plongé dans une conversation avec Monty, et personne d'autre, je m'excuse et part vers les toilettes. Avant que j'aie atteint Hewitt, Tara Rollins me tombe dessus et refuse de me lâcher, convaincue que c'est le moment idéal pour organiser un futur voyage entre filles avec Hadley et Heather. Du coin de l'œil, j'aperçois les cheveux platine de Flora, mais quand je me retourne, elle n'est plus là. On a dû l'approcher toute la soirée avec des yeux tristes et des sourires artificiels. Pas moi. Elle ne veut sûrement rien savoir de moi.

Quand je finis par arriver aux toilettes du complexe Hewitt, je m'enferme dans une cabine et envoie un texto à Billie.

J'avais oublié à quel point je déteste ces gens. Revenir ici était une très mauvaise idée.

Elle me répond presque instantanément :

lol C'est sûrement mieux que chez moi ce soir. Les enfants refusent de dormir et Ryan est devant la télé comme d'habitude.

J'échangerais ma place contre la tienne. Sérieusement, Billie, ça me rend malade d'être ici.

Tu es peut-être enceinte ?

Sa réponse à tout. J'ai une migraine ? « Tu es peut-être enceinte. » Je ne remplis pas mon verre de vin dès qu'il est vide ? « Tu es peut-être enceinte. » Je n'ai pas envie de manger des sushis ? « Tu es peut-être enceinte. »

Absolument pas.

Bouh !

C'est drôle comme elle insiste pour que je tombe enceinte, tout en me racontant le film d'horreur que lui font vivre ses enfants. Elle imagine qu'Adrian et moi essayons d'en avoir, nous aussi. Même si elle se comporte comme un esprit libre, elle jugerait infâme ce que j'ai fait. Après avoir clamé haut et fort que je rejoindrais bientôt les rangs des futures mères, après avoir jeté théâtralement mes pilules contraceptives dans la cuvette, j'ai couru à la pharmacie m'en procurer d'autres, et je les cache dans mon sac. C'était il y a six mois. Je devrais me sentir coupable. Mais si je faisais des enfants, je me sentirais coupable de bien pire. Tout le monde n'est pas fait pour être mère.

Les yeux sur mon téléphone, je songe que je n'ai pas eu mes règles hier ; mais à vrai dire, un ou deux jours de retard ne sont pas si rares. Je prends ma pilule à la même heure tous les soirs, avec application, sans jamais l'oublier, et c'est ainsi depuis l'âge de seize ans.

J'entends un « ding ! » C'est un texto, mais pas sur mon téléphone. Le bruit vient de la cabine d'à côté. Je n'y prête aucune attention, jusqu'à ce que j'entende une sonnerie de téléphone.

Ou plutôt une chanson : *I don't want to miss a thing.*

Je me raidis, j'ai l'impression que ma peau est dure comme du béton. Je revois Flora attrapant son téléphone en s'excusant :

— Désolée, c'est encore Kevin.

Mais c'est impossible. Kevin ne peut plus l'appeler.

— Flora ? murmuré-je presque.

Aucune chaussure sous la cloison. Personne ne répond.

La sonnerie s'interrompt. Je sors de ma cabine et me place devant la suivante. Du bout du pied, je l'ouvre. L'appareil est posé avec soin sur le distributeur de papier toilette.

Je devrais le laisser là où il est. Mais c'est un modèle à rabat argenté. Aujourd'hui, plus personne n'a de téléphone à rabat. Je le prends et l'ouvre, exactement comme elle le souhaite.

Car l'image sur l'écran m'est destinée.

Je le referme d'un coup et bondit hors de la cabine, je me débats avec la porte des toilettes et, enfin, me précipite dans le couloir. De retour dans la cour, au lieu de me perdre dans la foule, je rentre à Nics en courant. Je dois savoir si Sully est là-bas. Lui raconter ce que je viens de voir.

Je m'apprête à ouvrir la porte de la chambre quand j'entends une voix. J'entre sans bruit, comme jadis quand Sully et moi rentrions d'une fête aux premières lueurs et qu'il ne fallait pas réveiller Flora. La chambre de Sully est fermée, mais un aboiement brutal me fait sursauter : son rire de hyène. Je retiens mon souffle, une oreille sur la porte.

— Elle ne sait rien, est en train de dire Sully.

Je n'entends pas de réponse, elle doit être au téléphone.

— Elle n'a aucune idée, pour nous deux. Je la connais.

Elle n'a aucune idée. Je la connais. Il n'y a qu'une seule personne dont elle peut parler ainsi.

Moi.

Mon sac est sur le lit, là où je l'ai laissé. Je pourrais l'attraper et m'enfuir à toutes jambes. La peur qui m'assaille comme un mal de tête m'ordonne de partir, mais je dois savoir à qui parle Sully, cette dernière personne admise dans ce « nous » sacré.

Quelqu'un m'a remplacée, et je sais ce que Sully attend des gens qu'elle laisse entrer dans son orbite.

Je recule et quitte la chambre sans un mot. Une fois dehors, mon cœur manque de s'arrêter quand j'aperçois Flora, le même bandeau dans les cheveux. Comme si elle savait que j'allais me trouver là.

— Que veux-tu que je te dise ? commencé-je, la gorge serrée. Je ne suis pas la seule responsable.

Elle n'a aucune réponse à me donner, juste le même sourire glacé. Pour elle, la coupable, c'est moi, et elle ne me pardonnera jamais. Ni ne me parlera. J'accélère le pas. Pour m'éloigner d'elle, de Sully, et de quiconque était à l'autre bout du fil.

Près du pavillon Hewitt, j'aperçois une cigarette allumée qui se détache de son ombre ; c'est une habitude qui me surprend, chez lui. Felty ne desserre pas les lèvres quand je passe à côté de lui, furtivement, évitant son regard. J'ai eu le temps de me réjouir de ne pas avoir été interpellée quand sa voix résonne.

— Mademoiselle Wellington !

Une voix toujours aussi profonde, nette.

— Je savais que vous viendriez, cette année.

Je m'immobilise. La réponse parfaite ne me vient pas, mais au fond, qu'est-ce que ça peut bien faire ?

— La vie n'a pas trop été dure avec vous, j'espère.

Je pivote en traînant les pieds, traçant un demi-cercle dans la poussière. J'essaie de dissimuler le tremblement dans ma voix.

— Tout va bien. Et vous ?

Il ne répond pas, se contente de me relancer.

— Est-ce que vous serez là demain ?

Sachant très bien ce qu'il veut dire par là, je ne laisse rien paraître et lui réponds prudemment :

— Je ne pense pas, non. J'ai un agenda très chargé.

Son expression est impénétrable. Il laisse tomber son mégot et l'écrase avec sa botte. Ah bon, Felty ne se donne même pas la peine de disposer proprement de ses mégots ! Je doute qu'il soit aussi vertueux qu'il veut bien le laisser croire.

— Dommage. Mais on se croisera bien, à un moment ou à un autre, ce week-end. On pourrait peut-être boire un café ensemble. Comme au bon vieux temps.

— Je ne pense pas. Je ne sais plus ce que mon mari et moi avons prévu pour demain, et nous partons tôt dimanche matin.

« Mon mari », mon meilleur bouclier, la preuve que quelqu'un se préoccupe assez de moi pour me protéger. Je ressens un élan de chaleur pour Adrian.

Le regard de Felty fouille mon âme. Un peu trop intense, comme toujours.

— Vous lui devez bien ça.

Je croise les bras, mon veston de cuir tiré aux poignets.

— Pardon ?

— J'ai dit : « Vous devez bien savoir ça. » Ce que vous avez prévu pour demain. Qu'aviez-vous cru entendre ?

Je ne veux pas discuter plus longtemps avec lui. Je m'éloigne prudemment, craignant qu'il ne se mette à crier. Heureusement, non.

Felty me voulait, mais pas tout à fait comme les garçons de Wesleyan.

Il me voulait derrière les barreaux.

18

IL Y A QUATORZE ANS

Pour aller de Wesleyan à Dartmouth, il suffisait de rouler tout droit sur la I-91 pendant deux heures et demie, selon MapQuest. Un garçon de la fraternité DKE, un certain Lewis, nous avait prêté sa voiture. Sully couchait avec lui une fois de temps en temps parce que, disait-elle, il faisait des cunnis sans rien demander en retour. À mesure que nous nous éloignions de Wesleyan, notre mission nous apparaissait de plus en plus réelle.

— C'est super, ce petit voyage, s'est réjouie Sully. Le campus de Wesleyan est d'un ennui mortel. Ça me sape toute mon énergie.

— Ouais, ai-je acquiescé, l'estomac de plus en plus noué à mesure que nous avancions.

J'avais songé à avertir Kevin de ma visite. Peut-être n'aimait-il pas les surprises. Mais il fallait que ma venue soit inattendue, qu'il me voie différente de Flora, elle qui exigeait que ce soit lui qui se déplace pour venir la voir. J'imaginais un large sourire illuminer son visage au moment même où il me reconnaîtrait. Je tambourinais sur mes jambes au rythme de l'album *Iowa* de Slipknot, un groupe que Sully adorait et qui s'époumonait dans les haut-parleurs de la voiture.

— Alors, ce Kevin, a commencé Sully en baissant le son. Dis-moi la vérité. Tu l'as rencontré il y a... quoi, deux semaines ? Et tu as décidé que tu étais amoureuse de lui ? Vous faites des séances de baise au téléphone, c'est ça ?

— Non, pas du tout. On s'envoie des messages.

— Des messages, a répété Sully comme s'il s'agissait d'une maladie vénérienne. Attends un peu... Tu l'as rencontré une seule fois et tu ne lui as pas parlé de vive voix depuis ?

— C'est comme si on parlait. Nos messages sont vraiment personnels. Kevin me raconte plein de choses sur lui.

Je m'arrachais les petites peaux autour du pouce.

— Pourquoi tu ne m'as pas raconté ça avant ? Moi, je ne te cache rien.

Elle a prononcé ces paroles à voix basse, comme si elle ne voulait pas laisser entendre sa déception.

— Je ne sais pas, ai-je avoué. Je ne voulais pas en parler avant de savoir ce que c'était, je pense.

J'ai omis l'essentiel : *j'avais peur que cela change quelque chose entre elle et moi.* Un long silence a précédé sa réponse.

— C'est facile de se cacher derrière un ordinateur. Il peut dire tout ce qu'il veut. Sois prudente, c'est tout. Je ne veux pas qu'un garçon te traite comme une merde.

— Ne t'inquiète pas pour moi.

Il y avait du vrai dans ce qu'elle disait. Son loisir favori, c'était de voler les téléphones des garçons avec qui elle baisait et d'envoyer des messages qui les mettaient dans le pétrin. Dans ces moments-là, elle gardait sa main devant sa bouche tant elle avait du mal à se retenir de rire.

— Mais il a des antécédents, non ? Il trompe Flora avec toi.

— Non, ai-je répondu en enfonçant mes mains sous mes genoux. Ce n'est pas du tout ça. Ce n'est pas physique, c'est une autre sorte de lien entre nous.

Elle s'est raclé la gorge.

— Es-tu sûre d'être la seule ?

Un petit bourgeon de terreur a éclos dans mon ventre, comme un insecte qui y ferait son nid. Comment répondre à une telle question ? Je voulais défendre Kevin, mais soudain, je n'étais plus sûre de rien.

— Calme-toi, a dit Sully en riant et en me donnant une petite tape sur le bras. Ça ne veut rien dire. Mais s'il abuse de toi, je serai obligée de lui faire la peau.

J'ai ri avec elle, sans savoir si elle plaisantait ou si elle était sérieuse.

Elle a tambouriné contre le volant.

— J'espère qu'il est mieux que tous ces connards de Wesleyan. Le dernier Buddy que je me suis farci m'a pratiquement suppliée de rester dormir dans sa chambre. Après, il m'a offert de me faire à manger. Non, merci, Hunter, tes nachos de merde au micro-ondes, très peu pour moi !

— Hunter ? Tu as encore couché avec lui ?

— Je n'avais pas envie de travailler. Ça m'excite toujours. Mais c'était la dernière fois. Il est tellement accro. Et les hommes pensent que les femmes s'attachent facilement !

Heureusement, mes lunettes de soleil l'empêchaient de voir mes yeux. Hunter ne m'invitait jamais dans sa chambre. Nous baisions dans la mienne, pendant les absences de Flora. Un peu comme quand je faisais entrer Matt subrepticement chez mes parents lors de leurs rares sorties en ville. Hunter m'avait dit :

— Mon coloc est tout le temps là, désolé, Amber.

Et pourtant, il n'avait aucun problème à se rappeler le nom de Sully et à l'inviter chez lui. Mon Graal personnel, la sexualité libre, n'était qu'une imposture. Être désirée ne menait à rien. Ne rien désirer en retour, voilà qui conférait un véritable pouvoir. Ne rien désirer, jamais, un point c'est tout.

Plus Sully s'en foutait, plus les gens s'inclinaient devant elle pour lui montrer à quel point elle importait à leurs yeux. J'étais prête à tout pour déchiffrer son code.

— Merci encore de m'avoir accompagnée, ai-je dit vivement.

Mon estomac barbouillé me faisait regretter ce voyage.

— Tu veux rire ? a-t-elle répliqué en frétillant littéralement sur son siège. Je m'ennuie facilement, tu te rappelles ?

Aller à Dartmouth était mon affaire, mais c'était elle qui prenait les devants. À bien des égards, je n'étais qu'une passagère.

— Il faut montrer à Flora ce que c'est que la vie, a continué Sully. Flora est une triple salope. Mais pas comme les autres. Elle est sournoise. Je l'ai entendue parler de toi à Lauren il y a une semaine ou deux, dans la salle commune de la résidence. Elle a dit : « Amb se la joue, c'est évident. »

— Elle a dit ça ? ai-je craché, bouillonnante d'une colère toute fraîche. Je ne peux pas le croire ! Qu'est-ce qu'elle connaît de ma vie ?

Sully a haussé un sourcil.

— Je te répète ce que j'ai entendu, c'est tout. Elle s'est tue dès qu'elle m'a vue entrer, parce qu'elle sait qu'on est proches, toi et moi. Si tu dois jouer les salopes, il faut l'assumer. Elle, elle se cache derrière son image de petite fille parfaite. Je déteste ce genre. Ce sont les pires.

« Me la jouer », c'était le plus grand défaut que je me trouvais. Et Flora se livrait avec délice à des ragots dans mon dos. L'air peiné dans son visage ce matin-là s'effaçait devant la vérité. Flora était *vraiment* ce qu'il y avait de pire, et j'ai décidé que je ne me sentais même pas mal pour ce que je m'apprêtais à lui faire.

En début de soirée, nous avons remonté l'avenue Webster, avec ses manoirs et ses arbres ressemblant à des brocolis géants. Sully s'est garée dans la rue. Elle a passé un crayon foncé sur le contour de ses lèvres, puis a fait de même avec les miennes. Comme les collants que je portais sous ma jupe étaient percés, Sully m'a suggéré de les retirer.

— Ça va faciliter *l'accès*, a-t-elle expliqué en prenant une gorgée dans son petit flacon. Tu vas coucher avec lui, pas vrai ? On n'est pas venues jusqu'ici pour une fête de fraternité, on est venues pour que tu baises avec lui.

— Ouais, je ne vais pas me priver.

Ces mots crus me plaisaient. Ma mère nous enjoignait toujours, à Toni et à moi, d'être des « filles bien ». Elle nous avait appris à contenir nos émotions jusqu'à ce que nous soyons dans un endroit où il était approprié de les laisser paraître, comme si les émotions étaient des animaux en cage et que nous étions des gardiennes de zoo.

Je n'étais pas une « fille bien ». Sully me l'avait démontré.

— Bon, a fait Sully, ferme les yeux.

J'ai senti un petit trait de traceur sur ma paupière.

— Ouvre, maintenant.

Le choc humide de l'application du mascara sur mes cils. La bouche de Sully, grande, couleur bordeaux, tout près de la mienne.

— Regarde-nous un peu, a-t-elle dit en désignant le miroir. On dirait des sœurs.

Quand mon téléphone a vibré, j'ai pensé que c'était un texto de Billie. Elle savait que je cherchais à ce que quelque chose se passe ce soir avec Buddy, sans se douter jusqu'où j'étais prête à aller, géographiquement et métaphoriquement.

C'était Flora.

Tu me manques déjà. J'espère que tu t'amuses bien !

J'ai jeté mon téléphone dans mon sac sans répondre.

— C'était qui ? m'a demandé Sully.

— Personne.

Pour moi, elle n'était vraiment personne. Je n'allais pas penser à Flora, à ce qu'elle faisait dans notre chambre, au besoin qu'elle ressentait de me mettre en pièces derrière mon dos. Ce n'est que bien plus tard que j'ai de nouveau tourné mon attention vers elle. Dans mon esprit, je l'avais sortie de l'histoire, même si le scénario n'aurait jamais pu exister sans elle.

19

AUJOURD'HUI

À : Ambrosia Wellington, a.wellington@wesleyan.edu
De : Comité des anciens étudiants de Wesleyan, reunion.classof 2007@gmail.com
Objet : Retrouvailles de la promotion 2007

Chère Ambrosia Wellington,
Espérons que vous avez apprécié les activités d'hier soir, sans faire d'abus ! Car vous aurez besoin de toute votre énergie aujourd'hui. Mieux vaut vous prévenir : notre programme est aussi rempli que Weshop pendant les examens. Ménagez-vous, le spectacle ne fait que commencer !

Meilleures salutations,
Le comité des anciens étudiants

Je me réveille dans les affres familières de la gueule de bois, Adrian lové tel un koala contre moi. Je ne voulais pas faire la fête à l'Eclectic hier soir, mais Adrian s'amusait beaucoup et j'étais trop parano pour le laisser tout seul. Ou peut-être ai-je eu peur de me retrouver toute seule.

Au centre de l'attention, Sully. Débordant d'énergie, en insufflant aux autres, elle passait une main dans le dos de l'une, collait son visage contre celui de l'autre. Chaque fois que nos regards se croisaient, elle ne baissait jamais les yeux la première, comme si elle me mettait au défi de dire quelque chose. Ou de faire quelque chose. Au bar, Lauren déverse son haleine alcoolisée et son rire guttural dans mon oreille :

— Sully ne changera jamais. À Spence, elle jouait à un petit jeu, quand on sortait avec de faux papiers d'identité. Elle piquait le portefeuille d'une fille, lui volait son permis de conduire, et se faisait passer pour elle. Boire et flirter comme nous avec des garçons plus âgés, ce n'était pas suffisant pour elle.

J'ai ri en me demandant si Lauren savait que Sully avait volé les téléphones de tous ces « Buddy » à Wesleyan. Je ne m'étais jamais interrogée sur les origines de l'ennui de Sully, qui devait dater d'avant notre rencontre.

— Tu es réveillée, ma chérie ? me demande Adrian, son souffle chaud sur ma nuque. Bon sang ! J'ai trop bu, hier soir.

Je reste immobile, espérant qu'il se rendormira pour ne se réveiller que demain, quand il sera temps de partir. Il n'en fait rien.

— Est-ce qu'elle est rentrée hier soir ? demande-t-il en se tournant sur le dos, avant de se mettre à tracer des cercles sur mon bras. Je ne l'ai pas entendue. Je me demande si elle a fini la soirée avec quelqu'un.

— Sans doute, dis-je en le laissant m'embrasser sur la joue. Ce ne serait pas la première fois.

Quand il se lève pour aller prendre une douche, je sors mon téléphone de mon sac. J'y trouve un texto de Billie.

Ryan me dit ce matin qu'il veut un autre enfant. Il ne prête même pas attention à ceux qu'il a déjà. On devrait peut-être s'arranger pour tomber enceintes en même temps ?

Non, merci, pas de bébés pour moi.

Sa réponse est instantanée, puisque son téléphone n'est jamais très loin.

Zut ! Tu t'es amusée hier soir ? Tu l'as revu ?

Je te l'ai dit. Il ne viendra pas.

Quand je pose mon appareil, j'aperçois Sully dans l'embrasure de la porte qui sépare nos deux chambres. Pieds nus, short en jeans. Elle entre sans demander la permission et s'assied à califourchon sur la chaise, son menton appuyé sur ses mains.

— C'est ironique, non ? On est enfin colocs, après tout ce temps.

Je ne vais pas me laisser séduire par elle comme une algue dans le sillage d'un bateau. Je ne lui rends pas son sourire.

— Je ne t'ai pas entendue rentrer, hier soir.

— Vous étiez endormis. Je suis retournée au Clark pour prendre quelques verres avec les filles. Ella n'arrêtait pas de poser des questions sur toi. C'est un peu louche, non ? Je ne lui ai rien dit.

Je ne réponds pas tout de suite, avant de me décider à lui donner quelque chose en retour.

— Pendant la réception, hier soir, je suis allée aux toilettes à Hewitt. J'ai entendu une sonnerie dans la cabine d'à côté, mais elle était vide. C'était le téléphone de Flora.

Sully se mord la lèvre.

— Quoi ? Celui qu'elle avait à l'époque ? Tu en es sûre ?

— C'était un modèle à rabat. Quand je l'ai ouvert, l'écran nous montrait toutes les trois, Flora, toi et moi. Le soir d'Halloween.

Je ne mentionne pas la sonnerie, que Flora réservait aux appels de Kevin. J'ai l'impression de la trahir.

— Tu es certaine de ce que tu dis ? C'est impossible, ajoute-t-elle en plissant les yeux d'un air soupçonneux. Où est-il, ce téléphone ? Montre-le-moi.

— Je l'ai laissé là-bas. Mais je te le jure, je n'ai pas rêvé. Elle a dû photographier le portrait original.

Sully s'entortille une mèche de cheveux autour du doigt. Je vois bien qu'elle a envie d'une cigarette.

— Pourquoi tu ne l'as pas pris ? On aurait pu fouiller dedans et trouver quelque chose.

— Je ne sais pas. Parce qu'il n'était pas à moi, j'imagine.

Assise en tailleur sur le lit, je me tapote les genoux. Sully voit très bien ce que je veux dire.

— Ça ne t'arrêtait pas, à l'époque, remarque-t-elle.

— Eh bien, peut-être que tu ne me connaissais pas vraiment. De toute façon, je ne suis plus la même, alors ça n'a aucune importance.

Je sens la colère renaître en moi. Je m'attends à une réplique, mais Sully se contente de soupirer à travers ses lèvres pincées, très doucement.

— Je te connaissais très bien, au contraire.

Suave, factuelle. Quoi qu'elle dise, on prend ses paroles pour la vérité.

— Où étais-tu avant la fête ? Je ne t'ai pas vue à la réception.

— Migraine, répond-elle en lâchant sa mèche de cheveux. Tu te souviens, ça m'arrive tout le temps.

Je ne l'ai jamais entendue se plaindre de migraines, sauf quand elle disait que quelqu'un « lui donnait la migraine ». Mais là est tout le pouvoir de Sully : sans avoir à convaincre les gens, elle les fait douter d'eux-mêmes.

— Felty est ici, je l'ai aperçu à la réception. Pourquoi un capitaine de police travaillerait-il à la sécurité d'un anniversaire de promo ? Il est venu pour moi.

— Oui, j'ai cru le voir hier soir, mais tu es certaine que c'était lui ? Pourquoi maintenant ? Pourquoi ici ?

— C'est un homme de traditions. Son alliance était en or. Ses fils s'appellent Michael et Thomas Jr. Il comprend la valeur symbolique des choses. Il est du genre à aimer l'idée de retrouvailles. Ici même, sur les lieux du crime.

— Eh bien, tu as l'air d'en connaître tout un rayon sur lui.

— J'imagine que oui.

Je me triture l'ongle du pouce, soudain embarrassée. Difficile à expliquer à Sully, mais accumuler tous ces détails sur Felty m'a réconfortée. Un sentiment de sécurité dont Sully ne semble jamais avoir eu besoin.

— Il a sans doute enquêté sur, genre, des milliers d'affaires depuis. Pourquoi s'intéresserait-il particulièrement à celle-ci ?

— À cause de sa sœur. De ce qui lui est arrivé. Il se venge sur nous.

Le bip de mon téléphone m'indique que j'ai reçu un mail. Je l'ouvre et mon regard se fige en découvrant le contenu du message.

— Foutu comité des diplômés ! Je sais qu'on est censés s'amuser. Mais on ne s'amuse pas du tout. Arrêtez de vérifier toutes les deux secondes !

— Ils nous font vraiment chier, confirme Sully. Mais avoue que tu t'amuses un peu quand même.

— Pas du tout.

— Tu te rappelles les folies qu'on a faites ensemble ? me dit-elle en fixant ses ongles aussi ébréchés et mâchouillés que les miens. Parfois, ça me manque.

— Moi aussi.

Cette réponse m'est venue spontanément, car elle est sincère. L'absence de responsabilités me manque, la légèreté, les cheveux mouillés attachés en queue-de-cheval pour repousser le lavage un soir de plus, les jambes nues qui se cognent l'une à l'autre, un goût sucré à la bouche, les pieds douloureux dans des chaussures qui ne me vont pas...

— Je ne voulais pas être une salope, me dit Sully en me regardant dans les yeux. Je sais que je l'ai été. Ce n'était pas simple. Je voulais que tu le saches : je n'ai jamais rien avoué à personne.

Je veux bien la croire, lui faire confiance. Rebâtir les ponts entre nous, comme les messages de Wesleyan m'enjoignent à le faire. Mais le passé est une clôture électrifiée dressée entre Sully et moi : trop risqué de l'escalader.

Les toilettes de Nics sont plus grandes que celles de Butts C et on y trouve de nombreuses cabines de douche et de toilettes. J'entre dans l'une d'elles et tourne le robinet d'eau chaude, laissant le jet fuser sur mon dos.

Sully se croyait drôle quand elle regardait sous la porte et criait « Surprise ! » pendant que je prenais ma douche. La première fois, j'avais fait de mon mieux pour me couvrir de mes mains. Puis, j'avais cessé de considérer ce comportement étrange : entrer en trombe dans ma cabine, partager le même jet d'eau, tendre la main vers mon gel douche. Elle voulait que nous soyons toujours ensemble.

Je me sèche, j'enfile mon pyjama et m'enveloppe les cheveux dans une serviette. Quand je m'approche des lavabos, mes yeux s'arrêtent sur quelque chose qui n'y était pas quand je suis entrée dans la douche.

Une brosse à cheveux, ronde, avec les cheveux de quelqu'un d'autre, de fins fils blond platine. Les cheveux de Flora, qu'elle portait presque toujours dénoués. Et à côté, une tasse rose avec un mot : *Amie*, des lettres habillées de points violets sur fond blanc.

Un haut-le-cœur me terrasse. Cette brosse à cheveux pourrait n'être qu'une coïncidence. Les filles aux cheveux platine ne sont pas si rares. Ce n'est sûrement pas Flora qui l'a posée là.

Par contre, pour la tasse, aucune chance de se tromper. Ce n'est pas une coïncidence. Je m'approche à pas prudents, comme si elle allait exploser. Qui savait que Flora m'avait offert cette tasse ? Et que la sienne disait : *Meilleure* ? Ella, car elle venait souvent dans notre chambre. Les autres filles de Butts C, aussi, qui rendaient visite à Flora quand elles avaient besoin de quelque chose. Du shampooing. Du démaquillant. Des conseils. Quelqu'un pour relire leurs travaux. Pour leur dire qu'elles étaient jolies. Ces filles-là savaient.

Et Sully. Sully savait, bien entendu.

Pas question d'y toucher, d'y laisser mes empreintes digitales. Jusqu'à ce que j'aperçoive ce qui est à l'intérieur. Du sang. Une épaisse coulée de sang qui descend jusqu'au fond.

Je m'approche, prends la tasse, la rince sous le robinet. Le sang refuse de se dissoudre. Il est trop rouge. C'est la couleur de Wesleyan. C'est du vernis à ongles déjà sec, un serpent lové à l'intérieur de la céramique rose. Mes mains tremblent tandis que je repose la tasse.

Le carton que j'ai reçu. Les toilettes à Hewitt. Et à présent cette tasse, ce vernis à ongles. Une journée que je suis là et j'attends toujours que quelqu'un me dise : « Nous devons parler. »

Soudain, tout s'éclaire. Cette personne, celle qui a écrit « Nous devons parler de ce que nous avons fait cette nuit-là. » Eh bien, ce qu'elle a en tête, ce n'est peut-être pas de parler.

20

IL Y A QUATORZE ANS

C'est sur l'avenue Webster que s'alignaient les fraternités de Dartmouth, comme Alpha Chi logée dans une grande demeure aux bardeaux verts construite un peu de guingois. Un garçon à l'entrée nous a appris que l'alcool était gratuit pour les filles, mais une étincelle dans ses yeux laissait entendre qu'il fallait rétribuer nos hôtes autrement.

— Voilà qui promet, a ironisé Sully en levant les yeux au ciel. Je vais aller nous chercher des verres. Toi, pars à la recherche de Kevin, et on se retrouve devant ce truc.

« Ce truc », c'était l'âtre d'une cheminée au gaz pas encore allumée dont le manteau était garni de photos d'équipes de sport, des cadres cuivrés à la gloire des champions locaux. Pas très stable sur mes talons, je me suis hâtée vers l'escalier. Je m'attendais à trouver Kevin là-haut, dans l'une des chambres, peut-être avec un livre, car les fêtes ne lui disaient rien et il avait sûrement besoin de se retrouver seul pour refaire le plein d'énergie.

— Tu sais où est Kevin McArthur ? ai-je demandé à un type à la tignasse blonde qui portait un maillot aux couleurs de Manchester United.

— MacDaddy ? Ici, quelque part. Sinon, ça ne devrait pas tarder. Mais pourquoi tu perds ton temps avec ce connard ? Reste avec nous, plutôt.

Sans relever son regard concupiscent ni son « MacDaddy » désinvolte, je l'ai laissé en plan. Kevin n'était pas à l'étage, mais ça ne manquait pas de garçons vêtus de maillots de sport. J'étais consciente de tous ces regards sur mes jambes nues, sur ma chair offerte. Je faisais celle qui appréciait la pulsation de la musique et le verre de bière bon marché que quelqu'un m'avait offert. Le contact d'une main posée sur mon dos m'a fait me retourner d'un coup. *Kevin*, ai-je pensé, mais ce n'était que Sully.

— Je ne le vois nulle part, ai-je dit d'une voix un peu affolée. Et s'il n'était pas là ?

— Pas grave, il y en a d'autres, a répondu Sully en versant le contenu de son verre dans le mien. Viens, on va explorer les lieux. Cet endroit a l'air cool.

Je suis redescendue avec Sully et nous avons suivi un couloir de béton jusqu'à une autre partie de l'édifice dont j'apprendrais plus tard le nom : « la grange ».

Le vacarme a encore augmenté quand un groupe de garçons en maillots de sport est entré comme un grondement de tonnerre, les poings en l'air, des lignes bleues et noires sous les yeux. À chaque institution ses rois, des types que tout le monde admire et adule. Soudain, l'un d'eux s'est transformé en Kevin.

J'avais l'impression de voir un mirage, d'avoir trop bu, d'halluciner, d'imaginer son visage au-dessus de l'un de ces maillots. Kevin était du type chemise, comme Pacey dans *Dawson's Creek*, une série que Billie et moi regardions religieusement. Et il ne porterait pas son jeans si bas, avec des chaînes tombant jusqu'aux genoux. La meute s'est déplacée pour faire la queue devant le fût de bière. Tous ces garçons étaient sales, négligés, et ils occupaient trop d'espace.

— C'est lui.

Il ne m'avait pas encore aperçue.

— Lequel ? a demandé Sully en étouffant un bâillement. Je n'arrive pas à me rappeler son visage. Ils se ressemblent tous.

Derrière une table de bière-pong, Kevin topait dans les mains des autres garçons. J'avais du mal à reconstituer son visage ; peut-être que j'en avais inventé la moitié ? Son nez avait l'air plus gros, ses lèvres plus minces, ses cheveux moins longs, sans frisettes comme des coquillages autour de son visage. Ce n'était qu'un garçon comme les autres, un simple mortel.

— Celui-là, ai-je confirmé.

Sully s'est penchée à mon oreille.

— Eh bien, tu vas rester collée à moi toute la soirée ? Ou prendre ton courage à deux mains ?

J'ai respiré profondément.

— Je vais aller lui parler.

Je me suis approchée et j'ai gentiment tapé son épaule, une approche que j'ai aussitôt regrettée. Car elle n'avait rien de sexy. C'était ce qu'on faisait pour demander à un ours mal léché de se pousser de là. Mais dès que Kevin m'a reconnue, il a souri. Cela valait bien le stress.

— Bon sang ! s'est-il écrié. Ambrosia. Qu'est-ce que tu fais là ? Je veux dire, je suis content de te voir. Mais... est-ce que je suis déjà complètement saoul, ou tu es bien là, en face de moi ?

Je lui ai rendu son sourire.

— C'est bien moi !

Je ne sais pas à quoi je m'attendais, qu'il m'embrasse, peut-être, qu'il pose sa bière et mette ses mains sur mes joues pour voir si j'étais bien réelle. Il m'a plutôt fait une accolade, pareille à celle qu'il venait de faire à tout un tas de types en maillots de sport.

— T'es venue pourquoi ? m'a-t-il demandé.

Il avait de la peinture sur les pommettes. Ce Kevin-là n'aurait pas plu à Flora : un sportif à la virilité glorieuse. Elle n'aurait pas non plus aimé me voir en minijupe devant lui.

— Je suis... c'est une longue histoire.

Je comptais lui dire la vérité. Que j'étais venue pour le voir. Mais cela semblait exagéré, alors j'ai choisi la voie facile.

— J'ai des amis qui étudient à Dartmouth.

Il a hoché la tête. Déçu ou soulagé ?

— Ouais, logique. Je pensais que tu étais occupée, ce week-end.

— C'était vrai, je veux dire, c'est vrai.

Ce qui m'occupait, ce week-end, c'était justement de venir te voir. Les phrases tourbillonnaient dans ma tête, véritable pot-pourri de bouts de dialogues ringards tirés de comédies romantiques, mais je n'avais pas le courage de les lui déclamer. Je n'avais besoin d'aucune excuse pour m'humilier un peu plus devant lui.

— Tu sais, on devrait... a-t-il commencé, les yeux sur mon visage comme s'il l'étudiait avec attention.

Je n'ai pas entendu le reste, car Sully a choisi ce moment-là pour se matérialiser et passer ses bras autour de ma taille. J'ai retenu un mouvement d'agacement. Sully savait très bien ce que j'étais en train de faire, et elle m'interrompait malgré tout.

— Hey ! a-t-elle dit en se pressant contre moi. On va faire la fête, ou quoi ?

— Sully, ai-je commencé en priant silencieusement pour qu'elle taise à Kevin le véritable but de notre voyage. Tu te rappelles Kevin, pas vrai ? Il étudie à Dartmouth, lui aussi.

— Bien entendu, a-t-elle répliqué. Pauvre de toi !

J'avais envie de la frapper. Des petits verres d'alcool fort passaient de main en main, et Kevin regardait le sien avec l'air de penser qu'il vaudrait mieux ne pas le boire. Flora était à Wesleyan, dans notre chambre, assise en tailleur sur son lit, son téléphone sur son édredon comme un petit animal de compagnie bien-aimé. S'il ne sonnait pas à l'heure dite, elle finissait par appeler Kevin. Sinon, elle imaginait sa voiture dans un fossé, ou Kevin effondré sur le sol de sa chambre, incapable d'appeler à l'aide. Mais même dans ses pires scénarios, Sully et moi n'étions pas là. Et pourtant.

Les amis de Kevin étaient semblables aux garçons de Wesleyan, incapables d'empêcher Sully de leur pomper toute leur énergie. Elle faisait celle qui cédait, frottait ses hanches contre les leurs, se penchait vers eux pour mieux les entendre, laissait tomber une bretelle de soutien-gorge de son épaule. Kevin et moi restions en périphérie. Il gardait un œil sur Sully et l'autre sur la piste de danse qui se densifiait petit à petit, comme un gamin à qui sa mère interdit formellement de toucher quoi que ce soit dans une boutique, car si on brise, on achète. Il a consulté sa montre. Certainement un cadeau de Flora. Elle était le genre de petite amie à acheter une montre à son amoureux, et peut-être même un stylo ridiculement cher.

— Je n'arrive toujours pas à le croire ! a répété Kevin. Toi, ici ! Je ne voulais même pas venir à cette fête. Sauf que c'est ma fraternité qui l'organise. Je n'ai pas le choix.

— Je comprends. J'en ai marre moi aussi des fêtes à Wes. Je cherche quelque chose qui ait plus de sens.

Sa main a frôlé la mienne.

— Je sais.

— Je n'ai pas encore fait le tour du propriétaire. Tu me fais visiter ?

Il ne s'était pas enquis de mes amis fictifs de Dartmouth, comme s'il savait que j'avais inventé cette histoire.

— Ouais, d'accord.

Il semblait détendu, décontracté. J'ai pris exemple sur lui.

Nous avons fini au deuxième étage de « la grange », dans sa chambre heureusement désertée par ses deux colocs, deux frères. Nous nous sommes assis sur son lit, impeccablement fait, sa table de chevet croulant sous les livres et, ai-je noté avec satisfaction, sans la moindre photo de Flora. Une chambre fidèle à ce que je m'étais imaginée, et le fait que ce pan de réalité corresponde au garçon dans ma tête m'a rassérénée. J'ai siroté ma bière jusqu'à ce qu'il tende la main et me prenne mon verre pour le porter à ses lèvres.

— C'est étrange, a-t-il dit. On parle de tout et de rien dans nos messages, mais là, je ne sais pas quoi te dire.

— Tu n'es pas obligé de parler.

J'ai attendu qu'il m'embrasse, mais comme il ne l'a pas fait, c'est moi qui ai pris les devants.

Au début, il n'a pas réagi, et un frisson de panique m'a parcourue. Ce n'était qu'un fantasme de plus, un conte de fées prêt à me claquer au nez. Puis, sa bouche a couvert la mienne et l'une de ses mains m'a attrapé la nuque, ses doigts plongés dans mes cheveux comme dans du sable. Je n'avais jamais été embrassée comme ça, par quelqu'un qui connaissait mon for intérieur sans m'avoir encore baisée. Les centaines de baisers échangés avec Matt ne m'avaient jamais procuré un tel sentiment.

Mais juste au moment où j'allais m'abandonner à lui, tout s'est terminé brusquement.

— Je ne peux pas, a-t-il dit en se libérant de notre étreinte. Je suis désolé, Amb. C'est juste que... j'ai une petite amie, comme tu sais. Elle me demande tout le temps où je suis.

Je ne peux pas lui donner une raison d'être encore plus parano. Et toi... toi, tu n'es pas comme tout le monde.

Je n'ai pas aimé le « comme tu sais » et la façon dont il s'est essuyé la bouche après notre baiser.

— Je ne veux vraiment pas être un salaud. Tu mérites quelqu'un qui soit tout à toi, et moi, je ne suis pas disponible. Je ne veux pas la tromper, tu comprends ? Je ne pourrais jamais faire une chose pareille.

— On n'est pas... ai-je commencé.

— Tu devrais le savoir, ton ex t'a trompée. Tu sais tout le mal que ça fait.

C'était presque un avertissement. Essayait-il de se convaincre lui-même ? Ce qui me froissait le plus, ce n'était pas tant qu'il évoque mon ex, mais qu'il veuille épargner à sa précieuse Flora la souffrance que moi, j'avais endurée.

J'ai réussi à esquisser un faible sourire.

— Je sais. Tu as raison. Désolée.

Ce qui m'a poussée à la suite, c'était d'entendre à haute voix ce « désolée ». J'en avais marre de m'excuser. J'ai pensé à ce qu'aurait fait Sully. Elle m'aurait encouragée à me montrer égoïste : le monde te refuse quelque chose, eh bien, prends-le.

— Écoute, j'ai quelque chose à te dire.

Ma voix tremblait. J'allais devoir me montrer bonne actrice, jouer le meilleur rôle de ma vie.

— Je ne sais pas si je devrais te raconter ça. Mais on se connaît déjà tellement bien... Je m'attendrais à la même chose de toi.

— Quoi ? m'a-t-il pressée. Qu'est-ce qu'il y a ?

Que le spectacle commence.

— T'es-tu déjà demandé pourquoi Flora veut tout le temps savoir où tu es, même si tu n'as rien fait de mal ?

— Qu'est-ce que tu veux dire ?

Il se tripotait les cheveux, comme si cela pouvait aider son cerveau à comprendre.

— Il y a un autre garçon, ai-je continué en passant la main sur mon visage. Ah, c'est tellement bizarre! Ce n'est vraiment pas à moi de te raconter ça. Mais comme tu l'as dit, mon ex m'a trompée. Je sais à quel point ça fait mal. Flora flirte avec un autre garçon. C'est en train de devenir sérieux.

— Pas possible. Flora est... elle ne coucherait jamais avec d'autres garçons.

J'ai soupiré bruyamment.

— Je les ai vus ensemble, dans notre chambre. Il habite dans notre résidence. Hunter. Elle a prétendu qu'ils étaient en train d'étudier. Mais plus tard, elle m'a demandé de n'en parler à personne. Comme si elle avait peur de ruiner sa réputation.

Kevin a serré les mâchoires. J'étais tentée d'inventer d'autres détails incriminants, mais j'ai préféré laisser mes paroles faire leur effet d'abord.

— Je l'ai entendue parler de lui au téléphone avec sa sœur. Mais elle a raccroché dès que je suis entrée.

— Sa sœur ne m'aime pas, a marmonné Kevin. Elle ne m'a jamais aimé.

J'ai souri d'un air pincé. Poppy était une fissure entre Flora et Kevin. Sully m'avait appris à appuyer là où ça fait mal.

— On se parle au téléphone pratiquement tous les soirs, a-t-il rappelé. Elle veut qu'on se raconte tout. Elle me demande tout le temps qui j'ai vu.

— Parce qu'elle ne veut pas que tu saches ce qu'elle fait. C'est de la psychologie inversée. Écoute, je suis désolée de déballer tout ça. J'aime beaucoup Flora, mais elle a un double visage.

Cela me faisait du bien de gratter le vernis de Flora, petit à petit.

Kevin avait la tête baissée. J'ai failli reculer. Mais je devais finir ce que j'avais commencé. Je ne pouvais pas laisser la bête blessée sur le bord de la route.

— Ce n'est plus pareil. Tu t'en es rendu compte. Je veux dire, c'est un peu pour ça qu'on s'écrit, toi et moi. Tu as besoin de quelqu'un qui te comprend.

— Non, ce n'est pas vrai.

Il parlait très bas, mais d'un ton plus dur. J'avais semé le doute, et le doute, c'est comme la menthe dans le jardin des émotions. Elle prolifère, étouffe tout sur son passage.

— Je suis censé l'appeler à la fin de la fête. Je vais lui en parler.

— Non, ne fais pas ça ! Elle va tout nier. Elle refuse de se l'admettre à elle-même. Tu sais bien comment Flora déteste avouer que quelque chose ne va pas. Et puis, elle saura que c'est moi qui t'ai dit ça, parce que personne d'autre n'a vu Hunter dans notre chambre.

— Quelle merde ! s'est écrié Kevin, ses yeux implorant mon aide. Je sais que tu ne racontes pas d'histoires. Je voudrais juste que tu te trompes.

Moi, non.

— Elle l'appelle Buddy. C'est une sorte de surnom.

— Bordel de merde, mais qu'est-ce que je dois faire ?

— Si j'étais toi, j'essaierais de penser à ce que je veux vraiment. Est-ce que c'est ça que tu mérites ? Je ne pense pas.

Kevin a hoché la tête avant de m'attirer vers lui et de me serrer dans ses bras. Cela faisait tellement longtemps que personne ne m'avait enlacée, surtout avec cette intensité qui me faisait trembler tout le corps. *Je vais y arriver. Je suis vraiment bonne actrice, après tout.*

— Je pensais bien que cela arriverait un jour. Que Flora comprendrait qu'elle peut viser mieux que moi, et qu'elle trouverait quelqu'un d'autre à l'université.

— Je suis désolée.

J'ai souri en fourrant ma tête dans son épaule.

Mon histoire allait prendre racine, comme une tique qui s'accroche à un chien et enfonce sa tête hideuse sous sa peau. Kevin repensait à toutes les conversations qu'il avait eues avec Flora, tous les appels où elle avait pris plus de temps que d'habitude pour répondre, tous ses silences où elle semblait avoir la tête ailleurs. Une histoire vieille comme le monde. Iago l'avait testée auprès d'Othello, et moi je faisais de même avec Kevin. Si le rôle-titre de notre mélo de merde était déjà pris, je pouvais au moins jouer celui du traître. En attendant.

— Laisse-moi réfléchir, m'a-t-il dit quand il a fini par me laisser partir. Ce n'est pas facile. Elle et moi, c'est une longue histoire.

La façon dont il a dit « histoire », comme si c'était autre chose qu'une simple chronologie de rendez-vous chastes et de petits bouquets. Je détestais l'« histoire » écrite par les familles riches. Le club de golf de Fairfield serait tellement déçu de cette rupture.

— Je comprends, ai-je fait en me levant et en rajustant ma jupe. Ne lui dis pas que je suis venue, d'accord ? Je sais que ce n'est pas ton genre. Si elle savait que je t'ai tout raconté... Déjà qu'elle ne m'aime pas tellement...

Kevin s'est frotté la bouche de la main.

— Je ne te mettrais jamais dans une telle position. Mais tu as tort. Elle parle toujours de toi en bien.

J'ai retenu mon souffle. Kevin n'avait aucune raison de mentir. Peut-être que Flora lui avait dit que j'étais une fille bien, mais cela m'importait peu. Sully avait entendu Flora parler derrière mon dos, elle avait révélé son vrai visage, une image si viscérale que je pouvais presque la voir devant mes yeux.

— Elle fait un commentaire désobligeant chaque fois que je rentre tard. Elle surveille mes fréquentations. Je pense qu'elle nous ment à tous les deux.

J'étais surprise de la colère qui m'habitait, non contre Kevin, qui craignait de faire du mal à Flora, mais contre Flora, qui ne craignait pas de m'en faire, à moi. Son jugement n'était qu'un microscope de plus sous lequel je n'avais jamais demandé à être observée.

— On se parle plus tard, a conclu Kevin. Je dois mettre de l'ordre dans mes idées.

Ses doigts ont frôlé les miens tandis que je sortais de sa chambre en me forçant à ne pas me retourner.

J'ai retrouvé Sully et les garçons, avec lesquels j'ai bu et dansé. Kevin n'est pas redescendu de sa chambre, il devait être en train de « mettre de l'ordre dans ses idées ». J'ai fini par m'effondrer sur un divan qui sentait le sous-sol moisi, la fête continuant de tourbillonner autour de moi. Dans un demi-sommeil, j'ai senti Sully qui se blottissait contre moi, ses mains descendant jusqu'à mon ventre, s'y lovant comme un petit chat. Son absence m'a réveillée un peu plus tard. Mes pensées s'embrasaient, phosphorescentes. Flora et moi ne jouions pas sur le même terrain. Il me fallait faire de sales coups. C'était la différence entre nous. Je ne craignais jamais de me salir les mains.

21

AUJOURD'HUI

À : Ambrosia Wellington, a.wellington@wesleyan.edu
De : Comité des anciens étudiants de Wesleyan, reunion.classof2007@gmail.com
Objet : Retrouvailles de la promotion 2007

Chère Ambrosia Wellington,
Existe-t-il une vue du campus plus imprenable que celle qu'on a depuis Foss Hill ? Ne manquez pas le festival qui s'y déroulera cet après-midi. Bien sûr, ces retrouvailles sont d'abord et avant tout une occasion de revisiter le passé, mais aussi de voir ce que le futur vous réserve (en consultant notamment l'une de nos cartomanciennes) ; vous serez peut-être renversée !

Meilleures salutations,
Le comité des anciens étudiants

Je dois parler à Sully de la tasse. Si elle ne me croit pas, elle peut toujours aller vérifier elle-même. Mais quand je me glisse dans notre chambre, essoufflée, je me fige, car Sully est avec Adrian. Elle ne se contente pas de lui parler, elle s'est placée derrière lui et lui caresse les cheveux. Et lui, il rit, les yeux au plafond.

— Qu'est-ce que vous faites ?

Un frisson d'effroi me parcourt l'échine.

— Sully essaie de faire passer ma migraine, répond Adrian. Apparemment, il y a toute une série de points de compression sur le cuir chevelu qui libèrent des toxines. Elle a peut-être mis le doigt sur quelque chose, littéralement. Je te jure que je me sens mieux.

Sully ne retire pas ses mains. Elle me fixe, ses cheveux frôlant la nuque d'Adrian, comme si elle me mettait au défi de trouver quelque chose à redire. C'est tout elle, ça, jamais rien à se reprocher, experte dans l'art de paraître innocente, au point où les autres en viennent à douter d'eux-mêmes.

— Tant mieux. Adrian, je peux te parler une minute ?

— J'ai justement un rendez-vous, fait Sully en lâchant la tête de mon mari. On se voit à Foss Hill un peu plus tard ? Si on arrive à se retrouver. Il y aura un monde fou.

Elle est à peine partie que je pose les mains sur les épaules d'Adrian, comme pour revendiquer mon territoire.

— Écoute, il faut qu'on parte. Je ne me sens pas bien du tout. Mieux vaut rentrer à la maison. Tout ça ne m'amuse pas, tu sais.

Il se lève et me serre dans ses bras.

— Ce serait dommage, tu ne crois pas ? Tu n'as pas l'air dans ton assiette depuis notre arrivée. Ça te dérange que je parle à tes amies ?

— Bien sûr que non.

Je me blottis contre sa poitrine. Je n'aime pas comment il ramène tout à lui ; il a raison, dans un sens, mais pas comme il l'entend.

— Méfie-toi quand même de Sully. Elle n'est pas... on ne peut pas lui faire confiance.

— Détends-toi, ma chérie, dit-il, ses lèvres tout près de mon cou. Je m'efforce d'être sympathique, c'est tout. On dirait que tu veux me cacher quelque chose.

— Bien sûr que non. Mais cette fille, elle attire les emmerdes.

Il hausse les épaules.

— Je ne vois pas ce que tu veux dire. Fais une petite sieste, après tu te sentiras mieux. On s'amuse tellement !

Je grince des dents. C'est tellement lui, ça ! « On s'amuse tellement. » Il me la sert chaque fois que je veux partir et que lui, il n'est pas prêt.

— Je vais rejoindre Justin et Monty. Tu n'as pas besoin de t'en faire pour moi, je ne me sentirai pas abandonné !

Il tente de s'arracher à mon étreinte, mais je le serre plus fort, dans l'espoir qu'il ne voie pas l'expression sur mon visage. *Fais-moi confiance,* lui dirais-je si j'étais honnête. *Je ne m'en fais pas pour toi, j'ai bien d'autres soucis.*

Je pourrais insister pour partir immédiatement, ce qui mènerait inévitablement à une dispute. Ou rester dans la chambre et le laisser aller seul au festival, en croisant les doigts pour qu'aucun détail incriminant ne lui parvienne aux oreilles. Ou encore, l'accompagner et prétendre que tout va bien, sachant pourtant que la personne derrière le carton et la tasse est probablement là, à me garder dans sa mire.

Je n'ai pas vraiment le choix. Je suis prise au piège. Une horrible pensée s'impose à moi : *j'ai été convoquée ici pour ça.* Pour que je ne puisse jamais repartir.

Foss Hill est bruyante, couverte de monde et de musique. Je plisse les yeux derrière mes lunettes de soleil et frissonne malgré la chaleur de plus en plus étouffante. Je suis à califourchon entre deux mondes : dans l'un, confortable, je bois du vin sur une couverture posée sur le sol, avec Hadley et Heather ; dans l'autre, les filles de Butts C s'agglutinent pour *rattraper le temps perdu.* Hads et Heather semblent heureuses de reformer notre ancien trio, comme si nous étions parties en vacances entre filles. Mais moi, je reste aux aguets. Dès que je commence à me sentir en sécurité, le monde ne manque jamais de me montrer ses griffes.

Adrian papillonne entre Justin, Monty et les maris des autres filles. Pour l'instant, il est monopolisé par sa conversation avec Jonah Belford ; ils parlent d'actions, de bourse, et Adrian pose en expert, même si c'est moi qui m'occupe de nos finances. Je tente de suivre leur discussion tout en écoutant Gemma épater les autres filles à coups de détails sur son bungalow à Hollywood Hills et sur son amitié bon enfant avec Jason Statham.

La seule fille de Butts C qui n'est pas là, c'est Flora. Je sens pourtant sa présence, son regard, son air supérieur, mais je refuse de lever la tête et de la regarder franchement.

— Quelle soirée, hier ! fait Lauren en cognant son verre en plastique contre le mien. Je n'avais pas bu comme ça depuis des années. En vérité, je ne bois presque plus du tout. Ce ne serait pas responsable, à cause des enfants. Mais ce week-end, mes parents s'en occupent, alors je peux relâcher la pression.

— C'est sûr, acquiescé-je en faisant tourner dans mon verre un vin que je n'ai pas envie de boire. Vous êtes dans quelle résidence ?

— Nics. Et vous ?

La façon dont elle me regarde me donne l'impression qu'elle le sait déjà.

— Nous aussi.

— Sully n'a pas changé, dit Clara. Qui sait ce qu'elle fabrique, ces jours-ci. J'ai perdu contact avec elle quand j'ai commencé ma maîtrise en arts.

— Aucune idée, renchérit Gemma. Elle a laissé entendre qu'elle était actrice, mais je ne l'ai jamais croisée nulle part.

— Ce n'est pas surprenant, fait Lauren avec un reniflement moqueur. Elle se croyait tellement talentueuse. Je me rappelle quand elle sniffait de la coke et faisait croire aux garçons qu'elle était héritière d'une grande famille. Elle prétendait toujours être quelqu'un d'autre. Est-ce qu'on sait qui elle est vraiment ?

Cette remarque m'est destinée, un coup en douce, exactement comme il faut s'y attendre de la part de Lauren. Je ne réagis pas, me contentant de scruter la foule, à la recherche de la fille dont tout le monde parle.

Sully regarde les musiciens en balançant imperceptiblement les hanches, comme si la musique ne jouait que pour elle. De temps à autre, elle se tourne vers nous, comme pour s'assurer de ne rien perdre de l'action.

— Savez-vous qui a un look d'enfer ? demande Lily. Ella. J'ai eu du mal à la reconnaître.

— Tu trouves, toi aussi ? On s'envoie souvent des textos, et je lui ai conseillé de se teindre en blonde. Elle a toujours voulu avoir les cheveux blonds.

Lauren repousse des mèches de son visage. Je note le fait qu'Ella et elle sont amies. Elles auraient pu écrire et envoyer les cartons ensemble. Lauren était la meneuse du groupe, à l'époque. C'est elle qui avait collé des Post-it sur ma porte avec le mot « PUTE » dessus, elle qui avait consigné sur le site de dénonciations anonymes, en troisième année d'université : « AW est une ordure, elle ferait pitié si elle n'était pas si démoniaque, il n'y a rien d'humain en elle. » Je n'ai hélas jamais pu le prouver.

— Ça n'a pas été facile pour elle, commente Gemma. C'est bon de la voir en pleine forme.

— Ouais. Elle en a voulu à Flora, ajoute Lauren, plus fort à présent, consciente d'être le centre d'attention d'un groupe croissant.

C'est le moment que choisissent Adrian et Jonah pour interrompre leur conversation et se tourner vers notre groupe.

— Qui c'est, Flora ? demande Adrian en passant ses bras autour de ma taille.

Tous les regards se tournent vers moi. Tout le monde attend mes explications. Comme elle voit que je ne desserrerai pas les lèvres, Lauren s'en charge.

— Amb était sa coloc en première année.

— Cool. Elle est ici ?

Oui, elle est là, ai-je envie de répondre en pointant sa tête blonde qui domine la foule comme un soleil, juste à côté de la tente où l'on propose des tatouages temporaires. Mais si je réponds, il insistera pour aller voir de plus près, et il restera inévitablement bouche bée devant le visage parfait de Flora.

J'attends l'explosion qui emportera mon univers, mais rien ne se produit. Les filles se détournent une à une, se dispersant en petits satellites, tout en continuant de me jeter des coups d'œil. Un scénario auquel je suis habituée. Rien ne solidifie un groupe comme ostraciser l'un de ses membres, comme avoir un ennemi commun.

Je sais ce qu'elles se disent : « Je ne peux pas croire qu'elle ne lui ait rien dit. Pauvre type. »

— Je ne pense pas que tu vas la rencontrer ce week-end, dis-je à Adrian.

Je me retourne et cherche Sully dans la foule, mais elle n'est plus devant la scène et je ne l'aperçois nulle part près des tentes. Je balaie Andrus Field du regard ; demain, il sera bondé de nouveaux diplômés avec leurs parents, un océan de chaises et de hourras.

Je me tourne vers Nics, juste à temps pour apercevoir Sully qui s'échappe d'un bouquet d'hommes en short kaki. Est-ce plus terrifiant de la suivre, ou de laisser Adrian ici sans moi ? C'est toujours elle que je choisis.

— Je reviens tout de suite, marmonné-je.

Et avant de la perdre de vue, je m'élance à ses trousses avec mon verre de vin à moitié plein.

Sully emprunte le sentier pavé derrière l'observatoire en direction de Hewitt et du chemin McConaughy. Je garde mes distances, tâchant de me dissimuler derrière les gens éparpillés dans l'espace qui nous sépare. C'est alors que je comprends où elle va : au parking V, où nous avons garé notre voiture hier.

Elle est en train de se faire la malle.

Je m'arrête en la regardant traverser la rue Vine à pas vifs, son sac battant sur sa hanche. Elle n'a pas emporté sa valise, ce qui veut dire que quelque chose l'a tellement effrayée qu'elle a décidé de s'en passer, ou que sa mission est accomplie et qu'elle s'en lave les mains.

— Sully !

Le grondement d'un camion étouffe le son de ma voix. Je traverse la rue dès que la circulation me le permet, me débarrassant sur la chaussée de mon verre déjà à moitié renversé. Je ne lui ai jamais demandé de compte, mais là, je ne la laisserai pas partir sans explication.

Sully saute dans une camionnette rouillée de couleur brune, mais côté passager. Il y a quelqu'un au volant, un homme à la carrure imposante. Son visage est caché par la visière de sa casquette rouge. Les mains de Sully s'élèvent aussitôt dans les airs, comme elle le fait toujours quand elle veut qu'on la comprenne, comme si en prenant plus d'espace, elle pouvait faire avaler n'importe quoi à n'importe qui. Comme si elle en avait besoin.

Tout d'un coup, l'homme semble se dégonfler et s'affaisse un peu contre le volant, hors combat. Il enlève sa casquette et passe une main dans ses cheveux avant de la remettre. Cette seconde, ces deux secondes peut-être, me suffisent pour le reconnaître. Un cri monte en moi, menace de me faire éclater la tête.

Sully est avec *lui*. Dans sa camionnette. Il est ici. Le premier nom sur la liste de ceux qui n'auraient pas dû se présenter à ces retrouvailles. Sans lui, il n'y aurait même pas de liste.

Une autre pensée malsaine claque dans ma tête comme un drapeau dans le vent. C'est à lui qu'elle parlait hier soir. « Elle n'a aucune idée. » Ces deux-là, et ce qu'ils manigancent ensemble. Non, Sully ne me ferait pas ça.

Ma raison m'ordonne de partir, mais mon corps ne reçoit pas le message. Je ne tourne pas les talons assez vite. Car à présent, ils m'ont tous les deux repérée.

Sully et Kevin.

22

IL Y A QUATORZE ANS

Les choses ont changé après Dartmouth. Avant, je jouissais d'un certain pouvoir dans mes messages à Kevin, l'attrait de l'inconnu, mais après, je me suis mise à me languir de lui ; je détestais ce sentiment, sans pouvoir m'en débarrasser. Mes messages se teintaient d'une sorte d'insistance.

Juste un mot pour te dire que je pense à toi. Je suis là si tu as envie de parler !

Ses réponses devenaient un peu fuyantes, vagues, une poignée de mots remplaçant les paragraphes auxquels je m'étais habituée.

Ça va on se parle bientôt

Et puis, Sully avait dit quelque chose pendant que nous roulions sur l'I-91 après la fête à la fraternité de Kevin. Nous étions toutes les deux shootées au mauvais café pour ne pas nous endormir.

— J'ai pris son téléphone, Amb.

— Quoi ? Ce n'est pas vrai...

Un vent de panique s'est emparé de moi.

— Détends-toi. Je voulais juste y jeter un coup d'œil. Je le lui ai rendu. Tu ne veux pas savoir ce que j'ai trouvé ?

— Non, ai-je répondu aussitôt en tâchant de me concentrer sur la route. Ou plutôt, si.

Elle a étendu ses pieds au-dessus de la boîte à gants.

— Tu as dit que tu lui écrivais des messages électroniques. Mais lui, il envoie des textos à d'autres filles. Écoute, je suis désolée, mais tu sais bien que je ne peux pas laisser passer ça. À présent, tu peux le classer avec tous les autres connards, et l'oublier !

Je suis restée coite un bon moment. Quand enfin j'ai trouvé les mots, j'ai dit ce qu'il ne fallait pas.

— Ce ne sont peut-être que des amies. Qu'est-ce qu'ils disaient, ces textos ?

Sully a lâché un soupir appuyé.

— Je ne les ai pas tous lus. J'ai juste pensé que c'était une coïncidence inouïe qu'il ait le numéro de tant de filles dans ses contacts.

J'ai décidé que c'était bel et bien une coïncidence, inouïe ou pas. Sully était exaspérée que je trouve des excuses à Kevin. Elle s'est montrée encore plus irritée quand, quelques jours plus tard, elle a découvert que je continuais à lui écrire.

— Tu perds ton temps, a-t-elle décrété. Ce n'est pas un type bien. Je vais te le démontrer. Tu vas te trouver pas mal idiote en y repensant, plus tard.

Un sentiment que je connaissais bien. Mais dans « la grange », j'avais entendu la voix de Kevin, j'avais senti son baiser. Ce garçon était amoureux de moi. Et j'avais une mission à remplir.

J'étais censée rentrer chez moi ce week-end-là pour les vacances d'automne, mais j'ai raconté à mes parents que je devais rester à l'université pour rattraper du retard dans mes lectures. J'ai eu plus de mal à convaincre Billie.

— C'est à cause de ce garçon ? m'a-t-elle demandé au téléphone. Qu'est-ce qui s'est passé après votre baiser ? J'ai l'impression que tu ne me dis pas tout.

— Ce n'est pas simple, ai-je répondu en laissant mon regard dériver vers mon ordinateur.

Super occupé par des cours que je déteste, disait le dernier message de Kevin. Envoyé à cinq heures du matin, ce qui signifiait qu'il allait se coucher ou qu'il venait tout juste de se réveiller. Si c'était la première éventualité, j'avais de bonnes raisons de m'inquiéter.

Désolée pour toi, ai-je répondu fébrilement, avant de décider d'arrêter de tourner autour du pot. Quand vas-tu parler à Flora?

Il aurait fallu que j'étudie; la plupart des filles étaient rentrées chez elles pour la semaine, y compris Flora. Sully devait rester sur le campus avec moi, mais à la dernière minute, elle avait changé d'idée et attrapé un train pour Upper East Side, m'embrassant sur les deux joues avant de partir.

— Ne fais rien de rigolo sans moi, m'a-t-elle ordonné.

— Toi non plus, lui ai-je répondu, même si j'étais certaine qu'elle retrouverait Evie, prête à tout ce que moi, je refusais de faire.

Je n'ai eu aucune nouvelle de Kevin de toute la journée. La peur me collait à la peau comme une sangsue. Son message a fini par arriver, teinté d'une frustration facile à décoder.

Désolé, impossible de m'occuper de ça tout de suite, trop d'examens. On se parle plus tard, OK?

Nous ne nous sommes plus écrit de toute la semaine. Je n'arrivais pas à me concentrer sur mes lectures, alors je me suis amusée à essayer les vêtements de Flora, à vernir ce qu'il me restait d'ongles avec son arc-en-ciel de couleurs. Je pensais avoir touché le fond, mais j'allais tomber beaucoup plus bas avant de pouvoir remonter.

Flora est rentrée de Fairfield visiblement irritée. Kevin devait l'avoir enfin appelée pour avoir la discussion tant attendue. Je tentais de jouer à l'amie compatissante et d'étouffer la chaleur qui montait dans ma poitrine.

— Qu'est-ce qui ne va pas ? lui ai-je demandé. Tu es triste que les vacances soient terminées ?

Tu es dévastée que ton « histoire » soit terminée ?

Elle s'est affalée sur son lit, les cheveux couvrant son oreiller.

— Je déteste rentrer là-bas. C'est toujours la guerre entre mes parents. Avant, c'était avec mon père que ma mère se disputait tout le temps, et maintenant, c'est avec mon beau-père. Elle lui crie dessus pour un oui ou pour un non. Je me sens très mal pour Poppy. Elle a pleuré à mon départ. J'avais vraiment envie de l'amener ici !

— Je suis désolée pour toi. Tu veux que je nous fasse un bon chocolat ?

Elle a souri faiblement.

— Ce serait gentil. Honnêtement, je veux juste oublier tout ça et me concentrer sur quelque chose de bien. Comme Halloween, par exemple. J'ai l'impression que ça fait des mois que je n'ai pas revu Kevin.

— On va bien s'amuser, l'ai-je assurée.

Dans mon cas, c'était déjà commencé. Sully et moi avions acheté nos billets pour une grande fête d'Halloween à l'Eclectic, et je savais que Flora en avait pris deux, pour Kevin et elle.

— Ce sera ma première fête officielle de fraternité, m'a-t-elle confié. Je vais enfin voir ce que j'ai manqué jusqu'ici.

Mon sourire me faisait mal. J'ai décidé que Flora méritait ce qui allait lui arriver. Elle prenait toujours cet air *supérieur*, au lit de bonne heure et démaquillée, jamais en retard en classe, toujours mesurée, calme, tellement foutrement *gentille*. Elle vivait dans un état de jubilation silencieuse.

— Tu n'as pas manqué grand-chose, ai-je répliqué d'un ton suave.

Kevin ne l'a pas appelée ce soir-là, ni le lendemain. Je suis restée dans notre chambre juste pour savoir ce qui allait se passer, pour observer Flora comme si elle était un animal exotique dans un zoo.

Le surlendemain, elle pleurait, le bout de son nez rose comme un pétale.

— Peut-être que je suis juste parano. Mais tu sais comment Kevin m'appelle tous les soirs. Ces jours-ci, il passe son temps à trouver des prétextes, il dit qu'il étudie pour ses examens, mais je pense qu'il y a autre chose.

Ses yeux bleus étaient mouillés de larmes.

— Et s'il en avait assez de moi ? S'il avait rencontré quelqu'un ?

Je lui ai frotté le dos en traçant des cercles, comme le faisait ma mère quand j'avais du chagrin.

— Je suis sûre qu'il n'y a personne d'autre. Il ne voit que toi.

En mon for intérieur, je rayonnais.

Qui c'est qui se la joue, à présent ?

Flora a passé un bandeau de plastique autour de sa tête pour repousser sa frange de son visage.

— Je ne suis pas assez aventurière. Ou intelligente. J'ai toujours su que je n'étais pas à la hauteur, pour Kevin. À la fin de ses études secondaires, j'ai entendu des filles qui parlaient derrière mon dos. Elles se disaient surprises qu'un gars comme Kevin soit avec une fille comme moi.

— Je n'y crois pas, ai-je dit, choquée que Flora ait si peu confiance en elle-même. Tout le monde t'aime.

— Les gens m'apprécient, c'est différent. Je pensais que Kevin et moi, c'était pour la vie.

Difficile de réconcilier cette Flora, les mains sur ses joues rougies, avec la Flora qui occupait toute la place dans ma tête. La vraie Flora n'était pas parfaite, et ne prétendait nullement à la perfection. Peut-être que nos combats étaient simplement inverses. Je me battais pour donner l'impression de n'avoir aucun défaut. Elle se battait pour que les gens remarquent ses défauts, sous son vernis de perfection.

— Penses-tu que je devrais lui demander ? On a toujours réussi à se parler de tout, et on s'est promis d'être honnêtes l'un avec l'autre, même si ce qu'on a à dire est parfois blessant.

Le mascara coulait de ses yeux, ajoutant à son air tragique.

— Non, ne lui dis rien. Évite de lui donner l'impression que tu le soupçonnes de quoi que ce soit. Il viendra bientôt, non ? Pour Halloween. Si les choses te paraissent encore bizarres à ce moment-là, il sera toujours temps. Face à face, on se comprend mieux.

Il était important que Flora ne rappelle pas Kevin à l'ordre, car il flancherait peut-être devant sa colère et répéterait les ragots que je lui avais servis. Tout reposait sur l'absence de communication entre eux. Chaque fois que la culpabilité me rattrapait, je me rappelais que c'était par amour que je faisais tout ça. Blesser quiconque se trouvait sur mon chemin, c'était une nécessité. Flora n'était qu'une victime collatérale.

Elle a hoché la tête, ragaillardie.

— Tu as raison. Halloween approche à grands pas, je pourrai lui parler à ce moment-là. Je suis un peu parano, de toute façon. Je te jure, la façon dont fonctionne mon cerveau me fait peur, parfois. On dirait qu'il adore s'emparer de mes pensées les plus sombres et les transformer en virus qui dévorent tout sur leur passage.

J'ai retourné cette phrase dans ma tête. De toutes les choses que m'a dites Flora, c'est celle que je me rappelle le plus clairement.

Sully me demandait souvent si je communiquais toujours avec Kevin. Je ne lui mentais pas. À Olin, le matin de la fête d'Halloween, elle m'a demandé, impatiente :

— Est-ce qu'il va la quitter ? S'il est si amoureux de toi, pourquoi lui faut-il tout ce temps ?

— Il va rompre, l'ai-je assuré. Je ne sais pas quand, mais il va rompre.

— Eh bien, il vient aujourd'hui, pas vrai ?

Elle a relevé sa jupe un tout petit peu au passage d'un groupe de garçons.

— Je ne sais pas. C'est ce qu'il a dit à Flora.

— S'il t'aime vraiment, il se pointera, a-t-elle conclu en mordant le bout de son stylo. Ça devrait être plutôt intéressant.

Je n'ai pas mentionné que j'avais écrit à Kevin la veille pour lui demander s'il viendrait. Flora et lui s'étaient parlé plus tôt, au téléphone. Mes écouteurs aux oreilles, j'avais prétendu n'y prêter aucune attention, mais ça n'allait pas très bien entre eux, semblait-il : « Dis-moi juste ce qui se passe », avait-elle répété.

— Il viendra, ai-je confirmé.

Mais quand j'ai consulté mon courrier électronique cet après-midi-là, j'ai été détrompée.

Je ne peux pas, besoin de plus de temps pour réfléchir dans ma bulle

Un message qui m'a donné envie de fracasser l'écran de mon ordinateur. Tu n'as pas envie de me voir ? ai-je failli répondre, mais je me suis retenue.

Je comprends parfaitement, ai-je répondu à la place. Je suis là. Appelle-moi si tu en as marre d'écrire.

J'avais envie d'entendre sa voix, mais il a décliné mon offre. Un sentiment de déception m'a ébranlée. En même temps, je prenais conscience de ceci : je pouvais faire de son absence une arme dans mon arsenal.

Le soir, Flora n'arrêtait pas de pleurer. Les dommages commençaient à dépasser les simples coulées de mascara. De grosses larmes maculaient ses joues au ralenti.

— Il dit qu'il doit étudier, mais tu sais, il va y avoir une grande fête dans sa fraternité pour Halloween, avec des filles à moitié nues. Je ne peux pas m'empêcher de l'imaginer en ramener une dans sa chambre. Je n'ai même pas vu sa chambre, cette année. Pourquoi est-ce qu'il ne rompt pas avec moi ? Comme ça j'arrêterais de me sentir si mal !

— Je suis désolée, Flora.

Je ne l'étais pas.

— J'ai l'impression de ne plus le connaître. Il ne me parle presque plus et quand il le fait, on se dispute. Je suis sûre que tu as remarqué. Désolée de t'imposer ça.

Elle s'excusait et pourtant, c'était moi qui remplissais les marges du cahier que j'utilisais pour mon cours de théâtre avec la liste de leurs appels manqués et de leurs conversations houleuses.

— Écoute, c'est Halloween. Tu ne peux pas rester seule. Alors, oublie-le pour un soir et viens faire la fête avec Sully et moi.

— Je ne sais pas, a-t-elle hésité. Je devrais juste rester là. Au cas où il m'appelle et change d'avis.

— Arrête de lui donner tant de pouvoir. Allons-y, juste pour quelques verres. Tu as besoin de te divertir.

Flora semblait toujours savoir ce dont j'avais besoin. C'était à mon tour, maintenant.

Quelqu'un a frappé à la porte. Sully, déjà prête dans une robe bleu et blanc qui lui donnait l'air d'une pute. Un déguisement de « Belle », celle qui veut « vivre autre chose que cette vie », sauf qu'elle avait remplacé le livre et le panier du personnage par une bouteille de Stoli.

— Il est temps de faire la fête, ma salope ! a-t-elle crié en balayant la pièce du regard pour voir si Kevin était arrivé. Vous n'êtes pas prêtes ?

Flora s'est essuyé le visage. Elle ne faisait pas assez confiance à Sully pour lui exposer sa détresse, mais à moi, si. Cela m'a attendrie, l'espace d'un instant. Un sentiment que j'ai aussitôt chassé.

— Flora vient avec nous, ai-je affirmé. Son petit ami déconne.

Sully était peut-être déçue, mais si elle l'était, elle l'a bien caché. Elle avait plutôt l'air excitée. Je ne pouvais pas faire venir Kevin, mais je lui livrais l'agneau sacrificiel suprême.

— Tous des connards ! a renchéri Sully. Si tu viens avec nous, il faut boire.

— Flora ne boit jamais, ai-je précisé, sans savoir d'où me venait cet instinct de protection.

Mais Flora avait déjà accepté la bouteille de Sully, dévissé le bouchon et porté le goulot à ses lèvres. Son visage s'est aussitôt contorsionné.

— Mon Dieu que c'est dégueulasse ! a-t-elle postillonné.

— Attends un peu, a suggéré Sully. Plus on boit, plus on l'apprécie.

J'ai revêtu mon costume de Cendrillon impudique, une robe dénichée dans une friperie et qui devait avoir appartenu à une petite fille de huit ans qui demandait des bonbons.

Avec ça, une paire de chaussures à talons de plastique sans doute portées par une strip-teaseuse dans un club. Sully a insisté pour me faire un chignon tout de travers, ses mains s'attardant sur ma nuque.

— *Que le spectacle commence*! a-t-elle murmuré à mon oreille. Donc, ton copain est un connard. Qu'est-ce qu'il a fait? a-t-elle ensuite demandé à Flora.

— Rien, a répondu celle-ci en ramenant ses jambes sous elle. C'est notre relation à distance. Pas facile.

Sully a passé ses doigts dans les cheveux de Flora. Au début, ce geste l'a fait sourciller, puis elle s'y est abandonnée. Son immunité au charme de Sully s'effritait.

— C'est un idiot, alors. Il ne sait pas à quel point il a de la chance.

Flora n'avait pas envie de porter son costume de Scarlett O'Hara.

— Ça n'a aucun sens sans Rhett Butler, a-t-elle décrété.

— J'ai une idée, a dit Sully. On demande à Gem.

Gemma avait la garde-robe la plus fournie de tout l'étage; ses vêtements débordaient jusque dans la penderie de Clara, ses frous-frous dépassant de valises pas encore défaites.

Elle avait exactement ce qu'il fallait. Une robe rose à dos nu que Sully a jugée parfaite pour incarner Aurore, la Belle au bois dormant. Flora a d'abord protesté, trouvant la robe trop courte, mais elle a fini par se laisser convaincre. L'espace d'une seconde, alors que Flora se regardait dans le miroir, j'ai vu dans ses yeux qu'elle se voyait enfin comme moi, je la voyais. Elle prenait conscience qu'elle pouvait s'en tirer. Elle était belle, des jambes magnifiques, encore plus avec les talons de Gemma.

Nous avons bu dans la chambre de Sully et de Lauren. Cette dernière s'était déguisée en Uma Thurman dans *Pulp*

Fiction, sauf que son visage trop rond n'allait pas du tout avec la perruque noire et lui donnait l'air ridicule. Sully a sniffé de la cocaïne. J'en ai reniflé une mince ligne sous les yeux désapprobateurs de Flora qui, lorsque Sully lui en a offert, a vigoureusement secoué la tête. Après avoir bu des gorgées de moins en moins modestes de vodka, elle semblait déjà éméchée.

— Ralentis un peu la cadence, lui a intimé Lauren d'un ton presque maternel.

Voyant Flora faire fi de ce conseil, j'ai eu envie de jubiler. Lauren avait essayé de m'exclure et ce soir, c'était elle qu'on balayait du revers de la main. J'ai été ravie de la voir disparaître peu après, partie rejoindre d'autres filles de Butts A.

— Occupez-vous bien de Flora, nous a-t-elle recommandé.

Nous allions faire exactement le contraire, elle devait bien s'en douter.

— Pas la peine de dire ça, a marmonné Flora après le départ de Lauren. J'en ai marre que les gens me traitent comme une poupée de porcelaine. Tout le monde sait ce que je dois faire, mais personne ne m'écoute vraiment.

Nous sommes pareilles, ai-je brièvement pensé sous l'effet de la coke. Mais je ne l'ai surtout pas dit tout haut.

Nous avons pris des photos de notre trio avec mon appareil jetable, Sully au milieu et moi à gauche, parce que mes bras étaient assez longs pour prendre les photos. Tour à tour, nous avons souri et grimacé, fait des tronches rigolotes en tirant la langue, et sur la dernière photo, Sully m'a embrassée sur la joue.

— Désolée, a-t-elle dit.

Elle devait être bourrée, elle aussi, car elle ne s'excusait jamais de rien.

J'ai vite oublié ces photos mais plus tard, lorsque je les ai fait développer, j'ai eu le souffle coupé en nous voyant toutes les trois en petit format sur papier glacé. Je n'ai pas pu me décider à les déchirer, même si j'aurais dû.

À l'Eclectic, nous avons présenté nos billets à un garçon déguisé en Chewbacca qui, en échange, nous a apposé un coup de tampon sur la main. Ensuite, nous nous sommes glissées dans la trame serrée de la foule, une guirlande de filles bras dessus bras dessous. La poigne de Flora était chaude, ferme. La salle brillait de mille feux, de mille jambes, seins et culs, de mille bouches grandes ouvertes et badigeonnées de rouge, de mille yeux de garçons dardés sur nous, leur regard plus expansif que nos costumes. Il y avait des musiciens sur scène, des types aux cheveux hérissés, un collier de chien autour du cou. Flora avait envie de danser et elle s'est élancée sur la piste avec Ella, la Penny Lane la moins cool qu'on puisse imaginer.

— Flora est déjà saoule, a remarqué Ella quelques minutes plus tard. On devrait la ramener dans sa chambre.

— Du calme, ai-je dit. Pour une fois qu'elle s'amuse.

— Elle est complètement paf. J'ai un mauvais pressentiment.

— Arrête d'être aussi rabat-joie, s'est plaint Sully. Elle adore ça.

Flora n'avait rien contre un peu d'attention, contre ces regards qui s'attardaient sur son corps. Ça se voyait : elle repoussait ses cheveux derrière ses épaules, portait ses doigts à sa bouche, comme pour s'assurer que son rouge à lèvres tenait bon. Sully a passé un bras autour d'elle. J'ai ravalé la jalousie qui me prenait à la gorge. Flora n'était pas des nôtres. Elle faisait semblant, portant notre costume pour une nuit.

Nous nous sommes frayé un chemin jusqu'au salon. Sully et moi avons sniffé le reste de la cocaïne ; elle allait s'en procurer davantage, comme toujours, sans jamais me demander de payer. Flora continuait de boire. Son verre n'avait pas de fond, j'y veillais. Je n'allais pas être l'amie qui lui dirait : « Tu as déjà assez bu. » Plutôt cette autre amie, celle qui n'en était pas vraiment une.

Brusquement, il y eut trois garçons devant nous. Un pilote, un bûcheron et le sosie de Slash, le guitariste de Guns N' Roses. Depuis quand nous mataient-ils, en quête d'un trio idéal de filles ? Ils avaient sans doute évalué chaque groupe avec soin, décidant enfin que le nôtre avait le bon ratio cheveux-lèvres-culs-poitrines-jambes. Quand Slash s'est penché pour m'embrasser, je n'ai pas protesté. C'était plus facile que de le repousser, même si à chaque battement de cœur, l'image de Kevin pulsait dans ma tête.

Flora s'est raidie, visiblement mal à l'aise. Le pilote dansait derrière elle, ses bras comme une bouée de sauvetage. Facile de lire dans son esprit. *Est-ce que je suis en train de tromper mon copain ou est-ce que je me montre sympa, tout simplement ?* J'ai croisé son regard avant de retourner mon attention vers Slash, dont j'ignorais le véritable nom. Je ne l'apprendrais jamais.

Sully était déjà affalée sur un divan, sa robe de Belle relevée si haut qu'on apercevait les jarretelles retenant ses bas. Elle n'allait jamais nulle part sans des dessous appropriés. Le bûcheron, perché à côté d'elle, était le plus beau des trois avec son teint basané, sa peau lisse, sa barbe abondante.

L'instant d'après, Flora avait relevé la tête vers le pilote qui l'embrassait et passait les mains sur ses fesses. Je n'arrivais pas à voir si elle lui rendait son baiser, mais une tension en moi s'est relâchée, une chaleur a remonté dans ma cage thoracique. Flora était foutue. Ce qu'elle était en train de faire à Kevin ne pourrait jamais s'effacer.

J'ai sorti mon téléphone et pris une photo de la scène. J'utilisais rarement la fonction photo de mon téléphone, puisque le résultat était toujours flou.

— Qu'est-ce que tu fais ? m'a demandé Slash.

Je l'ai embrassé de nouveau pour lui clouer le bec. Sully m'a enlacée et j'ai cédé à sa poigne osseuse.

— Buddy veut savoir si on est prêtes à aller chez eux pour quelques verres de plus.

Je savais ce que signifiait « quelques verres de plus ». Je n'avais pas vraiment envie de baiser avec Slash, mais je n'avais pas non plus envie de finir la soirée si vite. Si je rentrais, Flora m'accompagnerait, et son autodestruction resterait incomplète. La première semaine après la rentrée, Dawn, la responsable d'étage, nous avait fait un petit laïus :

— Portez-vous une assistance mutuelle, les filles. Ayez toujours une amie à vos côtés.

Ce jour-là, Flora avait passé son bras dans le mien et m'avait souri, comme pour dire que je pouvais toujours compter sur elle.

Je ne lui avais pas rendu son sourire. Je ne lui avais jamais rien promis.

Les garçons partageaient l'une de ces résidences externes sur la rue William, une maison blanche en bois avec des volets verts. Nous les avons suivis, clavicules saillantes et vertèbres à découvert. Slash a ralenti le pas pour partager une cigarette.

— Tu étudies en lettres ? m'a-t-il demandé.

Comme s'il avait vraiment l'intention de faire ma connaissance, comme si la limace de sa langue ne venait pas de passer une heure dans ma bouche.

Je ne lui ai pas répondu tout de suite et il a enchaîné en me parlant de lui. Tous les mêmes, les garçons avec lesquels j'avais couché. Même quand ils posaient une question, ils n'étaient pas foutus d'attendre la réponse.

Flora semblait dessaouler peu à peu. Elle respirait plus profondément, en frémissant, appelant l'air comme un assoiffé une gorgée d'eau. Je l'ai embrassée sur la joue, cet étrange instinct de protection faisant de nouveau son apparition, comme un bug dans mon système. Elle s'est blottie contre moi, sa tête dans le creux de mon cou.

Les garçons logeaient au premier étage. Dès que nous sommes entrées, Sully a attrapé Buddy le bûcheron et l'a entraîné dans la cuisine, où il l'a pressée contre le comptoir. Les mains de Sully se sont introduites sous la veste de Buddy, convaincu qu'elle cherchait ainsi à se rapprocher de sa peau. Mais moi, je savais ce qu'elle était en train de faire. Elle allait ressortir de là avec son téléphone, trésor convoité s'il en est.

Nous nous sommes séparés en couples, comme pour monter sur l'arche de Noé. Sully et Buddy ont disparu dans une chambre. Slash a retiré son haut-de-forme et m'a guidée vers un futon dans le salon. Le pilote s'est posé sur un divan de l'autre côté de la pièce et a forcé Flora à s'asseoir sur ses genoux, comme si elle n'était qu'une sorte de couverture censée le tenir au chaud. Par-dessus ses jambes à lui, Flora a croisé les siennes à la hauteur des chevilles. J'ai fixé les chevilles de Flora parce qu'elle ne cessait de les agiter, même quand Slash a commencé à m'embrasser et le pilote à l'embrasser, elle.

J'ai gardé les yeux ouverts, je savais que Slash ne s'en rendrait même pas compte, de toute façon. Le pilote passait la main sur les reins de Flora, frottant un bout de peau exposé avec son pouce. Il a repoussé ses cheveux pour lui murmurer quelque chose à l'oreille. Elle a ri. Ce rire m'a suffi pour me convaincre qu'elle aimait ça. C'est elle qui voulait être comme nous. C'est elle qui lui rendait son baiser.

Les mains de Slash ont fait comme celles de tous les autres, elles ont remonté mes jambes, passé sous ma jupe, attrapé ma culotte. Elle n'était pas jolie et je ne m'étais même pas rasée. Sully désapprouverait.

Quelqu'un a baissé la lumière (Sully, peut-être), et j'ai fini par fermer les yeux.

Slash m'a chevauchée. Je sentais sa bite se presser contre ma cuisse et j'ai pensé que ce n'était qu'une question de temps avant qu'il descende la fermeture éclair de son pantalon et qu'il me demande de le soulager. Mais il a reculé et relevé ma robe de Cendrillon. Je me suis tendue d'un coup. Le seul garçon à m'avoir fait ça avant, c'était Matt, une seule fois. Ça m'avait paru bizarre à l'époque, et pire ensuite, vu qu'il n'avait jamais exprimé le désir de recommencer. Avec les garçons de Wesleyan, le sexe était superficiel, ma tête montant et descendant quand c'était leur tour, mon tour à moi n'arrivant jamais.

J'étais vaguement consciente de la présence de Flora et du pilote de l'autre côté de la pièce. J'ai entendu le son d'une fermeture éclair, le froissement d'un tissu, quelque chose comme des vêtements s'écrasant sur le sol, mais j'avais les yeux fermés et même quand je les ai rouverts, il faisait trop sombre pour voir autre chose que des contours. Mes jambes reposaient sur les épaules de Slash et il agrippait mes fesses de ses deux mains. J'allais devoir feindre un orgasme. C'était trop étrange d'avoir la langue d'un parfait inconnu entrant en moi, sa bouche s'ouvrant et se refermant comme une machine.

Pourtant, j'ai rapidement arrêté de m'en faire, je suis devenue sourde à ce qui pouvait bien se passer dans la pièce, parce que le type était bon dans ce qu'il faisait, bien meilleur que Matt. Je me suis détendue sur le divan, les jambes tremblantes. C'était différent de ce que j'avais vécu jusque-là avec des garçons qui se fichaient pas mal de mon plaisir. Une sourde pulsation s'est emparée de mon corps, j'ai frissonné et totalement perdu contrôle. Quand j'ai joui, c'était fort, c'était laid, et je m'en fichais.

J'ai fini par rouvrir les yeux assez longtemps pour apercevoir le pilote qui gigotait au-dessus de Flora, lui repoussant la tête vers l'accoudoir du divan. Comme elle avait détourné le visage, je ne voyais que ses cheveux retomber en cascade sur le parquet. Aucun son ne sortait de sa gorge. Ça ne voulait rien dire, bien sûr. Au lit avec Kevin, elle n'avait pas fait de bruit non plus, outre des rires étouffés. Les filles comme Flora n'avaient pas besoin de crier pour se faire entendre.

Je m'attendais à ce que Slash se couche sur moi, ou du moins s'asseye à côté de moi et sorte sa bite de son pantalon, car les garçons ne faisaient jamais rien sans attendre quelque chose de semblable ou de mieux en retour. Mais il s'est levé et m'a embrassée sur la joue, avant de s'éloigner d'un pas lent. J'ai entendu l'eau couler dans l'évier quelques secondes plus tard.

— Tu en veux ? a-t-il demandé.

J'ai hoché la tête, même si de toute évidence, il ne pouvait pas me voir.

J'ai croisé les jambes, le corps bourdonnant, attendant que Flora et le pilote aient fini pour qu'on puisse en rire. Mais leur divan n'en finissait pas de craquer et le pilote lâchait un grognement de temps en temps. Il aurait sans doute préféré être synchrone avec nous pour pouvoir finir au même moment.

Je me suis levée, tâtonnant dans l'obscurité pour trouver mon chemin jusqu'aux toilettes. C'est à ce moment-là que j'ai entendu Flora. On aurait dit qu'elle pleurait, ou qu'elle geignait. Mais le bruit a cessé avant que j'aie pu comprendre ce qui se passait. J'ai trouvé les toilettes, sales, le fond de la cuvette taché de merde, et je me suis assise sur l'abattant même si je n'avais pas envie de faire pipi.

Le temps que je tire la chasse d'eau et rouvre la porte des toilettes, Sully et Buddy avaient pris place sur le divan à côté de Slash dont j'évitais le regard maintenant qu'il y avait de la lumière. Flora était assise sur la causeuse, un sourire placide sur les lèvres. Les garçons allaient célébrer leurs exploits plus tard, tandis que nous n'en soufflerions pas mot. Si quelqu'un avait vent de notre petite aventure, on nous traiterait de putes. Flora aussi, et je m'en réjouissais.

Nous avons eu droit à de froides accolades sur le pas de la porte. Slash a dit :

— On se revoit un de ces jours, d'accord ?

Une phrase que je connaissais bien. Il ne s'était même pas donné la peine de me demander mon nom, et encore moins mon numéro de téléphone.

Sully a bavassé pendant tout le trajet vers Butts C, mais Flora n'a pas desserré les lèvres. Le campus était plein d'étudiants déguisés. Il y avait entre autres un paquet de Crayola descendant la rue High en courant, dans un tourbillon de hurlements, et un centaure à moitié nu.

— Tu m'avais caché ça, a dit Sully à Flora en lui tirant les cheveux. Je ne savais pas que tu étais si aventureuse. Ça me plaît.

Flora n'avait rien à répondre. Sully m'a fait un clin d'œil par-dessus sa tête.

Dans notre chambre, je me suis couchée sans enlever ma robe ni mon maquillage. Flora a fait de même et c'était peut-être la plus grande surprise de la soirée : elle suivait un rituel de soins de la peau chaque soir, démaquillant-tonique-hydratant. Le sommeil me gagnait déjà quand sa voix a résonné dans l'obscurité, un filet apeuré.

— Je ne voulais pas faire ça.

J'ai fait comme si je dormais déjà.

23

AUJOURD'HUI

À : Ambrosia Wellington, a.wellington@wesleyan.edu
De : Comité des anciens étudiants de Wesleyan, reunion.classof 2007@gmail.com
Objet : Retrouvailles de la promotion 2007

Chère Ambrosia Wellington,
Celles dont vous étiez proches à Wesleyan ont connu les meilleures facettes de votre personnalité, et parfois aussi les pires. Est-ce que nous n'avons pas toutes un regret quant à une chose que nous aurions aimé leur dire, à l'époque ? Il n'est pas trop tard !

Meilleures salutations,
Le comité des anciens étudiants

Kevin McArthur, ou du moins ce que j'en vois à travers un pare-brise, n'a pas changé. Je n'arrive pas à détourner les yeux de son visage, même quand Sully sort de la camionnette et s'approche de moi. En la regardant avancer, je songe que si elle a dit : « Il n'y a jamais eu de nous », ce n'est peut-être pas à cause de ce que nous avons fait, mais de ce qu'elle faisait derrière mon dos.

— Amb ! s'écrie-t-elle.

Mon regard retourne vers Kevin, qui suit la scène des yeux. Son expression demeure indéchiffrable.

— Amb, attends ! Je peux t'expliquer, OK ?

Les mains de Sully sont sur mes poignets. Je veux que Kevin sorte de la camionnette et complète notre trio déglingué, qu'il descende avec nous dans l'enfer des souvenirs. Mais il ne bouge pas.

— Amb, écoute-moi !

— Je ne sais pas quoi dire.

Mes dents claquent, comme la nuit de la « résidence maudite », même si aujourd'hui, il ne fait pas froid.

— Pourquoi il est là ? Pourquoi tu ne m'as rien dit, hier ?

— C'est lui qui m'a retrouvée, explique Sully. Il y a quelques semaines. Il a reçu un carton par la poste, lui aussi. J'aurais dû te le dire, mais je ne savais pas si nous pouvions lui faire confiance.

« Nous. » Voilà ce « nous » qui revient. Impuissante, je regarde Kevin démarrer ; j'aurais aimé que ce soit plus difficile pour lui de déguerpir cette fois-ci. Mais sa camionnette s'éloigne sans même qu'il nous ait lancé un dernier regard. Le reverrai-je un jour ? Et si oui, pour lui dire quoi ?

— Comment il a fait pour te retrouver ?

— C'est une longue histoire, répond Sully en laissant retomber ses bras le long de son corps. Je te raconterai. Tu dois me croire : tout ce que j'ai fait, c'était pour nous.

Ce « nous » ne revient que lorsque cela lui convient.

— Et est-ce que... bredouillé-je. Est-ce que nous pouvons lui faire confiance ?

Elle hoche la tête d'un air solennel. Dans l'ardent soleil de l'après-midi, je repère enfin sur son visage quelques signes du temps. Ces lignes autour de la bouche, ces vaguelettes qui lui plissent le front, ce pli entre ses sourcils que j'enviais tant, à l'époque.

— Je pense que oui. Il m'a dit qu'il ne savait pas trop à qui s'adresser, et il a trouvé mon adresse électronique.

— Ça ne tient pas debout. Des lettres comme ça, il a dû en recevoir des centaines. Du courrier haineux. Des menaces de mort. Pourquoi réagirait-il aujourd'hui ? Pourquoi maintenant ?

— Aucune idée. Mais je ne lui ai rien raconté, bien entendu. Il n'a aucune idée de ce qu'on a fait.

— À moins qu'en réalité, il le sache très bien, et que ce soit lui, l'auteur des messages. Il a plus de raisons de nous haïr que quiconque. On a ruiné sa vie.

Sully joue avec l'une de ses bretelles. Elle en sait plus que ce qu'elle veut bien me dire. J'ai envie de la secouer, pour lui extirper de l'information, de la retourner à l'envers comme une salière et de regarder s'écouler ce qu'il y a en elle.

— Il ne sait rien, Amb. Je te jure, il ne nous soupçonne même pas.

— J'ai envie...

J'ai envie de le revoir, mais je ne suis pas sûre de le vouloir vraiment. Après tout, j'ai eu le cœur brisé après l'avoir perdu, alors je suis passée en mode d'autoprotection. J'ai relu nos messages une fois, deux fois, mille fois. Je nous voyais différemment. Également égocentriques, prêts à n'importe quelle excuse pour parler de soi. Tous deux manipulateurs. Même aujourd'hui, ma relation avec son souvenir demeure complexe. Tantôt il est soleil, tantôt nuage lourd, formant une épaisse masse qui empêche la lumière de filtrer.

Est-ce qu'il a ressenti ce que j'ai ressenti ? Aurions-nous eu une chance, même infime ? Impossible de le lui demander. Pas quand j'arrive à peine à me le demander à moi-même.

— Flora, tu l'as vue ? Est-ce que Kevin... l'a vue ?

Les lèvres de Sully forment une moue boudeuse.

— Bien sûr qu'il l'a vue. Impossible de la rater.

— Où est-ce qu'il est descendu ? Il ne peut pas se montrer sur le campus.

— Quelque part dans Middletown. Il a mentionné le Super 8, je crois.

C'est à lui que tu parlais hier soir ? Es-tu en train de jouer un petit jeu avec lui ? À l'époque, jamais je n'ai envisagé un seul instant que Sully puisse ressentir la même chose que moi. Tomber amoureuse de Kevin, c'était facile. De Sully aussi, d'ailleurs. Mais elle avait à peine connu Kevin, elle et lui n'avaient été dans la même pièce qu'une ou deux fois, même si on pourrait dire la même chose de Kevin et moi. Sully s'était montrée sceptique quand je lui avais parlé des messages que j'échangeais avec lui, mais aujourd'hui, je me rends compte que Kevin et elle avaient peut-être leur propre correspondance.

Le vent met du désordre dans ses cheveux. Elle les repousse d'un geste impatient.

— Il faut rester fortes, OK ? Toi et moi.

À présent, c'est « toi et moi », comme si cette entité avait toujours été. Les vraies amies sont celles qu'on ne voit pas aussi souvent qu'on voudrait, mais dès l'instant qu'on les retrouve, tout est comme avant ! Billie avait écrit quelque chose du genre dans l'un de ses messages sur Instagram, avec une photo de nous deux à l'école, un chignon sur le haut du crâne, en bonnes imitatrices de Gwen Stefani. Sully était là pendant mes heures les plus sombres, mais mes heures les plus sombres n'ont existé que par sa faute.

— Kevin a sûrement dû nous soupçonner. On est les seules à s'être assez approchées de lui pour lui voler son téléphone. Il a eu plusieurs années pour y réfléchir. Il pourrait nous avoir attirées ici pour se venger.

— Ouais... mais Amb, il était aussi coupable que nous. Tu parles comme s'il n'avait rien à se reprocher.

C'est bizarre de le formuler comme ça, mais elle a raison. Sully et moi n'avions pas commencé la soirée en pensant qu'elle se finirait ainsi. Kevin non plus.

Un klaxon retentit dans la rue, nous faisant sursauter toutes les deux.

— Rentrons, suggéré-je.

Je me sens soudain paniquée à l'idée d'avoir laissé Adrian seul avec tous ces gens qui pourraient lui dire des choses comme : « AW est une petite pute qui mérite la mort. » Sur Foss Hill, mon mari baigne en pleine version en trois dimensions du site de dénonciations anonymes.

Sur le chemin de Nics, Sully me dévisage de son regard hypnotique, couleur écume de mer.

— Tu l'aimes encore, n'est-ce pas ?

Dans sa bouche, « aimer » est presque une injure.

L'amour m'est longtemps apparu comme ce brouillard sans fin qui emportait la raison, semblable à une toile d'araignée capturant une mouche. Je justifiais ainsi tout ce que j'avais fait à Flora ; c'était par amour. Je me suis accrochée aux liens qui m'unissaient à Kevin, j'ai rejoué nos actions, lu et relu nos messages. Chacune de mes phrases laissait transparaître cet ingrédient embarrassant, mon désir. Et Kevin adorait ça, car il avait soif d'attention autant que moi.

— Non, finis-je par répondre.

Il est hors de question de confier à Sully l'intensité de mes émotions. Je ne pourrais jamais lui expliquer ce que revoir Kevin m'a fait, comment il a réussi à dérouler la pelote serrée de mes sentiments étouffés.

— Il nous faut un plan.

Sully jette un regard derrière nous, comme si elle avait peur que quelqu'un nous entende.

— Impossible de reprendre le cours de nos vies tant qu'on ne saura pas qui est derrière tout ça, et ce que cette personne nous veut.

— Peut-être y en a-t-il plus d'une, suggéré-je. Elles étaient nombreuses à nous détester.

Dans mon esprit, même Sully est encore suspecte.

— Eh bien, qu'est-ce que je te disais toujours, à l'époque ? fait-elle en reprenant sa voix de velours. On est ensemble, et on est bien pires.

À Wesleyan, chaque fois que nous approchions d'une meute de garçons, le même scénario se répétait. J'hésitais, comme si le troupeau compact de leurs corps réunis était impénétrable, et je disais :

— En meute, comme ça, ils peuvent tout se permettre.

Ça voulait dire, *on change de cible ?* Pourquoi pas l'éléphanteau qui traîne derrière le troupeau, celui qui reste seul ? Et Sully répondait, avec sa bouteille de Stoli et son Burberry Brit :

— On est ensemble, nous aussi, et on est bien pires.

À Foss Hill, le festival bat toujours son plein. Les souvenirs amusants foisonnent. Les gens sourient. C'est un gigantesque mensonge éhonté. Car tout le monde a des secrets. Cachées derrière un écran d'ordinateur, elles ont écrit des choses horribles. Et elles font comme si revenir à Wesleyan était l'expérience « la plus agréable au monde ».

Pendant une seconde, je me sens soulagée de retrouver Adrian là où je l'avais laissé. Sauf que Lauren et Ella ont remplacé Justin et Monty à ses côtés... La main d'Ella est posée sur le dos d'Adrian, sa tête penchée vers la sienne.

Je quitte Sully d'un bond et les rejoins, dans l'espoir qu'Ella n'ait pas eu le temps de lui révéler d'autres informations incriminantes à mon sujet.

— Désolée d'avoir pris tant de temps, m'empressé-je de dire en saisissant le bras d'Adrian. Comme je te l'ai dit ce matin, je ne me sens pas très bien aujourd'hui.

— OK.

Il ne me regarde pas dans les yeux, et je comprends aussitôt qu'il a appris quelque chose. Je combats la panique qui me serre la gorge. J'aurais dû lui raconter notre version de l'histoire d'abord. *Ma* version. Dont les contours changent perpétuellement.

— Pourquoi tu ne m'as rien dit à propos de Flora ? s'enquiert Adrian avant que j'aie pu trouver les bons mots. Ça me semble un truc assez important pour être mentionné.

Ses paroles crépitent dans mes oreilles. J'ai fait l'erreur de ne pas rester à côté de lui et à présent, j'en paie le prix.

— Mais je t'en ai parlé. Hier soir, non ? On a peut-être un peu trop bu, tous les deux.

Une excuse que j'ai déjà utilisée. « Tu étais trop bourré, tu ne te rappelles rien. » Cette fois, Adrian sait que je mens. Il hausse les sourcils.

— Non. Tu m'as seulement dit que vous n'étiez pas vraiment amies, et que je n'allais probablement pas la rencontrer ce week-end. Tu as laissé entendre qu'elle était toujours... mais ce n'est pas vrai.

Je n'ai pas envie qu'il dise le mot à haute voix, car l'entendre me ferait frissonner d'horreur. Mais il va le prononcer, parce que c'est ce que font les gens quand le destin frappe. Ils en parlent ; les tragédies ont des proportions difficiles à concevoir, en parler les brise en petits morceaux plus faciles à avaler.

— Tu aurais pu me le dire, continue-t-il. J'ai eu l'air d'un idiot quand Ella a mentionné la cérémonie commémorative. Tu aurais pu me dire qu'elle était morte.

Ce mot, sans appel. Je le sais bien, qu'elle est morte. Je le sais depuis si longtemps... Mais l'entendre m'est toujours aussi pénible et ne manque jamais de susciter le sentiment en dents de scie qui ne me lâche pas : la culpabilité. Un haut-le-cœur me saisit.

— Je n'aime pas en parler. C'était une époque très difficile, pour moi.

Adrian ouvre la bouche, puis il me serre dans ses bras et je retrouve mon souffle. Il ne sait pas qui je suis vraiment, et je dois faire en sorte que ça reste comme ça.

Je n'aime pas en parler.

Si j'en parlais, je devrais lui avouer que c'est moi qui l'ai tuée.

24

IL Y A QUATORZE ANS

Nous avons brisé Flora à deux reprises. La première fois, c'était lors de la soirée d'Halloween où elle avait trompé Kevin. La seconde fois, celle qui l'a tuée pour de bon, est arrivée un peu plus tard. Le lendemain de la soirée à l'Eclectic, je lui ai demandé comment elle allait. Elle avait coutume de se lever à sept heures tapantes, mais je l'ai trouvée toujours au lit ce matin-là.

— Pourquoi ça n'irait pas ?

Sa voix avait changé : elle était plus monotone, plus faible, sans ses inflexions typiques.

Flora n'avait pas envie de parler de la veille. De ce qu'elle avait fait à Kevin. Elle n'avait pas envie de parler du tout.

Cette semaine-là, elle s'est plongée dans ses études, les écouteurs sur les oreilles, ne me gratifiant que d'un léger hochement de tête de temps à autre. Les portes de notre étage étaient nues, sans leurs Post-it habituels. Flora s'est mise à sortir le soir et j'en devenais parano, car peut-être allait-elle parler à Kevin sans témoin ? Un jour, en rentrant, je l'ai surprise au téléphone. Mon sang n'a fait qu'un tour. Mais ce n'était que sa petite sœur à l'autre bout du fil.

— Je t'aime, Poppy, disait toujours Flora pour conclure ses appels.

Elle comptait les jours avant Thanksgiving, où elle retrouverait Poppy et Kevin. Je comptais les jours, moi aussi. Kevin allait rompre avec elle. Ses messages se faisaient de plus en plus déterminés.

Je sais, t'as raison, c comme si on ne se connaissait plus, Flora et moi. Je fais semblant de rien pcq les gens veulent qu'on reste ensemble. Sois patiente OK ?

Je n'aimais pas qu'on me dise quoi faire.

Ça veut dire quoi, patiente ? Je veux juste connaître tes sentiments pour moi.

Je perdais le contrôle et du même coup, l'emprise que j'avais sur lui.

Tu sais que je te trouve belle, Amb. Mais je dois réfléchir encore un peu, c le bordel dans ma tête OK ?

Je commençais à me demander si « belle » était le seul adjectif dans son vocabulaire. Un adjectif qui n'avait plus autant d'impact sur moi, et j'en voulais davantage. Avec Kevin, c'était toujours « plus tard, plus tard, je dois réfléchir, trouver le bon moment ».

C'est alors que je me suis rappelé la photo de Flora, celle que j'avais prise lors de la soirée d'Halloween. Sa courte robe rose d'Aurore, remontée au-dessus des reins, ses lèvres sur celles du pilote. Ces garçons, des Buddy vaquant à leurs occupations quelque part sur le campus, il me serait impossible de les reconnaître sans leur costume, même s'ils connaissaient intimement la peau sous nos vêtements.

Ces garçons n'avaient aucune importance. La photo, si. Je l'utiliserais s'il le fallait.

Une semaine avant Thanksgiving, je marchais dans le jardin du Centre des arts pour aller à mes cours quand Ella m'a rattrapée.

— Amb, il faut qu'on parle de Flora.

Elle semblait prête à éclater en sanglots.

J'ai levé les yeux au ciel derrière mes lunettes de soleil. J'en voulais à Flora d'être devenue le centre de mon univers. Flora et Sully étaient comme le soleil et la lune, et moi, un satellite obéissant dans leur orbite.

— Qu'est-ce qu'elle a, Flora ?

Je marchais plus vite pour forcer Ella à trottiner à mes côtés, luttant pour suivre mon rythme sur ses courtes jambes.

— Tu as sûrement remarqué à quel point elle est bizarre, ces jours-ci. Ce matin, elle pleurait dans la salle de bain. Elle ne m'a même pas vue entrer ; elle sanglotait au-dessus du lavabo. Elle m'a dit qu'elle avait des allergies.

— C'est peut-être vrai.

— Tu ne penses pas ce que tu dis, Amb !

Dans sa bouche, mon nom était comme un coup de poignard, une accusation.

— Depuis Halloween, elle n'est plus la même. C'est toi, sa coloc. Il y a quelque chose qui ne tourne vraiment pas rond.

J'ai pivoté sur moi-même si rapidement qu'elle a manqué me rentrer dedans.

— N'en fais pas tout un drame. Flora est probablement stressée par ses cours. Qui sait ? On n'est pas obligé d'être joyeux tout le temps. Si tu es si inquiète, parle-lui, toi.

Je ne sais pas si elle a suivi mon conseil. Ce dont je me souviens, c'est qu'elle a crié derrière moi, alors que je m'engouffrais dans le pavillon des arts de la scène :

— Je t'avais dit qu'elle avait trop bu. Tu ne m'as pas écoutée.

Après les cours, assise sur un banc dans le jardin du Centre des arts, j'ai raconté à Sully cet échange et me suis plainte d'Ella. Cette fille m'irritait tellement !

— Ouais, c'est une pauvre conne, a lâché Sully. C'est le problème de Flora, pas le nôtre. Elle se sent coupable. À Spence, une fille bourrée lors d'une fête a baisé avec deux garçons, même si tout le monde savait qu'elle était en couple avec un gars qui habitait loin. Evie a entendu la fille, dans un état lamentable, appeler son petit ami pour se confesser. Il a rompu au téléphone. Après, elle a fait une overdose, juste pour qu'il se sente coupable.

La mention d'Evie m'a agacée. Je n'aimais pas que Sully parle d'elle.

— Quelle petite pute, ai-je complété.

Rien de mieux pour charmer Sully que d'être vulgaire. J'ai fait attention à ne pas réagir au mot « overdose ». Ç'aurait été trop prévisible.

— Ouais. Alors, qu'est-ce qui se passe avec Kevin, au fait ? Il a quitté Flora, oui ou non ?

Je lui ai parlé de ses derniers messages. Il *réfléchissait*.

— Il faut l'aider à réfléchir, a-t-elle continué en allumant une nouvelle cigarette. Sinon, Flora va le convaincre de rester avec elle. Les garçons sont des idiots. Ils aiment la stabilité.

— Qu'est-ce que je peux faire d'autre ? Il la soupçonne déjà de le tromper. Ils ne se parlent presque plus au téléphone.

Sully a fait tomber d'une chiquenaude la cendre de sa cigarette.

— Nous devons faire monter les enchères. Fais-le venir ici. Baise-le jusqu'à le rendre dingue.

Voilà que le « nous » revenait, presque majestueux, flottant dans l'air froid comme de la fumée. Ce défi me fouettait les sangs. Je disposais de la photo, mais aussi d'une imagination fertile, à moi de voir laquelle pourrait faire le plus de dégâts.

— Je ne sais pas comment le faire venir.

— Demande-le-lui gentiment. Mieux, exige-le.

— J'ai ma petite idée.

Sully m'a passé sa cigarette.

— Je veux que les choses redeviennent comme avant, a-t-elle ajouté avec une moue boudeuse. On n'a plus que ça à la bouche : Kevin et Flora. Je commence à trouver ça assommant.

— Je sais, ai-je répondu en prenant une taffe. Désolée. Ils vont finir par rompre et ça va redevenir comme avant, je te le promets.

Ses lèvres ont formé un petit sourire narquois.

— Bien.

Elle t'a trompé, ai-je écrit ce soir-là pendant que Flora dormait tout près, masque de satin rose sur les yeux.

C'est arrivé à Halloween. J'ai une preuve.

Montre-moi.

Viens voir en personne. Ce week-end. C'est trop lourd, tous ces secrets.

L'ombre de Sully planait sur mon choix de mots. J'avais demandé gentiment et lui, il avait lu entre les lignes.

Le lendemain matin, j'ai trouvé sa réponse.

J'arrive demain

Ni point ni ponctuation, comme en suspens. J'étais surprise d'être parvenue à l'attirer si rapidement. Après avoir empoisonné leur relation des deux côtés, j'étais prête à sucer le poison qui rongeait Kevin. Je méritais ce prince charmant. Je méritais d'avoir le premier rôle auprès de lui.

Le lendemain, j'ai été surprise de voir Flora retirer ses écouteurs et venir me rejoindre sur mon lit. J'ai écarté mes cahiers ; impossible de me concentrer sur rien d'autre que sur le feuilleton de merde que nous étions en train de jouer. Mes résultats scolaires en souffraient. Ma véritable éducation prenait place hors de la classe. Ma vie était un stage à l'Actors Studio.

— Kevin sera là ce soir, m'a-t-elle dit. Mais il ne m'a même pas appelée pour me le dire. Il m'a envoyé un drôle de texto. J'ai l'impression qu'il veut me larguer.

— Je suis sûre que tu te trompes, ai-je répondu, émerveillée par le pouvoir que j'exerçais sur le cours des événements.

Flora a secoué la tête, les larmes aux yeux.

— Pas moi. Il est froid avec moi, ces derniers temps. Et je ne peux pas le lui reprocher, à vrai dire. Moi aussi, je ne suis pas vraiment dans mon assiette... Au fait, je voulais te parler de quelque chose. Quelque chose que je dois avouer à Kevin.

Non, non, non, *trois fois non*. Hors de question que je devienne le réceptacle de Flora. Il était trop tard. J'aurais dû m'apitoyer sur son sort ; elle avait l'air au bout du rouleau, des cernes bleuâtres sous les yeux, ses clavicules saillant sous sa chemise. Mais je ne ressentais qu'une satisfaction malsaine.

À mon grand soulagement, quelqu'un a frappé avec insistance à notre porte juste à ce moment-là.

— Tu m'as encore enfermée dehors ! a crié Sully.

— Ne fais pas ça, ai-je répondu à Flora, sans savoir si elle m'avait entendue.

J'ai fait entrer Sully, qui s'est assise en tailleur par terre. Elle a jeté un regard furieux à Flora, comme si c'était elle, l'intruse.

— J'ai une autre bouteille. Commençons à boire tout de suite. Que le spectacle commence !

J'ai mitraillé Sully des yeux, mais elle n'a rien remarqué, ou elle s'en foutait complètement.

— Vous sortez, ce soir ? a demandé Flora. Kevin vient me voir. On peut vous accompagner ?

Voilà qu'elle remettait ça. Elle venait de m'avouer sa crainte d'être quittée par Kevin et à présent, devant Sully, elle faisait comme si tout était normal. C'était à cause d'elle que nous mentions. À cause de cette auréole qu'elle donnait l'impression de porter si facilement, une auréole trop lourde pour sa tête, ai-je compris plus tard.

— Il y a une fête à Beta, a répliqué Sully en haussant les sourcils. Ouais, amène-le. Habillez-vous pareil, le thème c'est « la soirée des jumeaux ». Ça devrait être sympa.

Flora a lâché un sourire d'automate, aussi obéissant que celui d'une marionnette.

— D'accord, on essaiera de passer.

Entre Sully et moi, il y avait une sorte de connivence ; je savais que quelque chose d'important allait arriver. Cette soirée serait le début d'un rêve ou le déclenchement d'un cauchemar.

La soirée des jumeaux exigeait que l'on s'habille de manière identique, en paires de « jumeaux ». Sully et moi portions toutes deux un haut translucide, une jupe de cuir, un collier au ras du cou. Nous nous étions préparées dans sa chambre, nous lissant mutuellement les cheveux au fer entre deux shots de Stoli, le goulot rougi par nos rouges à lèvres. Tour à tour, nous avons pressé nos oreilles contre le mur pour essayer d'entendre quelque chose, n'importe quoi, un bruit nous annonçant l'arrivée de Kevin. J'avais consenti à laisser notre chambre à Flora pour qu'ils puissent se retrouver seuls. Mais tout ce que nous entendions, c'était une musique venant d'ailleurs, une basse de merde qui faisait vibrer le couloir.

J'étais tentée de rester à Butts C pour voir si Kevin allait se pointer, mais Sully m'a convaincue que ce serait lui envoyer le mauvais signal.

— Ils viendront à la fête. Peut-être qu'elle lui a demandé de la rejoindre là-bas, qu'elle espère retarder l'inévitable comme ça.

Comment Sully pouvait-elle en être si sûre ? Je croyais toujours à la possibilité que Kevin change d'avis.

Lauren, les yeux sur son téléphone, a soudain enlevé ses écouteurs et nous a regardées comme si nous étions folles.

— Vous parlez trop fort ! Et puis, vous espionnez Flora, ou quoi ? Qu'est-ce que vous êtes en train de faire ?

— Peut-être que j'aime juste entendre les gens baiser, a répondu Sully. Où est ta jumelle, toi ?

— J'avais promis à Ella de l'accompagner à la fête, mais elle est malade. Je peux y aller avec vous deux ? Comme ça on formera un trio.

— Ce n'est pas ça l'idée, ai-je répliqué.

Je ne voulais pas de Lauren sur nos talons. Lauren, qui prétendait que Sully était folle, qui m'avait exclue à dessein de son week-end dans les Hamptons.

— C'est une fête pour les jumelles, pas les triplettes.

— Qu'est-ce que ça peut bien faire ? C'est juste un autre thème bidon.

— Pas question de partager ma jumelle sexy, a décrété Sully en me prenant par les épaules. Si tu veux venir, pourquoi pas, mais nous, on a une mission à remplir.

Je lui ai donné une petite tape. *Ne dis pas ça.* Je ne voulais pas que Lauren soupçonne ce que nous avions l'intention de faire. Je la voyais déjà courir vers Flora et se réfugier sous ses ailes protectrices.

En sortant, j'ai jeté un œil vers notre porte. J'étais vraiment tentée d'entrer, mais Sully m'a entraînée dehors.

Nous sommes entrées à Beta bras dessus bras dessous, Lauren trottant derrière nous dans son pantalon en similicuir. Il y avait un monde fou. Ça se tenait devant le fût, ça jouait à un jeu géant de bière-pong, ça se tripotait dans les coins ou au beau milieu de la piste. Une boule disco jetait sa lumière étincelante, spectrale, sur la scène.

Dans mon sac, il y avait mon téléphone, et dans mon téléphone, la photo compromettante de Flora. Je la brandirais comme une arme s'il le fallait.

— Je ne les vois nulle part, ai-je crié au moment même où Sully se penchait vers moi pour me dire qu'elle allait nous chercher à boire.

— Qui ça ? a demandé Lauren.

Nous l'avons toutes les deux ignorée. La traiter comme une personne invisible me plaisait beaucoup.

Une main m'a attrapé le cul sous la jupe, mais quand je me suis retournée, il n'y avait personne. J'ai parcouru la salle en traçant un grand huit. Lauren me suivait comme un pot de colle, une chaperonne dont je n'avais jamais sollicité les services.

— As-tu vu Flora ?

J'ai pivoté sur moi-même pour lui faire face.

— Non, pourquoi ? Je ne suis pas sa nounou.

Lauren a pris un air dégoûté.

— Parce que vous êtes colocs ! Elle avait l'air bizarre, aujourd'hui. On devait se retrouver à Olin pour étudier, mais elle m'a posé un lapin. Ça ne lui ressemble pas.

— Eh bien non, je ne l'ai pas vue. Je ne sais pas, essaie de lui envoyer un texto ?

J'ai eu envie d'ajouter : *Vous êtes si proches, et tu ne sais même pas où elle est ?* Une remarque à la Sully. Mais je n'étais pas Sully.

— Je lui ai écrit. Elle ne répond pas. De quelle mission parliez-vous, tout à l'heure ?

Elle tapait du pied en attendant ma réponse.

J'ai décidé de lui faire l'aumône ; elle n'arriverait jamais à comprendre, de toute façon.

— J'échange des messages avec un garçon qui sera peut-être là ce soir. Il est amoureux de moi, je pense.

Une phrase qui sonnait bien à mes oreilles.

— C'est qui ?

J'ai apprécié la pointe de jalousie dans sa voix.

— Tu ne le connais pas.

Elle n'avait rien à me répondre. Elle a préféré dire quelque chose qui n'avait aucun rapport.

— Elle est dangereuse, tu sais. Sloane. Tu ne sais pas de quoi elle est capable.

J'ai eu l'impression d'avoir mal entendu, avec la musique.

— Hein ? ai-je crié.

Sully est apparue devant moi. J'ai pris le verre qu'elle me tendait et accepté la dose de cocaïne qu'elle me proposait. Lauren s'est éloignée d'un air digne, en secouant la tête.

Sully a souri. Quand plus tard j'ai repensé à cette soirée (en boucle, même si je prétendais l'avoir oubliée), c'était d'abord ce sourire qui m'apparaissait, l'image dominante d'un collage.

— Regarde, je t'avais bien dit qu'il viendrait.

Flora dansait devant le foyer, les cheveux épars, le jeans retombant sur son derrière maigrichon. Elle portait des tongs avec des petits pois roses, celles qu'elle mettait pour aller à la douche. Elle n'avait même pas tenté d'imiter la tenue de

Kevin, en casquette verte de Dartmouth, beau, perplexe, les lèvres serrées.

— Elle est saoule ? ai-je crié à l'intention de Sully.

Mais au lieu de répondre, Sully a affiché encore une fois ce même sourire, sauf qu'il était plus grand et creusait une ligne jusqu'à ses pommettes. Kevin tâchait de tirer Flora hors de la piste de danse. Flora le repoussait, les joues maculées de coulées de mascara.

— Elle est cuite, a fini par statuer Sully.

Cette expression, je n'ai cessé de me la répéter depuis. *Cuite.* Comme si Flora était un morceau de viande qu'on aurait oublié sur le feu.

25

AUJOURD'HUI

À : Ambrosia Wellington, a.wellington@wesleyan.edu
De : Comité des anciens étudiants de Wesleyan, reunion.classof2007@gmail.com
Objet : Retrouvailles de la promotion 2007

Chère Ambrosia Wellington,
Le niveau d'énergie remonte ! Si vous avez envie de vous dépenser, vous aussi, lacez vos chaussures et participez à une course amicale sur le campus. Pas de compétition, seulement un peu d'exercice entre amis. Ne regardez pas par-dessus votre épaule pour voir qui vous talonne, ce qui compte, c'est la ligne d'arrivée !

Meilleures salutations,
Le comité des anciens étudiants

Pour rentrer à la résidence, il nous faut passer de nouveau à côté de Flora. Sur son affiche collée au mur de Nics, ses yeux bleus nous transpercent. La même affiche grandeur nature tapisse tout le campus. *Fondation Flora Banning : faites un don pour la santé mentale !* J'évite de la regarder, comme je passe par-dessus le nom de la fondation dans les messages électroniques, juste sous la liste des membres du comité. Elle en ferait sûrement partie si elle était toujours de ce monde.

Elle aurait épousé un garçon de bonne famille, fréquenterait l'église chaque semaine en jupe plissée, un bandeau dans les cheveux. Elle serait psychologue pour enfants et mère attentionnée. Tout ce que je ne suis pas. Peut-être était-ce pour cela que je la haïssais tant : parce que le garçon que je convoitais lui appartenait, mais aussi parce qu'elle possédait des qualités que je n'aurais jamais pu incarner, même si je l'avais voulu. Parce qu'elle avait un pouvoir bien différent, celui de la gentillesse.

Je ne dois plus laisser Adrian seul une seconde. Je participerai à cette stupide « course amicale » sur le campus, même si le seul endroit vers lequel j'ai envie de courir, c'est notre appartement, dans l'effervescence chaleureuse d'Astoria.

Mais comme j'ai convaincu Adrian que je ne me sens pas bien, c'est lui qui m'interdit d'y participer. Il insiste pour que je reste couchée ; Justin et Monty l'accompagneront. Et Jonah, son nouvel ami « super cool ». Mes mensonges m'ont enfermée entre ces quatre murs.

— Je reste pour m'occuper d'elle, suggère Sully avec un sourire pincé tandis qu'elle entre dans sa chambre. Vas-y, Adrian, et amuse-toi bien !

Je n'aime pas la façon dont elle pousse Adrian dehors, comme si elle voulait me garder pour elle. Mais je n'ai rien à redire.

— Hé, me dit Adrian en posant un doigt sur ma joue. Penses-tu... penses-tu que tu ne te sens pas bien à cause de... on se comprend ?

Je secoue la tête.

— Ça m'étonnerait.

Une fois Adrian sorti, Sully hésite sur le pas de la porte intérieure.

— À cause de quoi ? Il pense que tu es enceinte, c'est ça ? Les murs ont des oreilles, nous le savons toutes les deux.

— C'est peut-être ce qu'il pense. Mais je ne suis pas enceinte.

— C'est bien. Moi non plus, je ne veux pas d'enfants.

Elle s'assied à côté de moi sur le lit, ce qui me rappelle les nombreuses soirées auxquelles nous nous préparions côte à côte.

— Toutes les femmes ne sont pas faites pour être mères. Surtout si elles ont des filles. La dernière chose dont le monde a besoin, c'est d'une autre fille comme moi.

Billie, elle, a toujours proclamé qu'elle voulait des enfants, mais elle peste constamment contre les cheveux de Sawyer trop durs à coiffer, et parfois, quand elle a bu, elle avoue que son plus grand désir serait de retrouver sa vie d'avant. Moi, je me languis d'une vie que je n'ai jamais eue.

— Ma mère avait du mal avec moi, continue Sully. J'ai fait tellement de mauvais coups. Elle a pensé que m'envoyer à Spence arrangerait les choses. Aucun garçon pour me distraire. Comme si je ne pouvais pas les trouver ailleurs... et trouver d'autres façons de me distraire.

Elle le disait elle-même : « Je m'ennuie facilement. » J'étais son jouet, une balle à faire rebondir quand cela lui chantait. Nous étions toutes ses jouets.

— Bon... Qu'est-ce qu'on va faire à propos de Flora ?

Sully remonte un genou contre sa poitrine.

— Il faut qu'on découvre qui nous a envoyé ces cartons, et l'intention derrière tout ça. Quand tu nous as vus dans la camionnette, Kevin et moi, on convenait d'un rendez-vous chez Friendly's pour concocter un plan.

Qu'est-ce qu'on va faire à propos de Flora ? La même conversation qu'à l'époque. Cette certitude qu'il fallait faire quelque chose.

— Bonne idée.

Faire le deuil d'une relation qui n'a jamais existé n'a pas été facile, mais j'ai envie de le revoir quand même. Le revoir en personne, pas à la télé, ni sur des photos de merde sur Internet, ni à travers un pare-brise. Et lui poser la question qui me taraude depuis près de quatorze ans : *Croyais-tu vraiment ce que tu disais ?*

Sully se lève et retourne dans sa chambre.

— Je ne savais même pas que tu lui parlais encore, dis-je un peu fort dans son dos.

— Du calme. Ce n'est pas le cas.

Elle émerge de l'embrasure en jeans et en soutien-gorge, exposant son corps avec le même sans-gêne qu'autrefois.

— Je te l'ai dit. C'est lui qui m'a contactée.

— Je sais. Mais ça n'a aucun sens.

Pourquoi ne m'a-t-il pas contactée, moi ?

— Tu n'es pas jalouse, au moins ? murmure-t-elle.

Elle me tourne le dos. J'ai envie de lui demander comment Kevin a déniché son adresse électronique, mais je sais qu'elle me mentira.

— Si tu veux m'accompagner, habille-toi.

Nous finissons toutes les deux en jeans foncés et haut gris chiné, comme si nous avions fait exprès. Comme une version adulte de la soirée des jumeaux. Si je croyais aux signes, celui-là serait le pire.

La voiture de Sully est une Toyota Echo noire, pas très neuve, plus discrète que j'aurais imaginé de sa part. À l'université, nous rêvions de faire de grands voyages ensemble. Les pieds au-dessus de la boîte à gants, Slipknot à la radio, cap sur l'océan.

— Je ne sais pas si c'est pareil pour toi, dit-elle alors que nous sortons du parking, mais me retrouver ici, ça me met vraiment à l'envers. Peut-être parce que personne n'a l'air d'avoir changé, juste vieilli.

— Ouais. Et elles continuent de nous détester. De me détester, en tout cas.

— Toutes des idiotes, décrète Sully.

— Je pensais que toi aussi, tu me détestais.

Ma voix laisse paraître une vraie blessure, pathétique.

— Non, bien sûr que non. Tu le sais bien. Mais rien n'était simple, pendant un temps. Je ne pouvais plus vraiment être moi-même.

Je hoche la tête, sans que cela annule le gouffre de solitude qui m'avait engloutie quand nous nous étions éloignées l'une de l'autre. Comme nous nous étions mises à passer tout notre temps ensemble, je n'avais pas besoin de l'affection des autres filles. Sully les avait littéralement dépecées, un vautour devant des carcasses fraîches. Je ne voyais plus que leurs défauts et leurs insécurités ; pourquoi chercher leur approbation ?

Après Sully, personne n'a voulu de moi. Quand un blog a été consacré aux dénonciations anonymes pendant ma troisième année à Wesleyan, je savais que mon nom y figurerait. Que les gens diraient des choses terribles sur moi. Et pourtant, j'ai tout lu. « J'ai vu AW sortir de Butts en courant ce soir-là habillée comme une pute ; c'est elle qui a fait le coup. Elle détestait Flora. »

Il y avait toute une série de commentaires sur Sully, aussi. Par exemple : « Non seulement cette salope est folle à lier, mais c'est une sociopathe capable de tuer ! Voilà, c'est dit. »

— Es-tu restée en contact avec les filles après l'université ?

Je ne sais pas pourquoi je lui demande ça, mais j'ai soudain l'impression que c'est capital.

— Non, répond-elle sans expression. Jamais de la vie !

Je repense à celles que j'apercevais avec Sully sur le campus, celles que j'avais remplacées, et celles qui avaient pris le relais. À Wesleyan, Sully coupait facilement les ponts avec les filles qu'elle prétendait aimer, après les avoir fait souffrir. Moi aussi, je n'avais été qu'un bout de fil qui dépassait.

— Toutes les mêmes, remarqué-je en toussotant. Elles font leur cinéma. Elles seront à la cérémonie cet après-midi avec leurs larmes de crocodile. Et pourtant, elles se fichaient pas mal de Flora.

— C'est bien vrai, raille Sully, toujours plus détendue quand elle parle dans le dos des autres. Mais tu sais, la mort transforme tout le monde en meilleures amies. Tu as bien du courage d'avoir traîné ton joli petit mari ici. Je me suis toujours demandé si tu allais trouver quelqu'un.

En temps normal, entendre Adrian qualifié de « joli petit mari » m'offusquerait, mais je ne pense pas qu'il soit le vrai sujet de sa phrase. C'est de moi qu'elle parle : elle constate que je me suis rangée. Je suis déchirée entre l'envie de défendre Adrian et l'envie de donner raison à Sully.

— Tiens Lauren à l'œil, continue-t-elle. Il y a quelque chose dans la façon dont elle te regarde. Et dont elle regarde Adrian.

— Je n'ai pas du tout confiance en elle. Elle était là, à la soirée des jumeaux. C'est elle qui a dit aux policiers qu'elle nous avait entendues parler de Flora, et qu'on cherchait un garçon ce soir-là.

— Lauren est la pire de toutes, ajoute Sully. Tout ce qu'elle veut, c'est remuer la merde. Je ne crois pas à un seul mot sortant de sa bouche. Elle se croyait rusée, à nous dresser les unes contre les autres, dit-elle encore en se tournant vers moi. Je me demande si elle a quelque chose à voir avec ce qui se passe, mais elle est trop idiote pour avoir imaginé un truc comme ça.

Un truc comme quoi ? ai-je envie de demander, mais nous voilà chez Friendly's, et tout d'un coup, j'ai une trouille pas possible. J'ai mille questions pour Kevin, des questions que je ne croyais jamais avoir l'occasion de lui poser. Comme un examen pour lequel je n'aurais pas étudié. *Est-ce que tu pensais vraiment ce que tu disais de moi ? Et d'elle ?* Les promesses de Kevin ont changé ma vie, mais je ne sais pas à quel point il était sincère.

Il est assis dans un box, une casquette rouge enfoncée sur le crâne, les cheveux aplatis sur les bords. Il porte un sweat à capuche, pas celui de Dartmouth. Il n'a jamais fini ses études là-bas. Peut-être qu'il n'a jamais obtenu de diplôme tout court. Tout comme Sully, qui a disparu sans laisser de traces après l'université, il s'est évaporé.

Sully et moi nous glissons dans la banquette en face de lui.

— Pas besoin de faire les présentations. Tu te rappelles Ambrosia, bien sûr. On est servis, côté retrouvailles, non ?

Il lève les yeux, et j'oublie instantanément les salutations banales que j'avais préparées. Ces yeux, cette bouche, toujours les mêmes. Je n'avais pas remarqué la pilosité de ses joues et de son menton à travers le pare-brise. Il est sans doute obligé de se raser tous les jours. Adrian, lui, n'arrive pas à se faire pousser la barbe. Kevin est beau, il a un air tragique, une blessure ancrée dans le visage.

— Salut, fait-il. Amb. T'as l'air bien.

Après tout cela, « t'as l'air bien » ? Un déclassement par rapport à « belle ». Je retourne ses paroles dans ma tête. Sans doute qu'il dit la même chose à tout le monde, des mots appropriés pour quelqu'un qu'on n'a pas revu depuis plus de dix ans, même s'ils ne sont pas véridiques. Des mots appropriés pour la dernière personne avec qui il avait couché avant que sa vie s'effondre. Toujours le mot juste, ce Kevin !

— Toi aussi, finis-je par articuler.

Je n'arrive pas à décider si c'est vrai. A-t-il jamais eu « l'air bien » ? Peut-être quand il appartenait à Flora, ce qui le cataloguait comme quelqu'un de bien.

— OK, on a tous l'air bien. Maintenant, on entre dans le vif du sujet, nous interrompt Sully. On est réunis ici parce qu'on a reçu tous les trois le même carton. Il faut découvrir qui l'a envoyé, et ce que veut cette personne. Amb a trouvé un téléphone hier soir dans les toilettes, avec notre photo sur l'écran. Elle pense que c'est le vieux modèle de Flora.

La voix de Kevin est râpeuse.

— Comme je l'ai dit à Sully, ce n'est pas la première fois que je reçois un message comme celui-là. Ils viennent d'une seule et même personne. Je reconnais la calligraphie. Peu d'autres menaces étaient manuscrites, vu que la plupart des gens ont peur que je prévienne la police.

— Tu les as gardées ? demandé-je.

Il secoue la tête. Bien sûr qu'il ne les a pas gardées. Il n'a pas davantage gardé notre correspondance, j'en suis sûre.

— J'ai pensé que c'était peut-être Felty, suggéré-je. Il m'a interrogée, il nous a tous interrogés. Il nous soupçonnait d'avoir eu quelque chose à voir avec ça.

— On a bel et bien eu quelque chose à voir avec ça, non ? murmure Kevin. Toi et moi.

« Toi et moi. » Mes jambes s'agitent sous la table. Le temps a passé, mais je ne suis pas moins pathétique. Je colle toujours comme du film alimentaire si on me manifeste la moindre attention.

— Felty a interrogé toutes les filles de notre étage, rappelle Sully. Certaines ont menti honteusement. Comme Ella

Walden. Elle a laissé entendre que Flora était sa meilleure amie. Et cette salope de Lauren, Amb et moi parlions justement d'elle en venant ici. C'était ma coloc, et ce soir-là, elle nous suivait comme un petit chien.

— Flora ne m'avait jamais parlé d'Ella, marmonne Kevin. Ni de Lauren. Elle n'en avait que pour Amb.

« Que pour Amb. » La voilà qui revient, cette culpabilité, ce même sentiment que j'écarte si facilement la plupart du temps. C'est-à-dire quand j'arrive à me convaincre que nous n'étions pas amies. Ce que Flora m'avait raconté, sa vie, sa famille, ses ambitions, tout ça me semble flou à présent. Elle n'était pas innocente. Elle a fait ce qu'elle a fait. Et puis, il y a d'autres jours où il me semble entendre sa détresse, sentir ses larmes sur ma peau.

— Je suis surprise qu'elle n'ait pas parlé de moi, intervient Sully, de toute évidence agacée et peu habituée au rôle de personnage secondaire. Flora ne manquait pas de me juger, pourtant.

— Je ne sais pas comment la personne qui a envoyé ces cartons a pu retrouver mon adresse, me demandé-je à voix haute. J'ai déménagé. Les magazines destinés aux diplômés sont envoyés à l'adresse de mes parents, mais le message est arrivé directement à mon appartement.

— Qui que ce soit, ajoute Sully, je suis certaine que cette personne est ici, ce week-end. Cela fait donc une palanquée de suspects. Qui a quelque chose à gagner à nous voir réunis ?

— Je ne sais pas, dit Kevin en se frottant le front, retirant sa casquette assez longtemps pour que j'aperçoive quelques cheveux grisonnants. J'ai une autre théorie. Je pense que la personne qui a écrit ces notes est celle qui a assassiné Flora.

Mon corps se raidit. À côté de moi, Sully lâche un rire bref.

— Tu ne penses pas ce que tu dis.

— Mais si ! Je suis venu ici pour ça. Pas parce que je me sentais menacé par le carton. Non, parce que j'ai besoin de savoir. Je lui dois bien ça.

J'ai toujours refusé de croire que Kevin avait aimé Flora. Mais ce que j'entends là est plus grand que l'amour. C'est un sentiment de culpabilité, un sentiment auquel je tourne toujours le dos. Si Kevin se croit investi du devoir de venger la mémoire de Flora, il pourrait aller très loin.

— OK, écarte ta petite théorie un instant, fait Sully en frappant sur la table avec la salière. On est tous venus pour la même raison : découvrir qui nous en veut. Et tourner la page.

La seule chose que nous avions en commun à l'époque, c'était Flora. Et ça n'a pas changé.

— Oui, mais on ne sait pas quand ils vont se manifester, exactement, se demande Kevin. Et comment savoir ce qu'ils vont faire ? Et surtout, comment les prendre sur le fait ?

— À la cérémonie, cet après-midi, suggère Sully. La personne qui a envoyé les cartons veut nous y voir réunis. C'est là que ça se va se passer, peu importe ce qui se trame.

— Peut-être, convient Kevin. Mais je ne sais pas ce qui m'attend, moi.

Une serveuse finit par venir prendre nos commandes.

— Nous n'en avons plus pour longtemps, lui dit Kevin.

Son sourire renaît de ses cendres, phénix d'un blanc éclatant. Je ressens alors cette pointe de jalousie si familière, car Kevin sait comment faire croire à n'importe quelle fille qu'elle est le centre de son univers.

Sully consulte son téléphone.

— La cérémonie commence bientôt. Je suis certaine qu'on recevra un message de rappel sous peu.

— Vous devriez vous serrer les coudes, toutes les deux, nous recommande Kevin. Essayez de voir qui se trouve toujours dans les parages, qui pose des questions. Qui vous observe.

Sully renifle d'un coup.

— Tout le monde nous observe. Rien n'a changé.

— Je suis sérieux, Sully. Je reste dans le coin, mais je ne peux pas me montrer sur le campus. Ça ne va pas m'empêcher d'observer ce qui se passe. Je ne rentrerai pas chez moi avant d'avoir compris qui est derrière tout ça.

« Qui est derrière tout ça. » Qui a envoyé les cartons, ou qui a assassiné Flora ? Parce qu'il refuse de croire que ce pourrait être moi.

— Moi non plus, dis-je en serrant les mâchoires. Il faut assister à la cérémonie.

— Ne faites confiance à personne, ajoute Kevin, la paranoïa déformant ses traits. Vous ne savez pas ce dont est capable cette personne, elle est peut-être responsable de...

Je le regarde dans les yeux et j'ai l'impression qu'il me supplie de le croire. Jusqu'ici, j'ai toujours craint de le revoir, au cas où il lirait la vérité sur mon visage. Mais tout ce qu'il veut, c'est que je lise la vérité sur le sien.

— Vous ne comprenez pas. J'ai essayé de convaincre les policiers et les détectives. Qu'il y avait anguille sous roche. Sauf que pour eux, c'était moi, le coupable. Ça leur suffisait. Pour eux, j'étais le seul qui en aurait été capable.

Le visage de Sully est tendu et elle tape du pied impatiemment, comme si elle voulait partir sans délai.

— On va découvrir qui a envoyé ces cartons. Amb et moi… on ne va pas les laisser s'en sortir comme ça.

Avant que Sully nous entraîne vers sa voiture, je tends la main et la pose sur l'épaule de Kevin. Il ne réagit pas, ni pour se raidir ni pour accueillir mon geste. Qu'est-ce que j'attendais de lui, une validation ? Sous mes doigts, ce n'est que du tissu.

— As-tu entendu ça? s'exclame Sully pendant que nous traversons le stationnement. Kevin pense vraiment que quelqu'un... je n'en reviens pas, je n'aurais jamais cru qu'il était conspirationniste.

— Et s'il avait raison ? dis-je avec un filet de voix. On ne sait pas ce qui s'est réellement passé.

J'omets de dire que, si terrifiante que soit l'histoire de Kevin, si elle s'avérait, elle me disculperait. *Moi.*

— On était là, répond-elle d'un ton brusque. On sait mieux que personne ce qui s'est passé.

Une fois dans sa voiture, elle enfonce le bouton de volume de la radio de la paume de la main. Sans doute a-t-elle raison, mieux vaut nous taire que de tirer sur la corde de nos souvenirs.

— Qu'est-ce qu'on fait, maintenant ? demandé-je lorsque nous arrivons sur le campus.

— On se sépare, suggère Sully en faisant claquer la portière. Tout le monde est à leur fichue course. C'est le moment idéal pour fouiller un peu. Je vais essayer de m'introduire dans les chambres d'Ella et de Lauren pour voir si je trouve quelque chose.

— OK, répliqué-je. Ça m'étonnerait qu'elles n'aient pas verrouillé leur porte. Je viens avec toi. Kevin nous a recommandé de nous serrer les coudes.

Elle hausse les sourcils.

— Sérieusement ? Tu ne vas pas l'écouter, tout de même. Il reste peu de temps avant la cérémonie. On doit se séparer pour couvrir plus de terrain. Retrouve Felty et garde un œil sur lui.

Elle s'éloigne, les mains dans les poches, une tension inhabituelle raidissant sa démarche toujours si décontractée.

Je pars à reculons dans la direction opposée, sans aucune intention de chercher Felty. Sur Andrus Field, on monte des tentes en prévision du dîner et j'évite Olin en prenant sur High, où le siège de Beta se dresse derrière des haies immaculées, ses fenêtres brillant au soleil. C'est sur son toit que Sully et moi nous asseyions, jambes pendantes et têtes penchées vers le vide, nos rires balayant l'air.

Soudain, je n'arrive plus à respirer. Je dois quitter le campus, quitter le purgatoire des souvenirs qui remontent tous à la même source : Sloane Sullivan.

Je marche jusqu'au Rite Aid, où j'achète une bouteille d'eau, un magazine et, à la dernière minute, un test Première Réponse que je fourre dans mon sac sans échanger un regard avec le caissier. Autrefois, dans les toilettes de la résidence, j'avais fait le même test de grossesse, la peur au ventre, le cœur battant la chamade, les aisselles moites. Étaient venus ensuite le soulagement, la promesse de faire plus attention la prochaine fois, d'obliger les garçons à porter une capote même si je prenais la pilule. Aujourd'hui, je ne crois pas que je sois enceinte ; mes nausées sont simplement dues au stress de me retrouver ici. Mais je me sentirai mieux quand j'en aurai la certitude.

Lauren court à ma rencontre quand je remonte Foss Hill vers Nics. L'activité de l'après-midi doit être terminée.

— Comment ça va ? couine-t-elle. Adrian nous a dit que tu faisais la sieste. Ça rappelle l'époque où on devait rester couchées pour combattre notre gueule de bois.

— Ça va, ça va.

Je ne lui donne rien de plus. J'aimerais bien savoir ce qu'elle a dit à Adrian pendant la course. Ses commentaires mordants sont toujours calculés pour empoisonner leurs victimes innocentes.

— Tant mieux. Tu sais, je disais à Gemma que j'avais l'impression que rien n'avait changé. Sloane et toi passez toujours tout votre temps ensemble.

À l'époque, elle insistait pour appeler Sully « Sloane », même si personne d'autre ne le faisait.

— Je ne sais pas, répliqué-je. J'ai l'impression que les choses sont différentes aujourd'hui.

— On était nombreuses à penser que Sloane avait quelque chose à voir avec ça, remarque-t-elle avant de s'interrompre pour prendre une gorgée d'eau dans sa bouteille rose. Qu'elle était rentrée dans la tête de Flora. Tu sais, ce n'est qu'à la remise des diplômes, quatre ans plus tard, que je me suis rendu compte que Sloane avait couché avec mon copain de l'époque en première année. Tu te rappelles Charlie, avec qui j'avais commencé à sortir après Thanksgiving ? ajoute-t-elle en repoussant sa frange trempée de sueur de son visage. Je vous en avais parlé. À la fête de Psi U.

— Peut-être qu'elle ne savait pas que tu sortais avec lui.

J'en ai marre de Lauren. C'est le genre de femmes qui insistent pour dire qu'on doit donner du pouvoir aux autres femmes, avant de tout faire pour les éplucher comme des fruits et les dépecer comme des morceaux de viande.

— Elle le savait. Elle l'a fait exprès. Elle s'est jetée sur lui pendant une fête dans une des résidences externes. Clara et Dora ont tout vu. Ils sont montés ensemble dans une chambre.

— Et alors ? C'est lui qui te trompait.

En disant cela, c'est comme si j'avais à nouveau dix-sept ans et que je venais de me faire trahir, l'image de Matt avec Jessica French omniprésente dans ma tête, peu importent les efforts déployés pour l'en exorciser. J'ai encore à la bouche l'amertume de les avoir vus ensemble au bal de promo, un bal où il m'avait promis tant et tant de m'amener, moi.

Pas question de m'apitoyer sur le sort de Lauren, pourtant. Le souvenir des rumeurs qu'elle avait répandues, et de ce qu'elle avait écrit sur mon compte sur le site de dénonciations anonymes, est encore vif. Dès qu'elle me lâchera, elle ira voir les autres et me traitera de salope. Rien n'a changé.

— Avant de la défendre, écoute-moi un peu. Tu sais que je suis allée à Spence, comme elle. Il y avait cette fille, Evie, sa meilleure amie.

— Ouais, je sais. Et alors ?

Je n'ai pas envie d'entendre le nom de cette fille, pas après tout ce temps. Sully est probablement retournée vers elle quand elle a constaté que je ne tenais pas le rythme.

Lauren plisse le front.

— J'ai l'impression qu'elle ne t'a pas tout dit. Pendant la dernière année de nos études secondaires, il y a eu une fête, où Evie avait trop bu. À un moment donné, une bande de filles se sont mises à hurler : elles avaient retrouvé Evie effondrée dans les toilettes. Apparemment, elle avait fait une overdose à l'oxycodone. Elle est tombée dans le coma, en état de mort cérébrale. Quelques semaines plus tard, ses parents l'ont débranchée.

Ce n'est pas vrai ! J'ouvre la bouche pour rabrouer Lauren. Evie était vivante, Sully parlait tout le temps d'elle ! Et moi, je me comparais à elle...

Est-ce que je me mesurais à un fantôme ?

Avec un petit sourire suffisant, Lauren attend que j'encaisse le choc. Je ne lui ferai pas le plaisir de montrer ma surprise.

— C'est vraiment triste.

— Ouais, vraiment, fait-elle avant d'observer un petit silence dramatique. Evie ne se droguait même pas, au pire elle fumait un peu d'herbe une fois de temps en temps. La veille de la fête, Sloane avait couché avec le petit ami d'Evie. C'est une habitude, chez elle. Pour Kevin, bien des gens t'ont pointée du doigt, mais certaines d'entre nous pensent que c'était Sloane pendant tout ce temps.

Je me rappelle les commentaires en ligne avec le mot-clef « SS ». « Non seulement cette salope est folle à lier, mais c'est une sociopathe capable de tuer ! Voilà, c'est dit. »

Je croyais que l'auteure de ces lignes était tout simplement jalouse. Je n'ai jamais cru qu'elle pouvait avoir raison.

— J'avais essayé de t'avertir, à l'époque, reprend-elle. Mais tu ne voulais rien entendre.

— Je le savais déjà, dis-je en luttant contre le doute qui transparaît dans ma voix. On a toutes fait des choses dont on n'est pas fières.

J'ai envie de continuer à défendre Sully, mais mon esprit s'enfonce dans un tourbillon d'idées noires, à commencer par ce jour où elle m'avait raconté l'histoire d'une fille qui avait fait une overdose lors d'une fête à Spence... C'était sa version des événements.

— Personne n'est parfait, reprend Lauren. Mais chez elle, ce comportement est récurrent. Les filles et moi, on a remarqué comment elle regarde ton mari. Méfie-toi un peu, OK ?

C'est presque une menace, malgré la sollicitude. Elle ne se soucie pas vraiment de moi, ni aujourd'hui ni à l'époque. Elle aime voir se jouer des drames, trouver la fissure entre deux personnes. Elle s'était réjouie quand Sully et moi avions pris nos distances. Elle essaie de faire la même chose aujourd'hui : semer la division entre nous.

Mais je ne la laisserai pas faire. Sully n'a rien fait à Evie. Ce n'est pas elle qui aurait pu la pousser à prendre une si forte dose. Je connais le style de persuasion de Sully mieux que quiconque. Elle peut mettre des idées dans la tête de quelqu'un, mais c'est à cette personne d'y donner suite.

Comme je l'ai fait, moi.

— On se voit à la cérémonie, d'accord ? Tu viendras au dîner, aussi ? On devrait toutes s'asseoir à la même table. Comme au bon vieux temps.

Lauren a repris son ton badin.

— Peut-être.

Sauf qu'au bon vieux temps, elle se serait assurée que je sache où était ma place : tout au bout de la table.

Elle a le culot de m'envoyer un baiser de la main alors que nous passons la porte de Nics, et je décide brusquement de soulever la question, même si je ne devrais pas.

— Pourquoi fais-tu semblant de m'apprécier ? Tu as arrêté de me parler en première année. Et tu m'as traitée d'ordure démoniaque. Sur le site de dénonciations anonymes.

Lauren suspend son pas devant l'escalier, sans se retourner.

— Je n'ai jamais rien écrit sur toi. Une autre, peut-être ? Pas mal de filles étaient en colère contre toi, après. Et c'est toi qui as arrêté de me parler.

Ce n'est pas du tout ce qui s'est passé. Lauren n'avait pas été la seule à se retourner contre moi, mais elle avait l'ascendant social lui permettant de répandre des rumeurs comme une maladie.

— Sloane traite les gens comme des jouets, Amb. Depuis toujours. Elle ne sait pas faire autrement. Quand tu es dans son cercle rapproché, c'est là qu'elle s'amuse le plus avec toi. Je pense qu'elle n'est même pas capable de se sentir coupable. Il n'est pas impossible que ce soit elle-même qui ait lancé ces rumeurs sur Kevin et toi. Elle en aurait bien été capable.

Lauren s'engage d'un pas lourd dans l'escalier et je m'accroupis, adossée contre une rangée de boîtes postales. Billie et moi avions l'habitude de nous envoyer les cartes postales les plus laides que nous réussissions à dénicher. Ma grand-mère, elle, m'écrivait pour me demander comment c'était, l'université. Je lui répondais par tout un tas de mensonges, prétendant que je m'intéressais à mes cours, que le temps était splendide, et bien sûr, que je me faisais des amies. « Les filles sont toutes tellement gentilles, ici. »

Je ne sais plus ce qui est vrai. Si Sully a volé le petit ami d'Evie. Si elle a joué un rôle dans sa mort. Et si c'est le cas, de quoi d'autre est-elle capable ?

26

IL Y A QUATORZE ANS

Kevin m'avait vue, j'en étais sûre, mais il m'a tout d'abord ignorée. Cela m'a blessée comme une baffe en pleine figure. Sans doute fallait-il qu'il s'occupe de Flora avant tout. On aurait dit qu'il avait peur de venir à ma rencontre. Plus Flora le repoussait, plus il la regardait comme un père inquiet, et plus il se rapprochait physiquement de Sully et moi. Il a fini par se retrouver devant nous, les poings serrés, ne sachant que faire.

— Elle refuse de me parler, a-t-il crié par-dessus la musique.

Nous avons rejoint un coin où nous pouvions discuter plus à notre aise.

— Elle m'a supplié de venir, et ensuite, elle a éclaté en sanglots.

Sa chemise était boutonnée n'importe comment, comme s'il l'avait enfilée à la hâte.

— Ça ne ressemble pas à Flora. Elle est en crise.

— On a essayé de l'aider, a expliqué Sully en plaçant la main sur l'avant-bras de Kevin. Elle est tellement stressée qu'elle fait n'importe quoi, et elle se fait du mal. Je lui ai recommandé d'aller voir la conseillère d'orientation, mais elle a refusé.

Ce mensonge m'aurait étonnée si je ne savais pas Sully capable de bien pire. Je n'aimais pas qu'elle dépeigne Flora en victime. Nous devions en faire le monstre de l'histoire.

Kevin avait l'air terrifié, ce qui était déconcertant, et voilà que ce sentiment de culpabilité me remontait à la gorge comme une brûlure d'estomac.

— Je ne sais plus quoi faire. Je suis venu parce que...

Il n'a pas fini sa phrase. Je l'ai fait pour lui, dans ma tête : *Je suis venu parce que je voulais rompre en personne.*

Quand Kevin est retourné dans la grande salle, sans doute pour garder un œil sur Flora, nous l'avons suivi. Où aller, sinon ? En tout cas, moi, je n'avais rien de mieux à faire. Sully aurait pu se mêler à la foule pour trouver un nouveau partenaire, un Buddy de plus. Mais cela ne lui suffisait plus. Nous étions à l'assaut de la forteresse, et c'est Sully qui menait la charge.

Flora dansait toujours. Sous la lumière crue, elle avait la peau luisante et anormalement blafarde. Elle bousculait les autres danseurs, qui s'éloignaient d'elle comme s'ils craignaient une combustion spontanée. Kevin a tenté une ou deux fois de la rejoindre et de la tirer de la piste de danse, mais elle l'a repoussé comme si sa main était brûlante. La troisième fois, elle a hurlé et s'est dégagée de son emprise, ce qui a incité un grand sportif en maillot de corps à se placer devant Kevin et à lui frapper la poitrine, comme pour dire : « Qu'est-ce qui se passe ici ? »

— Quel désastre ! ai-je commenté.

Nous avions l'air de spectatrices, alors que j'étais la metteure en scène.

— C'est bien ce que tu voulais, non ? m'a demandé Sully. Bon sang que j'ai hâte qu'il rompe et que ce stupide drame soit enfin terminé.

Ce n'était pas tant ses paroles que son ton. Comme si, ce stupide drame terminé, elle chercherait quelque chose d'autre pour se divertir. Ou quelqu'un d'autre.

Flora a repoussé une mèche de cheveux derrière son oreille. J'étais assez proche pour m'apercevoir que ses ongles n'étaient pas vernis, mais totalement nus et rongés en petites dents de scie rougeâtres. Ce détail a failli me faire reculer. Mais je n'ai pas flanché. Pour devenir l'héroïne de l'histoire, je devais détrôner la reine.

Flora s'est soudain frayé un passage hors de la salle, s'éclipsant comme un animal sauvage. Sully et moi l'avons suivie sans échanger un mot.

Nous l'avons retrouvée dans les toilettes à l'étage ; penchée au-dessus du lavabo, elle crachait quelque chose de rouge. *Du sang.* Ou de la vodka aux canneberges.

— Ça va, Flora ? lui ai-je demandé.

Elle nous a fixées, ou peut-être son regard m'a-t-il paru fixe parce que ses yeux n'étaient plus qu'une mince fente, tant les larmes ou le manque de sommeil, ou les deux, lui avaient boursouflé le visage.

— Pourquoi as-tu fait ça, Amb ? Tu lui as raconté que je le trompais. Il a mentionné Hunter, le nom du gars que tu as ramené dans notre chambre. Kevin refuse de me croire. Et puis, toutes les deux, vous m'avez entraînée le soir d'Halloween et maintenant... tout est foutu.

— Tu sais bien que ce n'est pas vrai, l'a interrompue Sully d'un ton calme et posé, celui d'un parent calmant les accès d'émotion de son bambin. C'est l'alcool qui t'obscurcit les idées.

— Va te faire foutre ! a craché Flora.

Que de telles paroles sortent de la bouche de cette fille m'a semblé totalement surréaliste. Flora s'est tournée vers moi, m'a saisi les mains, et j'ai pensé à la première manucure qu'elle m'avait faite, et à quel point ses gestes étaient doux et précis. Son regard s'est accroché au mien.

— Amb, tu es ma meilleure amie. Dis-moi que tu n'as pas fait ça.

J'avais l'impression d'être clouée au sol. Sully et moi avions réussi à briser une fille, à la fracasser en mille morceaux. Il était facile pour Sully d'imaginer notre petite intrigue comme une fiction, avec un personnage en son centre, et non une personne réelle. Pour elle, Flora ne comptait pas. Moi, par contre, je comptais pour Flora, et peut-être que je ne compterais jamais pour Sully. Un vent de panique a monté en moi si rapidement et violemment que j'ai senti ma tête tourner.

— C'est dur à entendre, lui a accordé Sully d'une voix encore plus calme, comme si, à mesure que Flora se mettait en colère, Sully s'apaisait en retour. En réalité, ton petit copain est comme tous les garçons. Ils cherchent tous, toujours, quelque chose de mieux. Il est amoureux d'une autre.

Sully a croisé ses bras sur sa poitrine, son soutien-gorge noir apparent sous son haut translucide.

— Entre-temps, toi, tu en as eu marre et tu as baisé avec un parfait inconnu. Je ne te le reproche pas. Il faut juste que tu assumes ton choix.

La bouche de Flora s'est ouverte et refermée en successions rapides. Ça me faisait chier que Sully aille si loin sans m'avoir consultée d'abord.

— Sully... ai-je commencé, mais Flora m'a interrompue avant que j'aie eu le temps de décider si je devais me défendre ou renchérir sur notre mensonge.

— Je n'ai pas baisé avec un parfait inconnu. Je ne voulais pas... Je n'ai jamais dit... Il a juste...

Flora n'a jamais terminé sa phrase. Elle ne savait pas comment, ou elle ne voulait pas que des mots rendent tout ça réel ; son cerveau la protégeait de la vérité. Je savais exactement ce qu'elle essayait de dire, et j'étais convaincue que Sully le savait aussi, même si Sully ne s'était pas trouvée dans la même pièce, cette nuit-là, capable d'intervenir, et s'y refusant.

— Flora, honnêtement... Si tu te cherches des excuses, tu peux aussi bien tout raconter à Kevin. Vous pouvez rompre, tout simplement. Après, Amb et moi, on va te trouver un autre type avec qui t'envoyer en l'air ce soir. Il y en a des tonnes qui coucheraient volontiers avec toi. Tu te sentiras mieux, je te jure. Libérée.

Flora était déjà à terre. Sully lui avait décoché tant de flèches, elle avait percé tant de trous dans sa parfaite existence que Flora n'était plus une fille ; c'était une plaie béante. Il lui serait impossible de s'en remettre. Mais ce qu'elle a dit ensuite m'a sidérée.

— On peut s'en sortir. Si Kevin comprend ce qui est arrivé...

Elle s'est raccrochée à moi, les larmes aux yeux, comme si elle cherchait mon approbation.

— Amb, s'il te plaît, tu sais ce qui s'est passé, toi. Tu pourrais le lui expliquer. Tu n'es pas comme ça.

Je me sentais écartelée entre deux paires d'yeux, deux filles aux attentes opposées. Un haut-le-cœur m'a saisie. Je ne m'attendais pas à ce que resurgisse ce sentiment de culpabilité, comme si c'était ma dernière chance. Mais il était trop tard pour reculer. J'avais fait mon choix. Les dégâts étaient irrémédiables. Si je défendais Flora, Sully me laisserait tomber. Il lui était facile de jeter les gens, comme autant de poupées qui ne l'amusaient plus. Je ne voulais pas être l'une de ces poupées. Je voulais être celle qui les jetait avec elle.

Et il y avait autre chose. Flora rampait par terre, dépossédée de toute sa pureté angélique. Je tenais ma vengeance, pas contre elle en particulier, mais contre l'univers qui donnait tout à certaines filles, et rien aux autres.

J'ai sorti mon téléphone de mon sac et retrouvé la photo de Flora en train d'embrasser le pilote, le soir d'Halloween. Je la lui ai tendue, ne la laissant pas y toucher quand elle a avancé les doigts, de crainte qu'elle envoie valser l'appareil pour détruire la preuve.

Son visage a pâli, comme si quelqu'un lui avait tranché une artère. Flora ne pouvait plus se battre. Ma respiration s'accélérait. J'avais l'impression que j'allais m'évanouir.

— Comment as-tu pu prendre cette photo ? a-t-elle dit dans un souffle, avec ses gros yeux de Disney, ceux de la maman de Bambi avant le coup de fusil. Je te faisais confiance.

— Moi aussi, je te faisais confiance, ai-je répliqué avec un filet de voix inégal. Mais ce que tu as fait est indécent. Mon ex m'a trompée, je sais ce que ça fait. Je ne pense pas que tu sois du genre à pouvoir vivre avec ça sur la conscience. C'est à toi de tout avouer à Kevin.

Ses larmes ont commencé à couler, rapides, furieuses. Elle s'est frotté les yeux, se barbouillant le visage de ce qui lui restait de maquillage. Elle a marmonné quelque chose, des paroles que j'aurais préféré ne pas entendre.

— J'ai envie de mourir.

Sully m'a attrapé le bras.

— Allez, viens. On s'en va.

Et nous sommes parties. Nous avons laissé ce qu'il restait de Flora affalée au-dessus du lavabo, sans regarder le spectre qui se reflétait dans le miroir.

Kevin était toujours en bas, à côté de la piste de danse. Cette fois, il tenait un verre à la main.

— Qu'est-ce qui se passe ? Où est-elle ?

Je n'arrivais pas à savoir s'il était irrité ou inquiet. Difficile de décoder ses expressions faciales. Je ne connaissais que la version écrite de ce garçon.

— Elle est en haut, a répondu Sully. Elle joue à la connasse qui a trop bu.

Sully a fait une pause délibérée, comme si elle songeait aux ingrédients qu'elle devait ajouter à sa recette.

— Elle fait souvent ça. Elle a des remords, et ensuite, elle vomit partout.

J'ai hoché la tête comme une automate. C'était dans la poche, nous avions gagné. Mais Sully continuait à porter des coups. Comme dans ces scènes de film où un combattant est à terre, inconscient, mais que l'adversaire le roue toujours de coups de pied.

— Amb, va donc nous chercher un autre verre, a suggéré Sully en frôlant le bras de Kevin. On en a vraiment besoin.

Soudain, ce n'était plus nous contre Flora. Je me sentais expulsée de la table des adultes, renvoyée au coin des enfants. J'ai obéi malgré tout, tout en leur jetant des coups d'œil en chemin vers le fût de bière. Sully s'est penchée vers Kevin pour lui dire quelque chose, et mes mâchoires se sont raidies. Elle hochait la tête d'un air sympathique, avec un visage qui semblait sincèrement inquiet, comme si nous ne venions pas tout juste de comploter pour mettre fin à sa relation avec Flora.

J'ai pensé à quelque chose. *Pour elle, c'est un jeu. Tout est un jeu. L'école, les garçons, les autres filles. Peut-être même moi.* Sully prétendait se foutre carrément des règles. Mais en vérité, elle les comprenait très vite, comme d'autres apprennent rapidement une langue étrangère. Elle connaissait déjà toutes les règles et s'amusait à les réécrire.

Quelques minutes plus tard, Sully apparaissait à mes côtés dans la queue devant le tonneau de bière, glissant ses doigts le long de ma colonne, sous mon haut. Son territoire s'étendait à toute ma personne. J'ai poussé un soupir. Le pire était passé.

Mais ma tête a recommencé à tourner quand elle a tiré quelque chose de son sac. Un téléphone, pas le sien. Compact, noir.

— On va s'amuser un peu avec ça, a-t-elle suggéré.

— Il est à qui ?

Poser la question, c'était y répondre.

— Comment tu as fait ?

— Quand on s'approche assez d'un garçon, a-t-elle répondu, on peut lui prendre n'importe quoi.

Le souffle de Sully sur mon visage était étrangement suave malgré la bière.

— Qu'est-ce qu'on va en faire ?

Sully a haussé les épaules, comme si tout cela était spontané.

— Ce qu'il n'a pas les couilles de faire. On va briser leur couple.

27

AUJOURD'HUI

À : Ambrosia Wellington, a.wellington@wesleyan.edu
De : Comité des anciens étudiants de Wesleyan, reunion.classof 2007@gmail.com
Objet : Retrouvailles de la promotion 2007

Chère Ambrosia Wellington,
Joignez-vous à nous pour la plantation d'un arbre à la mémoire de Flora Banning, qui nous a quittés bien trop tôt. De l'avis général, son court séjour à Wesleyan a laissé une marque indélébile. Vous êtes cordialement invitée à vous joindre aux amies de Flora lors d'un rassemblement derrière Butterfield C pour parler de cette jeune femme dont le souvenir est toujours bien vivant dans nos cœurs.

Meilleures salutations,
Le comité des anciens étudiants

Mon dos est couvert de sueur et la robe d'été que je viens d'enfiler me colle aux cuisses. Mon test de grossesse a presque instantanément fait apparaître deux lignes, semblables à deux gros majeurs dressés pour me dire : *Va te faire foutre. Ouais, tu as pris la pilule, mais cela faisait longtemps que ton karma cherchait à te rattraper.*

Hélas, je sais que les tests de grossesse ne produisent jamais de faux positifs. J'ai appris cela quand Billie et Ryan ont abandonné les capotes et que le test s'est montré positif au premier essai. Pour Toni, les choses se sont passées autrement ; elle a eu du mal à tomber enceinte. Il leur a fallu, à Scott et à elle, six mois de suivi obsessionnel de son cycle. Si un jour je voulais des enfants, me disais-je, ce serait sûrement pareil pour moi. Mais voilà que je me retrouve dans l'unique centile de celles qui n'ont pas de chance.

Est-ce un signe ? Je l'ignore, mais je sais qu'il est absolument hors de question pour moi d'avoir des enfants. Regarder mon ventre grossir, mes seins enfler et se strier de veinules, mes pieds gonfler et déborder de mes chaussures, et m'en réjouir ? Jamais ! J'ai envie d'envoyer un message à Billie pour lui dire qu'elle avait raison, mais elle sera ravie que je rejoigne son équipe. Elle m'offrira ses vêtements de maternité, ses robes extensibles aux manches usées, ses leggings qu'elle repliait sous sa cage thoracique.

Je ne peux rien dire à Billie. C'est à Adrian que je dois parler. Il fondra en larmes et se mettra à genoux pour embrasser mon ventre. Je n'ai pas la tête à ça en ce moment. Pas avant de savoir qui nous a envoyé ces cartons et ce que cette personne attend de moi.

Je tire la chasse d'eau sur le pipi incriminant et je jette le test, avant de sortir de la cabine pour me laver les mains. Ce n'est qu'en levant les yeux du lavabo que j'aperçois le message sur le miroir, des lettres tracées soigneusement avec un rouge à lèvres à la teinte cireuse.

« Restez, vous lui devez bien ça. »

Je serre les poings, une terreur nouvelle me cloue sur place. Je n'ai entendu personne entrer, mais combien de temps suis-je restée là, les yeux rivés sur le test, priant pour que le résultat change ? Ou bien ce message m'attendait-il déjà quand je suis arrivée ?

Je dois convaincre Adrian de partir immédiatement, mais cette fois, en lui donnant une explication. Je ne lui avouerai pas tout, bien entendu. Mais je lui en dirai assez pour le pousser jusqu'à notre voiture de location et pour que Wesleyan s'éloigne rapidement et à tout jamais dans le rétroviseur.

Je traverse le couloir au pas de course jusqu'à notre chambre en cherchant les paroles qui sauront le convaincre. *C'est à propos de Flora Banning. Je ne t'ai jamais rien dit. Je lui ai fait un coup bas.* Comment réussirai-je à rendre tout ça digeste ? Mais quand j'ouvre la porte, leurs rires me parviennent, à l'unisson. Adrian et Sully. Ils sont assis sur notre lit, leurs têtes penchées au-dessus de quelque chose, les cheveux d'Adrian encore humides après la douche qu'il a prise en rentrant de la course.

— Qu'est-ce qui se passe ?

Je tire sur l'ourlet de ma robe.

Sully tourne la tête et me fait un clin d'œil.

— Je montre à Adrian de vieilles photos de nous.

Au tour d'Adrian de lever les yeux vers moi.

— Tu étais sexy, dis donc. J'aurais sûrement voulu sortir avec toi, mais je n'aurais peut-être pas osé t'inviter.

Sully a un petit album à la main, comme celui que Toni avait préparé pour mes parents à la naissance de Layla. Je regarde par-dessus l'épaule d'Adrian pour évaluer les dégâts.

— On dirait des sœurs, remarque Adrian.

Sully et moi dans nos costumes de princesses, les jambes plus longues que la robe. Flora n'y figure pas, car c'est elle qui avait pris cette photo. « Souriez, les filles », avait-elle dit, mais je détestais voir mes yeux se fendre quand je souriais.

J'attrape l'album et le feuillette. Flora est sur la plupart des autres photos, robe rose d'Aurore, sourire forcé. Ce soir-là, elle était tellement bouleversée. Elle n'aurait jamais dû nous accompagner.

— Elle était vraiment jolie, commente Adrian d'une voix douce.

— Où as-tu pris ces photos ? dis-je en refermant l'album d'un coup.

— Je les ai empruntées, répond Sully. Je n'ai pas eu le temps de les rendre. J'ai pensé que ce serait bien de les emmener à la cérémonie. Lauren a dit que certaines filles auraient des photos et d'autres souvenirs à partager.

Je lui jette un regard furieux.

— Non. C'est...

Je n'arrive pas à finir ma phrase en présence d'Adrian. *C'est malsain. C'est morbide.* C'est Sully.

Sully redresse la tête. Comme si elle savait que je devais parler à Adrian et s'efforçait de m'en empêcher. Ses lèvres se fendent d'un sourire. Des lèvres bien rouges. Ç'aurait été facile pour elle de tracer ce message sur le miroir.

Elle a des photos de l'époque. C'est peut-être elle aussi qui a laissé le téléphone dans les toilettes. Elle connaissait la sonnerie que Flora réservait à Kevin ; elle mettait un doigt sur sa tempe chaque fois qu'elle l'entendait.

— Justin voulait aller prendre un verre quelque part, mais je lui ai dit que nous allions à la cérémonie, dit Adrian. On y va, non ? Ce serait la moindre des choses. Pendant la course, Ella nous a suggéré de la retrouver là-bas.

Qu'est-ce qu'Ella a bien pu lui dire d'autre pendant la course ?

Le seul endroit où j'ai envie d'aller, c'est chez nous, à Astoria, avec au loin la silhouette indistincte de la ville, ses plats grecs à emporter, ses bars invitant des groupes fades à jouer pour l'apéro, et notre appartement, trop exigu. Mais quelqu'un veut m'empêcher de partir.

— Allons-y, sinon on sera en retard, dit Sully en se levant.

Le regard d'Adrian s'attarde un peu trop sur son corps. Elle enfile une veste en jeans avant de s'arrêter sur le pas de la porte :

— Alors, vous venez ?

Derrière la porte, nous tombons sur Ella, les sourcils haussés par la surprise. Elle a un carton à la main, épais, couleur crème. Un carton comme celui que Sully, Kevin et moi avons reçu.

— Ah, salut ! commence-t-elle. Je pensais que vous étiez sortis. Je voulais juste vous laisser cette invitation à un apéro dans ma chambre avant la soirée. On est plusieurs à vouloir partager nos histoires de Butts et porter un toast à Flora.

Je lui arrache le carton des mains. Les lettres ne sont ni sophistiquées ni travaillées à outrance, elles sont tracées d'un stylo noir ordinaire, comme les notes que l'on prend en cours. Je passe le carton à Sully.

— C'est gentil de ta part, réplique Adrian en remontant la fermeture éclair de sa veste. Moi, je suis partant.

Ella sourit. Elle est vraiment jolie, la preuve que la fin de l'adolescence n'est pas le plus bel âge pour tous. Ou peut-être a-t-elle toujours été jolie, mais que, concentrée sur ma volonté de me dissocier d'elle et de notre milieu banlieusard au point d'en avoir des œillères, je ne voyais rien. Aujourd'hui, je me demande pourquoi ça avait autant d'importance.

— Est-ce qu'il n'y a rien à préparer pour la cérémonie, la plantation de l'arbre, tout ça ? suggère Sully.

Ella ne bronche pas, mais ses yeux se plissent imperceptiblement.

— Je voulais juste vous inviter avant que tout le monde s'éparpille. Une idée de dernière minute. Quand est-ce qu'on sera toutes de nouveau réunies dans la même pièce, hein ?

Jamais ! ai-je envie de crier. *Plus jamais !* Mais je dis plutôt :

— C'est un peu démodé de distribuer des cartons d'invitation.

Voilà que je râle comme si j'avais dix-huit ans. Ce n'est pas le lieu qui fait ça, ce sont les gens. *Ces filles-là.*

Le sourire d'Ella demeure intact.

— Flora collait toujours des Post-it sur nos portes pour nous inviter à des soirées cinéma, vous vous rappelez ? Elle apprécierait ce que je suis en train de faire.

« Ce que je suis en train de faire. »

— Des soirées cinéma. Cool. On dirait que vous vous amusiez bien, à l'époque, s'enthousiasme Adrian.

— On ne rigolait pas tous les jours non plus, rétorque Ella. Demande à Ambrosia.

— Non, on ne rigolait pas tous les jours, coupe Sully en fourrant le carton dans sa poche. Mais au moins, il y en avait certaines qui savaient s'amuser.

Elle s'engage dans le couloir, Adrian et moi sur ses talons. En passant devant Ella, je remarque qu'elle aussi porte du rouge à lèvres carmin.

— Certaines étaient même expertes pour mener le bal, dis-je, presque en criant.

Sully pivote sur elle-même. Elle a l'air sérieusement agacée.

— On en avait toutes l'occasion.

— Mais de quoi vous parlez ? demande Adrian.

C'est une joute, pas avec des armes, mais avec des mots. L'expression de Sully oscille entre le défi et la colère. Après avoir soutenu son regard un instant, je n'ai plus envie de me battre. Sully m'a longtemps semblé tellement compliquée, un code impossible à déchiffrer. Plus maintenant. Sa méthode était simple, en fait. Elle nous montrait ce que nous désirions et nous regardait tendre désespérément la main vers ce jouet dont elle aurait bien pu s'emparer elle-même. Grâce à elle, nous nous sentions tellement valorisés de l'avoir finalement attrapé.

Puis, elle nous faisait comprendre que le jouet tant convoité ne valait rien du tout.

Aujourd'hui, j'ai presque pitié d'elle. Désirer quelque chose signifie accepter la possibilité de ne jamais l'obtenir. Mais ne rien désirer du tout est bien pire.

— J'ai dit quelque chose qu'il ne fallait pas ? demande Adrian. Désolé...

Il craint de toute évidence que cela finisse en dispute, et je sais à quel point il déteste les confrontations. Mais le visage de Sully s'apaise et elle s'efforce de sourire.

— Tu n'as rien dit de mal. Personne n'a rien dit de mal.

Elle me regarde dans les yeux en prononçant le dernier mot.

En nous dirigeant vers Butts, nous longeons le bâtiment d'Exley, devant lequel se trouve Felty. Je garde les yeux baissés, mais je reconnais près de lui l'une de ses collègues : elle était là, elle aussi, la nuit de la « résidence maudite ». Elle s'était montrée compatissante, nous avait offert des mouchoirs. J'en avais accepté pour éponger les larmes qui coulaient malgré moi et que je prétendais feintes devant Sully.

Felty nous dévisage. Sully lui lance un salut de la main, et il lui en rend un plus timide. *On est ensemble et on est bien pires.* C'est surtout moi que Felty observe, il me détaille de la tête aux pieds, comme si j'étais une cible dans un champ de tir.

Vous lui devez bien ça.

Ces mots, avant d'apparaître sur le miroir, ont été prononcés par Felty ce week-end.

Nous sommes parmi les derniers à arriver. Tout le monde s'est rassemblé autour d'un arbre sans intérêt, récemment planté, son tronc brun desséché, son bouquet de feuilles chenu. Il n'aura aucune chance dans ce monde de vents cruels, tout comme la fille en l'honneur de laquelle on le plante aujourd'hui. Nous nous plaçons derrière Lauren et Jonah qui se tiennent la main.

— Sur le miroir des toilettes, me glisse Sully à l'oreille. Il y a quelque chose d'écrit.

— Je sais. J'ai vu, chuchoté-je.

— Tu as vu quoi ? demande Adrian.

— Rien.

Comme j'ai prononcé ce mot plus fort, Lauren et Jonah tournent la tête un instant. De l'autre côté du cercle, Clara et Hunter surveillent l'arbre comme s'il allait se déraciner tout seul et se faire la malle. Gemma se tamponne déjà les yeux. Tout là-bas, derrière, j'aperçois Hadley qui parle à Heather. Je n'ai pas répondu à leurs messages ces deux dernières heures.

Où es-tu ? Qu'est-ce qui se passe ?

Une phrase écrite avec du rouge à lèvres m'a persuadée d'assister à cette cérémonie où toutes les filles parlent dans notre dos. Des murmures s'élèvent, flottent dans l'air comme du pollen. Tous ces mentons baissés, ces yeux qui nous guettent derrière les franges. De quoi parleraient-elles, sinon ? De leur mari, de leur apparence, de leur brillante carrière qui a commencé ici même ? La maîtrise de Clara en arts visuels, la galerie de Lily à SoHo, les rôles de Dora sur Broadway, toutes ces vedettes que connaît Gemma. Ces filles sont impeccables, accomplies, mais elles ont des crocs à aiguiser. Même aujourd'hui, c'est sur moi qu'elles veulent se faire les dents.

Un air doux se fait entendre, de la musique classique, comme ce qu'écoutait Flora quand elle étudiait et dont je percevais les crescendos malgré ses écouteurs. Le cercle s'ouvre pour laisser passer Ella. Ella et une autre personne. Cheveux platine, robe vichy, chaussures babies, lèvres rougies. Je me retiens au bras de Sully.

— Regarde !

Je me sens mal, mes jambes chancellent, incapables de soutenir mon corps et tous ces mensonges.

— Sully, c'est elle !

Car c'est bien elle. Flora.

28

IL Y A QUATORZE ANS

Nous nous sommes assises sur le rebord du toit, les jambes dans le vide. Sully a consulté le téléphone de Kevin et ses échanges avec Flora.

— On a gagné le gros lot ! s'est-elle exclamée.

Il nous a suffi de faire défiler quelques messages pour comprendre comment la relation avait commencé à se détériorer. Le désespoir de Flora, brut ; sa panique, palpable.

Où étais-tu ? Avec qui ? Pourquoi tu ne m'as pas rappelée ?

Les excuses de Kevin, toujours vagues, sa patience mise à rude épreuve à mesure que les insécurités de Flora s'exacerbaient.

Soirée entre gars, juste Aiden & Martin. Il était tard, je ne voulais pas te réveiller

Qui sont Aiden et Martin ? De vraies personnes ?

Elle sentait sans doute qu'elle était en train de le perdre. Les garçons, il fallait les cueillir au creux de la main avec délicatesse, comme ces grenouilles qui s'immobilisent à notre approche dans les bois. Si on les serre trop fort, elles s'affolent et se débattent tant et si bien qu'elles finissent par s'échapper, ou par suffoquer.

— C'est triste, a remarqué Sully. Elle veut à tout prix que ce garçon soit parfait.

J'avais l'impression qu'elle ne parlait pas seulement de Flora.

Sully a tapé quelque chose, avant de me passer l'appareil.

Hey chérie, t'es où ? Ça va ?

— Envoie ça, m'a ordonné Sully.

J'ai obtempéré.

Ça ne va pas du tout. Je m'excuse. Je suis dans ma chambre, viens stp

La réponse de Flora a été presque instantanée, ce qui m'a tapé sur les nerfs. Flora avait quitté la fête en courant juste pour attirer l'attention de Kevin, pour qu'il la suive, la prenne dans ses bras et lui demande pardon, même si c'était elle qui avait tout gâché.

J'en avais ras-le-bol de Flora qui jouait si bien les damoiselles en détresse, de ce chevalier blanc qui lui porterait inévitablement secours, alors que son salut ne dépendait que d'elle-même. Au nom de toutes les filles comme moi, partout sur la planète, j'ai arraché le téléphone des mains de Sully et j'ai écrit :

Je ne viendrai pas. Je sais ce que tu as fait.

— Ah, c'est bien, ça, s'est enthousiasmée Sully, sa main sur mon épaule comme une serre. Court et touchant. Ou blessant. En tout cas, c'est parfait.

Nous avions les yeux glués à l'écran, impatientes de lire la réponse de Flora. Notre petit jeu était très amusant, bien plus que la fête. Nous étions tout naturellement passées à un niveau de difficulté supérieur.

Je ne savais même pas où était Kevin ; à la fête, en bas ? J'aurais dû essayer de le retrouver, de jouer la fille normale qui ne lui causerait pas autant de soucis que Flora. Mais faire du mal à Flora me semblait plus important encore. Au fond, le garçon comptait moins que la fille qui m'empêchait d'avoir le garçon pour moi seule. Peut-être que tout ça tournait autour d'elle depuis le début.

Le message qui est apparu sur l'écran de Kevin m'a étonnée. J'ai retenu mon souffle, comme si un ballon occupait tout l'espace dans ma poitrine.

Si tu ne viens pas je pense que je vais faire une grosse bêtise

— Mon œil, a dit Sully. Qu'elle arrête son cinéma ! Evie était comme ça, elle aussi. Elle menaçait de se faire du mal chaque fois qu'on se disputait.

La carapace de ma rivale se fissurait. Si je réussissais ce que Sully attendait de moi, la compétition prendrait fin.

— Flora ne fera rien du tout, ai-je déclaré. À part mettre ses foutus chaussons avec des oreilles de lapin et s'endormir en pleurant.

— Comme si elle n'avait rien à se reprocher ! s'est indignée Sully. Elle s'est laissée baiser par un parfait inconnu !

Je n'ai rien dit, car je préférais ne pas repenser à cette nuit-là. Je me suis concentrée sur ma réponse.

Débrouille-toi toute seule. Je ne serai plus là pour te tenir la main. On n'a plus rien à faire ensemble.

Nous fixions toutes les deux le brouillon du message.

— C'est trop formel, a décrété Sully. Change la fin et écris : « Je dois réfléchir, c'est le bordel dans ma tête. » C'est tout à fait le genre de chose qu'écrirait un garçon comme Kevin.

J'ai obéi de nouveau. Après avoir envoyé le message, je me suis souvenue que Kevin m'avait écrit quelque chose du même genre. J'avais vu cela comme une promesse, mais peut-être n'était-ce qu'une excuse.

— Ah, vous voilà, les filles, nous a interrompues Lauren en apparaissant soudain au-dessus de nous, m'obligeant à plaquer l'écran de l'appareil contre mon ventre. Qu'est-ce que vous faites ? Avez-vous vu Flora ? Elle avait l'air tellement bouleversée... On devrait aller la chercher et s'assurer qu'elle va bien. Je pense qu'elle est rentrée à la résidence.

— Vas-y, toi, si tu es inquiète, a répliqué Sully. Nous, on s'amuse.

Elle s'est levée et m'a saisi la main pour m'aider à me remettre sur pied, puis m'a traînée à travers une masse de fumeurs. À l'intérieur, nous sommes retournées dans les mêmes toilettes où nous avions suivi Flora un peu plus tôt, verrouillant la porte derrière nous.

— Et si Kevin était déjà de retour à Butts ? ai-je demandé, une main moite sur le téléphone. Et si Flora s'était rendu compte que les messages venaient de nous ?

— Il n'est pas rentré. Je te garantis qu'il est en bas, en train de prendre un autre verre. Et Flora est sans doute déjà en pyjama, avec sa tasse de chocolat de merde.

Végan, ai-je failli ajouter. *Une tasse de chocolat végan.* Un sentiment de culpabilité a refait surface pendant une brève seconde, le temps de me rappeler les tasses *Meilleure* et *Amie*. J'ai tourné les yeux vers l'écran.

— Et merde ! Elle a répondu.

Je ne sais pas ce qu'on t'a dit sur moi, mais ce n'est pas ce que tu crois, je te jure, je t'expliquerai, mais stp viens tout de suite

— Aucune dignité, a commenté Sully. Pathétique.

Son dégoût était le carburant dont j'avais besoin.

Je ne viendrai pas. C'est fini, nous deux. Ça fait un moment que je le sais : je ne t'aime plus, voilà tout.

Taper ces mots me faisait du bien. Les envoyer, encore plus. Je n'ai même pas attendu que Sully me donne le feu vert. Je jouais un rôle, et j'étais une excellente actrice. Pendant que nous attendions la réponse, Sully est allée aux toilettes.

Moi, je me suis appuyée sur la porte de la cabine pour m'étirer les jambes. C'est moi qui ai vu la réponse de Flora la première.

Tu ne sais plus ce que tu dis. Viens, on va parler. J'ai envie de me foutre en l'air

Ma première pensée : *On est allées trop loin.*

Ma seconde pensée : *On pourrait aller plus loin.*

Avant que Sully ait eu le temps de s'essuyer, de se lever de la cuvette et de me guider, c'était fait. Je n'étais pas une simple marionnette. La tête embrumée par la vodka, la drogue et la rage, j'ai vraiment voulu faire du mal à Flora.

Fais-le, alors, et arrête d'en parler !

Sully a tiré la chasse d'eau. J'ai envoyé le message. Quand elle l'a lu, Sully s'est caché la bouche derrière la main. C'était le mélange de surprise et d'admiration que j'attendais depuis longtemps. Décontenancer Sloane Sullivan, j'en rêvais depuis notre rencontre.

— Elle n'est pas sérieuse, ai-je dit. Elle joue la comédie. Elle est comme ça, elle veut de l'attention.

Sully a passé son bras autour de mes épaules, hilare.

— Je n'imaginais pas que tu pouvais aller jusque-là. C'est de la méchanceté pure.

« Méchanceté pure » était son compliment le plus élogieux. Je me sentais ivre de puissance.

— Je vais aller retrouver Kevin.

— Une seconde, a-t-elle dit en reprenant le téléphone. Avant, laisse-moi te montrer un truc.

Pendant qu'elle tripotait l'appareil, j'ai cru qu'elle inventait quelque chose d'encore pire que moi à envoyer à Flora. Mais au bout d'une minute, elle me l'a rendu.

— Je t'avais dit que je te le prouverais.

Des messages de Kevin à d'autres filles. Ces messages dont Sully m'avait parlé et auxquels je refusais de croire. Pourtant, ils étaient réels.

Hey Lisa, je pensais à toi tout à l'heure

Hey Tammy, comment ça va, ta dissert

Hey Britt, classe ton costume d'Halloween

Il m'a suffi de cliquer sur chaque message et de faire défiler brièvement les échanges pour comprendre que je n'avais rien de spécial. Que Kevin me voyait comme une fille parmi tant d'autres. Que je n'étais pas unique. J'ai eu envie de faire marche arrière, d'effacer tous les messages que je venais d'envoyer à Flora. J'ai respiré à pleins poumons, un peu étourdie. J'avais agi par amour. Je ne voulais pas avoir agi pour rien.

Je jetais des coups d'œil à Sully qui souriait, victorieuse. *Je te l'avais dit.* Ma colère se retournait lentement contre elle, même si elle m'avait avertie et que j'avais refusé de la croire.

Je n'allais tout de même pas lui montrer mon indignation, et je n'étais pas prête à abandonner mon conte de fées. J'ai glissé l'appareil dans mon sac.

— Ça ne veut rien dire. Il est ami avec des filles, et alors ? Il ne couche pas nécessairement avec elles.

— Arrête de lui trouver des excuses, a répliqué Sully d'un ton brusque. Il n'en vaut pas la peine.

— Je vais quand même lui parler, lui donner une chance de s'expliquer.

Sully a gardé le silence un bon moment. Elle a fini par hausser les épaules.

— OK, j'imagine que ça te fera du bien de t'en rendre compte par toi-même. Redonne-moi le téléphone, je vais le remettre dans sa veste sans qu'il s'en aperçoive.

Je lui ai tendu mon sac et l'ai suivie hors des toilettes. J'ai descendu l'escalier en m'appuyant sur son bras. J'avais envie de me libérer d'un poids sur mes épaules. Ce que nous désirions, au fond, n'était pas si différent de ce que désiraient toutes les filles. Faire l'amour, être aimée, et réunir les deux en un tout harmonieux. Nous avons retrouvé Kevin à peu près là où nous l'avions laissé, en train de parler à deux filles en robes de dentelle. Mon cœur était comme un poing brûlant dans ma poitrine.

Mais il les a plantées là dès qu'il nous a vues. Dès qu'il *m'a* vue. Sully l'a enlacé, ce qui ne faisait pas partie du plan, mais elle improvisait. Elle lui a murmuré quelque chose à l'oreille qui l'a fait reculer d'un pas. Une menace, peut-être, ou un avertissement savamment déguisé.

Je me suis approchée moi aussi, et me suis blottie contre lui. Il a marmonné quelque chose que je n'ai pas bien compris ; il avait trop bu, ça se voyait. J'ai appuyé mes lèvres contre sa joue, dans l'espoir que mon rouge à lèvres y laisse une marque, une preuve que je ne rêvais pas. Il a ouvert la bouche, formant un porte-voix qu'il a appuyé contre mon oreille. Son souffle m'a réchauffée de la tête aux pieds, mais ses paroles étaient glaçantes :

— Ça ne peut pas être sérieux entre nous, OK ? Je ne sais plus du tout où j'en suis. T'es cool, je suis sûr que tu comprends ça.

— Tu m'as dit que j'étais belle, lui ai-je rappelé.

Je n'avais pas vu ce mot-là dans ses messages à *Lisa, Tammy, Britt.*

— Ouais.

C'était une vérité que j'avais apprise avant même que Sully ne finisse de me l'enfoncer dans la tête. Être désirée nous distingue des autres. Le monde nous a montré clairement, aussi clairement que possible, que peu importe ce qu'accomplit une femme, elle n'est rien si elle n'est pas *belle* pour un homme.

J'aurais dû laisser tomber Kevin quand j'ai compris qui il était, le reléguer parmi les autres trous du cul dans son genre. Mais rien n'y faisait. J'ai banni de ma tête Flora et les messages que je venais de lui envoyer. Et ce qu'avait dit Kevin : « Je ne sais plus du tout où j'en suis. » J'ai passé mes deux mains derrière sa nuque et je l'ai embrassé à pleine bouche, parce que j'avais réussi à décontenancer Sloane Sullivan : j'étais désormais capable de tout.

Et, preuve que les garçons se contredisent tout le temps, ou que la bite de Kevin pensait à sa place, ou qu'il avait enfin statué que j'en valais bel et bien la peine, il m'a rendu mon baiser.

C'est à cause de Flora que nous avons fini aux toilettes de l'étage, les mêmes d'où nous lui avions... d'où *je lui avais* envoyé l'ultime texto. Je ne pouvais pas vraiment ramener Kevin avec moi dans notre chambre à Butts C. Flora avait-elle répondu ? Je n'avais pas le loisir d'y penser, car Kevin caressait chaque recoin de mon corps, m'effleurait les seins, me relevait la jupe. Oui, il me désirait.

J'avais souvent imaginé comment ce serait, de faire l'amour avec Kevin. Je laissais libre cours à ce fantasme au lieu d'étudier, mes doigts se baladant distraitement dans mon jeans. Mais le sexe s'est résumé à une série de va-et-vient frénétiques, comme avec tous les garçons. Aucun préliminaire. Nous nous étions à peine embrassés. Je me concentrais sur sa main, une chaude étoile de mer au creux de mon dos. Son souffle dans mes oreilles, haletant. Ce n'était pas de l'adoration. Loin de là.

Comme il n'émettait aucun son, ou presque, il a fallu qu'il se retire pour que je comprenne qu'il avait joui. Nous n'avions pas mis de capote, ni abordé le sujet. Je prenais la pilule, mais dans un flash psychotique, j'ai souhaité l'avoir oubliée ce jour-là. Je ne voulais pas que ce soit trop facile pour lui de me quitter.

Il avait remonté son pantalon et se lavait déjà les mains avant que j'aie eu le temps de décoller mes fesses du comptoir. Son silence me troublait. Derrière un ordinateur, il me racontait tout, mais en personne, il n'avait rien à me dire.

— Bon, ai-je commencé d'un ton que je voulais désinvolte. Je ne peux pas croire qu'on a fait ça. Je ne fais jamais ce genre de chose.

Une variation des excuses que j'utilisais chaque fois que je m'envoyais en l'air. Cette fois-ci, alors qu'il me fallait convaincre Kevin que je n'étais pas juste une petite salope, même si j'avais tout fait pour le devenir aux yeux des autres, elles ont finalement sonné faux, comme la frime qu'elles étaient.

— Je sais.

Il s'est lavé le visage en se massant minutieusement sa peau mouillée.

— Moi non plus. Je veux dire, je ne suis pas du genre à tromper ma copine. Tu le sais. Il faut que j'aille la voir et que je règle ça.

C'était ma chance de lui poser des questions sur *Lisa, Tammy, Britt*. Je ne l'ai pas fait.

— J'imagine... ai-je commencé.

Il m'a interrompue, ses doigts sur ses tempes comme une paire de fusils.

— Je t'aime bien, Amb. Beaucoup, même. Mais j'ai besoin de temps.

Il avait l'air si sérieux qu'il ne mentait sûrement pas. J'oscillais entre espoir et colère.

L'espoir était plus satisfaisant.

— Je peux te donner du temps, ai-je chuchoté en me blottissant contre lui.

Ses lèvres m'ont frôlé l'épaule. Ce n'était pas un accident.

— On se voit tout à l'heure, a-t-il conclu.

Je l'ai regardé s'en aller, sans savoir que la prochaine fois que je poserais les yeux sur lui, ce serait à travers un pare-brise, près de quatorze ans plus tard.

Je devais retrouver Sully. Mon corps vibrait encore d'avoir connu Kevin. En descendant l'escalier, je retournais ses paroles dans ma tête, comme je le ferais ensuite des années durant. « J'ai besoin de temps. » Je pouvais lui en donner. J'avais concédé des choses plus précieuses à des garçons qui comptaient moins pour moi.

Je n'allais surtout pas avouer à Sully que le sexe avec Kevin m'avait semblé tout à fait banal, pareil à tout autre rapport entre partenaires un peu trop saouls. Ç'avait été une sorte d'expérience transcendantale, voilà ce que je me répétais. Je m'extasierais : *Nos corps sont faits l'un pour l'autre.* J'avais quelque chose à prouver. Et un conte de fées à ressusciter.

C'est Sully qui m'a retrouvée la première. Elle m'a tordu le bras, la mine renfrognée.

— Alors ? Tu as eu ce que tu voulais ?

— J'étais avec Kevin.

— Tu l'as baisé, alors, en a-t-elle déduit, factuelle. C'est un bon coup, hein ?

J'étais irritée qu'elle m'ôte les mots de la bouche et qu'elle les rende vulgaires. Irritée de ne rien trouver de mieux à faire que de hocher la tête.

— C'est bien, a-t-elle décrété. On peut cocher la case. Et passer à autre chose. On va prendre un autre verre, d'accord ? Je viens juste de me laisser doigter par un gros con en nœud papillon et j'ai le clito qui me brûle.

— OK.

Je me détendais un peu. Sully ne m'en voulait pas. Elle ne m'avait pas accusée de lui préférer Kevin. Je pouvais les avoir tous les deux.

Il se faisait tard, presque minuit. Je le voyais à la façon dont les gens dansaient, lentement, un peu n'importe comment. L'énergie de l'assistance s'était dissipée, laissant dans son sillage une odeur de bière et de sueur. Le verre que m'a tendu Sully a débordé sur mes chaussures.

— Alors, il t'a léché la chatte ? m'a-t-elle demandé.

J'ai secoué la tête, l'air de n'y accorder aucune importance. Était-il censé me faire ça, comme elle le suggérait ? La dynamique de pouvoir entre nous m'avait échappé, comme quand Hunter invitait Sully à manger, tandis qu'il refusait même de me laisser entrer dans sa chambre.

— Bof, a-t-elle commenté. La prochaine fois. Et toi, tu l'as sucé ?

— Non.

Mon ton était dur. Je ne voulais pas qu'elle parle de lui comme s'il s'agissait de n'importe quel garçon.

— Vous êtes restés là-haut assez longtemps. Ça veut dire qu'il bande bien et qu'il prend son temps.

Sully sirotait son verre. Elle n'avait plus son collier au ras du cou. Nous n'étions plus jumelles.

— C'est d'un ennui, tout ça !

Je n'avais pas l'impression d'être restée avec Kevin si longtemps, mais peut-être avait-elle raison. Je n'avais pas de montre. Et ce n'est pas comme s'il y avait eu une horloge au mur. Combien de temps avait duré notre petite séance? Peut-être ne l'avais-je jugée médiocre que parce que j'avais trop bu.

— Désolée pour toi. Ça explique le tripotage de clito.

— Où il est, à présent? m'a-t-elle demandé.

— Je ne sais pas vraiment. Il doit être allé retrouver Flora. Pour rompre avec elle. Il m'a dit qu'il fallait régler ça. C'est ça qu'il voulait dire, à mon avis.

Sully m'a ramenée sur la piste de danse.

— Ouais. C'est sans doute ça.

J'ai tenté de me libérer de sa drôle d'humeur et de me concentrer sur ma victoire: j'avais obtenu ce que je désirais. Kevin et moi avions couché ensemble. La seule chose qu'il me demandait, pour le moment, c'était du temps. Sully était sceptique, mais elle était sceptique à propos de tout.

Sur la piste de danse, Kevin a repris dans ma tête sa stature de prince charmant. Je n'avais pas porté attention aux dates des messages à *Lisa, Tammy, Britt.* Sans doute qu'il les avait envoyés avant notre rencontre. Et puis des textos, ça ne se comparait pas au genre de messages que je recevais tous les soirs.

Les gens quittaient la fête par petits groupes, à l'exception de quelques traînards. Sully n'avait plus de coke. Elle avait dû sniffer le reste sans moi, car elle était survoltée et son regard, quoique farouche, restait dans le vague. Ses mains moites ont atterri sur mes épaules. Elle voulait continuer de danser, mais mes chaussures me faisaient un mal de chien.

— Rentrons, ai-je suggéré sans avoir à crier, car le bruit avait descendu d'un cran. J'ai vraiment mal aux pieds.

— D'accord, a-t-elle répondu en râlant, comme si elle était vexée que je gâche son plaisir.

Nous sommes rentrées bras dessus bras dessous. Chez nous, à Butts C. Depuis quand notre résidence, avec tous ses bruits, ses odeurs de laque à cheveux, de Marc Jacobs et de bière, était-elle devenue « chez nous » ? L'année suivante, Sully et moi allions partager une chambre, et je pourrais prétendre que Flora n'existait plus. Flora, qui ne me parlerait sans doute plus jamais de toute façon. Me serait-il possible de changer de chambre plus vite ? Lauren et moi pourrions échanger nos places. Peut-être serait-ce aussi facile que cela.

Mais il y avait quelque chose de différent, ce soir-là. Butts C était éclairée comme un arbre de Noël et enguirlandée de bruit. Il y avait deux camions de pompiers et plusieurs voitures de police garés devant l'entrée, bloquant le chemin. Leurs gyrophares scintillaient comme sur une piste de danse.

— Bon, a fait Sully en bâillant. Un taré a encore déclenché l'alarme incendie.

C'est à ce moment-là que je les ai vues, sortant par petits groupes. Les filles de Butts C. Certaines en pyjamas, avec des couvertures drapées comme des capes sur leurs épaules. Quelques-unes portaient encore leur costume de jumelles un peu putes. Gemma et Sienna en soutien-gorge vert et jupe en jeans, le visage rougi, barbouillé. Dawn, la responsable d'étage, en peignoir, se frottant les yeux. Lauren, les cheveux en bataille, visiblement sous le choc. Lily en short en tissu éponge, se mordant les lèvres. Un type avec qui Clara était de toute évidence en train de s'envoyer en l'air il y a peu la serrait maintenant dans ses bras. Elle pleurait.

La plupart des filles pleuraient.

J'ai remarqué le ruban de balisage juste à temps pour nous éviter de trébucher dessus.

La civière, elle, je ne l'ai pas vue : elle était déjà à l'arrière d'une ambulance en route vers l'hôpital, même si tout le monde devait avoir compris qu'il était trop tard.

Un policier nous a fait signe de reculer. Derrière le ruban, nous fixions la scène comme s'il s'agissait d'un film. Regard bleu clair, cheveux grisonnants.

— Interdit d'entrer, les filles.

— Qu'est-ce qui se passe ?

— On vit ici, a renchéri Sully.

Le policier a froncé les sourcils.

— Ne vous éloignez pas. Nous interrogeons tous les étudiants qui vivent dans cette résidence.

— Interroger ? Pourquoi ?

Le policier n'a pas répondu. Quelqu'un a aboyé dans l'appareil qu'il portait à la taille, et il l'a décroché avant de s'éloigner. La main de Sully s'est glissée contre le dos de la mienne, ses doigts entre les miens. Son pouce s'est mis à frotter la jonction de mon poignet et de ma paume.

— Ella ! ai-je crié quand je l'ai reconnue de dos, avec sa stupide coupe à la Posh Spice. Ella, par ici !

Elle s'est retournée vers nous en reniflant, les yeux et le nez rougis. Elle couvait quelque chose depuis plusieurs jours. Mais ça ne se résumait pas à ça. Elle pleurait, son visage tout entier déformé par la douleur. J'ai traversé le ruban en tirant Sully derrière moi.

— Qu'est-ce qui se passe ?

J'ai regardé par-dessus son épaule, vers toutes les autres têtes illuminées par les gyrophares comme si le ciel nocturne avait sa propre boule disco. Les garçons, la plupart en boxers et en joggings, offraient leurs bras. Les filles s'accroupissaient ou se blottissaient contre d'autres. Toutes les filles, sauf Flora, que je ne voyais nulle part.

— Amb... a commencé Ella lorsque nous l'avons rejointe.

Elle s'est pratiquement effondrée sur moi, enfouissant son visage mouillé de larmes au creux de mon épaule.

— Elle est morte ! Elle est morte !

Aucun barrage n'a cédé derrière mes yeux. Aucune larme n'a jailli. C'était une mauvaise blague, sûrement, un canular élaboré, un rituel d'initiation, et toute la résidence était au courant. Ces gens-là n'étaient pas policiers, mais acteurs, sans doute des étudiants de Wesleyan, ce qui expliquait leur air juvénile. Personne n'était mort. Mais je n'arrivais pas à trouver les mots pour expliquer tout ça.

Ella était au bord de la crise de nerfs. J'arrivais à peine à comprendre ce qu'elle racontait, mais elle a fini par lâcher un nom.

— Flora. Je l'ai vue. J'ai vu le... j'ai vu ce qu'elle a fait.

Elle a mis la tête entre ses genoux, comme si elle allait vomir.

J'ai eu un haut-le-cœur moi aussi, et j'ai vomi. La vodka et la bière me brûlaient la gorge, mais j'avais vaguement conscience que Sully me tenait toujours la main. Les choses que nous avions dites. Les choses que nous avions faites. Les messages que nous avions envoyés.

Le dernier message que j'avais envoyé, *moi.*

C'était sûrement un cauchemar. Mes doigts sur le téléphone. Un simple appareil électronique, pas une « arme du crime ». Il y avait sans doute une autre explication. Kevin, peut-être. « Il faut que j'aille la voir et que je règle ça. » Où était-il allé après m'avoir quittée ?

Sully a repoussé mes cheveux de mon visage, les a caressés doucement, et m'a chuchoté d'un ton calme :

— Ça ira. Je te le promets. On était ensemble toute la soirée, d'accord ? Tu ne m'as pas quittée une minute.

Elle était là pour moi. Elle me protégerait. Je me suis mordu les joues et j'ai hoché la tête le temps qu'il fallait pour m'en convaincre.

29

AUJOURD'HUI

À : Ambrosia Wellington, a.wellington@wesleyan.edu
De : Comité des anciens étudiants de Wesleyan, reunion.classof2007@gmail.com
Objet : Retrouvailles de la promotion 2007

Chère Ambrosia Wellington,
Le bouleau, symbole de vérité, marque un nouveau départ et conjure le passé. Partagez vos souvenirs de Flora, de sa grande âme, de l'influence lumineuse qu'elle a eue sur les gens qui l'ont connue. Son optimisme était une rare qualité dans notre monde si exigeant. La Fondation Flora Banning, créée en son honneur, s'efforce de perpétuer son œuvre.

Meilleures salutations,
Le comité des anciens étudiants

— Ce n'est pas Flora, me souffle Sully. Flora est morte.

Mais on dirait que Sully n'est plus aussi sûre d'elle, tout d'un coup.

La fille en question s'assied près d'Ella. Elle ne sourit pas. Bien sûr que ce n'est pas Flora. Je recommence à respirer. Ses sourcils sont un peu différents, plus foncés, plus épais, et sa bouche, plus grande. Elle est svelte comme Flora, elle a ces mêmes membres frêles, ces mêmes clavicules délicates. Elle est plus jeune que nous, mais plus âgée que Flora au moment de sa mort. C'est cette fille que je vois partout, le fantôme de Flora qui me poursuit où que j'aille. À moins que toutes les filles ne soient devenues Flora, pour moi ?

Non, celle-là, je l'ai déjà vue, *rencontrée* même. À Butts C, accrochée aux baskets de Flora, le visage noyé de larmes. En photo, sur le mur de la chambre, avec une autre petite fille au cou de cygne et aux cheveux pâlis par le soleil. Aux actualités, tenant la mère de Flora par la main.

— C'est sa petite sœur. Poppy.

— Je ne savais pas qu'elle avait une sœur, réplique Sully.

— Elle parlait tout le temps d'elle. Sûrement que tu l'as su.

Sully hausse les épaules.

— Je n'en avais aucune idée.

Si la nonchalance de Sully m'énerve tant, ce n'est pas parce qu'elle illustre sa méchanceté, mais parce qu'elle prouve que mon crime a toujours été pire que le sien. Flora me voyait comme sa meilleure amie.

Le regard de Poppy scrute la foule. Peut-être nous cherche-t-elle.

— Et si c'était elle ? suggéré-je à voix basse.

Jamais je n'aurais imaginé que Poppy puisse être l'auteure des cartons que nous avons reçus. Elle n'était pas à Wesleyan, ce soir-là. Elle n'avait aucune raison de soupçonner quiconque, hormis Kevin, qui était l'unique pomme de discorde entre Flora et elle. Dans la tempête médiatique dingue qui avait suivi la mort de sa sœur, elle s'en était prise à lui. Sa déclaration à la presse était larmoyante et contrastait avec la colère exprimée par son père. Elle n'avait pas réussi à contenir ses larmes. « Tu m'as arraché ma sœur, et je ne te le pardonnerai jamais. »

— Ce n'est pas elle, répète Sully. Je veux dire, cette fille-là n'a même pas l'air majeure.

Elle a vingt-sept ans. Quatre ans de moins que nous. Sully l'ignore, mais moi, je le sais.

— Merci à tout le monde d'être venu, commence Poppy.

Sa voix est presque identique à celle de Flora. Une voix de soprano, aérienne, sans doute sujette aux gloussements soudains. Flora m'avait raconté que Poppy voulait étudier à Wesleyan, elle aussi.

— Je lui ai dit qu'elle devait nous rendre visite, dormir dans notre chambre une nuit ou deux. Elle s'amuserait bien, sur le campus!

Flora avait parlé de moi à sa sœur. J'étais celle qui dormait à deux pas d'elle. Mais elle se trompait sur mon compte.

— Ma sœur aurait adoré ces retrouvailles. En esprit, elle est parmi nous aujourd'hui. Il m'a fallu longtemps pour accepter ce qui lui est arrivé, et j'ai toujours su que j'allais faire quelque chose pour honorer sa mémoire. Après avoir fini mes études de premier cycle ici même à Wesleyan, j'ai mis sur pied cette fondation afin de recueillir des fonds pour la santé mentale. Pour que les filles comme Flora ne souffrent plus toutes seules dans leur coin. C'est la mission que je me suis donnée: assurer un meilleur soutien aux jeunes femmes. Nous sommes toutes dans le même bateau.

Poppy, pendant l'enquête, si sûre d'elle: « Impossible que Flora n'ait pas laissé de mot d'adieu. »

— Flora était plus qu'une sœur pour moi. C'était aussi ma meilleure amie. Elle aurait fait n'importe quoi pour moi. C'est aujourd'hui à mon tour de faire quelque chose pour elle.

— Tu vois, ai-je sifflé à l'intention de Sully. C'est son tour... C'est une menace, non?

— Impossible qu'elle sache ce qu'on a fait, murmure Sully, comme si elle tâchait de se rassurer elle-même.

— Flora aimait la nature, continue Poppy d'une voix de plus en plus râpeuse. Elle rêvait d'avoir une maison avec un jardin planté d'arbres. Elle avait tellement d'amour à donner, non seulement à tout le monde, mais à toute chose. Elle prenait soin de notre planète. Elle prenait soin des gens. J'aurais aimé pouvoir prendre soin d'elle à mon tour. Mais je suis fière de tout ceci. Je sais qu'elle aurait approuvé.

Approuvé quoi ? pensé-je. Adrian me jette un regard perplexe et je me demande si j'ai prononcé ces mots à haute voix.

— Je vous encourage, vous toutes, ses amies et camarades d'études, à partager vos souvenirs d'elle. Afin que son legs reste bien vivant. Songez à faire un don à sa fondation. Mais surtout, prêtez-vous les unes les autres une oreille attentive.

Poppy assèche ses larmes du bout des doigts.

— Merci encore. À vous voir toutes et tous ici, je constate à quel point ma sœur était aimée.

Les applaudissements sont timides. Ella serre Poppy dans ses bras, avant de se tourner vers l'assistance avec un grand sourire aux lèvres. Elle s'éclaircit la voix.

— Flora a été d'une gentillesse extraordinaire avec moi quand je suis arrivée ici. Elle m'a encouragée à être moi-même. Je ne trouve pas les mots pour dire à quel point ça a été important pour moi.

Je contemple le gazon sous mes chaussures. J'aurais pu être gentille avec elle, moi aussi, mais ça m'avait semblé trop difficile. Pourquoi ?

— Parfois, poursuit Ella, les gens ont l'air tout à fait bien, et pourtant, ils vivent une grande détresse. C'est pourquoi il est important de rester à l'écoute de ses amies. Je vous le dis en toute franchise, fait-elle en dirigeant son regard vers moi. Si on est là aujourd'hui, c'est pour partager notre peine et pleurer Flora ensemble. Je suis sûre que vous êtes nombreuses à avoir quelque chose à dire sur Flora Banning.

Gemma s'avance au centre du cercle et se met à raconter comment Flora l'avait soutenue à l'annonce du cancer de son père. Des reniflements se font entendre parmi l'assistance. Sully émet un petit soupir de frustration.

— Mais qu'est-ce qu'elle raconte ? Son père n'a jamais eu le cancer. Elle est juste trop embarrassée pour avouer que Flora l'avait accompagnée pour se faire tester quand elle avait cru avoir la gonorrhée. Gem m'avait raconté ensuite à quel point Flora était pudibonde.

J'aurais hoché la tête si je n'avais su que le père de Gemma était bel et bien mort pendant notre première année d'université. Je me décale un peu, mal à l'aise ; j'aimerais croire la version de Sully.

Lily rappelle un jour où elle était particulièrement stressée par une dissertation. Flora était allée à l'épicerie Weshop lui chercher des bonbons. Clara nous raconte comment Flora l'avait aidée à rompre avec son petit ami d'avant l'université, avec lequel elle entretenait une relation plutôt toxique.

— Foutue sainte Flora, lâche Sully brusquement. C'est ridicule tout ça.

Moi, je me demande si ces filles aimaient vraiment Flora. Elles étaient attirées par cette chaleur qu'elle dégageait, et qui leur manquait, à elles. Elles avaient fait de Flora leur soleil personnel, à la lumière duquel elles s'épanouissaient sans rivalité, contrairement aux tournesols de ma mère. C'est pourquoi elles formaient une petite société autour de sa mémoire.

Sully et moi détestions l'idée qu'une fille pareille existe. Nous étions trop cyniques pour croire à sa gentillesse. Sauf si

Flora avait réellement le cœur sur la main ? M'étais-je alliée à la mauvaise personne, et cette autre fille en était morte ? Le haut-le-cœur qui me saisit est puissant.

— Il faut que je parte.

Je tourne les talons, Adrian me demande avec inquiétude où je vais, Sully me tend la main, mais je fais la sourde oreille. Je me fraie un chemin hors du cercle et me mets à courir. Je dois quitter le campus au plus vite, peu importe ce que diront les gens. Je m'éloigne du bruit, de la constellation d'anciens étudiants et de diplômés un peu partout. Personne ne pourra m'en empêcher.

Sauf lui. À l'époque comme aujourd'hui, c'est la dernière personne que j'ai envie de voir. Felty surgit devant moi, les mains sur les hanches, comme s'il m'attendait depuis un moment. Je pense qu'il m'attend en effet. Depuis longtemps.

— Vous avez participé à la cérémonie, constate-t-il. Avez-vous raconté votre plus beau souvenir d'elle ? C'était peut-être trop difficile de choisir ?

— Ce qui est arrivé est un grand drame, dis-je en tâchant de ne pas baisser le menton. Je vais faire un don à sa fondation.

Il ne me lâche pas des yeux.

— Vous pensez que j'ai été dur avec vous ? C'est vrai et je suis désolé.

Je n'aurais jamais cru que Felty allait s'excuser, ni d'ailleurs qu'il en était capable. Mais on dirait que ses paroles ne sont qu'une entrée en matière. Ses yeux me transpercent.

— Je suis désolé de n'avoir pas été assez dur.

— Je n'ai rien fait de mal.

Il secoue la tête, comme un sursaut.

— Tout ça pour ça. Vous n'en avez jamais retiré ce que vous vouliez, n'est-ce pas ? Ni le garçon. Ni la carrière.

J'imagine que ça devrait me réjouir, mais ce n'est pas suffisant.

— Je ne vous permets pas de me parler sur ce ton, répliqué-je d'une voix brisée. Je vais porter plaindre pour harcèlement.

Felty rigole doucement, ce qui me déconcerte davantage que s'il avait éclaté d'un grand rire tonitruant.

— À qui donc ? Et qu'allez-vous leur dire ? Si vous voulez ressasser le passé, pas de problème. On ne peut être mieux préparé que moi à ce petit jeu. Je n'ai jamais vraiment fermé votre dossier.

« Je n'ai jamais vraiment fermé votre dossier. » Peut-être ai-je eu raison de soupçonner Felty. Je l'imagine à présent, penché sur cette pile de petits cartons d'invitation. Cette affaire avait pour lui un écho personnel. Il n'avait pas pu sauver sa sœur, mais il pouvait se racheter avec Flora Banning.

— Vous vouliez nous réunir ici ce week-end. Vous vouliez provoquer quelque chose.

Il passe ses pouces dans sa ceinture.

— Il y a beaucoup de choses que j'aimerais provoquer. Mais je n'ai rien eu à faire pour que vous participiez à ces retrouvailles. Je savais que vous viendriez. Que vous ne pourriez vous empêcher de revenir admirer votre œuvre.

Ma mâchoire tremble et je me rappelle cette nuit-là, mes dents claquant de façon incontrôlable. Je lui tourne le dos.

— Ambrosia ! s'écrie Felty derrière moi. Vous avez tort. Il n'y a pas de « nous ». Il n'y a que vous seule.

Je me mets à courir, mes sandales à semelles compensées frappant le trottoir à coups sourds. Sully et moi avions répété notre histoire *ad nauseam*, comme les dialogues que nous mémorisions dans nos cours. « On doit raconter la même histoire. » L'expression de Sully. Assises l'une en face de l'autre, nous répétions, les yeux dans les yeux.

Je ne l'ai pas dénoncée.

Mais peut-être m'a-t-elle dénoncée, elle.

Il n'y a pas de nous. C'est Sully qui a dit ça, et Felty semble le savoir.

Je ralentis le pas pour traverser Andrus Field et remonter Foss Hill, mais sans m'arrêter à Nics pour voir ce qui m'attend dans ma chambre. Je fonce vers le parking V et monte dans notre voiture de location. Sur mon téléphone, je cherche l'itinéraire qu'il me faut suivre pour me rendre au Super 8. Il y a une seule personne qui peut me dire toute la vérité sur cette nuit-là.

Même si je ne serai jamais en mesure de lui rendre la pareille.

30

IL Y A QUATORZE ANS

C'est Kevin qui l'avait retrouvée morte, mais personne n'a eu pitié de lui. Tout le monde était convaincu de sa culpabilité.

— C'est comme s'il lui avait entaillé les poignets lui-même, a décrété Ella dans la salle commune de Butts A.

Les garçons passaient le bras autour des épaules des filles, blotties les unes contre les autres sur les divans. Moi, je me serrais contre Sully, mes mains dans les siennes.

— Qu'il brûle en enfer ! a ajouté Ella.

— Dans ma tête, ils formaient un petit couple parfait, a dit Gemma en essuyant ses larmes. Est-ce que quelqu'un sait ce qui s'est passé ?

— Amb, tu sais sûrement quelque chose, a demandé Lily. Est-ce qu'ils avaient rompu ?

— Aucune idée.

Mon ton était sec. J'en avais déjà assez qu'on m'interroge.

— Ils ont dû se disputer, alors, a suggéré Lauren en me passant sans lever les yeux un flacon de vodka que quelqu'un faisait circuler. Sinon, pourquoi aurait-elle...

Quand elle a croisé mon regard, j'ai lu de la colère dans le sien. Peut-être pas de la colère. De la suspicion. J'étais un peu parano, sans doute, mais Lauren avait été témoin de quelques scènes. Elle nous avait vues, Sully et moi. Elle savait que nous cherchions un garçon que je croyais amoureux de moi.

— Quelle autre raison aurait-elle ? a demandé Ella. Son copain l'a laissée partir de la fête, complètement ivre, et toute seule. Il aurait dû la suivre. Il savait qu'elle n'allait vraiment pas bien. S'il avait été avec elle, elle n'aurait pas...

Ella a plissé les yeux. Elle a fait ça à plusieurs reprises ce soir-là, comme si elle tâchait de se remémorer un événement si intense qu'elle ne pouvait le regarder en face. Elle n'était pas allée à la soirée parce qu'elle ne se sentait pas bien. Elle dormait déjà quand le hurlement de Kevin l'avait réveillée. D'instinct, elle s'était précipitée dans le couloir. Elle avait hésité sur le pas de la porte ouverte, pensant sans doute à la position de faveur qu'elle s'apprêtait à gagner auprès de Flora. Nous lui avons demandé ce qu'elle avait vu.

— Du sang. Beaucoup de sang. Comment une fille aussi menue peut-elle perdre autant de sang ? Et puis... Flora avait les yeux ouverts. Elle n'avait plus l'air d'un être humain. Je n'y ai pas cru tout de suite.

Sully et moi n'avions pas encore été interrogées par les policiers (nous ne savions même pas s'ils allaient prendre la peine de le faire), mais Sully avait déjà pris une longueur d'avance. Elle m'avait entraînée aux toilettes pour nettoyer le gâchis de mon maquillage avec un petit tampon de papier mouillé.

— On ne sait rien, a-t-elle insisté. Pas un mot sur Kevin. On n'est pas allées à Dartmouth. On n'a pas touché au téléphone. Ne t'en fais pas, je l'ai essuyé contre ma jupe avant de le remettre dans sa veste.

Mon esprit était trop embrouillé pour comprendre. Elle avait effacé nos empreintes digitales, mais pas nos messages. Elle ne cherchait pas à se protéger. Elle me protégeait, *moi*.

C'est moi qui les avais rédigés, ces messages. C'est moi qui avais écrit à Flora « Fais-le, alors ». Kevin n'avait peut-être même pas remarqué la disparition de son téléphone.

— Mais les messages sont toujours là, me suis-je inquiétée. Il faut...

— Trop tard.

Elle a mis un peu d'ordre à mes cheveux. Je comprenais ce qu'elle voulait dire. Kevin serait accusé, pas nous.

Je m'attendais à ce que les policiers surgissent dans la salle commune de la résidence pour m'arrêter, me passer des menottes froides aux poignets, m'attacher les mains derrière le dos. Ça ne s'est pas produit. Le lendemain matin, après une nuit à dormir les unes contre les autres à Butts A, les policiers sont venus interroger quiconque avait vu Flora à la fête de la veille.

— Pourquoi toutes ces questions ? ai-je chuchoté à l'oreille de Sully. Elle s'est suicidée, non ?

J'étais obsédée par l'image mentale des poignets de Flora avec leurs bracelets de sang.

— Je ne sais pas. C'est ce qu'a dit Ella. J'imagine qu'ils essaient de savoir pourquoi.

Sully n'avait pas sa voix habituelle. Elle avait peur. Ça me terrifiait.

— Il faut que je leur dise, ai-je avoué à Sully. Comment me taire ? On a quelque chose à voir avec tout ça...

— Non mais merde, tu ne feras pas ça ! Rappelle-toi, on ne s'est pas quittées de la soirée. Ne dévie pas de cette histoire. Raconte seulement qu'on a vu Flora et qu'elle avait l'air vraiment saoule, m'a ordonné Sully avant de me serrer le poignet très fort. C'est la merde, OK ? Mais tu n'as rien fait. Tu n'as pas mis la lame de rasoir dans sa main. Tu t'es juste amusée un peu avec le téléphone.

Ça m'a frappée qu'elle ne parle plus de « nous ». Elle disait « tu ». C'est-à-dire moi.

Plus tard, quand les détails ont émergé, nous avons appris qu'elle ne s'était pas tranché les poignets avec une lame de rasoir.

— Je ne peux pas faire ça à Kevin, ai-je répliqué.

Pourtant, Kevin me dégoûtait, tout d'un coup. S'il avait rompu avec Flora comme l'aurait fait n'importe qui, décemment, tout cela ne serait jamais arrivé. C'était plus facile de rejeter le blâme sur Kevin que de tourner la loupe vers moi et de voir le monstre que mon obsession avait fait de moi.

Il y avait une part de moi encore plus laide (la plus hideuse de toutes), que même Sully ne pouvait connaître. Celle-là en voulait à Flora de s'être tuée. Elle avait ruiné toutes mes chances avec Kevin. Jamais il ne se pardonnerait sa mort, jamais il ne me pardonnerait ce que nous étions en train de faire au moment où Flora perdait tout son sang.

— Mais oui, tu vas voir que tu peux, a décrété Sully. Des gars comme lui, il y en a des tonnes. C'est lui qui a envoyé ces messages, pas toi. À la fête, on a bien vu qu'ils se disputaient. Souviens-toi, a-t-elle poursuivi comme si elle se concentrait, souviens-toi que tu n'étais pas la seule avec laquelle il jouait de son charme. Tu ne lui dois absolument rien de rien !

Peut-être avait-elle raison, mais j'appréciais moyennement qu'on me rappelle que je n'avais rien de spécial.

— Et si Kevin parle de moi ? Peut-être qu'il s'est rendu compte que nous avons pris son téléphone.

Je parlais toujours de « nous », et pourtant, ce n'était pas moi qui subtilisais les appareils des garçons, c'était Sully.

Si elle n'avait pas passé la main dans la veste de Kevin, si elle n'en avait pas tiré le téléphone, je n'aurais jamais envoyé ces textos. Et Flora serait toujours vivante.

— Il ne va rien dire. Voyons, Amb. Ça ferait vraiment mauvais genre. Personne n'avouerait à des enquêteurs qu'il était en train de s'envoyer en l'air avec une autre fille pendant que sa petite amie se vidait de son sang.

J'ai sourcillé. Quand Sully montait au front, je ne savais jamais de quel arsenal elle se servirait.

J'étais certaine que nous croiserions Kevin au poste de police. Comme dans les films : un coup d'œil furtif échangé dans un couloir, plus lourd de sens que n'importe quelle parole. Mais comme nous l'apprendrions plus tard, il avait déjà été relâché, faute de preuves. Rien n'indiquait qu'il avait joué un rôle dans le suicide de sa petite amie. Même après la découverte des textos. Même après les protestations de Kevin qui se défendait d'en être l'auteur.

Sully et moi avons été interrogées séparément, mais nous avions prévu le coup. Nous avons raconté la même histoire. Étudier en théâtre et en interprétation, selon ma mère, n'était pas un très bon choix de carrière. Pourtant, savoir jouer me fut très utile dans cette salle du poste de police de Middletown, devant un policier au regard bleu perçant et un badge qui disait : Felty. Je l'avais aperçu sur la scène du crime.

— Vous partagiez la chambre de miss Banning... de Flora, a-t-il commencé.

Droit au but.

J'ai hoché la tête. Flora serait pour toujours miss Banning, jamais madame Untel. Jamais madame McArthur.

— Et vous étiez amies ?

— Ouais. En quelque sorte. J'imagine que oui.

— Aviez-vous remarqué un changement dans son comportement ces derniers jours ? Des signes de dépression, peut-être ?

J'ai repensé à Halloween. À Slash, au pilote. Aux cheveux de Flora sur le parquet. *Je ne voulais pas faire ça.* Flora se repliant sur elle-même. Tentant de me dire quelque chose que je savais déjà.

— Non, pas vraiment, même si...

J'ai marqué un temps d'arrêt. J'allais dévier du scénario élaboré par Sully, mais ça en valait la peine.

— Elle avait affiché un article sur la dépression au mur de notre chambre. J'ai pensé que c'était parce qu'elle étudiait en psychologie.

— Saviez-vous qu'elle n'était pas allée en classe pendant un peu plus d'une semaine avant sa mort ?

J'ai secoué la tête. Flora échouée sous sa couette, les yeux perpétuellement gonflés de larmes.

— On n'avait aucun cours ensemble. Je n'aurais pas pu m'en rendre compte.

— Saviez-vous que ça n'allait pas très bien avec son copain ?

— Non. On ne parlait pas vraiment de ça.

— Mais vous l'avez bien rencontré, son petit ami, non ?

Le policier a croisé les mains sur la table. Il portait une alliance. Ses ongles étaient dans un meilleur état que les miens.

— Il a rendu visite à Flora, une fois. Je l'ai rencontré, oui. Mais je n'ai pas vraiment passé de temps avec eux.

Pourquoi est-ce qu'il fallait que je le dise en tant de mots ?

— Kevin McArthur.

Son nom, réduit à un souffle las.

— Avez-vous jamais remarqué quelque chose de violent chez Kevin ? Ou une agressivité envers Flora ?

J'ai haussé les épaules.

— Non. Mais je ne le connais pas vraiment. Je sais juste qu'ils se sont rencontrés pendant leurs études secondaires et qu'il étudie à Dartmouth. Je crois.

Felty a plissé les yeux, l'air de se demander si je disais la vérité. Peut-être savait-il déjà que Sully et moi étions allées à Dartmouth. Peut-être savait-il déjà *tout*. Ma gueule de bois faisait vaciller la salle autour de moi.

— Dartmouth. C'est bien ça. Et il est venu rendre visite à Flora hier.

— Ouais. On dirait bien.

— Vous n'êtes pas allée à la fête avec Flora.

Une affirmation plutôt qu'une question.

— Non. J'y suis allée avec Sully. Flora n'aimait pas trop faire la fête.

— Sloane Sullivan.

Entendre son nom au complet m'a donné l'impression qu'il parlait d'une inconnue, c'est comme ça que les adultes prononcent le nom de l'enfant à qui ils reprochent une bêtise.

— Et vous avez vu Flora et Kevin ensemble à la fête.

— Ouais. Ils avaient l'air de se disputer. On ne voulait pas s'en mêler, alors on n'a pas fait attention. Il y a beaucoup de couples qui se disputent quand ils boivent.

— Ce n'était que des paroles, ou ils en sont venus aux mains ?

Sous la table, je m'arrachais la peau autour des ongles.

— Ils s'engueulaient. Rien de physique.

Après une courte pause, j'ai ajouté quelque chose qui plairait à Sully.

— En tout cas, ils ne se sont pas battus devant nous.

— Et vous n'avez parlé ni à Flora ni à Kevin de toute la soirée ?

J'ai fait « non » de la tête. Je ne voulais pas vraiment répondre à cette question. Felty semblait attendre un faux pas de ma part. Peut-être étais-je déjà suspecte.

— Un témoin nous a raconté que Sloane et vous avez discuté avec Kevin. On nous a aussi rapporté que Kevin s'était enfermé dans les toilettes avec vous. Quelqu'un a aussi vu une fille correspondant à votre description sortir en courant de la résidence Butterfields un peu plus tard.

Bien sûr que quelqu'un nous avait vus. Il y avait sans doute des centaines de personnes à la fête, et la discrétion n'était pas de rigueur. Des filles avaient frappé à grands coups à la porte des toilettes pendant notre petite séance de baise. Un chœur de « Dépêchez-vous ! » suivi de regards appuyés pendant que je descendais l'escalier, titubant, tenant fermement la rampe, ma culotte encore mouillée.

Sully et moi n'avions pas envisagé cet épisode-là. Je n'avais pas de réponse de prête.

— Impossible, ai-je répondu. Mais c'est sûr que j'ai parlé à des garçons. C'était une fête.

— Donc, vous ne vous êtes pas enfermée dans les toilettes avec Kevin ?

— Non, ai-je fait en secouant vigoureusement la tête. La seule personne avec qui je suis allée aux toilettes, c'est Sully. Sloane. Et nous n'avons pas verrouillé la porte.

Felty ne me croyait pas. Je n'avais pas pris ma douche depuis la veille. Peut-être décelait-il l'odeur du sexe sur moi. Mais qu'est-ce que ça pouvait bien lui faire, avec qui je baisais ou avec qui Kevin baisait ? Tous les jours, des gens trichent. Ils font des écarts de régime, copient aux examens, trompent leur partenaire. Personne ne va en prison pour ça.

J'étais prête à monter à l'offensive, à me lancer dans une tirade dès la prochaine question de Felty. Mais à ma grande surprise, il a croisé ses douces mains et m'a remerciée pour mon temps. Au moment de me lever, mes jambes chancelaient.

— Une dernière chose, a-t-il fait. L'historique de l'ordinateur de Flora a révélé qu'elle avait récemment cherché à savoir ce qui constituait un viol.

J'ai regardé mes pieds, chaussés des Uggs de Sully, trop grandes pour moi. Mon esprit préférait se concentrer là-dessus plutôt que sur le mot que venait de lâcher Felty : « viol ». Ce n'était pas ça du tout. Je l'ai pensé si fort que j'ai fini par le croire.

J'ai relevé les yeux vers Felty.

— Aucune idée. Nous partagions la même chambre, mais pour être honnête, nous n'étions pas vraiment amies.

Après Thanksgiving, nous avons eu la permission de réintégrer Butts C. La rectrice Bums nous a envoyé un long message décrivant les signes avant-coureurs de la dépression et le soutien disponible. Certaines filles ont demandé à être transférées ailleurs, mais il n'y avait plus de place sur le campus. Sauf pour moi : une étudiante résidant à Butts A avait abandonné ses études et donc libéré sa chambre individuelle. Un peu à contrecœur, j'ai emballé mes affaires dans des boîtes en carton récupérées de la cafétéria. J'ai jeté la plupart de mes vêtements, convaincue que l'odeur du sang de Flora s'y était imprégnée. J'avais de la chance, paraît-il. Les autres filles ne pouvaient plus dormir, ni étudier, ni se concentrer dans une résidence qu'on disait à présent « maudite ». Le nom est resté.

Personne ne savait ce qu'on allait faire de notre ancienne chambre, dont on avait verrouillé la porte. Le plancher allait être remplacé, les murs et le plafond repeints, sans doute avec plusieurs couches de peinture. Peut-être était-ce tout ce qu'il fallait pour effacer les traces de la vie d'une fille, et de sa mort.

Les faits ont émergé peu à peu, comme des feuilles soulevées par le vent. Nous lisions les informations en ligne. Flora et Kevin, un amour de jeunesse s'étiolant avec la distance. La mère de Flora, muette, son père, furieux. Ses amies d'avant l'université disant avoir eu de moins en moins de nouvelles ces derniers temps. Sa petite sœur racontant l'avoir trouvée triste lors de leur dernière conversation téléphonique. L'histoire d'une fille cachant le naufrage de sa vie derrière un sourire.

Le mauvais rôle est revenu à Kevin. Celui du meurtrier. Il n'est jamais retourné à Dartmouth. Les médias auraient été constamment sur ses talons. Dans la section commentaires des articles, on pouvait lire des menaces de mort.

Crève, enculé ! Qu'attends-tu pour te mettre une balle dans la tempe ? Si tu ne le fais pas, moi je le ferai. Le monde ne s'en portera que mieux.

À Wesleyan, le site de dénonciations anonymes mis en ligne deux ans après la mort de Flora a été le pire de tous. Le fil consacré à Flora a pris un tour monstrueux, parasité par la haine envers Kevin.

Faisons payer KM pour ce qu'il a fait.

Il avait trop bu, ce soir-là. On pensait qu'il était venu à Wesleyan pour rompre avec Flora, et la soirée des jumeaux semblait un bon endroit pour le faire, l'alcool aidant à amortir le choc. Mais les choses avaient mal tourné. Ils s'étaient disputés en public, une querelle dont tout le monde exagérait à présent l'intensité. Kevin s'était montré agressif envers Flora sur la piste de danse, et plusieurs garçons s'étaient portés à la défense de la demoiselle en détresse. Flora s'était enfuie en courant, visiblement perturbée. Kevin avait été sourd à ses prières, préférant lui assener une série de textos assassins, dont l'un l'encourageait explicitement à mettre fin à ses jours.

Elle n'a fait qu'obéir. Suivre son conseil. Flora aimait faire plaisir aux gens.

Elle ne s'était pas ôté la vie avec une lame de rasoir, ni même un couteau. Apparemment, elle s'était servi d'un tesson de céramique, un morceau de tasse, dont les autres vestiges avaient été retrouvés plus tard près d'un drain de douche de la résidence. La séquence des événements rejouait dans ma tête comme un film d'horreur. Flora, se traînant jusqu'aux douches dans son peignoir pelucheux, les yeux rouges, le maquillage ruisselant sur les joues. Sortant la tasse de la poche de son peignoir une fois que la douche avait commencé à couler, et la fracassant par terre. Ramassant le plus gros tesson, le plus tranchant, celui qui ferait le plus de dommage, et laissant là les autres.

Clara a témoigné plus tard l'avoir vue se diriger vers les douches, et leurs regards s'étaient croisés une seconde. Elle était avec un garçon, voilà pourquoi elle n'avait pas remarqué l'agitation de Flora. Elle avait porté un doigt à sa bouche et émis un petit rire, et Flora l'avait imitée. *Ce sera notre petit secret.*

Clara avait aperçu les morceaux de céramique sur le sol de la douche un peu plus tard. Son partenaire affirmant ne vouloir lécher qu'une chatte bien propre, elle était allée se frotter avec un gant de toilette avant de retourner dans sa chambre, une serviette-éponge autour de la taille. Les fragments de tasse n'avaient éveillé chez elle aucun soupçon. Un accident, sans doute. Une fille qui se préparait pour la fête en buvant de la vodka dans une tasse, peut-être. Nous avions toutes fait ça.

Ce qui m'a le plus surprise, c'était que Flora ait laissé un tel désordre derrière elle. Tout autour d'elle était d'une propreté immaculée, elle était bien la seule d'entre nous à prendre la peine de se munir d'un sac poubelle pour ramasser les emballages de chips, les assiettes de papier et les gobelets poisseux qui jonchaient la salle commune de la résidence.

Elle s'était assise sur son lit, le tesson entre les doigts. Elle avait lu une dernière fois le message de Kevin (*mon* message) pour se prouver qu'il était bien réel, que le garçon qu'elle aimait depuis quatre ans était vraiment cruel à ce point. Que le monde s'était retourné contre elle.

Elle avait commencé par le poignet gauche, là où les petites veines bleues émergent comme des ruisseaux sous le voile de la peau. Le bord le plus acéré avait percé l'épiderme. Elle aurait pu s'arrêter là, presser un petit tampon de papier toilette sur le point rouge. La peau se serait reformée autour et personne ne se serait aperçu de rien. Elle aurait scellé ce lourd secret dans son cœur.

Mais elle ne s'était pas arrêtée là.

La plupart des gens qui s'ouvrent les veines n'en meurent pas. Hantée par l'épisode sanglant de Flora, j'ai fait quelques recherches en ligne. Pour mourir, il faut trancher les deux artères, et il n'est pas facile de les trouver. Rares sont les gens qui ont la précision et la conviction nécessaires. On les retrouve souvent à temps et ils se réveillent dans une chambre d'hôpital avec de la gaze autour des poignets, sous le regard sévère d'une infirmière. La plupart se trouvent quelques raisons de vivre, en fin de compte.

Flora a dû lâcher un petit cri, car se couper les poignets est sûrement douloureux. Mais personne n'était là pour l'entendre. Tout le monde dormait ou faisait la fête. Dawn, la responsable d'étage, un oiseau de nuit, rédigeait une dissertation avec Kurt Cobain à plein volume dans les oreilles, et Clara s'envoyait en l'air sur fond sonore de heavy métal. Peut-être Clara avait-elle entendu quelque chose, un gémissement, le commencement d'un cri, mais la musique jouait fort, et les orgasmes savent faire oublier tout ce qu'on ne veut pas entendre. Est-ce que je n'en avais pas fait moi-même l'expérience ?

Ella, quant à elle, était profondément endormie, pratiquement comateuse à cause du cachet de Theraflu qu'elle avait avalé par-dessus deux Tylenol rhume et sinus.

Selon le rapport de police, il n'a fallu à Flora que cinq petites minutes pour perdre presque tout son sang, teignant son édredon rose en rouge vif, éclaboussant les murs et le plafond d'une sorte de graffiti dément. Internet dit que ça prend généralement des heures pour mourir, car le corps est outillé pour résister à la mort. Mais celui de Flora a à peine réagi. Dans les mêmes trente minutes entre vingt-trois heures et vingt-trois heures trente, elle mourait et Kevin s'enfermait avec moi dans les toilettes.

Si je ne l'avais pas suivi là-haut. Si je n'avais pas ouvert la bouche. Si je ne lui avais pas ouvert mes jambes. Ou mon cœur.

Si je n'avais pas ceci. Si je n'avais pas cela. Kevin se serait rendu auprès d'elle, et peut-être aurait-il pu la sauver.

Il avait retrouvé Flora les bras écartés, allongée sur son édredon, les yeux vitreux fixant le plafond. Comme si elle dessinait un ange dans la neige. Si ce n'était tout ce sang.

Ella a raconté s'être réveillée au hurlement de Kevin. Elle avait sauté du lit pour se précipiter dans le couloir. Ce hurlement la hanterait toute sa vie. Kevin avait allumé, et l'image de la morte sous la lumière crue s'était imprimée à jamais dans l'esprit d'Ella. Flora s'était ouvert les veines dans l'obscurité, sous la lueur des étoiles phosphorescentes collées au plafond. Peut-être avait-elle songé à qui la retrouverait morte. Toujours magnanime, elle avait voulu amortir le choc.

Flora devait se douter que ce serait Kevin qui trouverait son corps. Elle l'aimait toujours, malgré tout. Avait-elle pratiqué une si profonde entaille justement pour extirper de son corps les dernières traces de cet amour ?

Aux actualités, on parlait du « suicide de Wesleyan ». Pour nous, c'était « la résidence maudite ». Dès qu'ils ont vu son joli visage, les médias ont fait de Flora l'héroïne d'un conte moralisateur.

— Ma fille ne voulait pas mourir, a affirmé sa mère d'une voix chancelante lors d'une entrevue. Elle appelait à l'aide. C'est son message à lui qui l'a tuée.

Les parents de Flora ont réclamé une enquête. Le visage de son père, veiné comme un steak coriace, affichant une colère comme Flora n'en aurait jamais eu. Kevin méritait la prison pour ce qu'il avait écrit, disait-il. Pour ce que *j'avais* écrit.

Kevin a nié être l'auteur de ces textos. Il ne les a apparemment lus que plus tard, mais quand, exactement ? Après avoir appelé le 9-1-1, sans doute. Comment avait-il réagi en les lisant ? Avait-il cru un moment en être l'auteur ?

— Quelqu'un a dû voler mon téléphone, a-t-il raconté aux journalistes. Ce n'est pas ma faute.

« Ce n'est pas ma faute. » L'une des excuses préférées des hommes.

J'ai vécu les jours qui ont suivi avec des pierres dans le ventre, dans l'attente qu'on vienne m'arrêter. Mais qui ça, *on* ? Les policiers, sans doute, qui surgiraient dans ma classe, ordonnant à tout le monde de mettre les mains en l'air. Ou les journalistes, qui brandiraient des accréditations et des microphones comme autant d'engins de mort. « C'est elle ! » s'écrieraient-ils en me pourchassant à travers le Centre des arts, des accusations assassines sur les lèvres.

Mais ce sont les autres filles qui m'ont condamnée, en quelque sorte, et non les autorités. Felty n'avait pas tort. Quelqu'un nous avait bien vus, Kevin et moi, entrer dans les toilettes et nous y enfermer, et bientôt tout le monde était au courant. Elle devait venir de Lauren, cette rumeur qui revêtait de nouveaux atours chaque fois qu'elle était répétée. J'avais conspiré pour chiper Kevin à Flora. Je l'avais cherché toute la soirée. J'avais une mission à remplir. Pendant tout le reste de mes études à Wesleyan, une bonne partie du corps étudiant me verrait comme la fille qui s'était envoyée en l'air avec Kevin McArthur pendant que la petite amie de celui-ci se suicidait.

Un autre groupe, plus petit, avait une théorie encore plus menaçante : c'était moi qui avais tué Flora. On m'avait vue m'enfuir dans la cour de Butts C, les cheveux épars dans la nuit.

Il y aurait une enquête, qui poserait une question à laquelle personne n'aurait jamais pensé devoir répondre : peut-on tuer une fille sans accomplir soi-même le geste ?

Le tribunal populaire clouait Kevin au pilori. Pas seulement Kevin. Moi aussi.

31

AUJOURD'HUI

À : Ambrosia Wellington, a.wellington@wesleyan.edu
De : Comité des anciens étudiants de Wesleyan, reunion.classof 2007@gmail.com
Objet : Retrouvailles de la promotion 2007

Chère Ambrosia Wellington,
La soirée rouge et noir de la promotion 2007 couronnera un week-end passionnant. Repas gastronomique, boissons, ensemble jazz et plus encore : un événement à ne pas rater, dans l'aile ouest du pavillon Usdan. Gageons que ce sera le sujet de conversation des dix prochaines années.

Meilleures salutations,
Le comité des anciens étudiants

J'hésite à me rendre au Super 8. Il me serait facile d'emprunter la I-91 et de ne m'arrêter qu'une fois arrivée à Astoria, de ne m'inquiéter des conséquences que plus tard. Mais si je ne parle pas à Kevin aujourd'hui, je n'aurai peut-être plus jamais l'occasion de lui demander pourquoi il est convaincu que Flora a été assassinée.

Une réceptionniste à la queue-de-cheval guillerette me dit qu'aucun Kevin McArthur n'est descendu à l'hôtel. Je me demande une seconde si Kevin lui a dit qu'elle était belle, elle aussi.

Je sais pourtant qu'il est là. Peut-être s'est-il inscrit sous un pseudonyme. Lequel choisirait-il ?

— Pardon, dis-je avec une mine contrite. Je voulais dire John Donne.

— OK, je regarde.

Elle tape quelque chose sur son clavier et me gratifie d'un sourire immaculé.

— Monsieur Donne est dans la chambre 12. Bonne journée !

Comme si la journée d'aujourd'hui pouvait être « bonne ».

Je perds un peu mon élan devant sa porte. Je frappe doucement, espérant presque qu'il soit absent. Qu'est-ce que je vais bien pouvoir lui dire ? La porte finit par s'entrouvrir.

— Amb ?

— Salut. J'ai pensé que tu étais encore fan de John Donne.

— Qu'est-ce que tu fais là ?

Il me gratifie d'un regard soupçonneux, comme si j'étais une parfaite inconnue. Je suppose que j'en suis une.

— Désolée de me pointer sans prévenir. Mais j'ai l'impression que... il faut qu'on parle, tous les deux.

— D'accord, répond-il d'une voix éteinte. Qu'est-ce qui se passe ? Vous avez trouvé quelque chose ?

Il est tête nue. T-shirt blanc. Maintenant qu'il a enlevé son sweat à capuche, ça se voit qu'il est en forme, qu'il fait du sport pour éviter que ne resurgisse le petit garçon grassouillet qu'il dit avoir été, enfant.

— La sœur de Flora est ici. Sur le campus. Je ne sais pas si elle a quelque chose à voir avec tout ça, mais elle est là. On l'a vue à la cérémonie.

Kevin pousse un profond soupir.

— Merde ! Poppy a toujours eu une dent contre moi. Mais ce n'était qu'une petite fille, à l'époque. Je ne l'imagine pas faire quelque chose comme ça, ajoute-t-il en jetant un œil dans le couloir. Entre donc.

Je le démasque, là, alors qu'il m'ouvre la porte, à ce hochement de tête paresseux, à ce soupçon de sourire : le garçon qui m'avait convaincue que j'étais unique. Il est là, juste sous la surface. À l'intérieur, nous nous asseyons sur le lit. Les rideaux sont tirés, la lumière du jour laisse deviner la forme de la fenêtre.

— Donc, à ton avis, celui ou celle qui nous a envoyé les cartons est aussi l'assassin de Flora ? Tu penses vraiment que Flora a été assassinée ?

Kevin triture l'édredon.

— Tu n'as pas vu ce que j'ai vu. Elle a été tuée. C'était prémédité. Quelqu'un a utilisé mon téléphone, puis a suivi Flora quand elle est rentrée. Flora ne se serait jamais suicidée. Elle n'était pas… elle n'aurait jamais fait ça. Et elle aurait laissé un mot d'adieu.

— Tu as raconté ça à la police ?

Mon cou est traversé d'une chaleur soudaine.

— Penses-tu vraiment qu'ils avaient envie de m'écouter ? Les empreintes digitales de Flora étaient sur la tasse. On n'a vu personne entrer dans la résidence. Il n'y avait aucun signe de lutte. J'ai essayé de leur dire qu'elle ne se serait pas défendue, tellement elle était bouleversée. Ou bien alors, le coupable est quelqu'un qu'elle connaissait.

— Mais qui aurait bien pu faire ça, et maquiller le tout en suicide ?

— Quelqu'un qui savait qu'on allait me mettre ça sur le dos.

Kevin se lève et ramasse son porte-monnaie sur la table de chevet, pour en sortir un papier froissé, plié et replié maintes fois.

— J'ai montré ça aux policiers. Désolé. Il y a ton nom dessus.

Mon nom. Je songe, en prenant le papier, que je n'avais jamais vu l'écriture manuscrite de Kevin. Des lettres de grande taille, carrées, serrées. C'est une liste : Sully et moi, quelques autres filles de Butts, Hunter aussi, avec qui Kevin croyait que Flora le trompait.

— C'est quoi, cette liste ?

Le papier est doux au toucher, usé comme la carte de visite de Felty. Le boulet de Kevin, celui qu'il traîne depuis tout ce temps à cause de moi.

— Ce sont des gens qu'elle connaissait et que j'ai vus ce soir-là. Des gens qui auraient pu lui vouloir du mal.

— Je ne lui voulais aucun mal. C'était ma... ma meilleure amie.

— Cela ne t'a pas empêchée de venir jusqu'à Dartmouth pour me dire qu'elle me trompait. Elle m'a supplié de venir la retrouver à Wesleyan, et puis, ce soir-là, toi et moi... je ne voulais pas faire ça. Plus tard, je me suis demandé si tu n'avais pas tout planifié. On s'est retrouvés tout d'un coup dans les toilettes... Tu avais un drôle de regard, comme si tu avais triomphé de quelque chose, ou de quelqu'un.

Un éclair de terreur remonte le long de mon échine.

— Pas du tout, Kevin. Je te le jure. J'ignorais totalement ce qui allait se passer. Ce soir-là, on s'est juste un peu emballés, toi et moi.

J'arrache les petites peaux déjà torturées autour de mes ongles.

— C'est toi qui as rédigé ces textos ?

Son regard me transperce.

— Bien sûr que non !

Mon cœur bat la chamade, la panique me fait tourner la tête.

— De toute façon, tu penses que quelqu'un l'a assassinée. Moi, j'étais avec toi. Ça ne peut pas être moi.

Il se passe la main dans les cheveux.

— Je sais. J'essaie juste d'y voir plus clair. Et je n'y arrive pas.

— Elle avait beaucoup trop bu, elle avait le cœur brisé. Pourquoi n'as-tu pas rompu plus tôt ? continué-je d'un ton brusque, car ce souvenir déclenche encore aujourd'hui chez moi une conflagration d'émotions. Pourquoi ne pas avoir agi plus vite, pour qu'on puisse tourner la page, toi et moi ?

— Tu ne comprends pas, Amb. C'était compliqué. Le père de Flora et le mien jouaient au golf ensemble. Ma mère et sa belle-mère étaient les meilleures amies du monde. Ils étaient pratiquement en train de planifier notre mariage.

Je pose le papier froissé et croise les bras.

— Donc, tu m'as fait marcher. Et tu l'as fait marcher, elle aussi.

— Non, ce n'est pas ça. Mon Dieu, on dirait un mauvais film. Écoute. Flora avait toujours été là pour moi. Un repère constant. Je savais qu'elle ne m'abandonnerait jamais. Alors ouais, je n'étais plus amoureux d'elle, mais je n'avais pas tellement envie de lui briser le cœur non plus. J'attendais le bon moment pour rompre.

— Mais tu ne l'as pas fait.

Ma voix est glaciale.

— Non, répond-il en se frottant la mâchoire. En effet. J'ai tout gâché.

Il s'approche de la petite table où est posée une bouteille de Jack Daniel's à côté d'une machine à café.

— Tu veux un verre ? Moi, j'en ai besoin.

Il remplit un mince gobelet en carton. Après avoir bu son premier verre d'un coup, il s'en sert un second. Il est clair que Kevin boit beaucoup, et souvent.

— Échangeais-tu des mails avec d'autres filles ?

On s'éloigne du sujet, mais je n'arrive pas à laisser passer l'occasion de savoir enfin.

— Non. Juste avec toi, répond-il sans me regarder.

— Et des textos ?

— Non plus, répond-il, plus lentement cette fois.

Je conjure ma colère et tente de lui donner la forme appropriée. Kevin sait que je sais qu'il ment.

— Je croyais que, comme tout le monde, tu me reprochais sa mort. Après tout, je n'ai eu aucune nouvelle de toi par la suite.

Je me radoucis malgré moi.

— Je t'ai envoyé un message, mais il est resté sans réponse.

Kevin avale une autre gorgée.

— J'avais fermé mon compte. Qu'est-ce qu'il disait, ton message ?

— Je te demandais simplement comment tu allais.

Je me rappelle exactement ce que disait mon message. Dans un langage très relâché, parce que j'étais assez éméchée, j'avais écrit :

Hey, je suis vraiment désolée de ce qui t'arrive, je suis là si tu veux parler, t'es toujours important pour moi et ça ne changera pas.

— Qu'est-ce que j'aurais répondu, à ton avis ? reprend-il en riant d'un rire un peu tordu, malsain. Tu voulais être actrice. Peut-être que tu jouais la comédie avec moi, pendant tout ce temps.

— Je ne jouais pas la comédie ! Et je ne suis pas actrice. Toi, tu ne voulais pas devenir écrivain ?

Kevin vide son verre.

— Je travaille pour mon père. Je n'ai réalisé aucun de mes rêves.

Parler de nos échecs ne mène à rien. Je dois guider la conversation vers le passé.

— Avais-tu vraiment l'intention de rompre avec Flora ? Tu disais que tu avais besoin de temps, et puis...

— Et puis, fait-il en soupirant, et puis, il a fallu que je tombe sur elle, morte... C'était... je ne trouve pas les mots. Et puis ça ne sert à rien de les chercher, ça n'empêchera pas cette image de me hanter. Je m'apprêtais à lui dire que c'était fini entre nous.

— Pour pouvoir sortir avec moi.

Je déteste la fille de dix-huit ans qui perce à travers ma voix, celle qui est prête à tout pour être aimée. Sully m'étranglerait si elle voyait combien je suis crédule, mais je dois savoir si tout cela valait la peine.

— Ouais.

Sa réponse ressemble davantage à un grognement qu'à un mot. Était-il comme ça au téléphone avec Flora, obligé d'esquiver ses questions de plus en plus inquisitrices ? Ce serait bon de le croire... Non, j'aurais plutôt dû suivre mon instinct le jour où je l'ai rencontré. Déchirer le papier où il avait noté son adresse électronique. M'éclipser quand Flora s'est mise à se vanter du « lien constant » qui les unissait. Mais il est trop tard à présent.

— En chemin vers la résidence ce soir-là, lui demandé-je, tu n'as rencontré personne ? Dans les couloirs, dans les alentours ?

— Non. J'entendais de la musique, des bruits, mais je n'ai vu personne, répond-il en se rapprochant de moi. Écoute, quand Sully m'a appelé pour me dire qu'elle avait reçu un carton...

Sully. Le nom résonne dans mes oreilles, et ce n'est pas parce qu'il a utilisé son surnom. Ce qui me frappe, c'est que *Sully a contacté Kevin la première.*

— Elle m'a raconté que c'est toi qui lui avais écrit.

Son air perplexe en dit long.

— Comment a-t-elle fait pour trouver ton numéro de téléphone ? ajouté-je.

Le silence est lourd, c'est le même grésillement qui m'avait assourdie le jour où j'ai surpris Matt avec Jessica French. Quelque chose de hideux couve devant mes yeux, mais je ne sais pas comment traiter cette information.

— Je ne sais pas trop, marmonne Kevin.

Sully et Kevin. La vérité criante de ces deux-là, juste sous mon nez pendant tout ce temps. Après la mort de Flora, je n'ai pas réussi à retracer Kevin. Mais Sully a toujours été plus créative que moi, plus ingénieuse. Je ne l'amusais plus, alors elle a trouvé un autre jouet pour se divertir. La rage m'empêche de penser. Je suis en colère contre Sully, mais d'abord contre moi-même : j'aurais dû me douter de quelque chose.

Ses paroles me reviennent, à la soirée des jumeaux. « Tu l'as baisé, alors. C'est un bon coup, hein ? »

— Sully et toi, dis-je d'une voix pâteuse. Tu as couché avec elle.

— Hum, fait-il en toussotant. Ça fait très, très longtemps. Je pensais que tu le savais, mais après, elle m'a dit que tu n'en avais aucune idée, et elle ne voulait pas que ça change.

Elle n'en a aucune idée. Sully parlait à Kevin au téléphone, l'autre soir. J'ai presque peur de m'enquérir de la suite.

— Alors, tu es en couple avec elle ?

Il s'assied à côté de moi, dans un mouvement hésitant.

— Non, non, Dieu merci. Ça n'a été qu'un moment d'égarement.

Je ne peux nier qu'entendre quelqu'un parler de Sully comme d'un « moment d'égarement » me remplit de satisfaction. Facile de s'égarer, avec elle.

— Mais tu lui parles toujours.

— Pas vraiment. Seulement depuis qu'elle m'a appelé au sujet du carton.

— Ce moment d'égarement, c'était quand ?

J'ai besoin de savoir.

Kevin soupire.

— Elle est montée dans ma chambre. Le soir où vous vous êtes pointées à Alpha Chi. Et... c'est arrivé, c'est tout.

Sur le divan moisi, cette nuit-là, j'avais senti dans mon sommeil qu'elle était venue se coller, puis qu'elle était repartie. Elle ne s'était jamais donné la peine de m'expliquer où elle était allée, même quand je le lui avais demandé.

— Pourquoi devrais-je te croire, alors, quand tu dis qu'il n'y avait pas d'autres filles ? lâché-je froidement.

— J'ai regretté ce qui est arrivé. J'aurais aimé pouvoir repousser Sully, mais mon amour-propre était un peu monstrueux. Je prenais tout ce qui passait. Mais après Flora... eh bien, tout le monde a préféré me tourner le dos.

— Qu'est-ce qui s'est passé, après Flora ?

Malgré mes efforts, ma voix est déformée par le besoin d'être acceptée.

— Sully a retrouvé ma trace à Fairfield pour me dire qu'elle me croyait. Selon elle, les derniers textos envoyés à Flora n'étaient pas de moi. Comprends-moi, j'étais mal en point, personne d'autre ne voulait de moi. Mais Sully s'est lassée, elle a fini par partir. Je croyais que je n'entendrais plus jamais parler d'elle. Jusqu'à ce qu'elle m'appelle au sujet du carton.

— Tu as donc été en couple avec elle.

Est-ce plus difficile à digérer que Kevin ait été son copain, ou qu'elle ait eu un copain tout court ?

— Non, répond Kevin, une mèche de cheveux lui tombant sur le visage. Je n'ai jamais eu l'impression de la connaître vraiment. Même que...

— Même que quoi ?

— Parfois, j'avais l'impression que ce qu'elle voulait, au fond, c'était me garder à l'œil.

Je connais ce sentiment, ai-je envie de dire, mais je ravale mes paroles. Kevin frôle mon bras. Je ne fais rien pour l'en empêcher. Car Sully n'est pas là, Flora n'est pas là, mais moi, si.

— As-tu déjà pensé que c'était elle, la coupable ?

La colère me monte au nez. Je veux que Kevin réponde par l'affirmative. Je veux que quelqu'un, quelque part, tienne Sully pour responsable. Une fois ma question formulée, je me rends compte que c'est pour la poser que je suis venue voir Kevin aujourd'hui.

— Ouais. Au début, je soupçonnais tout le monde. Mais Sully se fiche pas mal de tout le monde, et pour faire une chose comme celle-là, il faut que quelqu'un compte quelque part.

Une idée s'impose à moi, me forçant à cligner des yeux de stupeur.

Et si *moi*, j'avais compté pour elle ?

Mais je n'ai pas le temps d'envisager ce que cela implique. Kevin a déjà posé une main sur ma nuque et l'autre sur ma joue. Il m'embrasse sur l'oreille, sur la clavicule. Sa bouche fiévreuse me caresse la gorge. Doucement, il me fait basculer contre l'édredon.

Je pourrais aller plus loin. Ce serait ma vengeance contre Sully, la fille qui a réussi à prendre ce que je désirais tout en me convainquant qu'elle m'avait tout donné. Je pourrais coucher avec Kevin. *Le spectacle est terminé, Sully ! Tu n'as rien de spécial.*

Pourtant, je trouve la force de mettre les mains sur la poitrine de Kevin pour le repousser. Car aujourd'hui, je n'ai plus du tout envie de lui. Cet homme qui sent le whiskey et le désespoir est un parfait inconnu. Je n'ai nulle envie de le connaître. Flora n'est plus là pour rivaliser avec moi. Peut-être était-ce ce qui me stimulait, à l'époque. La douceur magnétique de Flora, voilà ce que je désirais pendant tout ce temps, et non son petit ami.

— Je ne peux pas. Je suis mariée.

Adrian, le pilier de mon existence, a juré de m'aimer jusqu'à ce que la mort nous sépare. Il mérite mieux.

Kevin hoche la tête. Il est déçu. C'est agréable d'être celle qui le repousse.

— J'espère que ton mari te traite avec respect. Ce que je t'avais dit à l'époque, je le pensais vraiment. Tu mérites quelqu'un de bien.

— Oui, mon mari est quelqu'un de bien.

Je n'ai plus qu'un filet de voix. Kevin passe la main sur sa chemise pour la défroisser.

— Flora méritait mieux, elle aussi. J'ai gâché sa vie. C'est ce qui m'a fait venir jusqu'ici. J'aimerais bien qu'on arrête de me soupçonner, évidemment, mais surtout, je veux que le coupable soit puni.

Je fixe le morceau de papier à côté de moi, imaginant Kevin l'étudier de près et tâcher de résoudre le mystère. Je ne peux l'aider à rassembler les pièces du puzzle sans m'incriminer. C'est moi qui ai envoyé les derniers textos à Flora. C'est moi qui ai entraîné Kevin jusque dans les toilettes. Puis il est parti. Combien de temps Sully et moi étions-nous restées à la fête ensuite ?

Assez longtemps pour que quelqu'un finisse ce que j'avais commencé.

— Et si... commençais-je avec hésitation. Et s'il y avait plus d'un coupable ?

Kevin fronce les sourcils.

— J'y ai pensé. Mais on n'a vu personne entrer dans la résidence. À peu près tout le monde était à la fête.

On n'a vu personne entrer dans la résidence.

Mais on a vu quelqu'un en sortir en courant. Les rumeurs, les messages sur le site de dénonciations anonymes.

J'ai vu AW sortir de Butts en courant ce soir-là habillée comme une pute ; c'est elle qui a fait le coup.

Mais... j'avais une jumelle, à la soirée des jumeaux !

« Chez elle, c'est récurrent », m'a prévenue Lauren hier. Sully serait arrivée à convaincre n'importe qui de faire n'importe quoi. Elle m'avait mis le téléphone entre les mains et rigolait pendant que je tapais. Elle avait rendu l'appareil à Kevin, effacé nos empreintes digitales. Tout en donnant l'impression d'avoir fait tout ça spontanément.

J'imagine Sully s'acharner sur sa meilleure amie Evie pour la convaincre que prendre de l'oxycodone serait marrant. Passer son bras autour des épaules de Flora, lui raconter ce que Kevin était en train de faire à la fête, la poussant à quelque chose d'extrême pour se venger de lui.

Sully ! ai-je envie de hurler. *Sully, mais qu'est-ce que tu as fait !*

J'imagine déjà sa réponse : *Rien qu'elle n'allait pas faire de toute façon.*

Sur la table de chevet, le téléphone sonne. Je sursaute. Kevin répond.

— Allô ?

Puis, avec plus d'impatience :

— Allô ? Il y a quelqu'un ?

Il repose le combiné.

— Mauvais numéro. C'est la quatrième fois aujourd'hui.

« Il n'y a pas de nous. » Ce soir-là, je n'étais qu'un pion dans le jeu de Sully. L'intérieur de mon corps, qu'une planque pour Kevin. Sully avait fait en sorte que ce soit la dernière fois. Mais il m'est impossible d'expliquer tout ça à Kevin.

— Je ne sais plus quoi penser.

C'est la chose la plus honnête que j'ai dite depuis longtemps.

— Ouais. Quel merdier ! Tout ça parce que je n'ai pas eu le courage de rompre avec Flora. Parce que je voulais avoir des rapports sexuels, et pas elle… alors je suis allé prendre mon pied ailleurs.

— Mais, Flora et toi...

Flora et toi. Je vous avais entendus dans son lit.

— Flora voulait attendre jusqu'au mariage.

Kevin se pince la peau entre les sourcils. J'attends que cette information pénètre dans mon cerveau, j'essaie de la comprendre, mais elle refuse de se laisser appréhender. De mon lit, pas très loin de celui de Flora, j'avais entendu les draps se froisser lors de la première visite de Kevin. J'en avais déduit qu'ils étaient en train de baiser, parce que c'était ce que tout le monde faisait. Flora ne m'avait jamais dit qu'elle voulait rester vierge jusqu'au mariage. Le souvenir d'Halloween me revient, le pilote, ses mains sur le corps de Flora, mon aveuglement devant ce qui s'était passé ce soir-là.

— Il faut que j'y aille, déclaré-je en me levant, écœurée par mon silence d'alors. On devra apprendre à vivre avec ça, toi et moi.

Il n'y a rien à ajouter. Flora est morte, et nous, nous sommes vivants, maculés d'une douleur partagée.

— Ne pars pas, me demande Kevin en me prenant la main. Reste un peu. S'il te plaît. Ici, tu es en sécurité.

J'essaie de mémoriser ses traits, de percevoir son vrai visage, celui que j'avais entrevu à Dartmouth : ex-enfant chéri, beau parleur. Je pourrais le prendre à Sully, mais aujourd'hui, elle s'en fiche pas mal. Elle n'aime personne. Sauf moi, peut-être.

— Prends soin de toi, Kevin.

Mes mains tremblent en attrapant mon sac.

— Attends, Amb. Tu ne veux plus essayer de découvrir la vérité ? Tu comptes faire quoi ?

— Je ne sais pas. Passer à autre chose.

Sur le seuil, je lui pose la dernière question qui me brûle les lèvres.

— Tu avais écrit une nouvelle à propos d'une certaine Clarissa. De qui s'inspirait-elle ?

— De toi, répond Kevin sans hésitation. Je voulais te la faire lire, mais ç'aurait été trop. Je ne comprends pas pourquoi je l'ai envoyée à Flora. Je voulais peut-être qu'elle comprenne que ce n'était pas elle. Mais elle était tellement contente que je n'ai pas voulu la détromper.

— Je suis triste de ne pas l'avoir lue, finalement.

Je ne le crois pas. Mais ce qui me désole vraiment, c'est que cette nouvelle ait été écrite. Clarissa a encouragé la jalousie que j'éprouvais déjà pour Flora. Clarissa en a fait un animal soumis à son instinct.

— Moi aussi, j'aurais aimé que tu la lises, me dit Kevin en refermant la porte avec un sourire triste. Fais attention à toi, OK ?

De retour dans la voiture de location, j'envoie un message à Billie et je couvre le souvenir du baiser de Kevin d'une nouvelle couche de rouge à lèvres. Je dois m'ancrer dans une certaine normalité, me rappeler que la Terre continue de tourner.

J'ai peut-être fait quelque chose de terrible.

Sa réponse est immédiate.

Je t'avais dit qu'il se pointerait. Qu'est-ce qui s'est passé ?

Billie, romantique incorrigible ! C'est pourtant la même qui affirmait, le jour de notre mariage, avoir su qu'Adrian et moi finirions ensemble dès la première fois où elle l'avait rencontré. Je me demande si c'est écœurant ou impressionnant que des filles puissent s'infliger ça les unes aux autres. Que nous puissions atteindre ce niveau de vacherie au nom de la solidarité féminine.

32

IL Y A QUATORZE ANS

L'enquête ouverte sur l'implication de Kevin allait-elle mener à un procès ? En tout cas, le tribunal populaire ne prenait pas de répit. Des manifestations éclataient ici et là sur le campus. Les filles de Butts C, que j'avais enviées pour leur beauté et leur décontraction insolentes, étaient aussi d'éternelles activistes. La cause de Flora remplaçait simplement leurs récriminations périodiques contre l'autorité universitaire. Elles se regroupaient en un déchaînement de chevelures et de bouches ouvertes. Interdits l'année précédente (les gens s'en fichaient pas mal à présent), les dessins à la craie se multipliaient sur le campus : « Justice pour Flora. Les mots peuvent tuer autant que les poignards ou les fusils. »

Je portais ma paranoïa comme un poids mort sur les épaules. Je peinais à sortir du lit le matin. Je séchais mes cours, à l'abri dans ma chambre. J'avais perdu le goût de la fête. Je voulais juste survivre à ma première année d'université.

Des filles embusquées m'attendaient dès que je quittais ma chambre, réclamant que je prenne la direction du mouvement contre quelque chose dont elles ignoraient que j'étais la cause. J'étais soudain populaire, juste au moment où je voulais me rendre invisible. Je les évitais comme la peste, mais un jour, Lauren m'a apostrophée pendant que je faisais ma lessive.

— Tu n'es venue à aucune manif, m'a-t-elle dit en croisant les bras. Tu ne veux pas que ce connard paie pour ce qu'il a fait ?

— Bien sûr que oui, ai-je répondu d'un ton brusque. Mais je ne vois pas ce que des slogans à la craie sur les trottoirs vont changer à tout ça. Laissons les avocats faire leur travail.

— Tu pourrais quand même manifester un peu de solidarité. Tu ne penses pas que tu lui dois ça ?

Tout le monde semblait croire que je devais quelque chose à Flora, ce qui m'agaçait prodigieusement. Elle avait passé sa vie à jouer la damoiselle en détresse, et la mort n'avait pas mis fin à cette mascarade.

— À moins que tu aies une autre raison de ne pas te montrer, a conclu Lauren en tournant les talons avant que j'aie pu tenter de deviner, à son expression, l'étendue de ses soupçons.

La rumeur à propos de Kevin et moi n'était qu'un on-dit à ce moment-là, mais elle allait bientôt se propager comme un feu de poudre.

Parfois, je contemplais ma tasse *Amie* ; quand elle n'était pas fourrée sous des piles de linge sale amoncelé sur le sol, je la posais bien en vue, pour me rappeler ce qui pouvait arriver à force de désirer quelque chose qu'on n'était pas censée avoir. J'ai fini par l'abandonner dans la chambre quand j'ai quitté Butts à la fin de ma première année d'université, mais j'ai gardé la photo de Kevin volée à Flora et toujours glissée entre les pages du John Donne, sa dernière demeure.

La nuit, je fermais à peine l'œil, certaine que les policiers n'étaient pas satisfaits de mes réponses et me rattraperaient tôt ou tard. J'allais à MoCon avec Sully, mais je touchais à peine à mon assiette. Mes dents claquaient constamment, mes pensées réduites à la banalité ou au fatalisme.

— Relaxe, ne cessait de me répéter Sully. C'est fini. On peut reprendre le cours normal de nos vies.

Elle avait tort.

Le jour où un policier a fini par me rattraper, devant Butts A, je rentrais d'Olin. J'aurais dû m'y attendre. J'aurais dû savoir quoi répondre.

— Ambrosia Wellington ! m'a lancé un homme.

C'était celui qui m'avait interrogée au début de l'enquête. Felty, yeux bleus, sourire jovial. Mes jambes se dérobaient sous moi. J'avais besoin de Sully pour me guider, pour savoir quoi dire et comment le dire.

— Je peux vous aider ?

— Vous avez une minute ?

Nous avons trouvé une table près d'une fenêtre à Summerfields. J'ai pris un café noir, même si je détestais le relent acide que le café provoquait dans mon estomac. L'agent Felty avait-il pour coutume d'offrir un café aux filles sur le campus ? Il cherchait sans doute à me mettre à l'aise, comme si me retrouver dans mon habitat naturel m'inciterait à desserrer les lèvres et à lui avouer ce qu'il voulait entendre.

— Merci de me consacrer un peu de votre temps, a-t-il commencé.

Le temps, voilà une dimension qui semblait compter pour lui. Cet homme-là était sans doute d'une ponctualité frustrante, du genre à piquer une colère contre sa femme si elle prenait deux minutes de trop pour se préparer.

— Pas de problème, ai-je répondu, le café me brûlant les gencives. De quoi vouliez-vous parler ? Je vous ai raconté tout ce que je sais à propos de cette soirée-là.

J'ai dit « cette soirée-là » tout bas, comme si je voulais étouffer les mots avec un oreiller.

— Je sais, a-t-il lâché en retirant le sachet de thé à la menthe de sa tasse. J'espérais pourtant que vous puissiez m'aider à combler certaines lacunes. La chronologie des événements ne tient pas la route.

D'instinct, j'ai enfoncé ma tête entre mes épaules.

— Kevin était avec Flora plus tôt ce soir-là. Vous les avez vus vers vingt et une heures trente, avez-vous dit. D'autres témoins les ont aperçus sur la piste de danse, en train de se disputer, une altercation qui aurait pu dégénérer si personne n'était intervenu.

J'ai hoché la tête. Peut-être devais-je me taire et exiger la présence d'un avocat. Mais seuls les coupables ont besoin d'un avocat. Je n'étais qu'un témoin, et je devais le rester.

— Sloane et vous avez parlé à Flora après cette altercation. C'est à ce moment-là que vous lui avez dit qu'elle serait mieux sans Kevin.

— Entre filles, on dit souvent ce genre de choses.

Je ne me rappelais pas du tout lui avoir dit ça. Et d'ailleurs, comment aurait-il pu savoir ce que j'avais dit ou pas ? Tout d'un coup, mon histoire, *notre* histoire, ressemblait à un poisson glissant, se tortillant entre mes mains.

— Oui. Entre filles.

Sa voix avait pris un ton cassant. Il savait quelque chose. *Il savait.*

— Ce que je ne comprends pas, c'est ce qui s'est passé ensuite.

— On a dansé. On a beaucoup bu. Mes souvenirs sont flous.

— Et vous ne vous êtes pas enfermée aux toilettes avec Kevin McArthur.

J'ai secoué la tête. Le café était une mauvaise idée. Il ne faisait qu'empirer ma nervosité ; en secouant trop fort la tête, je risquais de décrocher mon cerveau de mon crâne.

— Je vous ai déjà dit que non, ai-je répondu d'une voix heureusement claire et d'un ton presque râleur, à la Sully. Pourquoi êtes-vous venu jusqu'ici pour ressasser tout ça ?

— Avez-vous quitté la fête à un moment ou un autre pour retourner à la résidence ?

— Non.

Même la vérité résonnait comme un mensonge.

Felty a souri, peut-être pour se donner un air désinvolte.

— D'habitude, Kevin McArthur ne se soucie pas tellement de bien écrire, dans ses messages. Pas qu'il soit idiot ; il étudie à Dartmouth. Mais l'historique des messages envoyés depuis son téléphone nous a révélé qu'il n'est pas très fort en grammaire.

Felty a légèrement incliné la tête, comme s'il me faisait des confidences. *Les jeunes, de nos jours.*

Les messages de Kevin sans ponctuation, chargés d'abréviations indolentes que j'avais fini par considérer comme des marques d'affection. Par contre, les messages que nous avions... que *j'avais* envoyés à Flora étaient mieux construits, et à présent je comprenais, avec une panique aussi douloureuse qu'une migraine, que tout pouvait s'écrouler parce que je n'avais pas fait attention à ce détail.

— Comment je le saurais ? ai-je répliqué en tâchant de ne montrer aucune émotion. Je le connais à peine. Je n'ai jamais échangé de textos avec lui. J'utilise très peu mon téléphone.

La photo de Flora et du pilote le soir d'Halloween. Je priais pour que Felty ne demande pas à voir mon téléphone. S'il le faisait, j'allais exiger la présence d'un avocat.

— Ce que je ne comprends pas, a-t-il poursuivi, c'est comment ce soir-là, après avoir pas mal levé le coude comme il l'a admis lui-même, Kevin a pu ponctuer chacun de ses textos.

Le silence entre nous aurait pu être un mur de brique tant il était épais, opaque.

— Les gens agissent différemment quand ils boivent.

— Vous passez tout votre temps avec Sloane, n'est-ce pas ?

— C'est ma meilleure amie. Alors, oui, on se voit beaucoup.

J'ai serré ma tasse vide et songé à *Amie* et à sa compagne en mille morceaux.

— Et vous allez souvent à Dartmouth ensemble ?

J'ai tâché de cacher ma surprise, mais j'ai bien compris à son expression qu'il avait vu sous le masque. Comment savait-il que nous étions allées à Dartmouth ? Ailleurs sur le campus, ai-je soudain pensé, Sully était peut-être en train de prendre un café avec un agent comme Felty. Elle ne laisserait jamais rien échapper. Elle scellerait bien toutes les issues.

— Dartmouth, ai-je répété, ma langue soudain trop épaisse pour ma bouche. On n'y est allées qu'une seule fois. Sully avait un faible pour un type qui étudiait là-bas. On y a fait la fête un soir, et on est rentrées dès le lendemain.

Ça me semblait si loin… Je me convainquais presque que les détails concordaient.

— Je vois, a remarqué Felty.

Il n'avait pas touché à son thé à la menthe. Il l'avait sans doute commandé simplement pour avoir l'air charmant, un bon grand-père.

— Et vous rappelez-vous avoir vu Kevin McArthur à cette fête ?

J'avais l'impression de me trouver dans un jeu vidéo, une sorte de réalité virtuelle. Il suffisait d'une mauvaise manœuvre pour tomber d'une falaise ou finir sur des charbons ardents. J'ai choisi mes mots avec prudence pour éviter le champ de mines.

— C'est un grand campus, Monsieur l'agent. Il devait y avoir plus d'une fête ce soir-là.

Il a froncé les sourcils, mais je n'aurais pu dire si son regard était empreint de suspicion ou de pitié.

— Ma sœur avait quinze ans quand je l'ai retrouvée morte. Moi, douze. Elle s'était pendue dans notre garage.

— Vraiment désolée.

Tout ça avait donc un écho personnel pour lui.

— Elle l'avait bien caché. Le harcèlement dont elle était victime. Les filles de son école avaient fait de sa vie un enfer. Nos parents ne se doutaient de rien. Et moi, j'étais trop jeune pour reconnaître les signes. Ces filles-là sont libres aujourd'hui, elles vivent leur vie, et ma sœur, non.

— C'est terrible.

J'imaginais ces adolescentes devenues femmes, peut-être en train d'élever leurs propres filles, de parfaits petits monstres.

— Oui. J'y pense tous les jours. Avez-vous une sœur, Miss Wellington ?

— Oui. Mais excusez-moi, je dois y aller. J'ai des dissertations et des examens.

Ça, ce n'était pas un mensonge. J'avais du mal à suivre le rythme. Je n'étais pas comme Sully ou les autres filles, qui travaillaient fort et faisaient la fête encore plus fort. Moi, je perdais rapidement le fil.

Felty a plaqué sa carte de visite sur la table entre nous.

— Si vous vous rappelez autre chose, je compte sur vous pour m'en informer.

Il a sorti un stylo de sa poche de chemise et griffonné derrière sa carte.

— J'ajoute mon numéro personnel.

J'ai pris sa carte, avec l'intention de la jeter dès que je serais de retour dans ma chambre. Mais je l'ai conservée. Elle est passée d'un portefeuille à l'autre, son carton devenant tout mou, tout râpé. Il est bon de garder ses amis près de soi, et ses ennemis encore plus près.

Un peu plus tard, j'ai tout répété à Sully dans sa chambre, comptant bien qu'elle allait me raconter l'horrible interrogatoire qu'elle avait sûrement subi, elle aussi. Mais elle s'est contentée d'écarquiller les yeux.

— Personne n'est venu m'interroger !

— Ah bon ? Pourquoi moi, et pas toi ? Ils savent qu'on est allées à Dartmouth. Je vais te raconter ce que je lui ai dit. Comme ça, quand ils vont t'interroger à ton tour, tu pourras confirmer mes propos.

Sully m'a écoutée reprendre mon échange avec Felty par le menu, mais je voyais bien qu'elle avait reporté son attention sur ses ongles rongés et les pointes sèches de ses cheveux. Je continuais de parler, mais à un certain moment, je me suis dit : *Elle se fout pas mal de tout ça.*

Le temps que je finisse, elle avait ramassé ses cheveux en un chignon tout de travers, laissant de fines mèches retomber autour de son visage. Je m'attendais à ce qu'elle me serre dans ses bras, qu'elle me dise que tout irait bien. Ce qu'elle a lâché à la place n'était pas du tout ce que je voulais entendre.

— Tu es parano, Amb. Personne ne viendra t'arrêter, tu le sais bien. Ils ne peuvent pas prouver que tu avais le téléphone de Kevin. Ils essaient juste de t'intimider pour que tu parles. Il faut que tu la fermes, c'est tout.

J'ai hoché la tête, mais mon ventre était plein de nœuds, comme des draps en pagaille. Tout ce que j'entendais, c'était

« tu ». *Tu, tu, tu*. Pas *nous*. Même si c'était elle qui avait tout mis en branle. Elle qui avait volé le téléphone de Kevin. Sans cela, je n'aurais jamais envoyé de messages. Je n'aurais jamais couché avec Kevin et Flora serait toujours vivante.

— On va sortir, a-t-elle suggéré. Il doit bien y avoir une fête quelque part.

Elle se plaignait que les examens avaient fait de nous une bande de raseuses prisonnières d'Olin, droguées à la caféine, aux cachets d'Adderall et aux bonbons de Weshop.

— Impossible, ai-je répondu. Trop de travail.

— Et alors ? Prends une petite pause. Je sais ce qu'on pourrait faire.

Elle s'est levée et a tiré quelque chose du fouillis qui couvrait son bureau. Un téléphone argenté.

— Je l'ai pris à un garçon assis à côté de moi à Olin. Je pense qu'il s'appelle Todd et je suis presque certaine qu'il a couché avec Lily, une fois. Tu as envie de t'amuser un peu avec lui ?

La vue de son sourire narquois et du téléphone dans sa main, si petit et si inoffensif en apparence, m'a clouée sur place.

— Tu plaisantes.

Elle a serré les doigts autour de l'appareil.

— Pourquoi est-ce que je plaisanterais ? Ça serait drôle qu'ils se remettent à baiser ensemble grâce à nous, non ?

Elle avait presque l'air innocente. Mais ce ne serait pas « drôle ». Je me suis demandé combien de vies nous avions affectées à force de vouloir nous amuser.

— Non. Je ne veux plus jouer à ce jeu-là.

— Tu sais, a-t-elle répliqué avec une petite moue, tu es en train de devenir vraiment barbante. Comme toutes les autres.

— Désolée. Je te promets que tout va bientôt revenir à la normale.

— Tu as déjà dit ça, avant.

Avant, avais-je envie de lui rappeler, nous étions sur un tout autre terrain : Flora était vivante et c'était *nous* contre elle. Je ne savais plus ce qu'était *la normale*. Peut-être que Sully et moi ne pouvions être amies que face à une ennemie commune ?

Quelques jours plus tard, Kevin a fait une déclaration à la presse. Il était rentré à Fairfield, chez ses parents. Ceux-ci le détestaient peut-être, s'il est possible de détester ses enfants. Ou peut-être le croyaient-ils sincère quand il disait ne pas être l'auteur des messages, même s'il n'avait aucune explication pour justifier leur apparition sur son téléphone.

— Je demande pardon à la famille de Flora, a-t-il dit en regardant la caméra. J'ai fait tellement de mal à tellement de gens, et je ne comprendrai sans doute jamais comment. Je suis désolé du rôle que j'ai pu jouer dans ce qui est arrivé à Flora. Je cherche à découvrir comment ces messages ont été envoyés de mon téléphone, et je continue à clamer mon innocence.

À travers un écran de télé, impossible de dire si c'étaient là les propos d'un combattant ou d'un vaincu. Soutenant son regard, j'avais l'impression d'être sa seule téléspectatrice. Il aurait facilement pu révéler à la police qu'il était avec moi au moment des faits, et que j'avais eu plus d'une occasion de lui voler son appareil et de le remettre dans sa veste sans qu'il s'en aperçoive. Je n'ai pas dormi pendant plusieurs jours.

Sully a réussi à me traîner jusqu'à une fête juste avant les vacances de Noël. J'ai beaucoup bu et fini dans le lit d'un membre de l'équipe de hockey, un certain Jeremy.

Le sexe me paraissait une nécessité, non pour maintenir ma désirabilité, mais pour sauver mon amitié avec Sully. Elle avait couché avec l'ami de ce Jeremy et en rentrant à Butts, elle avait posé la tête sur mon épaule, comme Flora le soir d'Halloween.

Je n'avais jamais été aussi contente de rentrer à Pennington.

Pendant les vacances, ma mère tentait de me piéger avec une tasse de thé, insistant à tout bout de champ pour me parler, pour savoir comment j'allais.

— Ça va, répétais-je. Ce n'est pas moi qui l'ai retrouvée dans la chambre.

Parfois, c'était tout comme. Je m'imaginais avec une clarté panoramique entrer dans ma chambre et tomber sur le cadavre de Flora. Ce n'était qu'un cauchemar, du genre qui vous laisse blottie dans un cocon de draps mouillés de sueur. Il me semblait que mes jambes auraient pu me ramener à Butts C, comme la fille fantôme qu'on disait avoir vue quitter la résidence en courant. Je voyais Flora dans son lit, tête levée, yeux fixés au plafond. Les poignets tailladés, des autoroutes de sang le long des bras. L'édredon rougi. Les murs éclaboussés. Le plafond maculé. Une fille jamais en colère dans la vie, pourtant furieuse dans la mort.

— On ne dirait pas, a insisté ma mère en réchauffant mes épaules de ses mains. Tu ne nous donnes plus de nouvelles. Et tu as l'air totalement absente, ma chérie. Tu n'as pas souri une seule fois devant le sapin de Noël, alors que d'habitude, tu adores cette saison.

— Je suis très occupée, c'est tout. Je te le promets, quand les cours vont reprendre, je vous appellerai plus souvent.

Je l'ai serrée fort dans mes bras en me demandant si elle m'aimerait toujours si je lui disais la vérité.

Billie m'a proposé de passer une nuit à boire ensemble, comme avant l'université. Mais plus rien n'était pareil. Impossible de chasser Flora de mon esprit, tant Billie me bombardait de questions.

— Comment était-elle ? T'es-tu rendu compte qu'elle était dépressive ? Son copain, c'était un connard de première ?

Je me suis défilée, prudemment, sous prétexte que je n'avais pas envie d'en parler.

— OK, a-t-elle fini par admettre. Je comprends. Tout ça est morbide, de toute façon. Hé, peux-tu au moins me dire ce qui est arrivé à ce garçon dont tu étais folle ? Tu n'en parles plus du tout. Lui aussi, ce n'était qu'un imbécile ?

— Quelque chose comme ça, oui. Je m'étais trompée à son sujet.

Elle a pris une gorgée de margarita.

— Désolée. C'est nul. Tu sais, j'ai trouvé ça louche que tu ne me dises même pas son nom.

— Je te l'ai dit, ai-je répliqué sans hésiter. Il s'appelait Buddy.

De retour sur le campus, j'ai pris soin d'appeler mes parents toutes les semaines. Un nouveau rôle m'incombait : faire plaisir aux autres. Je comprenais enfin pourquoi la plupart des filles que je connaissais étaient malheureuses. Elles pensaient au bonheur des autres plutôt qu'au leur.

J'ai fait exprès de rater les auditions du département de théâtre pour le trimestre suivant. La dernière chose dont j'avais besoin, c'était la lumière des projecteurs sur moi. D'ailleurs, j'étais exténuée de jouer un rôle jour après jour, pour un public qui allait bientôt s'étendre et se montrer de moins en moins bienveillant.

J'aurais sans doute pu endurer ma détresse si Sully avait été là, près de moi. Nous formions une unité, deux batteries qui se rechargeaient l'une l'autre. Mais celle qui m'avait aspirée dans son orbite éblouissante n'est jamais revenue à Wesleyan. La fille qui est revenue à sa place, je ne la reconnaissais pas.

33

AUJOURD'HUI

À : Ambrosia Wellington, a.wellington@wesleyan.edu
De : Comité des anciens étudiants de Wesleyan, reunion.classof 2007@gmail.com
Objet : Retrouvailles de la promotion 2007

Chère Ambrosia Wellington,
Nous espérons que vous avez faim, car nous n'avons pas lésiné sur les préparatifs pour cette soirée spéciale. Restez après la fin du repas, des surprises vous attendent !

Meilleures salutations,
Le comité des anciens étudiants

Adrian ne se met pas souvent en colère. C'est l'une des qualités qui m'ont attirée vers lui, son tempérament égal, sa capacité à prendre du recul. Mais le voici furieux. Il veut savoir où j'étais, pourquoi je me suis absentée si longtemps ; il est déjà prêt, son costume sur le dos, alors que je déboule, en sueur, toujours en robe d'été.

— Tu disparais pendant près de deux heures et tu ne réponds même pas à ton téléphone. Qu'est-ce que je suis censé en conclure, bordel de merde ! Je demande à tout le monde où est ma femme, et les gens me regardent bizarrement, comme s'ils me plaignaient.

« Ma femme » siffle comme un missile dans sa bouche. Rien à voir avec le doux vocable du jour de nos noces.

— Pardon, vraiment. Je n'ai pas fait attention à l'heure. Je ne pensais pas que ce serait si difficile... d'entendre tous ces souvenirs. J'étais incapable de tenir une seconde de plus. Tout ça me ramenait à des heures tellement sombres.

— Je pensais que vous n'étiez même pas amies.

— J'ai vécu dans la même chambre que cette fille, et elle s'est suicidée. Ce n'est pas facile. Tu comprends ?

— Je comprends que tu aies voulu être seule, oui, répond Adrian en soupirant. Mais toi, sais-tu à quel point j'étais inquiet ?

— Oui, bien sûr, lui dis-je en lui prenant la main.

Je jette un œil vers la porte qui sépare les deux chambres. Sully est-elle dans la sienne ?

— Désolée. Me retrouver sur le campus après tant d'années, c'est difficile.

Adrian repousse ma main et s'assied sur le lit. Son pantalon de ville se relève, révélant ses chaussettes rayées mauve et jaune, qui sont percées, si je me souviens bien.

— Ouais. D'accord. Mais pourquoi tu n'as jamais mentionné Flora, pas même une seule fois ? Ou Sully ? À t'entendre, on aurait dit que Hads et Heather étaient tes seules amies à Wesleyan, mais ce n'est pas vrai du tout, maintenant je le vois bien. Moi, je t'ai parlé de Chad dès notre... je ne sais pas, dès notre troisième rendez-vous ?

Chad était le meilleur ami d'Adrian, adolescent. Ses parents lui mettaient beaucoup de pression pour qu'il devienne une superstar du foot. Le stress des demandes d'admission à l'université en avait ajouté une couche. Il s'était mis à boire comme une éponge. En fin de soirée, à une fête, il avait salué Adrian et sauté dans sa voiture pour rentrer chez lui. Il avait heurté un poteau téléphonique et était mort sur le coup. On n'avait jamais su s'il s'agissait d'un accident ou d'un suicide, mais Adrian était rongé par la culpabilité. Cet épisode, m'avait-il confié, avait été le plus sombre de toute son existence.

— Je me sentais comme un monstre, m'avait-il dit en pleurant devant moi pour la première fois. J'aurais pu prévenir le drame. Chad buvait pratiquement toujours dans les fêtes, puis il prenait le volant. Jamais je n'aurais imaginé que quelque chose de différent se produirait ce soir-là.

J'avais caressé sa tête posée sur mes genoux en le rassurant : il n'avait été qu'un adolescent comme les autres, pas un monstre. Ç'aurait été le moment idéal pour lui raconter comment j'avais provoqué la mort de ma coloc. Mais il n'y a jamais de moment idéal pour une vérité de ce genre.

J'attends que la colère d'Adrian s'atténue, mais rien n'y fait.

— J'ai demandé aux filles de Butterfields de m'éclairer sur ta relation avec Flora. Elles semblent penser que quelque chose s'est passé entre vous. Ella m'a dit qu'elle avait vu Flora pleurer aux toilettes la veille de sa mort, et elle a aussi mentionné quelque chose d'énigmatique à propos d'Halloween.

C'est ce qu'Ella m'avait dit, à moi aussi, et je ne l'avais pas écoutée. Le secret de Flora, replié sur lui-même comme un origami. Le pilote, le soir d'Halloween… Alors qu'elle avait choisi Kevin pour sa première fois, et qu'elle patientait. Elle n'avait même pas été consentante.

— Aucune idée de ce qu'a voulu dire Ella. Sully et moi, on est sorties avec Flora une fois, parce qu'elle était vraiment en colère contre son copain. Mais il ne s'est rien passé d'étrange. C'était Halloween, en effet. On avait trop bu, c'est tout.

— Ouais, grogne Adrian en posant son menton sur ses mains. Son copain. Est-ce que c'est vrai qu'il s'est passé un truc entre vous deux ?

La panique fait gonfler ma poitrine comme un ballon. J'ai été idiote de penser que mon passé ne me rattraperait pas, ce week-end ; mais voilà qu'il rattrape également Adrian.

— Bien sûr que non. Ella répète une stupide rumeur. Je ne le connaissais même pas. Je ne l'ai rencontré qu'une seule fois.

Adrian reste coi, mais il commence à rassembler les pièces, comme moi ; mais nous ne travaillons pas sur le même puzzle. Le sien s'appelle *Qui est ma femme ?* Le mien : *Qu'est-il arrivé à Flora Banning ?* Si Adrian finit par comprendre, il me quittera. Comment pourrait-il en être autrement ?

— Prépare-toi pour la soirée, finit-il par dire. Tout le monde est déjà là. On a manqué l'apéro d'Ella. J'ai pensé que ce ne serait pas cool d'y aller sans toi.

Ma robe est posée sur le dossier de la chaise. Je ne sais pas qui l'a mise là, tel un cadavre, avec mes talons aiguilles dessous. Ce doit être Sully. Elle aimait choisir ce que je portais.

— Cette réception va être d'un ennui mortel, Adrian. Il y aura tout un tas de discours idiots et de la bouffe dégueulasse. Et si on laissait tomber ? Tu dis toujours que tu préférerais un peu plus de spontanéité dans notre vie, proposé-je en tournant la tête vers mon mari.

Adrian a les yeux sur son téléphone, il ne m'a même pas entendue. Ou bien si, et il choisit de m'ignorer. Il doit en avoir marre des prétextes que j'invente à tout bout de champ.

Je fais glisser ma robe d'été et me tortille pour entrer dans ma Missoni noire. J'ai emprunté à Billie son petit sac brodé pour compléter ma tenue. Je l'ouvre pour y ranger mon téléphone et un bâton de rouge. Mes doigts frôlent un mince rouleau de papier à l'intérieur. Je le déroule. Une promesse à l'encre rouge : « Ce soir, tu sauras tout. »

L'aile ouest est décorée en rouge et noir, festonnée comme un cardinal orgueilleux. Les nappes tombent jusqu'au sol, des coussins rouges sont attachés aux chaises argentées, des nœuds charnus noués aux dossiers. Un petit ensemble joue du jazz en sourdine. On dirait un banquet de noces, sans heureux mariés. Je me sens étouffée par une marée de femmes en robe moulante et à la coiffure impeccable, et d'hommes en chemise blanche parfaitement ajustée. Mes cheveux sont raides et ternes, mes aisselles moites.

— Ah, voilà Heather ! m'écrié-je en apercevant les boucles foncées de mon amie dans la foule.

Je constate en m'approchant qu'aucune place n'est libre à sa table.

— Désolée, me dit Hadley. On vous a envoyé un texto pour vous demander quand vous comptiez arriver. On a cru que vous aviez changé d'avis.

— On a essayé de vous garder une place... ajoute Heather d'un air contrit. Mais on n'a pas pu attendre davantage. Il ne reste plus que quelques sièges dans toute la salle.

— On se verra après, c'est tout.

Leur regard fuyant et leur langage non verbal sont clairs. Elles sont furieuses que je les aie laissées tomber ; nous devions aller toutes les trois faire des photos devant la maison que nous partagions à l'époque. Je leur lance un sourire qui ressemble sans doute davantage à une grimace.

— Regarde ! s'écrie Adrian en pointant vers le centre de la pièce. On dirait qu'il y a de la place à la table d'Ella.

Pas étonnant. Ella se lève et nous fait de grands signes, mettant en valeur le décolleté plongeant de sa robe de soie noire. Toutes les filles sont là, brillantes sous la lumière. Clara et ses lèvres rouge sang, Gemma en robe à paillettes noire, ses longues jambes dépliées devant elle, Lily et son chignon de ballerine, Sienna et son collier de rubis. Elles sont belles, de terribles prédatrices, inapprochables comme autrefois.

Voilà que je complète les véritables retrouvailles, celles de Butts C. Seule Sully manque à l'appel.

— Tu es toute en beauté, ce soir ! me complimente Ella. Oh, vous ne pouvez pas vous asseoir là, ce sont les places de Lauren et Jonah. Mais prenez celles-ci, juste à côté de moi. Tu préfères le vin blanc, n'est-ce pas ?

Avant, oui. Mais plus depuis quelques heures. Il y a un test Première réponse dans la poubelle de la salle de bain. Difficile de croire que les choses puissent changer si vite. Et pourtant, s'il y a bien une personne qui devrait savoir ça, c'est moi.

— Je ne suis pas vraiment d'humeur à boire, ce soir. J'ai une migraine pas possible.

Ella me verse un verre malgré tout.

Adrian a déjà entamé le sien. Il picolera un peu trop, ce soir. Il parlera à tout le monde, dansera au rythme de la musique, attirera les gens vers lui comme un aimant. Une bouffée d'affection pour lui me submerge. J'aime qu'il soit si jovial, si prévisible. Kevin n'a jamais été comme ça. Sans doute a-t-il quitté Middletown, à l'heure qu'il est. Sully est peut-être avec lui, un bras passé en dehors de sa camionnette, son rire fracassant la nuit.

J'observe mon verre de vin. Ella le regarde aussi, avant de tourner son attention vers moi.

Elle sait.

— Il faut que je te demande quelque chose, Ella.

— Oui, quoi ? me répond-elle plus fort que nécessaire.

— À propos de la nuit où Flora est morte. Avais-tu remarqué quelque chose, juste avant ?

— C'est une blague ? fait Ella en repoussant ses cheveux derrière ses oreilles. Tu me demandes ça maintenant ? Il fallait y penser il y a quatorze ans. Avoir une amie m'aurait fait du bien.

— J'étais ton amie.

— Je pensais que oui, au début. Mais tu te foutais pas mal de moi. Je t'accorde le bénéfice du doute, pour ce weekend, mais ne compte pas sur moi pour t'aider à soulager ta conscience.

Ella se détourne pour prendre une gorgée de vin. Je me demande si ce n'est pas elle qui a été la meilleure actrice, tout ce temps.

On sert déjà une entrée qui ressemble à une montagne de tomates. Lauren et Jonah nous rejoignent et prennent place à la table, flanqués des maris de quelques autres filles, un verre à la main.

— Elle a décidé de venir, finalement ! lance Lauren en réprimant un hoquet.

Je m'apprête à offrir une bonne excuse pour expliquer mon retard, autre que ma visite à Kevin McArthur pour lui tirer les vers du nez. Mais ce n'est pas vers moi que tous les regards sont tournés.

En robe longue avec un haut orné de perles, du plus pâle incarnat de la rose, presque une robe de mariée, Sully a bravé le code vestimentaire rouge et noir. Je ne suis pas surprise. Elle ne porte pas de soutien-gorge, elle n'en a pas besoin ; déjà à l'époque, elle détestait ses petits seins, se donnait des petits coups sur les tétines, et je lui disais qu'elle avait de la chance, parce que sa poitrine ne tomberait pas avec l'âge. Sully sourit et salue de la main, en mode tapis rouge, comme si la salle lui appartenait. Ce doit être le cas, car personne d'autre ne revendique le trône.

Elle se glisse dans le siège vide à côté d'Adrian, comme si on le lui avait réservé. Sully a sa place à toutes les tables. Je n'ai nulle envie de la voir s'approcher de ce qui m'appartient. Juste au moment où je me fais cette réflexion, elle se colle à Adrian et l'embrasse sur la joue comme si c'était son mari.

— Pardon pour le retard. J'ai mis une éternité à me préparer.

Se préparer à quoi ? Ma robe déployée sur le dossier de la chaise, le mot enroulé dans mon sac : était-ce cela qu'elle préparait ? Sully me jette un regard qui en dit long, comme si j'étais censée répondre quelque chose, comme si je devais toujours approuver tout ce qu'elle fait. C'était elle qui avait choisi nos vêtements pour la soirée des jumeaux. « On va mettre ça », avait-elle décrété. Elle ne demandait pas, elle ordonnait.

Je l'imagine très bien retournant à grands pas vers Butts, cette nuit-là, pour essuyer les pleurs de Flora. Lui racontant ce que j'étais en train de faire avec Kevin. Posant les yeux sur la tasse *Meilleure,* lui disant : *Voilà comment lui pourrir la vie à tout jamais, si tu en as le cran.*

Mon téléphone vibre. Un texto de Billie. Adrian a le temps de le lire avant que j'aie eu le réflexe de ranger mon appareil.

Alors ? Tu es toujours avec lui ?

Adrian se mord la lèvre inférieure. Dès le début de notre relation, il avait mis les choses au clair.

— Mon ex-copine n'a pas toujours été fidèle. J'ai continué à la suivre comme un petit chien. Je suis très indulgent. Mais aujourd'hui, je n'ai plus aucune tolérance pour l'infidélité.

Bien calée dans ses bras, je l'avais rassuré. Nos corps emboîtés l'un dans l'autre, mes baisers sur ses épaules nues. « Je ne te ferai jamais ça. » J'y croyais, à l'époque.

— Billie veut savoir si tu t'amuses bien.

Les mots roulent comme de gigantesques billes dans ma bouche.

— Je lui ai parlé de la cérémonie de cet après-midi. Je lui ai raconté pourquoi je ne pouvais pas rester là, et combien je m'en voulais de t'avoir laissé seul.

Adrian avale une autre gorgée.

— Tu aurais pu m'écrire, à moi aussi. Ou répondre à mes textos.

Je pique ma fourchette dans ma salade. Le fromage est fade et caoutchouteux. Je ne me suis pas donné la peine de consulter le menu pour voir ce qui viendra ensuite. Je doute fort de pouvoir avaler une seule bouchée.

Adrian remplit le verre déjà vide de Sully et le sien. Sully pose ostensiblement la main sur le bras d'Adrian. Elle ne m'a pas encore adressé la parole. Nous jouons une sorte de petit jeu. Elle sait que je sais, mais elle ignore à quel point.

— Qu'est-ce qui est prévu pour le reste de la soirée ? demandé-je. J'ai oublié ce que disait le dernier message du comité des anciens étudiants.

— La grande fête du campus à Andrus Field, répond Lauren, l'air de penser que je devrais le savoir. Mais de quel message parles-tu ? Moi, j'ai reçu un programme à mon arrivée, et aucun message depuis.

Sourcils froncés, je regarde Sully, ses lèvres formant un éphémère bouton de rose avant qu'elle le transforme en sourire. Elle aussi, elle a reçu des messages, elle a dit qu'ils faisaient « vraiment chier ». Moi, je les ai trouvés plutôt *menaçants*, une feuille de route pour me perdre.

Adrian regarde par-dessus mon épaule, mais j'ouvre sans m'en préoccuper ma boîte de réception. Le dernier message est toujours là, lu, mais non effacé. Je clique dessus et y cherche des indices, en vain. Jusqu'à ce que mes yeux s'attardent sur l'adresse. Ils ont été envoyés d'un compte Gmail.

Ils ne proviennent pas du tout de Wesleyan.

— Ça va ? demande Adrian d'une voix plus irritée qu'inquiète. Tu trembles.

— Il nous faut plus de vin, fait Sully d'une voix forcée de petite fille.

J'observe le chemin de table rouge découpant deux moitiés bien égales, le chandelier noir au milieu. Quelqu'un a préparé cette fête avec grand soin. Je prends le menu posé devant Lauren, juste pour avoir quelque chose à regarder, pour fuir les visages autour de moi.

Un cri étouffé, étranglé, me monte à la gorge, celui d'une proie prise au piège. Cette écriture... C'est la même que sur les cartons que nous avons reçus. La même encre rouge, les mêmes lettres penchées. La calligraphie exacte qui m'a commandé « Nous devons parler... » m'informe à présent de l'imminence de l'arrivée du filet de bœuf.

Je passe le bras derrière la chaise d'Adrian pour tendre le menu à Sully. De minuscules plis apparaissent sur son front à l'instant où elle comprend ce qu'elle est en train de regarder. Joue-t-elle la comédie, ou est-elle aussi surprise que moi ?

Elle repousse son assiette, elle n'y a pas touché.

— Wesleyan paye quelqu'un pour recopier le menu à la main, à présent ? Dire que ce qu'ils servaient à MoCon... c'était tout juste au-dessus de la bouffe pour chien !

Les autres filles rient poliment, en songeant à leur propre relation avec la nourriture à MoCon. Sully aimait prétendre qu'elle pouvait manger tout ce qu'elle voulait, mais en réalité, elle remplissait son assiette, puis mangeait peu, dégoûtée ou peu motivée. À celles qui admiraient ses clavicules fines comme des lames de rasoir ou ses côtes saillantes, Sully parlait de son métabolisme nerveux. Une maigreur gagnée ne suscite pas la même jalousie qu'une maigreur naturelle.

Je scrute le visage d'Ella. Elle coupe consciencieusement ses tomates en quatre et ne montre aucune réaction.

— Je me demande comment une écriture peut être aussi soignée, ajoute Sully en prétendant étudier le menu. Moi, j'ai du mal à écrire mon nom lisiblement.

Personne ne mord à l'hameçon, sauf Adrian, qui se met à raconter comment, après avoir essayé d'écrire son roman à la main, il a eu du mal à relire ses propres pattes de mouche.

— J'ai peut-être écrit le premier chapitre du prochain grand classique américain, mais personne ne le saura jamais.

Adrian continue sur sa lancée, récoltant quelques rires de filles, peut-être encourageants, sans doute méprisants. Les autres maris se taisent pour la plupart, certains concentrés sur leur téléphone. Jonah croise mon regard brièvement; il doit se rappeler ce dont j'ai l'air, nue, sauf s'il me confond avec toutes les autres filles de Wesleyan.

Un doigt glacé se glisse sous le col de ma robe. Sully s'est levée sans que je m'en rende compte, et elle est plantée derrière moi, sa voix résonnant dans mes oreilles.

— Viens !

Je lui obéis, sans même regarder Adrian. Nous nous dirigeons vers le hall d'entrée, heureusement vide, si on ne compte pas le tas de ballons rouge et noir agglutinés au plafond.

— Tu es allée voir Kevin, me dit Sully en pivotant sur elle-même.

Je ne réponds pas ni ne lui demande comment elle sait. J'ai des questions plus pressantes.

— Qu'est-ce qui s'est vraiment passé ? Quand Kevin et moi étions ensemble, le soir où Flora est morte. Toi, tu étais où ? Tu dois avoir lu le commentaire sur le site de dénonciations anonymes à propos d'une fille blonde qui sortait de Butts C en courant ?

Sully passe un doigt sur ses sourcils, mais je perçois le choc qu'elle cherche à cacher.

— Je n'en ai vraiment aucune idée, après tout ce temps. J'étais avec un garçon, je ne sais plus qui.

Je tente un autre point d'entrée.

— Qu'est-ce qui s'est passé, à Dartmouth ? Quand je me suis réveillée, tu n'étais plus là.

Elle penche la tête.

— Pourquoi tu le demandes, puisque tu le sais déjà ?

J'ai un goût de métal dans la bouche.

— Pourquoi ?

— Au début, il y avait nous deux. Ensuite, tu es devenue obsédée par Kevin et Flora. Je savais que ce garçon n'était pas si bien que ça. Ça ne valait certainement pas la peine de tout gâcher pour quelqu'un comme lui.

Je m'assieds dans un fauteuil et laisse l'étreinte froide du cuir m'envelopper.

— Je n'étais pas obsédée.

Sully lève les mains au ciel.

— N'importe quoi ! Tu m'as pratiquement suppliée d'aller à Dartmouth avec toi. Kevin m'a embrassée, et on a baisé, c'est tout. Kevin était en rut comme tous les étudiants de son âge !

Avant que Sully ne puisse me manipuler avec ses belles paroles, je continue :

— Lauren m'a raconté, pour Evie. Tu parlais d'elle comme si elle était vivante. Sa mort, j'imagine que tu n'y es pour rien ?

Je ne sais plus si je parle d'Evie, de Flora, ou des deux.

Sully lève la tête d'un coup, sans répondre.

— Dis-moi la vérité. As-tu persuadé Flora de faire une bêtise ?

— Bien sûr que non. Mais toi, oui. Bravo. Tes messages étaient vraiment horribles.

Je ne lâche pas prise, car je sens qu'elle pourrait céder.

— Es-tu retournée à Butts pour essayer de la convaincre de se suicider pendant que j'étais avec Kevin ?

— Amb, dit Sully en posant les mains sur mes genoux et en me dominant de sa hauteur, c'est impossible de convaincre une personne de faire quelque chose qu'elle n'avait pas déjà l'intention de faire. Si c'était possible, alors c'est toi qui as tué Flora.

— Sloane !

Je crie presque. Peut-être que j'obtiendrai son attention en usant de son nom au complet. Elle se laisse tomber dans le fauteuil à côté du mien.

— Tu as vu les textos de Kevin. Il en envoyait à plein de filles. Pour lui, tu n'avais rien de spécial. Mais pour moi, tu étais unique, continue-t-elle en faisant craquer les articulations de ses doigts. Pourquoi tu veux tant savoir comment ça s'est passé ? Tu détestais Flora.

— Ce n'est pas vrai. J'étais juste...

— Tu la détestais, répète Sully. Moi, au moins, je le reconnais. Elle était faible. Les filles comme elle ne peuvent accepter l'idée de ne pas être aimée par un homme.

Une pointe contre Flora, mais aussi contre moi. Flora était aimée par un garçon. Sully, elle, les rendait tous accros. Moi, j'étais cannibalisée par mon besoin de me comparer.

Je me concentre sur le visage de Sully, ses grands yeux, ses cheveux longs ; une fille à qui je vouais un véritable culte. Kevin n'a jamais été au cœur de l'affaire, ni pour elle ni pour moi. Ce qui comptait, c'était la fille à laquelle je n'arriverais jamais à ressembler. La jalousie de Sully l'a entraînée sur la même pente que la mienne. Peut-être a-t-elle dégringolé plus bas encore.

Ce n'était que ça, au fond : trois filles, chacune ayant quelque chose que les autres convoitaient. J'étais le serpent qui avait dévoré Flora, puis Sully avait aiguisé ses crocs pour me dévorer. Peut-être que tout se serait passé autrement si nous en avions parlé, mais nous vivions dans un monde où la jalousie n'avait pas droit de parole.

— Tu as entendu Kevin, lui rappelé-je. Il croit que quelqu'un a assassiné Flora.

— Peut-être que c'est lui, répond Sully en donnant de petits coups sur l'accoudoir. Après tout, il l'a retrouvée morte. Il est allé la rejoindre après t'avoir quittée. Il a lu les textos sur son téléphone et s'est dit, « tant qu'à faire, bon débarras ». Il s'est assuré de ne plus l'avoir dans les jambes.

— C'est ridicule.

Quelle que soit l'implication de Kevin dans la mort de Flora, je suis certaine qu'il ne lui a pas entaillé les poignets.

Sully tourne et retourne une mèche de cheveux entre ses doigts.

— Il faut que Kevin accepte le suicide de Flora.

— Et si elle ne s'était pas suicidée ?

— Elle voulait mourir. C'est ce qu'elle a écrit. Pourquoi ça te surprend qu'elle ait mis sa menace à exécution ?

La bouche de Sully esquisse un sourire, et ça y est, *j'en suis sûre.* Flora ne se serait jamais suicidée, à moins que quelqu'un lui ait embrouillé l'esprit. Seule Sully en était capable.

Elle croise les jambes, sa peau blafarde exposée à travers la fente de sa robe.

— Flora comptait beaucoup plus que moi, pour toi, lâche-t-elle.

— Tu sais bien que ce n'est pas vrai. J'aurais fait n'importe quoi pour avoir ton attention.

Un aveu pathétique, même après tout ce temps. Surtout après tout ce temps.

— Tu l'as toujours eue, répond Sully avec un petit rire. Tu étais *la meilleure*.

Nous sommes dans une impasse; la vérité flotte pesamment entre nous. Peut-être que tout a été dit. Toutes ces années pour comprendre que Sully me ressemblait plus que je ne le croyais. Une fille esseulée qui voulait tout contrôler. La différence tenait aux émotions: je laissais les miennes avoir le dessus, tandis qu'elle en était dépourvue, ce qui lui permettait de garder les mains propres.

Mais la menace qui plane aujourd'hui nous réunit. Le spectre de ce que nous avons fait, ce lien éternel.

— Quelqu'un nous veut du mal. Je suis venue ici pour le démasquer.

Sully pose une main glacée sur mon bras et s'incline vers moi.

— C'est tout? dit-elle d'une voix caressante dans mon cou. C'est pour ça que tu es venue?

Je hoche la tête, mais je ne suis plus sûre de rien.

— On s'en va, ordonne-t-elle. On disparaît. Personne ne nous retrouvera.

— C'est impossible, lui objecté-je.

Pas question de laisser Adrian. Et pas question de partir avec Sully. Ce ne serait qu'une question de temps avant qu'elle s'ennuie et se retourne contre moi.

Mais pendant une seconde, avant de me défaire de l'emprise insistante de Sully, j'y songe sérieusement.

34

IL Y A QUATORZE ANS

L'obsession des médias pour l'histoire de Flora Banning était étouffante. Les gens ne s'intéressent à une morte que si elle est jolie. À Wesleyan, où les étudiants manifestaient toujours contre quelque chose, les foules en colère se mobilisaient, réclamant la peau de Kevin. Sous les pancartes, tous ces visages revendiquaient : « Justice pour Flora ! » Les filles de Butts C ont organisé une veillée à la chandelle devant notre ancienne chambre, avec fleurs et petits oursons en peluche, mais la mèche s'éteignait sans cesse.

À leurs yeux, Kevin était coupable. Il n'avait pas physiquement tué Flora, mais il l'avait manipulée émotionnellement, l'incitant à commettre un acte qui ne correspondait pas du tout à sa personnalité. Sans les messages de Kevin, Flora serait toujours en vie.

La famille de Kevin avait retenu les services d'un avocat dont les arguments étaient totalement différents. Maître Jon Diamond avait un sourire arrogant, une mâchoire carrée, des cheveux qui laissaient probablement des traces de graisse sur son oreiller, et des honoraires manifestement exorbitants. Il soutenait que Flora était mentalement fragile, aux prises avec une dépression que personne n'avait diagnostiquée. Il a déformé les paroles des parents de Flora, de sa sœur et de ses amis, et les témoignages anonymes de ses « camarades de classe ». Flora était une jeune femme malade à l'intérieur, selon Jon Diamond, et les maladies invisibles sont parmi les plus létales.

— Songez-y, avait-il déclaré à la presse après l'interrogatoire de Kevin. Toutes les fois où vous avez dit un mot de trop à votre petite amie, à votre amoureux, à votre mari, à votre femme. Toutes les fois où vos idées ne sont pas tout à fait claires tant vous êtes en colère. Êtes-vous responsable de ce que votre interlocuteur décide de faire ensuite ? La plupart d'entre vous répondent non à cette question ; pour être responsable, il faut accomplir un geste. Il est impossible d'inciter une personne à faire quelque chose qu'elle n'allait pas faire de toute façon.

Des groupes de soutien à Kevin sont apparus en ligne, composés en majorité de filles persuadées que Kevin méritait mieux. Elles faisaient porter la faute à Flora. Parfois, j'étais d'accord avec elles. Que Flora ait pu avoir besoin d'une armure me sidérait. Le monde n'avait encore jamais planté ses crocs dans sa chair délicate.

Nous avons remédié à cela. Lorsque nos crocs se sont refermés sur elle, elle n'a pas su résister à la morsure.

Avide de nouvelles, je lisais les commentaires désobligeants sous les articles. Ma paranoïa grandissante agaçait Sully, mais je ne pouvais m'empêcher de faire une fixation sur Flora. Et sur le rôle que j'avais joué dans toute cette affaire.

— Quelqu'un va finir par comprendre, disais-je à Sully qui haussait les sourcils. On ne s'en sortira pas si facilement.

Je n'avais pas tort. Les policiers avaient fouillé l'ordinateur de Kevin et retrouvé notre correspondance. Felty tenait sa preuve que je lui avais menti à propos de Dartmouth. Je me suis retrouvée une nouvelle fois au poste de Middletown.

— Miss Wellington, m'a-t-il dit. Ou devrais-je vous appeler Amb ? C'est comme ça que Kevin vous désignait, dans ses messages.

J'ai failli m'évanouir... Quand avais-je mangé pour la dernière fois ? S'il n'y avait pas ces rumeurs qui enflaient, on aurait pu mettre ça sur le compte du deuil. En vérité, la peur occupait tout l'espace. La peur d'aboutir exactement où je me trouvais ce jour-là, assise devant Felty, plein de suffisance dans son uniforme.

— Votre amitié avec Kevin est assez tendre, on dirait. Une véritable histoire d'amour des temps modernes. C'est ce que vous avez cru, n'est-ce pas ? Un lien puissant entre vous.

J'étais incapable de prononcer un seul mot. Je n'arriverais jamais à devenir actrice si je ne pouvais pas livrer la plus élémentaire des répliques.

— On dirait que vous vouliez tous les deux la même chose : écarter Flora. Jusqu'où êtes-vous allés pour arriver à vos fins ?

— Je veux parler à un avocat.

Ma phrase ne contenait que six mots ; cette séquence, je l'avais entendue au cinéma, à la télé, prononcée par des personnages de fiction.

Mais je n'ai pas eu besoin d'un avocat. Les messages que j'avais échangés avec Kevin ne prouvaient rien du tout. Ce n'était qu'une tentative de Felty de me faire parler. Nos messages ne révélaient que deux choses : Kevin McArthur était un vrai connard qui mentait à sa petite amie, et moi, j'étais une véritable salope qui n'avait rien contre. Sa boîte de réception et son historique de messages ont été une mine d'or pour les avocats de l'accusation qui l'ont dépeint dans les médias comme un infidèle chronique qui se foutait pas mal du bien-être de Flora.

Les dernières paroles de Felty ce jour-là se sont imprimées à tout jamais dans mon esprit :

— La vérité finit toujours par nous rattraper.

Ce qui voulait dire que je devais courir très vite.

Je me suis précipitée vers la chambre de Sully. J'avais besoin d'elle. Besoin que tout redevienne comme avant. Nous sommes allées à une fête à WestCo, où une dose de cocaïne et un peu d'alcool m'ont fait partir en vrille. Mes démons refusaient de s'en aller malgré l'ivresse. Ils s'agrippaient à moi avec leur queue fourchue. Quand j'ai vomi dans un verre en plastique, les deux garçons que Sully avait choisis pour nous ce soir-là ont trouvé une excuse pour déguerpir.

— Je n'ai jamais eu si peur de ma vie, ai-je articulé avec peine.

Nous étions sur le chemin du retour vers Butts. J'ai pris le bras de Sully, mais elle s'est dégagée comme si j'étais brûlante.

— Tu n'as aucune idée de tout ce qui m'est passé par la tête. Felty ne compte pas abandonner la partie. Il *sait*. Je t'ai parlé de sa sœur ?

— Tu m'as déjà raconté.

Ses cheveux étaient ramassés sous une sorte de béret de laine qui lui cachait une partie du visage.

— Kevin n'était pas saoul à ce point, ai-je repris. Il va bien finir par comprendre. Et qu'est-ce qu'on va faire, alors ? Ça va lui sauter aux yeux qu'on était les seules à avoir pu lui voler son téléphone. Il ne croit quand même pas avoir envoyé ces messages à Flora lui-même.

— On ne peut pas le savoir.

Sully a fourré les mains dans ses poches de veste (ce n'était pas sa veste, en fait, elle l'avait volée à un garçon), ne me gratifiant pas même d'un regard.

— Une personne peut croire n'importe quoi si elle se sent coupable. Quand on n'arrive pas à regarder nos actes en face, notre cerveau peut nous convaincre qu'on n'est pas nous-mêmes.

Nous ne parlions plus de Kevin. Une distance s'installait entre nous, toujours grandissante.

— Et si Kevin voulait nous protéger ?

C'était la première fois que je prononçais cette phrase à haute voix.

Sully a inspiré profondément, comme pour absorber une bouffée du ciel nocturne.

— Il n'y a pas de « nous ».

Elle a dit ça à voix si basse que je n'étais pas sûre d'avoir bien entendu.

— Quoi ?

Elle s'est arrêtée et a croisé les bras.

— Il n'y a pas de « nous », Amb. C'est toi qui as envoyé ces messages. J'ai volé le téléphone, d'accord. Mais c'était juste pour rire. C'est toi qui as fait tout le reste.

« Toi ». Le fossé se creusait. Sully sauvait l'essentiel. Et moi, je n'étais pas essentielle pour elle.

Je n'avais rien à répondre, car tout ce qu'elle avait dit était vrai. C'était moi qui avais tapé ces messages et pressé « Envoyer ». Sully ne m'avait rien murmuré à l'oreille, aucun mot, aucune phrase. Cette vérité m'étouffait comme un bloc de glace quelque part entre ma gorge et mon estomac, un bloc qui ne fondrait jamais. Pour pouvoir me regarder en face dans le miroir, j'aurais préféré pouvoir rejeter la faute sur la mauvaise influence de Sully.

Mais rien ne me disculpait.

35

AUJOURD'HUI

À : Ambrosia Wellington, a.wellington@wesleyan.edu
De : Comité des anciens étudiants de Wesleyan, reunion.classof2007@gmail.com
Objet : Retrouvailles de la promotion 2007

Chère Ambrosia Wellington,
Lors de la soirée, n'oubliez pas de signer l'album souvenir. Racontez une bonne blague, une anecdote, un souvenir qui vous est cher. Vos années à Wesleyan vous ont sûrement appris que les mots sont les armes les plus redoutables. C'est une leçon que presque toutes les filles ont retenue.

Meilleures salutations,
Le comité des anciens étudiants

Lorsque nous retournons dans la grande salle, c'est Sully qui me suit, pour une fois. Des dizaines de paires d'yeux soupçonneux nous étudient. Les filles de notre table ont de toute évidence profité de notre absence pour parler dans notre dos. Adrian ne lève même pas la tête vers moi. Cette fois, il ne me demande pas où je suis allée. Je tapote le médaillon de bœuf avec ma fourchette avant de le transférer dans l'assiette d'Adrian ; un geste qui l'attendrit, d'habitude.

— Non merci, me dit-il.

Il est toujours en colère. Le retour à la maison sera pénible. Il me demandera sans doute des explications, que je ne lui donnerai pas. Je lui demanderai pardon de l'avoir laissé seul cet après-midi, mais je lui tairai la véritable raison, et dans quelques jours, tout reviendra à la normale.

Le maître de cérémonie, Braden Elliot, vivait avec deux autres garçons dans une résidence externe près de celle que je partageais avec Hadley et Heather. Il nous gratifie d'un petit discours pendant le dessert, un truc chocolaté coupé en carrés approximatifs. Une pensée sinistre m'assaille : *C'est mon dernier repas.* L'auteur des cartons que nous avons reçus ne nous lâchera pas si facilement.

Braden annonce les résultats d'un jeu bizarre : à la remise des diplômes dix ans plus tôt, nous avions fait des prédictions, et l'idée consiste aujourd'hui à voir lesquelles se sont avérées. « Qui était la plus susceptible de jouer dans une émission de télé-réalité ? De gagner un Oscar ? » Ç'aurait dû être pour moi, ça. Dans un autre monde où Flora n'aurait pas été ma coloc, où je n'aurais rencontré ni Kevin ni Sully, qui sait. « Qui était la plus susceptible de se faire arrêter dans une manif ? De se promener toute nue à Olin ? » Tout le monde rit, alors que moi, j'ai envie de disparaître.

— La plus susceptible de commettre un meurtre sans se faire pincer ? annonce à présent Braden avec un petit rire guindé. Dis donc, quelle prédiction morbide... Ambrosia Wellington ?

Mon nom retentit et je sens mon cœur battre jusque dans mes oreilles. Tous les regards se tournent vers moi, comme autant de coups de poignard. Cette fois, personne ne rit, personne n'applaudit.

— Va chercher ton prix, me dit Ella.

Elle a probablement voté pour moi. Adrian est cloué sur place, la mâchoire bloquée. Malgré mon envie de m'enfuir en courant, je me lève et marche vers la scène en rentrant le ventre et en jouant la surprise comme certains des autres gagnants avant moi. Sauf que Braden, au lieu de me remettre un trophée de plastique bon marché et de me serrer la main quand j'arrive devant lui, comme il l'a fait avec les autres, ouvre l'urne où sont placés les votes, de petits bulletins de papier. Je suis confuse.

— C'est vraiment étrange, me dit Braden en prenant soin de parler loin du micro. Cette catégorie n'existe pas. Il y a cette urne, et tous ces votes, mais aucune mention de cette catégorie, et aucun trophée. Vraiment désolé. Je ne comprends pas.

J'ai le bec cloué, incapable d'en rire.

— Faisons semblant, continue-t-il avec un sourire contrit.

J'accepte la main qu'il me tend, mais au lieu de retourner ensuite vers mon siège, j'ouvre l'urne à mon tour et j'en sors une poignée de votes.

Tous ces bulletins portent mon nom. Des dizaines d'Ambrosia Wellington, dans une écriture soignée. Quelques-uns restent collés à ma paume moite et l'un d'eux tombe en voltigeant sur le sol pendant que je redescends de scène. Je n'ose regarder personne : ni Sully ni Adrian, ni Hads ni Heather, ni aucune des filles de Butts C. Sur la petite scène, Braden se racle la gorge et passe à une autre catégorie.

— La plus susceptible d'inventer le prochain Facebook ?

Je n'ai pas commis un meurtre sans me faire pincer, ai-je envie de hurler. Je n'ai tué personne. J'ai fait quelque chose d'impardonnable, mais je ne suis pas allée aussi loin. Je n'en aurais pas eu l'audace. Je n'avais même pas la carte d'accès de ma chambre, et Flora avait sûrement verrouillé, alors...

Je n'avais pas la carte de ma chambre, elle était dans mon sac, que j'avais confié à Sully.

Il y avait quelque chose sur son haut... Soudain, une image me revient. Sur les mailles du tissu, une trace sombre, presque noire. Et elle n'avait plus son collier au ras du cou. J'imagine la scène pour la deuxième fois aujourd'hui. Sully se rendant à la chambre, offrant à Flora un lait au chocolat, lui embrouillant l'esprit avec ses belles paroles.

J'imagine Sully prenant la tasse *Meilleure* et la fracassant contre le sol de la douche.

Allez, vas-y. C'est ça que tu veux.

Mais Flora ne voulait pas.

Que m'a dit Sully tout à l'heure, déjà ? « Il est impossible de convaincre une personne de faire quelque chose qu'elle n'avait pas déjà l'intention de faire. »

Elle n'a pas persuadé Flora de se trancher les veines.

Elle l'a fait elle-même.

Comment Sully s'y est-elle prise pour éviter de se retrouver couverte de sang ? Elle a dû faire très attention. Elle devait savoir exactement comment s'y prendre. Trancher à une profondeur suffisante. Donner l'impression que Flora avait fait passer le tesson d'une main à l'autre. Et l'empêcher de crier.

Cette révélation, son absolue certitude, me scie les jambes. Kevin avait raison : Flora a été assassinée.

— C'est elle, dis-je dans un filet de voix.

Quand je relève la tête, Sully et Adrian ne sont plus là.

36

IL Y A QUATORZE ANS

L'enquête sur Kevin McArthur n'a jamais abouti à un procès. Les preuves étaient insuffisantes pour poursuivre l'affaire ni même comprendre quel rôle il y avait joué. Trop d'indices pointaient vers le suicide. La supposée dépression de Flora, les textos qu'elle avait envoyés à Kevin, de plus en plus empreints de paranoïa, les recherches sur son ordinateur à propos de viol, un viol sur lequel personne n'avait aucune information, un viol qui n'avait jamais été prouvé. Quand le délire médiatique s'était enfin estompé, on avait perdu la trace de Kevin. Les filles de Butts C avaient envoyé des messages malveillants à son avocat et des lettres ouvertes aux rédactions pour éviter que l'affaire ne soit enterrée, mais leurs prières n'avaient pas été entendues.

C'était fini, et je pouvais recommencer à respirer. Sauf que ce n'était plus le même air. Wesleyan était devenu un milieu hostile ; non seulement les gens, mais le campus lui-même, tel un cheval qui aurait voulu me désarçonner. Parfois, alors que je rentrais du Centre des arts, les cloches de la chapelle semblaient reprendre les chansons que Flora écoutait dans notre chambre. J'ai appris plus tard que les étudiants avaient le droit de faire sonner eux-mêmes ces cloches, mais je n'ai jamais su qui avait choisi ces mélodies. Ou si elles n'existaient que dans ma tête.

J'avais évité l'enfer pour entrer au purgatoire pour le reste de ma première année d'université. J'obtenais enfin ce que j'avais toujours voulu : de l'attention. Pas celle qu'il aurait fallu. Au mieux, les filles se montraient cordiales, me souriant poliment quand je m'asseyais à côté d'elles en cours ou au bout d'une table à MoCon. Au pire, elles étaient carrément hostiles.

J'apercevais parfois Sully sur le campus ou en classe. Il était difficile de se cacher, à Wesleyan, et j'avais l'impression que le campus nous poussait l'une vers l'autre, comme des pions sur un échiquier. Je ne m'approchais pas de trop près, ni ne me retournais pour voir si elle m'épiait. Il y avait décidément pire que de me trouver constamment sous le regard scrutateur de Sully : ne plus jamais l'être. Dorénavant, elle était perpétuellement flanquée de filles comme elle, mais de moindre envergure. Des Sully miniatures, mes remplaçantes. Il ne manquait pas de candidates pour se prosterner devant son autel doré. Ces mêmes rumeurs qui moi, m'accablaient, Sully s'en parait comme de rutilants joyaux.

Comme je n'arrivais pas à lâcher prise, je repassais sur mon ordinateur le même clip montrant la mère de Flora sortant du tribunal après l'audience, en trench-coat, un bras levé devant son visage pour se protéger des caméras, Poppy sur les talons. Elle avait grandi de quelques centimètres depuis l'année précédente. Ce n'était plus une petite fille. Une grimace perpétuelle durcissait ses traits. Elle était en colère contre le monde. Et elle avait raison. Le monde lui avait arraché sa grande sœur.

Le garçon qu'elle jugeait responsable était libre. Aux yeux de la loi, Flora n'était qu'une jeune femme troublée, à la santé mentale fragile, qui n'avait pas supporté de se retrouver loin de chez elle et qui, après une dispute avec son petit ami, avait fait le choix tragique de se donner la mort. C'est de cela qu'il s'agissait : un choix.

Deux semaines avant la fin de ma première année d'université, j'ai reçu un message de Poppy. Elle me demandait si je voulais parler de sa sœur et de Kevin. Incapable de me résoudre à lui répondre et à mentir, j'avais effacé le message, sans en oublier le contenu.

Il est arrivé quelque chose à Flora ce soir-là, n'est-ce pas ? Kevin a fait quelque chose ? S'il te plaît, dis-le-moi, je dois savoir. C'est toi qui l'as le mieux connue à l'université. Elle m'a dit qu'elle te faisait confiance.

Je n'ai pas dormi pendant des jours, et j'ai raté mes examens de fin d'année. « Elle te faisait confiance. »

L'ultime erreur de Flora.

37

AUJOURD'HUI

À : Ambrosia Wellington, a.wellington@wesleyan.edu
De : Comité des anciens étudiants de Wesleyan, reunion.classof2007@gmail.com
Objet : Retrouvailles de la promotion 2007

Chère Ambrosia Wellington,
À l'époque, vos soirées se prolongeaient tard dans la nuit. Pourquoi en serait-il autrement aujourd'hui ? Rendez-vous à Andrus Field pour danser sous les étoiles lors de la grande fête du campus. Sur la piste de danse, ce sera un vrai carnage ! Nous comptons sur tout le monde (ou presque) !

Meilleures salutations,
Le comité des anciens étudiants

— Ils sont partis où, au juste ? demandé-je à Ella qui porte son verre à ses lèvres, savourant de toute évidence mon désarroi.

— Je n'en sais rien. Sloane ne se sentait pas bien. Adrian a proposé de la ramener dans votre chambre. Elle a trop bu, genre cinq verres de vin, et elle n'a rien avalé. À l'époque, c'était pareil. Pas étonnant qu'elle soit patraque.

Adrian a emporté sa veste. Ce qui veut dire qu'il ne compte pas revenir.

— J'y vais.

— Tu devrais rester, au contraire, suggère Ella en baissant la voix. Désolée si j'ai été un peu dure avec toi. Je m'étais promis de ne pas trimballer ma rancœur avec moi ce week-end.

— C'est toi qui as fait ça, lui répliqué-je en lui tendant un petit bulletin de vote. C'est toi qui as inscrit mon nom à ce stupide concours.

— Absolument pas ! répond Ella en riant. J'ai voté pour toi dans la catégorie « émission de télé-réalité. » Partout où tu vas, il se passe quelque chose de dramatique.

— Est-ce que c'est toi qui m'as envoyé ça ?

Je fouille dans mon sac, mais le carton n'y est plus. Je l'ai rangé dans mon sac à dos, que j'ai laissé à Nics. Je n'ai aucune preuve. Et à présent, je me rends compte que quelque chose d'autre a disparu : mon téléphone.

— Envoyé quoi ? demande Ella en haussant les sourcils.

— Les cartons. Tu sais très bien de quoi je parle. Tu étais malade, ce soir-là. Tu es restée au lit...

Tu as compris ce qui s'était passé. Elles doivent toutes me prendre pour une folle.

— Je ne t'ai envoyé aucun carton, fait Ella d'une voix forte qui provoque le rire de Lauren. La seule personne à qui j'envoie du courrier, c'est ma grand-mère. Et elle a quatre-vingt-quatorze ans. Sérieusement, qu'est-ce que tu nous fais, là ?

— Ça va, ça va.

Sully a assassiné Flora, et elle vient de partir avec mon mari.

— Il fallait bien que ce week-end se finisse par un drame, déclare Ella. Sloane et toi dans la même chambre... Qui a eu cette idée, au fait ?

Je me lève, puis me rassieds, prise de vertiges. J'aurais dû comprendre avant, quand Ella s'est pointée à notre porte. *Elle savait où nous trouver.*

— Comment sais-tu qu'on partage la même chambre ?

Ella hausse les épaules.

— Je ne sais pas, moi. Quelqu'un a dû me le dire... Ah, oui, Poppy ! Elle voulait vous rencontrer, mais vous avez disparu après la cérémonie commémorative.

Je porte ma main à ma bouche. Ma paume se tache de rouge à lèvres.

Poppy Banning, comme un clone laissé par Flora derrière elle. Poppy voulait nous rencontrer. « Poppy va venir nous voir », m'avait annoncé Flora un jour que nous sirotions toutes les deux une tasse de chocolat. « Je lui ai beaucoup parlé de toi. »

— Qu'est-ce qu'il y a, encore ? fait Ella, agacée par mon attitude un peu théâtrale.

Mais je ne lui réponds pas. Impossible. Je me lève et zigzague à travers les tables. Adrian et moi devons partir sans délai. Flora ne peut pas revenir nous hanter, car les fantômes n'existent pas. Mais les sœurs, si.

Je tombe face à face avec Flora dans le hall. Pour la première fois, je m'arrête et lis les petits caractères sur l'affiche. Si je m'étais donné cette peine dès mon arrivée sur le campus, je serais déjà rentrée à la maison. Car les petits caractères reproduisent une écriture manuscrite soignée : celle de Poppy. La Fondation Flora Banning. Une création de Poppy Belle Plume.

Je me rappelle la fierté de Flora, quand nous échangions des détails à propos de nos sœurs. « C'est une véritable artiste. » J'imaginais un imposant frigo en acier couvert des œuvres de l'adolescente dégingandée qu'était alors Poppy.

Pas ces cartons. Ce rouge à lèvres. Ce rouleau de papier. Cette urne remplie de bulletins à mon nom. Depuis combien de temps Poppy attend-elle l'occasion de frapper ? Flora est morte il y a déjà près de quatorze ans. Poppy partage au moins l'une des qualités de sa sœur : la patience.

Des chaises crissent sur le plancher, les premiers à sortir me frôlent au passage. Le repas est terminé et tout le monde se rend à la grande fête du campus. Peut-être devrais-je faire de même et me fondre dans la foule ; elle me protégerait. Mais je ne suis à l'abri nulle part. Et Adrian non plus, tant qu'il est avec Sully. J'ignore ce qui est pire : savoir ce dont Sully est capable, ou ne pas savoir ce dont Poppy est capable.

Je retire mes talons et remonte Wyllys en courant, dépassant les tentes blanches installées sur Andrus Field, d'où s'échappent déjà de la musique et des rires. Je cours jusqu'à l'entrée de Nics. J'aperçois d'abord la fumée qui s'élève d'une cigarette, puis sa silhouette à lui.

— On dirait que vous cherchez quelqu'un, me dit Felty.

Je mets la main sur la poignée, avant de me rappeler que je n'ai pas la carte d'accès. *Felty ne me fait pas peur.* Ce n'est qu'un homme obsédé par une théorie impossible à prouver. J'ai presque envie de tout lui raconter à propos de Sully, de lui révéler la sombre vérité que je viens enfin de mettre au jour. Mais pourquoi me croirait-il ? Par ailleurs, si je lui racontais tout, je serais obligée de lui avouer le rôle que j'ai joué dans cette affaire.

— Je n'ai jamais lâché prise, lance Felty dans mon dos. Un jour, j'arracherai une confession de l'une de vous deux.

— Amb !

Je tourne brusquement la tête et la vois traverser la pelouse au pas de course, tenant les rebords de sa robe longue pour ne pas trébucher. Sully s'arrête à côté de moi, les cheveux en bataille, le visage blême.

— Je pense que quelqu'un me suit, Amb. Rentrons.

— Où est Adrian ?

Je suis à la fois contente qu'il ne soit pas avec elle, et inquiète de ne pas savoir où il est. L'épaule nue de Sully frôle la mienne et je recule d'un pas.

— Aucune idée. Je ne l'ai pas vu. Mais je pense qu'il est arrivé quelque chose à Kevin.

— Tais-toi... lui dis-je le cœur glacé par l'effroi.

Sully n'a pas encore remarqué Felty, qui nous lance des regards mauvais depuis le coin d'ombre où il est tapi. Je ne peux pas terminer ma phrase : *Tais-toi, il est là !*

— Je l'appelle depuis tout à l'heure. Et il ne répond pas. Il n'est quand même pas parti sans nous prévenir.

Felty s'avance d'un pas. Sully aperçoit d'abord ses chaussures, et quand elle lève les yeux, je vois bien qu'elle a peur. J'ai l'impression que mes bras se disloquent, et mes jambes se dérobent. *Mon heure est venue.* Choc sismique. *L'heure de rendre des comptes.*

Sully ne cherche pas d'excuses. Elle redresse plutôt la colonne, altière, et pose une main sur le bras de Felty.

— On nous menace. On a reçu des cartons… Amb et moi. Et il s'est passé toutes ces choses ce week-end.

Felty se racle la gorge et repousse la main de Sully. Il nous a enfin sous son emprise : piégées, effrayées.

— Où est Kevin McArthur ?

Sully fronce les sourcils en comprenant que Felty est immunisé contre son charme.

— Vous n'avez pas entendu ce que je viens de dire ? On nous menace, Amb et moi. Kevin ne répond plus. On a reçu ces cartons tous les trois !

Felty roule une cigarette pas encore allumée entre ses doigts.

— On ne considère un adulte comme une personne disparue que vingt-quatre heures après avoir constaté son absence. Et l'envoi d'un carton est loin de constituer un crime. Mais j'imagine que les gens peuvent se montrer très inventifs avec les mots.

Il me fixe ostensiblement.

— Elle dit vrai, répliqué-je. Quelqu'un nous veut du mal.

Ce « nous » est ridicule. Je devrais me foutre complètement de ce qui arrivera à Sully. C'est une meurtrière. Une idée s'impose à moi, pourtant : je suis aussi mauvaise qu'elle. Pendant tout ce temps, je me doutais de ce qu'elle avait fait. Une idée enfouie au fond de ma tête, pour me permettre de vivre librement. Car le crime de Sully signifiait que je comptais assez à ses yeux pour qu'elle élimine ma rivale.

— Êtes-vous prêtes à me dire ce qui s'est réellement passé ce soir-là ? demande Felty. Si oui, je partirai à la recherche de Kevin. Et je vous laisserai m'accompagner. Ça vous va ?

Sully resserre la mâchoire.

— Nous vous avons déjà tout raconté.

Voilà ce « nous » qui revient dès qu'elle a besoin de mon aide.

Felty hésite entre l'amusement et l'agacement.

— Il ne tient qu'à vous de me laisser vous protéger. Nous pouvons nous asseoir quelque part et parler de ce qui s'est passé.

— Non.

Je suis catégorique. Sully est peut-être plus dangereuse que Felty, mais pas pour moi. Si elle avait voulu me faire du mal, elle n'aurait pas attendu si longtemps.

— On rentre, Sully. Tu as ta carte d'accès ?

Elle me tend son sac sans un mot et je fouille dedans. Je sors la carte et la passe dans la fente d'accès. Felty nous suit des yeux.

— Au revoir, les filles.

On dirait une menace.

38

AUJOURD'HUI

À : Ambrosia Wellington, a.wellington@wesleyan.edu
De : Comité des anciens étudiants de Wesleyan, reunion.classof2007@gmail.com
Objet : Retrouvailles de la promotion 2007

Chère Ambrosia Wellington,
Si vous êtes toujours là à minuit, restez pour admirer le feu d'artifice ! Ne manquez pas ce qui sera sûrement le clou d'un week-end inoubliable. Le spectacle que nous attendions tous, celui que nous méritons.

Meilleures salutations,
Le comité des anciens étudiants

— C'est Poppy, lâché-je dès que la porte s'est refermée entre Felty et nous.

Je chuchote, certaine que le policier ne s'est pas encore éloigné.

— Les cartons qu'on a reçus sont écrits de sa main. J'en suis certaine.

Sully écarquille les yeux et se touche la joue en tremblant. Je l'ai rarement vue effrayée, mais aujourd'hui, elle semble terrifiée.

— Poppy. Comment… comment a-t-elle fait pour comprendre ?

— Je ne sais pas. Elle a perdu l'être qui comptait le plus pour elle ; elle a dû longuement y réfléchir pour résoudre l'énigme.

J'observe la réaction de Sully, j'attends la confession qu'elle ne fera jamais à haute voix.

Elle pivote sur elle-même et s'élance vers notre chambre.

— C'était peut-être Poppy qui me suivait. De toute façon, je ne resterai pas dans les parages pour découvrir ce qu'elle nous veut.

Je cours derrière elle, mes chaussures à la main.

— Je sais ce que tu as fait ! m'écrié-je dans son dos. Et Poppy le sait aussi. Elle a travaillé fort pour nous réunir ici, c'est peu probable qu'elle nous laisse partir.

Sully s'arrête, la tête rentrée dans les épaules.

— Poppy est peut-être sur nos talons. Elle sait où nous trouver. Moi, je fiche le camp d'ici. Et si tu as un brin de jugeote, tu partiras toi aussi.

— Impossible. Il faut qu'on parle.

Sully se tourne vers moi en essuyant des traces d'eye-liner graisseux sous ses yeux.

— Très malin. Ça doit être son souhait le plus cher, en effet, nous écouter parler.

Je tends la main, sans savoir si j'ai envie de la toucher ou de la repousser.

— Il faut la confronter. Elle finira toujours par nous retrouver. Ça ne s'arrêtera jamais.

Peut-être que je la mets au défi de répéter sa fameuse phrase : « Il n'y a pas de "nous". » Mais elle poursuit son chemin vers la chambre.

— Fais ce que tu veux, moi, je rentre chez moi.

Je fixe son dos, ses vertèbres saillantes, ses omoplates comme des ailes acérées. Sur le seuil de la chambre, elle me fait signe impatiemment de lui redonner sa carte d'accès. Inutile, car la porte est entrouverte.

Je m'arrête brusquement et rentre mes ongles dans le cuir de mes chaussures que je tiens à la main.

— Il y a quelqu'un dans la chambre.

— Ça suffit, merde ! crie Sully en poussant la porte.

Je ne sais pas à quoi je m'attendais. Poppy aux aguets, blottie dans l'obscurité, prête à nous attaquer. Mais ce n'est qu'Adrian, assis sur la chaise, le dos voûté, son sac de marin à ses pieds. Son pantalon est relevé et on voit ses chaussettes ridicules, mon cadeau d'anniversaire de l'an passé. J'ai soudain peur qu'on ne célèbre plus jamais d'anniversaires ensemble.

— Adrian !

Tout ce que je dis, même son nom, a un accent coupable.

— Qui veux-tu que ce soit ?

Il est toujours en colère mais veut éviter une scène devant Sully, car il n'est pas comme ça. La seule attention qui lui importe, c'est la mienne. Mon attention pleine et entière. Et je ne la lui ai jamais accordée.

Sully envoie valser ses talons et enfile ses bottines.

— Je pars.

Elle se retire dans sa chambre, où elle se met à fourrer ses vêtements dans sa valise.

— Tu pars pour de bon, alors ?

— Viens avec moi, me dit-elle en levant la tête. C'est une proposition sérieuse.

Elle me saisit les poignets, juste assez fort pour me faire mal, mais je les retire comme si une guêpe m'avait piquée. Sully cligne des yeux telle une petite fille effarouchée, sans doute une autre arme dans son arsenal.

Son sourire triste me fait penser qu'une part d'elle doit être capable de ressentir des émotions, après tout. Une part insuffisante. Nos adieux sont silencieux, comme si la situation nous avait dégrisées. Nous avons traversé tant de choses ensemble, le meilleur comme le pire. Je ne la regarde pas s'en aller. Elle m'a déjà tourné le dos assez souvent.

— Désolée, dis-je à Adrian une fois Sully partie. Je ne savais pas où tu étais, et je voulais t'envoyer un texto, mais je n'arrivais pas à retrouver mon téléphone.

— Il est juste là.

La coque rose doré brille dans sa paume.

— Je pense qu'il est grand temps que tu m'expliques quel bordel de merde tu es en train de foutre.

Je m'adosse contre la porte. D'habitude, lors de nos disputes, je cherche à réduire l'espace entre nous. Je passe un bras autour de ses épaules, une main dans ses cheveux. Mais je vois bien que ce soir, il n'a pas du tout envie que je le touche.

— Ce week-end a été un véritable désastre. Je n'étais pas prête à revenir à Wesleyan.

— Pourquoi Sully vient de partir en coup de vent, hein ? Pas la peine de répondre, je sais que tu me mentiras. C'est qui, l'autre type ? Je sais que tu as été avec lui, ce week-end.

— Il n'y a personne d'autre que toi. C'est la vérité. Il ne s'est rien passé.

— Ce n'est pas ce que dit Billie, répond-il en jetant mon téléphone sur le lit et en croisant les chevilles. Elle a bu quelques verres, ça n'a pas été difficile de la faire parler.

Je récupère mon téléphone. Je devrais m'enfoncer dans mon mensonge, trouver les mots qui mettraient fin à cet interrogatoire. Mais il faut que je sache ce qu'Adrian a découvert.

Je lis les textos qu'il a envoyés à Billie en se faisant passer pour moi.

Je me sens coupable. Adrian, j'en fais quoi?

Lire son nom sur mon téléphone, et savoir qu'il l'a écrit lui-même, me donne envie de pleurer. Adrian, loyal, intègre, jamais fourbe. Je l'ai transformé en monstre.

La réponse de Billie est typique de son état quand elle a bu trop de Riesling: un ton incisif, mais égrillard. Je l'imagine taper sur l'écran, les joues rosies, les pieds dans ses chaussons appuyés sur les cuisses de Ryan qui regarde un match de hockey ou de football à la télé.

Peut-être qu'il n'est pas l'amour de ta vie. Il faut voir ce que ça donne avec le gars de l'université. Sinon quoi, dix autres années à regretter?

Adrian n'avait pas répondu à ce texto. Billie en avait envoyé un autre.

Tu m'as dit que tu cherchais un peu de lui dans tous les autres par la suite...

Est-ce que j'avais vraiment dit ça? Je romançais mon histoire avec Kevin, comme on transforme avec le recul des vacances ordinaires en un séjour inoubliable.

Encore Billie, dix minutes plus tard.

Je veux des détails!

Je pose le téléphone sur l'oreiller, l'écran retourné contre la taie. Adrian regarde ses chaussures. On dirait qu'il ne me voit plus. Ou ne veut plus me voir. Ne peut plus me voir.

— Je vais t'expliquer. Il y avait un garçon, à l'université, que je croyais aimer. C'était il y a très longtemps. Il était ici ce week-end, et c'est vrai, je l'ai revu. Mais il ne s'est rien passé, je te le jure.

Le plus déstabilisant, c'est le silence. Adrian a toujours quelque chose à dire, une plaisanterie pour détendre l'atmosphère, mais ce soir, il me laisse me dépatouiller, me défendre comme je peux.

— Ce garçon était... ce n'était pas le bon, pour moi. Comprends-moi, Adrian, c'est très difficile de revenir à Wesleyan...

Adrian se lève si vite qu'il fait tomber sa chaise, qui se retrouve les pattes en l'air comme un insecte furieux.

— Tu n'es qu'une menteuse de première ! Mais tu m'as toujours menti, n'est-ce pas ? J'en ai appris plus sur toi en un jour que depuis notre rencontre. Ce week-end m'a permis de comprendre que tu mentais en permanence.

J'ouvre la bouche, mais il ne me laisse pas placer un mot.

— Tu sais ce que je pense de l'infidélité, hein ? Et les vœux que nous avons échangés lors de notre mariage ? La promesse de ne jamais trahir notre amour ? Tout ça n'était qu'un gigantesque mensonge.

— Ce n'est pas vrai. J'étais sincère. Je te le répète, il ne s'est rien passé. Il fallait juste que je le revoie une dernière fois pour tourner la page. Maintenant, c'est fait.

Je tire un petit lambeau de peau jusqu'au sang sous mon pouce.

— C'est Kevin, pas vrai ? crache Adrian. Le copain de Flora, à ce qu'on m'a dit. C'est lui, sur la photo cachée dans ton bouquin. Je suis tombé des nues ce week-end en découvrant qui est ma femme.

Adrian fait le va-et-vient dans la chambre, qui en paraît encore plus petite.

— Le jour où j'ai découvert cette photo, tu as eu le culot de me dire qu'il était mort. Il y avait quelque chose qui clochait dans ton histoire, mais je n'ai pas poussé plus loin. Parce que faire confiance à ma femme me semblait normal, bon sang de merde ! Tu sais, il y a beaucoup d'infos en ligne sur Kevin McArthur.

— Il y a des choses que tu ne sais pas sur moi, commencé-je en me laissant tomber sur le lit. Tout cela appartient au passé. Celle que je suis aujourd'hui, tu la connais vraiment. Il faut me croire.

Adrian passe les mains dans ses cheveux, les transformant en un buisson hirsute.

— Il ne faut rien du tout, Amb.

Je me rappelle notre premier Noël à l'appartement. Adrian s'était levé tôt pour placer des cadeaux sous le petit sapin artificiel que nous avions installé à côté de la télé. Il n'y avait pas de neige à Noël cette année-là, et Adrian savait que j'étais déçue. Quand je suis sortie de notre chambre, le regard encore brouillé, j'avais trouvé sous mes pieds, à ma grande perplexité, quelque chose de blanc et de sec. Dans la cuisine, que je déteste parce qu'elle est trop exiguë, Adrian souriait en préparant du pain perdu. Ce jour-là, nous avons été vraiment, vraiment, heureux.

Ensuite, je m'étais plainte pendant des mois du désordre causé par les faux flocons qui collaient toujours à la plante de mes pieds nus et qu'on retrouvait dans les plis du divan. « Parfois, j'ai l'impression que tu ne m'apprécies pas à ma juste valeur », m'avait dit Adrian je ne sais plus trop quand. Sans doute a-t-il dit ça à plusieurs reprises.

— Je m'en vais. Je n'en peux plus. Tu sais, après notre première rencontre, j'ai écrit à mes amis pour leur dire que j'avais trouvé la femme de ma vie, celle que j'allais épouser. Ils m'ont répondu que c'était un effet secondaire d'une baise vraiment géniale. Je ne sais pas de qui je suis tombé amoureux à l'époque, mais ce n'était pas de toi.

— C'est pourtant moi, ta femme. Partons ensemble.

Je sens la pression monter derrière mes tempes et mes yeux me brûlent. J'ai oublié la dernière fois où j'ai ressenti quelque chose si intensément. L'apathie de Sully m'a désensibilisée, une drogue puissante.

— Non, je pars seul. À présent, je comprends pourquoi tu as si souvent insisté pour écourter ce week-end. Tu voulais qu'on parte avant que je découvre trop de choses.

Je ne peux même pas le détromper là-dessus.

— Tu ne seras jamais heureuse. Du moins, pas avec moi. Parfois, j'ai l'impression que tu aimes qu'on te prenne en pitié. Allez, va rejoindre ton Kevin. Va chercher celui qu'il te faut.

Je reprends mon souffle avant de lui balancer une nouvelle qui définira le reste de nos vies. Je dois lui démontrer que la seule chose qui compte, c'est *lui et moi*. Que tout sera différent, à présent.

— Je suis enceinte. J'ai fait le test aujourd'hui. J'attendais le bon moment pour t'en parler.

Adrian désirait si fort avoir des enfants ! Cette nouvelle le fera sûrement changer d'avis. Je prie pour ne pas me tromper.

— Tu vas être papa.

C'est la première fois que je prononce ces mots à haute voix. Notre appartement est trop petit, nous devrons déménager en banlieue, hors de New York. Pourquoi ne pas retourner à Pennington, cet environnement sain, le « meilleur endroit pour élever une famille », selon Toni ? Nous achèterons un berceau qu'Adrian assemblera, avant de poser la main sur mon gros ventre pour sentir les coups de pied du bébé. Nous ne parlerons plus jamais de ce foutu week-end.

Adrian me tourne le dos, penché sur mon sac à bandoulière avachi contre la table, comme si quelqu'un l'avait frappé dans l'estomac. Sa main en sort mes pilules contraceptives.

— Ouais, tu es enceinte, mon œil ! Tu penses vraiment que je vais te croire ? Tu m'as dit il y a six mois que tu avais arrêté de prendre la pilule. Et en voilà dans ton sac. Tu as aussi écrit à Billie « Pas de bébés pour moi ». Tu n'es qu'une sale petite menteuse. Je ne peux même pas te regarder dans les yeux.

Il envoie promener les pilules.

— Non, tu ne comprends pas, Adrian. J'ai fait un test de grossesse aujourd'hui. J'ai eu le pressentiment que...

— Tu peux avoir tous les pressentiments que tu veux, je m'en fiche. Tu me prends vraiment pour un idiot, juste parce que je n'ai pas fini l'université. Pourtant, c'est toi qui as volé le copain de ta coloc. Celui-là même qui l'a encouragée à se suicider. Et voilà que tu fais semblant d'être enceinte parce que tu penses me retenir avec un bébé. Je ne veux pas d'enfants avec toi, Amb. Je ne veux rien de toi.

Je reste bouche bée. Tout fout le camp. Adrian, notre histoire d'amour, ma vie avec lui, que je tenais pour acquise. Je me rappelle Adrian achetant un test de grossesse, tellement sûr de voir apparaître deux lignes roses. Il m'avait frotté le dos quand elles ne s'étaient pas matérialisées et m'avait recommandé d'être patiente. À présent que je suis enceinte, il n'en veut plus.

Il jette son sac de marin sur son épaule. Les sourcils froncés, une simple ligne droite. Finies, les fossettes, finies, les petites pattes d'oie autour des yeux. Je ne lui aurai jamais révélé ma véritable nature, mon incapacité à désirer raisonnablement.

— Je t'aime ! crié-je dans son dos. Je t'aime vraiment.

Adrian suspend le pas sur le seuil, mais mes paroles ne sont pas suffisantes pour le faire pivoter sur lui-même.

— Tu ne sais pas ce que c'est que l'amour. Je pense que tu ne l'as jamais su.

Il laisse la porte entrouverte, même s'il a toutes les raisons de la faire claquer violemment. Je devrais courir derrière lui et me battre pour le garder, pour sauver notre couple. Mais il mérite de l'honnêteté, et si je lui racontais tout, il me quitterait de toute façon.

À tout prendre, mieux vaut qu'il parte en pensant que je suis menteuse et adultère que meurtrière.

Peut-être Adrian sera-t-il mieux sans moi.

Je m'effondre sur le sol, ma robe froissée autour de mes cuisses. Je m'adosse au mur et lève les yeux au plafond. C'est sans doute la dernière vision qu'a eue Flora : la platitude d'un plafond beige. À moins qu'elle n'ait reconnu Sully au-dessus d'elle, observant la vie s'évader de son corps. Dans ce cas, la dernière chose qu'elle a vue a été ce petit sourire suffisant. J'espère que non.

On frappe doucement à la porte. J'essuie mon visage. *Adrian.* Il revient pour réparer les pots cassés. Nous consulterons un conseiller matrimonial. Billie et Ryan l'ont fait, il y a quelques années, quand ils se « détestaient en toute légitimité », comme elle disait. Nous pouvons passer ce cap.

— J'ai tout gâché, dis-je. Entre, il faut qu'on parle.

La porte s'ouvre lentement et j'aperçois d'abord ses chaussures. Non, pas des chaussures, des chaussons, en forme de lapin. Un lapin dont les yeux scrutent la chambre. Ce sont les chaussons de Flora, avec lesquels elle traînait toujours les pieds. Ces lapins roses pendaient de son lit pendant qu'elle regardait des films sur son ordinateur, parlait à Kevin, écrivait de longs messages à sa petite sœur.

Sa petite sœur, qui lui répondait toujours. À la télévision, elle déclarait aux médias, la mâchoire tremblante, que la personne qui avait fait du mal à Flora allait payer, « un jour ou l'autre ». Tout le monde présumait qu'elle parlait de Kevin.

— Contente de voir que tu es enfin prête à tout avouer, me dit-elle d'une voix douce.

Elle ressemble tellement à Flora ! Mais elle a l'air bien plus sévère.

« Un jour ou l'autre », c'est aujourd'hui.

39

AUJOURD'HUI

À : Ambrosia Wellington, a.wellington@wesleyan.edu
De : Comité des anciens étudiants de Wesleyan, reunion.classof2007@gmail.com
Objet : Retrouvailles de la promotion 2007

Chère Ambrosia Wellington,
Avez-vous bien profité de toutes les activités prévues ? Avez-vous pris quelques libertés ? Nous espérons que revenir à Wesleyan vous en a appris sur vous-même. Peut-être avez-vous racheté une faute à laquelle vous n'avez jamais cessé de penser. Ou peut-être allez-vous la racheter bientôt.

Meilleures salutations,
Le comité des anciens étudiants

— Ambrosia Francesca Wellington. Te voilà enfin.

Elle referme la porte précautionneusement derrière elle. Quand elle tire le verrou, ma peau se tend au « clic » comme un élastique étiré à son maximum.

— Poppy.

Je repousse une mèche derrière mes oreilles, dans l'espoir que ce geste m'aidera à contenir une nouvelle vague d'effroi.

— Je voulais te parler lors de la cérémonie, mais les choses ont dérapé, aujourd'hui. Je viens de me disputer avec mon mari.

Pourquoi je lui raconte ça ? Elle n'est pas là pour ça.

— Dommage, réplique Poppy, ses lèvres rouges dessinant un sourire suave. Il est pas mal, ton mari. Très gentil garçon. J'ai bavardé avec lui cet après-midi, il ne te l'a pas dit ? Je lui ai raconté que ma sœur m'avait beaucoup parlé de toi, à l'époque. Et lui, il ignorait jusqu'à l'existence de Flora. J'imagine qu'avouer que tu as assassiné ta coloc aurait jeté une douche froide sur votre lune de miel.

Poppy s'assied en tailleur sur le lit.

— Je n'ai assassiné personne.

Mes ongles s'enfoncent dans mes paumes.

Poppy incline la tête à un drôle d'angle.

— C'est pour le savoir qu'on est là, non ? Le mystère de l'assassinat de Flora Banning. Parce que ma sœur ne s'est pas suicidée.

Repliant mes jambes sous moi, je calcule la distance qui me sépare de la sortie.

— N'y pense même pas, me prévient-elle. Tu n'irais pas très loin. En plus, je pense que ton charmant mari est parti avec votre voiture. Pauvre de lui, tout ça va le dévaster. Il ne fera plus jamais confiance à personne.

Tout ça ? Quoi, au juste ?

— N'y pense même pas, je te dis.

Poppy se lève, enlève sa veste et pose son sac à côté, sur le lit. Elle porte l'une des robes de Flora, ou du moins le même style. Des motifs de fleurs, avec un col Claudine, très joli. Je m'étais cachée quand sa famille était venue ramasser ses affaires.

— Je peux t'expliquer...

— Pas la peine, m'interrompt-elle. Flora m'a raconté qu'elle avait fait quelque chose d'impardonnable. Une relation sexuelle avec un garçon, le soir d'Halloween. Elle avait terriblement honte. Elle m'a dit qu'elle ne se serait jamais laissée faire si elle n'avait pas tant bu, ce soir-là. Je lui ai demandé si elle avait donné son consentement. Elle ne m'a pas répondu, ce qui voulait dire non.

— Je n'ai rien vu.

Impossible qu'elle sache qu'en fait, j'ai *choisi* de ne pas intervenir. Poppy se racle la gorge.

— Peut-être. Mais elle m'a raconté que tu étais là, dans la même pièce. Tu savais qu'elle avait trop bu, et pourtant, tu l'as laissée entre les mains d'un parfait inconnu. Tu savais qu'elle avait un petit ami. Elle était terrifiée de devoir en parler à Kevin. Flora pensait toujours que tout était de sa faute. Pour toi, c'est difficile à concevoir, hein ? Rien n'est jamais de ta faute.

— J'avais trop bu, moi aussi. Je ne me rappelle rien.

— Comme c'est pratique, remarque Poppy en levant les yeux au ciel. Je lui ai recommandé de dénoncer son agresseur, bien entendu. Mais elle s'est braquée, elle m'a dit de me mêler de mes affaires. Il n'avait même pas utilisé de préservatif. Le garçon qui l'a violée.

Jusqu'ici, je me suis retenue de qualifier ce qui s'était passé ce soir-là. *Violée.* Si je l'avais fait, il aurait fallu en prendre la pleine mesure, et reconnaître que j'avais eu l'occasion d'intervenir.

J'ouvre la bouche, mais Poppy m'empêche de parler.

— Je lui avais conseillé d'aller voir un médecin. Elle m'avait fait promettre de ne rien dire. La dynamique de notre famille n'était déjà pas facile. Il fallait qu'on soit parfaites, qu'on lutte constamment pour préserver un semblant d'équilibre. Alors, je me suis tue. Mais j'aurais dû parler, ajoute-t-elle en se touchant les lèvres. Je me déteste tous les jours de ne pas l'avoir fait.

— Si j'avais su, je l'aurais aidée.

En fait, je n'ai jamais su aider quiconque, ni moi ni les autres.

Poppy lâche un petit rire.

— Je l'encourageais à t'en parler. Je pensais que si tu avais un peu de dignité, si tu étais une véritable amie, tu l'accompagnerais à la clinique. Ce serait la moindre des choses. Mais tu as fait la sourde oreille, n'est-ce pas ?

— Je n'étais pas parfaite, rétorqué-je en tendant les doigts vers mon sac. J'avais mes problèmes, moi aussi. J'aurais dû être une amie plus attentive. Je m'en veux, aujourd'hui.

Poppy secoue la tête et ses cheveux fins partent dans tous les sens.

— N'essaie pas de me faire croire que tu t'en es voulu une seule fois dans ta vie ! Sauf peut-être pour Kevin, que tu n'as pas réussi à lui voler. Tu penses vraiment que je ne suis pas au courant ?

— Je n'étais pas...

— Moi, je n'ai jamais fait confiance à Kevin. C'était même la seule pomme de discorde entre Flora et moi. Elle le considérait comme un héros. Il savait donner le sentiment à n'importe quelle fille qu'elle était unique. J'imagine qu'il a fait pareil avec toi, hein ? Tu as sans doute cru à une grande histoire d'amour ?

Mon téléphone est sur le lit, impossible de l'atteindre sans que Poppy s'en aperçoive. On n'en serait pas là si elle n'avait songé au moindre détail.

— Je n'étais pas amoureuse de Kevin. Je n'étais amoureuse de personne. Mon petit ami d'avant l'université m'avait trompée, et quand je suis arrivée à Wesleyan, j'ai un peu perdu la tête. J'ai couché avec un tas de garçons. Je me cherchais.

Poppy fait semblant de ne pas avoir entendu.

— Venons-en aux faits. Avant de m'inscrire à mon tour à Wesleyan, je connaissais déjà le site de dénonciations anonymes. Une véritable mine d'informations. Bon nombre de témoins ont dit avoir vu « AW s'enfermer dans les toilettes avec KM ». D'autres ont vu « AW sortir en courant de Butts ». Je suis ici pour savoir laquelle de ces deux « AW » tu étais.

— Ni l'une ni l'autre. J'étais avec un autre garçon, ce soir-là.

Poppy se lève.

— Mauvaise réponse. Car si tu n'étais pas enfermée dans les toilettes avec Kevin, alors tu dois être celle qui sortait de Butts en courant. Celle qui a assassiné ma sœur, en somme. Si j'ai bien compris le cours des événements...

— Flora s'est suicidée. Sinon, les policiers s'en seraient rendu compte. Elle avait trop bu, elle était sous le choc. C'est horrible. Mais je n'y suis pour rien.

Dénoncer Sully mettrait fin à cet interrogatoire. Peut-être Poppy me croirait-elle. Mais elle me demanderait comment je sais, et alors, je devrais lui avouer le rôle que j'ai joué dans cette affaire.

— Au début, j'étais certaine que Sloane et toi aviez fait le coup ensemble. Et que ça expliquait pourquoi vous aviez cessé de vous parler par la suite. La culpabilité pesait trop lourd sur votre conscience. Mais j'ai changé d'avis. L'une d'entre vous s'est montrée plus maligne et a doublé l'autre. Voici donc ma théorie. Tu as volé le téléphone de Kevin et rédigé les textos. Sloane, elle, a fait le sale boulot.

— C'est Kevin qui a envoyé les textos.

— Allons donc. Regardons la réalité en face. Ils ne correspondaient pas du tout à son style. Ils étaient même ponctués. Et d'une cruauté sans nom. Oui, Kevin était un connard qui a trompé ma sœur et lui a brisé le cœur. Mais Kevin n'était pas capable de ça.

« Kevin était », « Kevin n'était pas ». Pourquoi le passé ?

— Ma sœur faisait erreur sur ton compte. Tu n'es pas si bonne actrice. C'est ironique, puisque toute ta vie est un vaste mensonge. Ton mari veut des enfants, et tu essaies de lui faire croire que tu en veux, toi aussi. Flora voulait fonder une famille, elle.

Poppy se mordille le pouce. Ses ongles sont couverts de vernis bleu pâle orné de petits tournesols.

— C'est ce que je veux moi aussi.

Elle ne sera pas insensible au bébé. Si je lui en parle, elle m'épargnera.

— Je suis enceinte. J'ai fait le test aujourd'hui.

Poppy s'accroupit devant moi. Son expression se détend et elle avance la main vers moi, comme si elle avait l'intention de me toucher. Puis, elle recule, serrant les poings, et lâche un long soupir.

— Flora l'était, elle aussi, déclare-t-elle d'une voix un peu moins dure.

Quelque chose enfle dans ma gorge. Un haut-le-cœur. Ou un cri. Je me mords les doigts pour que ça passe. Ce qu'elle dit là ne peut pas être vrai. Pas Flora. C'est impossible.

— Je suis la seule à qui elle en ait parlé. Elle m'a fait jurer de ne rien dire à nos parents. Maman avait dix-neuf ans quand elle a eu Flora. On a entendu tellement de petits laïus sur les grossesses adolescentes ! Pas étonnant que Flora tenait tellement à garder sa virginité. J'ai respecté ma promesse, mais mes parents ont su quand même, à cause de l'autopsie, ajoute-t-elle en lisant le choc sur mon visage. Ils n'en ont jamais parlé. On avait écopé pas mal, déjà.

— Je ne m'en suis jamais douté, arrivais-je à articuler avec un filet de voix.

Poppy ferme les yeux, comme si ce souvenir lui était trop douloureux.

— Peut-être que Flora n'aurait pas su, elle non plus. Mais quand je lui ai suggéré d'aller voir un médecin, elle a préféré faire un test de grossesse. Elle m'a appelée juste après. Elle n'arrivait pas à retenir ses larmes.

Toutes les fois que j'avais trouvé Flora endormie en plein milieu de la journée, dans notre chambre, tournée vers le mur, le masque sur les yeux... Ella m'avait raconté être tombée sur elle, en larmes, dans les toilettes. Le test de grossesse, encore chaud dans ses mains moites. *Au fait, je voulais te parler de quelque chose.*

— Je lui ai dit qu'elle devait se faire avorter. Elle avait été violée, elle n'avait rien fait de mal. Je lui ai conseillé de se confier à toi. Sa nouvelle meilleure amie arriverait sans doute à la convaincre. Elle m'a promis de le faire. Elle se considérait chanceuse de t'avoir.

— Je l'aurais aidée si...

— Les gens l'ont prise pour un personnage de conte dont la morale serait : « Choisissez bien le garçon à qui vous faites confiance. »

Poppy examine ses ongles. Flora lui a appris à les vernir avec soin.

— Elle n'aurait pas dû faire confiance à Kevin. Il vient de payer pour le rôle qu'il a joué dans cette affaire. Mais ce qui a vraiment tué ma sœur, c'est d'avoir fait confiance à n'importe quelles filles.

Je me demande ce qui se passerait si je me mettais à crier. Quelqu'un m'entendrait-il ? Quelqu'un s'en soucierait-il ?

— Qu'est-ce que tu as fait à Kevin ?

— Ne t'inquiète pas pour lui, répond Poppy avec une sorte de tremblement dans la voix. Tu ne seras plus là pour le découvrir, de toute façon.

Un « clic » se fait entendre derrière la porte, et nous nous retournons toutes les deux en même temps. Sully se précipite dans la chambre. Je regrette de ne pas avoir crié. Tout ça se serait peut-être fini autrement.

Sully porte la main à la bouche dès qu'elle aperçoit Poppy.

— Toi, ici ! s'écrie-t-elle, partagée entre la peur et le défi. C'est toi qui as fait ça, n'est-ce pas ?

Poppy se lève, et je remarque ses mains qui tremblent. Elle serre les poings.

— La vraie fête n'attendait plus que toi, Sloane. J'aurais dû me douter que tu te laisserais désirer.

Sully est revenue. Pour moi.

— C'est toi qui l'as tué, l'accuse Sully d'un ton mesuré, lent.

— Tu as des preuves ? Avec tout ce qu'il a bu, aujourd'hui... Et tous ces cachets sur la table de chevet... Je suis certaine que vous l'avez fait souffrir bien plus, toutes les deux.

— Kevin est mort ? demandé-je en m'étranglant presque.

Sully hoche la tête. Malgré son trouble, elle calcule sa sortie. Elle compte bien nous tirer de là, pour nous éviter de connaître le même sort que Kevin.

Je comprends à présent que Sully ne rentrait pas chez elle, tout à l'heure. Elle s'est rendue au motel où elle a retrouvé Kevin, trop tard. Elle aurait pu poursuivre sa route sans se retourner. Mais elle n'a pas voulu me laisser seule. La loyauté que cela m'inspire est soudaine, puissante. J'ai envie de la protéger, moi aussi, malgré ce qu'elle a fait à Flora.

Quand mon attention se porte à nouveau sur les mains de Poppy, je me rends compte qu'elles ne forment plus un poing, qu'elles ne tremblent plus : elles sortent un couteau de son sac, un long couteau au manche blanc. Comme les Wüsthof de chez Williams Sonoma qu'Adrian et moi avions mis sur notre liste de cadeaux de mariage, et que nous avons à peine utilisés. Des frissons incontrôlables me secouent quand je comprends quelle chute Poppy a prévue pour notre histoire, ce soir.

Sully tangue jusqu'au milieu de la pièce.

— Tu ne t'en sortiras pas comme ça.

Poppy agite le couteau devant elle.

— C'est grâce à toi que j'ai découvert où Kevin se cachait. Je t'ai suivie, hier soir. Tu avais une soudaine envie de baiser, c'est ça ?

Sully s'avance lentement vers elle.

— Merde, mais qu'est-ce que tu veux, à la fin ?

— Qu'est-ce que tu crois ? La vérité, évidemment.

Poppy pointe le couteau vers moi.

— Toi, tu es forte avec les mots.

Elle le tourne ensuite vers Sully.

— Toi, tu es la plus violente. Mais la meurtrière a fait une énorme erreur : Flora aurait laissé une note. C'est comme ça que j'ai su qu'elle ne s'était pas suicidée.

Poppy et Kevin sont d'accord sur une chose. *Étaient* d'accord sur une chose.

Mes dents claquent. Ce couteau... Je reconnais le manche, je visualise le bloc en bois dans la cuisine. Poppy est venue dans notre immeuble, elle est entrée dans notre appartement.

Elle m'a étudiée, comme j'avais moi-même l'habitude d'étudier les filles cool, pour percer le secret qu'elles détenaient. Sully avait fini par me traiter de parano, mais pendant tout ce temps, c'est moi qui avais raison. Je savais que quelqu'un me guettait. Je devrais tirer une forme de satisfaction de voir que mes soupçons étaient fondés. Mais la terreur qui en découle fige mon corps tout entier.

Toutes les fois où je m'étais convaincue d'avoir aperçu un fantôme. Toutes les fois où j'avais aperçu une fille blonde se détourner de moi. Ce sentiment d'être suivie. Je l'étais bel et bien.

— Quel sort tu nous réserves ?

— Moi ? Aucun, répond Poppy en battant du pied avec l'un de ses chaussons en forme de lapin. J'ai rempli mon rôle. Vous allez vous retourner l'une contre l'autre, à présent. Vous n'auriez jamais imaginé que cela arriverait un jour.

Ni Sully ni moi n'osons bouger. Nous sommes censées nous transformer en animaux en cage et nous tailler en pièces. Mais je ne suis pas prête à porter le premier coup.

— Tu es folle, dit Sully. On n'a rien à voir avec ça, ni elle ni moi. Va-t'en. Pars, et on fera comme si de rien n'était. On ne dira rien.

— Bien sûr que vous ne direz rien, répond Poppy en passant la pointe du couteau sur ses propres clavicules. Vous êtes fortes pour garder des secrets, pas vrai ? Mais pas autant que vous le croyez.

Mon téléphone émet un son. Poppy le ramasse sur le lit et consulte l'écran.

— Eh bien, c'est Billie qui veut savoir... où tu en es avec le garçon... celui avec lequel tu as trompé ton mari. Je peux ?

Elle pose un instant le couteau et tape un message.

— « Quelqu'un me l'a volé, Billie. Tu ne connais pas toute l'histoire. Je suis sur le point de faire une grosse bêtise. » Oups, ajoute Poppy avec un clin d'œil, j'ai pressé le bouton « Envoyer ». J'allais te demander de vérifier l'orthographe et la grammaire avant. Tu es tellement pointilleuse là-dessus.

Mon téléphone est dans sa main. Le couteau, non. Je tente d'accrocher le regard de Sully pour l'inciter à s'emparer du couteau. En vain.

— C'est moi qui ai dérobé le téléphone de Kevin, commence Sully d'une voix qui roule dans sa gorge comme le tonnerre. Je l'ai volé. Flora était tellement bouleversée, ce soir-là. J'ai montré le téléphone à Flora, pour qu'elle comprenne que son Kevin couchait à droite et à gauche. Elle ne voulait pas y toucher, alors c'est moi qui ai ouvert les textos. Avec les noms de toutes ces filles.

— Sully... supplié-je, mais elle m'ignore complètement.

— Continue, je t'en prie, lui dit Poppy en serrant mon téléphone dans son poing.

J'implore silencieusement Billie d'appeler les policiers, et qu'ils se ramènent au plus vite. Elle doit être chez elle, sûrement en train d'ouvrir une deuxième bouteille de vin, avec Netflix et le babyphone, déroulant Instagram sur son écran. Il faut qu'elle aperçoive mes textos. *Il le faut.*

— Après, Amb s'est emparée du téléphone et s'est enfuie avec.

— Ce n'est pas vrai ! m'écrié-je.

Pas vrai. J'ai l'impression de faire un cauchemar.

— J'avais beaucoup bu, moi aussi, mais j'ai quand même tenté de suivre Amb à l'étage. J'ai vite perdu sa trace. Je me suis dit : qu'est-ce qu'elle peut faire, au fond, à part fouiller dans le téléphone de Kevin, et peut-être y inscrire son propre numéro.

— Ce n'est pas ça du tout. C'est elle qui a pris l'appareil et m'a dicté ce que je devais écrire.

— Tu étais donc sa marionnette, conclut Poppy en nous regardant tour à tour, Sully et moi. Eh bien, je ne peux pas dire que vous inspiriez confiance jusqu'ici, ni l'une ni l'autre. Mais continuez, je vous écoute.

— Quand je l'ai revue un peu plus tard, reprend Sully, elle m'a rendu le téléphone. Je lui ai demandé ce qu'elle avait fait avec, et elle m'a répondu : « trois fois rien ». Je l'ai donc remis dans la veste de Kevin. Je l'avais volé, je devais le rendre. Ensuite, Amb s'est jetée sur Kevin. Je lui ai dit : « Mais c'est le copain de ta coloc ! » et je lui ai demandé où était Flora. Mais Amb m'a dit qu'elle s'en foutait pas mal.

Le regard de Poppy se reporte sur moi, lourd, suffocant. Je n'arrive plus à respirer. Je suis censée me défendre, trouver un meilleur mensonge que celui de Sully. Mais elle marquera toujours des points contre moi.

— Ils ont disparu quelque part tous les deux. Après, je suis tombée sur des amis, on a pris de l'alcool, on a perdu le fil du temps. J'ai déconné un peu avec un garçon. Quand Amb a reparu, elle m'a dit qu'elle venait de baiser Kevin. Je n'ai rien dit. J'avais trop bu. Je voulais juste aller me coucher. On est parties vers la résidence, où on a vu tous les gyrophares.

— C'est intéressant, tout ça, remarque Poppy.

Mon téléphone fait « ding ! », mais elle n'y porte aucune attention. Elle l'essuie contre le tissu de sa robe.

— Amb, est-ce que ça te semble une version fidèle de ce qui s'est passé ? Tu as envoyé les textos, puis tu as couché avec le petit ami de ma sœur ?

Ma vie dépend peut-être de ma capacité à mentir, mais je n'arrive pas à trouver un mensonge qui tienne la route, assez retors pour boucher les trous dans l'histoire de Sully.

— Oui, rétorqué-je d'une voix rauque. Mais c'était son idée, les textos. Je n'ai fait que lui obéir. Et c'est vrai que je me suis enfermée dans les toilettes avec Kevin. Mais je n'ai pas tué Flora.

Poppy lâche mon appareil et claque si fort des mains que je sursaute presque.

— Enfin un peu d'honnêteté, bordel de merde ! Ça fait du bien, non ? Ça soulage. Contente pour toi.

La jupe de Poppy cache à moitié l'endroit où est posé le couteau. Elle tourne les yeux vers Sully.

— Ça veut dire que toi, tu étais ailleurs.

— Ouais, admet Sully. Avec un garçon dont je ne me rappelle pas le nom.

— Ce qui m'a surprise, continue Poppy, c'est qu'il n'y avait aucune empreinte digitale sur le téléphone de Kevin, même si vous venez d'avouer toutes les deux y avoir touché. Donc, celle qui le lui a rendu, continue-t-elle avec un regard appuyé vers Sully, a eu la bonne idée d'effacer les traces. Tout le monde ne ferait pas ça, vous en conviendrez. À moins de planifier un crime bien plus grave que le coup des textos.

J'attends de voir Sully faire ce à quoi elle excelle : se tirer d'affaire par de belles paroles.

— C'est Amb qui a envoyé ces messages, dit-elle en chuchotant presque. C'est Amb qui a ordonné à ta sœur de se suicider.

— Je sais, répond Poppy en reprenant le couteau. C'est exact. Mais toi, tu es celle qui l'a assassinée.

Poppy traverse la chambre tellement vite que je n'ai pas le temps de réagir. Sully ne lâche aucun cri quand le couteau la transperce, mais moi, si, avant même de voir la lame pénétrer dans sa peau. Le visage de Sully devient tout flasque, ses yeux prennent un air hébété. Du sang jaillit, glisse sur les perles de sa robe, forme un dédale labyrinthique des plus sophistiqués. Poppy fixe les filets rouges. Le rouge de Wesleyan.

— Si vous voulez mon opinion, je trouve que vous êtes toutes les deux de bien piètres actrices, nous assène-t-elle à voix basse. Vous n'auriez jamais réussi.

Le couteau tremble dans sa main. Elle est sur le point de m'infliger le même sort. Pourtant, non, elle essuie le manche sur sa robe et me tend le couteau. Sans réfléchir, je le prends.

Et Poppy se met à hurler instantanément.

Jamais je n'ai entendu un cri pareil, et je continuerai à l'entendre jusqu'à la fin de mes jours. Je regarde tour à tour le couteau dans ma main, et Sully qui s'effondre. Je me précipite vers elle, me jette à quatre pattes, lâche le couteau pour poser les mains au-dessus de la tache rouge sur sa robe.

— On peut arrêter le sang ?

C'est en tout cas ce que j'aimerais dire, mais je ne prononce que des sons incompréhensibles.

La peau de Sully est déjà presque grise. Quand elle ouvre la bouche, aucun son n'en sort. Elle s'incline vers moi et me murmure, entre deux pulsions sanguinolentes :

— Elle le méritait. Nous sommes pareilles…

Qui ça ? Elle et moi, ou elle et Flora ?

— Pas du tout, murmuré-je.

Pour une fois que j'exprime mon désaccord, elle ne m'entend même pas. Je laisse tomber une larme sur sa joue.

Je ramasse le couteau et m'avance en chancelant vers Poppy, mais je sais bien que je n'arriverai pas à frapper. Sully et moi n'avons jamais été pareilles.

Et Poppy n'est plus seule. Deux hommes en costume viennent d'entrer en trombe dans la chambre et regardent notre carnage, bouche bée. L'un d'eux, téléphone en main, appelle déjà la police. Poppy, le visage empourpré, hurle toujours. Elle se précipite et s'agrippe à l'un des deux hommes, se blottit derrière comme pour se protéger.

Pour se protéger de moi. De la fille avec un couteau ensanglanté à la main. J'essaie de le laisser tomber, mais il me colle aux doigts.

— C'est elle ! gémit Poppy. C'est elle qui a fait ça.

J'attends que Sully crache toute la vérité. *Poppy n'est qu'une salope, complètement démente. C'est elle qui m'a poignardée.* Mais Sully ne sera plus jamais en état de dire quoi que ce soit.

40

UN AN PLUS TARD

C'est étrange de le voir dans la cuisine de mon nouvel appartement de Chelsea. Il est timide, un verre de rouge à la main, dans son t-shirt gris qui a l'air doux au toucher. Je n'ai pas encore eu l'occasion de m'en assurer. J'égoutte les linguini au-dessus de l'évier. Une pâte se tortille comme un serpent à côté du drain. J'ouvre le robinet et mets fin à son supplice.

— Merci d'avoir accepté qu'on se voie, commence-t-il. Tout ça était tellement... tellement affreux. J'ai dirigé toute mon énergie vers l'écriture. Le premier jet de mon roman est pratiquement terminé, même si, en fin de compte, l'intrigue qui s'est imposée à moi est assez différente de ce que j'imaginais.

— C'est souvent le cas.

J'ai laissé tomber mes cheveux sur mes épaules, comme le faisait ma sœur.

— Les processus créatifs prennent rarement la direction prévue, précisé-je.

Il s'installe sur l'un des tabourets autour de l'îlot de cuisine et pose les mains sur le granite. L'annulaire de sa main gauche est nu, à présent.

— Je ne veux pas me décharger de ce poids sur toi. Je voulais te voir pour une autre raison. Et puis, j'ai un psy, précise-t-il.

Il rit à sa propre blague, et je lui fais obligeamment écho.

— Je suis étonné de constater qu'elle me manque un peu. Du moins ce qu'elle était avant que je découvre sa vraie nature. Tu comprends ?

Je laisse la passoire dans l'évier. Les nouilles sont trop cuites. Mais peu importe. Je contourne l'îlot et pose une main sur son dos. Il ne se raidit pas, ne s'abandonne pas non plus.

— Je comprends parfaitement. Ç'a dû être un énorme traumatisme pour toi.

— Pour toi aussi, fait-il en se pinçant la peau sous les yeux. Elle a failli... elle aurait pu...

— Peut-être.

Une pointe tranchante, à peine audible, persiste dans ma voix. Il va falloir m'en débarrasser.

— Elle ne peut plus me faire de mal à présent, ajouté-je.

Nous ne saurons jamais ce qu'elle aurait pu faire, car Ambrosia Wellington (elle a repris son nom de jeune fille) purge une peine de prison à vie pour deux chefs d'accusation : meurtre au premier degré et tentative de meurtre. Comme « résidence maudite » est déjà pris, il faudra que la communauté de Wesleyan affuble le bain de sang de l'an dernier d'un autre nom. Qui aurait cru que le cœur impur de Sloane Sullivan pouvait pomper autant de sang ?

— Je suis surpris que tu aies accepté de me revoir, continue Adrian. J'avais peur d'essuyer un refus. Mais notre échange de messages a été vital pour moi. C'est si facile de parler avec toi !

Je laisse ma main sur son dos, sur la peau chaude sous le t-shirt.

— J'ai longtemps fui mes démons, répliqué-je. Je sais de quoi tu parles.

Il tend la main et presse la mienne. Je presse à mon tour. Mon Dieu, c'est tellement un homme bien ! Il se penche vers moi, s'apprête à m'embrasser. Son téléphone nous interrompt.

— Désolé. Juste une seconde. C'est ma mère. Sans doute à propos de Jane.

Jane. La seule ombre au tableau. Il semble qu'Ambrosia ne mentait pas quand elle disait être enceinte. Adrian a certainement cru qu'il n'était pas le père biologique, mais il se trompait. Il élève désormais seul son bébé.

Amb voulait l'appeler Jane, m'a raconté Adrian quand les choses se sont calmées. Le nom le plus simple, le plus ordinaire du monde. Peut-être est-ce le seul geste aimable qu'elle a accompli : s'abstenir d'encombrer sa fille d'une monstruosité multisyllabique comme celle que lui avaient imposée ses parents.

Ma sœur aurait été une mère attentive. Lorsque nous étions petites, elle nourrissait ses poupées de crackers au fromage, les retournait sur son épaule, leur faisait faire leur rot, les berçait avec amour. Moi, je n'étais pas certaine de vouloir des enfants, mais je suppose que je pourrais apprendre. Je protégerai cette petite fille innocente, Jane. Flora aurait sûrement approuvé.

J'ai entendu dire qu'il n'y avait pratiquement personne aux funérailles de Sloane Sullivan. Quelques anciennes camarades de classe, des membres de sa famille, les ratés d'une troupe de théâtre communautaire dont elle faisait partie et dont elle avait honte. Au fil des ans, elle avait accumulé les ennemis. Comme quoi la peur n'équivaut pas à la dévotion, en fin de compte.

Au téléphone, Adrian chante une berceuse à la petite Jane. Elle doit avoir trois mois, à présent. Le jour où la sentence a été prononcée, la grossesse d'Amb était assez avancée. Elle touchait son ventre, dans l'espoir de s'attirer la pitié des membres du jury. Elle a tenté de les convaincre que c'était moi, la menteuse, moi, qui avais tué Sloane Sullivan. Il m'a été facile d'expliquer ce que je faisais dans la chambre. L'ancienne coloc de ma sœur m'avait invitée à l'y rejoindre. Pourquoi aurais-je soupçonné autre chose qu'un échange de souvenirs ?

Nous n'étions que trois, dans cette chambre, mais il y avait eu d'autres témoins, pendant le week-end. Amb avait un comportement bizarre, erratique, plusieurs l'avaient remarqué. Les anciennes de Butterfields ont prétendu que revenir à Wesleyan lui avait fait perdre la tête. La réceptionniste du Super 8 l'avait vue partir en trombe. Pauvre Kevin. Dans son cas, ils ont conclu au suicide, faute de preuves. Si ça, ce n'est pas de la justice...

Selon le scénario le plus plausible aux yeux de tous, Amb aurait été malade de jalousie en découvrant que son ex-meilleure amie Sully avait couché avec le garçon qui continuait de l'obséder. Elle aurait décidé de se venger.

C'est Felty qui a livré le meilleur témoignage. Il n'avait jamais complètement abandonné l'affaire après la mort de Flora Banning. Une inébranlable conviction l'habitait : Ambrosia Wellington y était mêlée d'une façon ou d'une autre.

Personne n'a cru Amb, même pas son mari. Le couteau lui appartenait ; il venait du bloc en bois de sa jolie petite cuisine. Peut-être savait-elle déjà, pour Sully et Kevin, peut-être était-elle allée aux retrouvailles déterminée à agir.

Amb a parlé des cartons que j'avais envoyés, mais personne n'en a retrouvé un seul dans ses affaires ni dans celles de Sloane ou de Kevin. Le juge a eu ce verdict convaincant : « Vous inventez une histoire pour diminuer votre sentiment de culpabilité. »

Quant aux messages, impossible de les retracer. Ce n'est pas si difficile d'acheter un deuxième ordinateur portable et de n'envoyer des messages que sur les réseaux wi-fi publics. Ces messages auraient pu provenir de n'importe qui.

Adrian s'assied sur mon divan, tout en continuant de fredonner une berceuse à Jane au téléphone. Amb ne savait pas qu'elle était mariée à un homme si bon. Flora, elle, s'estimait heureuse et croyait qu'il y avait un sens caché à chacune de ses rencontres. Kevin. Amb. Elle se répandait en compliments au téléphone.

— Les filles sont toutes tellement gentilles, ici. Surtout ma coloc.

Je ne sais pas si Flora aurait approuvé ce que j'ai fait. Une part de sa personne, commune à toutes celles d'entre nous qui ont subi une injustice, a été purifiée. Justice lui a été rendue. La plupart du temps, j'aime à croire que Flora aurait été fière de moi. J'ai créé une fondation commémorative à son nom et fait don de dix pour cent des ventes de Poppy Belle Plume à des organismes qui aident les adolescentes dans le besoin. Je me bats pour le bien, même si certaines de mes méthodes sont peu orthodoxes.

À la grande surprise de mes parents, j'ai insisté pour entrer à Wesleyan. Bien entendu, Ambrosia et Sloane avaient déjà terminé leurs études avant mon arrivée. Je suis devenue très proche de ma coloc, Molly, une amitié que j'ai crue véritable jusqu'au jour où j'ai découvert qu'elle m'utilisait pour faire ses devoirs, tout en répandant des rumeurs dans mon dos. C'est à Wesleyan que j'ai cherché à savoir ce qui était vraiment arrivé à ma sœur. Car les filles n'étaient pas si gentilles que ça.

Le site de dénonciations anonymes, accessible à tous en un clic, s'est avéré une mine d'or. J'en ai appris beaucoup sur « AW » et « SS ». Elles avaient laissé des traces bien visibles derrière elles.

Après la fin de mes études, j'ai rejoint le comité des anciens étudiants. J'ai fondé Poppy Belle Plume, ouvert la plus jolie des boutiques. Tout ce qu'il fallait faire, c'était attendre et les appâter le moment venu. Cela n'a pas été très difficile. Elles sont toutes deux tellement narcissiques. Mais ce qui a joué le plus, à mon avis, c'était leur besoin de se mesurer l'une à l'autre.

— Désolé, dit Adrian en remettant son téléphone dans sa poche. Elle est très attachée à son papa. Je n'ai pratiquement jamais quitté la maison sans elle.

Je pousse son verre de vin vers lui.

— Ne t'en fais pas. Elle a de la chance de t'avoir pour papa.

Et de m'avoir, moi. Si un rapprochement s'opère entre Adrian et moi, j'aiderai cette petite fille à bâtir la carapace dont elle aura besoin dans la vie. Elle devra la porter en tout temps, j'en ferai mon affaire.

Adrian prend une gorgée de vin.

— Avec un peu de chance, elle dormira quelques heures. Elle n'est pas encore habituée au berceau, chez mes parents. Je leur suis vraiment reconnaissant d'avoir emménagé plus près de chez moi.

Je lis entre les lignes. Adrian a laissé la petite Jane chez ses parents, il leur a sans doute dit qu'il ne savait pas à quelle heure il reviendrait la chercher, et puisqu'il ne veut pas déranger le sommeil du petit ange, peut-être qu'il devrait ne rentrer qu'au matin ? Je souris. Je n'ai pas mis de soutien-gorge.

Adrian ne faisait pas partie de mon plan. Mon plan, c'était de retourner les deux filles qui ont causé la mort de ma sœur l'une contre l'autre. Sloane a littéralement mis fin à l'existence de ma sœur, alors je lui ai offert une voie facile : la mort. Amb, quant à elle, a brisé ma sœur de façon bien plus brutale. Sa peine est donc plus lourde.

Elle vivra, mais derrière les barreaux. Elle verra ses proches l'oublier petit à petit. Elle verra Adrian tourner la page. Et moi aussi, elle me verra, ça lui rappellera ma sœur et la vie qu'elle a fauchée.

Le vin rougit les lèvres d'Adrian, mais je ne vais pas l'embrasser tout de suite. Je vais d'abord le nourrir. La sauce qui cuit à feu doux sur la cuisinière vient d'une conserve, mais il n'a pas besoin de le savoir. Il y a beaucoup de choses qu'il n'a pas besoin de savoir.

— Je suis contente que tu sois là, lui dis-je.

Je l'aiderai à terminer son roman. À le faire publier. Je montrerai à son ex à quel point elle avait de la chance. Et à quel point elle avait été stupide de croire que le monde lui devait plus encore !

— Moi aussi, répond-il en remontant sur un tabouret. À vrai dire, tout ça est vraiment étrange, pour moi. Étrange, mais positif.

Je suis différente de Flora. Ma sœur pensait que la fortune sourit aux gens bons. Moi, je sais que cette logique ne concerne pas les filles. La bonté seule ne nous mène nulle part.

Je me penche au-dessus du comptoir. Le regard d'Adrian plonge dans mon décolleté.

Non, la fortune ne sourit pas à celles qui attendent, ni aux Ambrosia et aux Sloane de ce monde qui s'approprient le bien des autres sans égard aux conséquences, dans une quête sans fin pour s'impressionner l'une l'autre. J'aurais pu laisser ce qu'elles ont fait à Flora ruiner ma vie. J'ai préféré élaborer ma propre version de la solidarité féminine. Au fond, nous n'avons pas besoin d'être impitoyables, de nous nourrir des lambeaux déchirés à même notre chair. Nous pouvons être douces, bienveillantes. Prenant exemple sur moi, nous pourrions toutes nous battre pour que la société dans laquelle nous sommes enfermées soit plus accueillante pour chacune d'entre nous.

Quelque part, Jane sommeille, repue, apaisée.

— On devrait porter un toast à quelque chose, suggère Adrian. Aux nouveaux départs. Oui, aux nouveaux départs.

Je lève mon verre et le cogne doucement contre le sien. Adrian pense qu'un chapitre se termine, qu'il est temps de tourner la page. Il n'a pas tort. Mais il se trompe sur moi. Je ne crois pas aux nouveaux départs, je crois aux occasions à saisir. Puisque Flora n'est plus là, je dois faire assez de bien pour nous deux. Il y a tellement de bien à faire, dans le monde.

En un sens, je ne fais que commencer.

Remerciements

Les filles mises en scène dans cette histoire ne sont peut-être pas très gentilles, mais les femmes brillantes et inspirantes qui ont travaillé sans relâche avec moi sur ce roman l'ont certainement été au-delà de toute attente. Mes premiers remerciements vont à mon agente, Hillary Jacobson, dont la passion pour ce livre l'a propulsé plus loin que j'aurais cru possible. Personne ne me semble plus digne de confiance qu'elle pour porter mes histoires, personne ne travaille plus fort pour moi. Merci de défendre mon travail avec une telle ardeur, qui dépasse tous mes espoirs. Travailler avec toi est absolument extraordinaire. Je sais que nous continuerons à réaliser de grandes choses ensemble.

À mon trio gagnant d'éditrices extrêmement dynamiques (Carina Guiterman chez Simon and Schuster, Nita Pronovost chez Simon and Schuster Canada, et Emily Kitchin chez HQ), vous constituez une équipe de rêve, vous êtes les meilleures. Je suis ravie de m'associer à des femmes qui comprennent si bien mon écriture et ce que je cherche à communiquer. Travailler à vos côtés est une vraie joie, je ne pourrais être plus fière de ce que nous avons accompli ensemble. Voir l'un de vos noms dans ma boîte de réception me réjouit à chaque fois et je m'estime heureuse de vous avoir comme éditrices. Grâce à vous, mon écriture s'épanouit et se renforce tous les jours.

Merci aussi à mes incroyables agentes pour les droits cinématographiques, Josie Freedman et Randie Adler, et à ma brillante représentante au Royaume-Uni, Sophie Lambert. Merci à ma talentueuse équipe de représentantes pour les droits à l'étranger, composée de Sophie Baker et Jodi Fabbri chez Curtis Brown UK, pour avoir casé mes filles pas très gentilles un peu partout dans le monde.

L'accueil de Simon and Schuster a été tel que je me sens honorée de pouvoir disposer de l'appui de cet éditeur pour mon œuvre. Merci à toutes les personnes qui ont travaillé pour que naisse ce livre, y compris Maggie Southard, Elizabeth Breeden, Lashanda Anakwah, Marysue Rucci, Richard Rhorer, Jonathan Karp, Jonathan Evans, Aja Pollock, Erika R. Genova, Kimberly Goldstein et Rafael Taveras. Merci à Zoe Norvell et à Jackie Seow de vous être dépassées dans la création de la couverture et de la jaquette du fruit de mon cœur torturé.

Collaborer avec la vaillante et talentueuse équipe de Simon and Schuster Canada, composée de Rita Silva, Alexandra Boelsterli, Adria Iwasutiak, Felicia Quon, Karen Silva et Kevin Hanson, a été une expérience fantastique. Merci pour tous les efforts déployés afin de trouver au livre le plus vaste lectorat canadien possible.

Merci à l'équipe créatrice et dynamique de HQ au Royaume-Uni, dont Katie Seaman, Claire Brett, Lucy Richardson et Melanie Hayes, pour son travail acharné et ses idées super cool, et pour ses tours de magie outre-mer. Un remerciement tout spécial à Kate Oakley pour avoir dessiné une couverture saisissante qui incarne parfaitement l'esprit du livre.

Bien d'autres personnes ont joué un rôle essentiel dans cette histoire et m'ont soutenue dès le premier (long, très long) jet. Quelle chance que mes lectrices initiales aient été si passionnées ! Emily Martin : merci de ton soutien constant et de ton amitié indéfectible avant même que nous ayons pris un agent ou été publiées. Erika David : merci d'être l'une des filles les plus gentilles au monde, et d'avoir initié mes enfants à tant de bons livres. Nicole Lesperance : merci de la mine d'informations que vous m'avez fournie à propos de Wesleyan et pour vos réponses à mes innombrables et parfois surprenantes questions. Samantha Joyce : merci de n'avoir cessé de célébrer (même si ça se termine drôlement parfois...) ou de compatir (toujours avec les meilleurs GIF) avec moi.

Darcy Woods : merci à toi, mon âme sœur dans les bulles, pour nos longues conversations téléphoniques qui m'ont redonné de l'énergie, pour tes sages conseils et ta loyauté sans faille. Marci Lyn Curtis : merci pour tes messages privés drôles et sensibles à la fois (et grivois à l'occasion).

Un grand merci à Caroline Eisenmann pour m'avoir fourni tant de détails incroyablement utiles à propos de Wesleyan. Votre générosité est très appréciée !

Aux auteures qui ont pris le temps de lire les premiers jets et de fournir des commentaires enthousiastes, notamment Andrea Bartz, Chandler Baker, Karen Hamilton, Megan Miranda, Robyn Harding, Samantha M. Bailey et Samantha Downing. J'admire grandement vos œuvres et ce fut un honneur de vous compter parmi mes premières lectrices.

À mes nombreuses amies écrivaines, nous formons une véritable communauté. Merci d'avoir joué un rôle dans mon parcours et de me laisser vous accompagner dans le vôtre.

Chers parents, Denis et Lucy Burns, j'ai tant de raisons de vous remercier que je n'arriverais jamais à en finir la liste.

Mais avant tout, merci d'avoir toujours cru qu'écrire était ma destinée et de ne jamais m'avoir laissée en douter. Vous aviez raison, c'est évident.

À Erin Shakes, ma sœur et meilleure compagne autour d'une bouteille de vin, à mon beau-frère Jermaine Shakes, et à Fiona, Malachi et Naomi : merci d'être l'équipe la plus mignonne de cheerleaders.

À mes beaux-parents Jim et Doreen Flynn : merci de m'appuyer dans mon écriture. Merci à tout le clan Flynn, et tout spécialement à mes belles-sœurs Suzanne Flynn et Kelly Bryan, les taties littéraires les plus cool au monde.

Merci à ma famille étendue, qu'elle demeure juste à côté ou très loin, notamment ma tante Linda, mon oncle Tom et ma tante Pat. À mes grand-mères, Honeybee et Betty, qui ne sont plus parmi nous, mais dont la présence se fait toujours sentir.

J'ai la chance inouïe d'avoir pour amies un grand nombre de femmes brillantes, drôles et généreuses. À toutes, ici ou ailleurs, celles dont je suis proche aujourd'hui comme celles que je vois plus rarement : merci de faire partie de ma vie. Vous vous reconnaîtrez. Merci à Lauren Badalato, dont l'amitié et l'humour qui nous est exclusif remontent à tant d'années. Un remerciement tout spécial à Tory Overend, l'autre moitié de « on est ensemble, et on est pires » dans la vraie vie, pour plein de soirées dont je m'abstiendrai de raconter les détails ici.

À mon mari Steve et aux magnifiques petites personnes que nous avons fabriquées ensemble, Astrid, Cullen et Delilah : mon chez moi, c'est là où vous êtes. Merci de me tolérer le matin, avant que j'aie pu boire mon premier café, merci de me donner le temps et l'espace dont j'ai besoin pour inventer ces histoires, merci de trouver que Mom a un boulot épatant. Mes bébés, je serai toujours votre plus grande fan, quoi que vous fassiez.

Merci aux libraires, enseignantes et enseignants, bibliothécaires, blogueuses et blogueurs, instagrammeuses et instagrammeurs bibliophiles d'avoir lu, commenté et recommandé mes livres, et d'en avoir fait de si belles photos. Votre passion et votre enthousiasme font de notre communauté un espace merveilleux.

J'ai gardé le meilleur pour la fin : vous, lectrices et lecteurs. Merci d'avoir choisi ce livre. Cette histoire m'a toujours un peu dépassée, et j'espère que vous vous sentirez comprises et compris en la lisant. Filles gentilles et filles qui le sont moins, c'est pour vous que j'écris. Parfois, notre véritable nature se situe entre les deux.

COLLECTION HUGO THRILLER

FABRICE BARBEAU
Itinéraire d'une mort annoncée

DARCEY BELL
L'ombre d'Emily (Disparue)

ROY BRAVERMAN
Hunter
Crow
Freeman
Manhattan Sunset

TOM CHATFIELD
Bienvenue à Gomorrhe

SANDRINE DESTOMBES
Les jumeaux de Piolenc
Le prieuré de Crest
Madame B

SÉBASTIEN DIDIER
Ce qu'il nous reste de Julie

FRANCESCO DIMITRI
Le livre des choses cachées

LEE MATTHEW GOLDBERG
Mentor

ELLY GRIFFITHS
Le journal de Claire Cassidy
Mortelle dédicace

BEAR GRYLLS
Le tombeau d'acier
Les anges de feu

VICTOR GUILBERT
Douve

VINCENT HAUUY
Le tricycle rouge
Le brasier
Dans la toile
Survivre

JENNIFER HILLIER
Wonderland

MARTIN HOLMEN
Corps-à-corps
Compte à rebours

COLLEEN HOOVER
Verity

OLIVIA KIERNAN
Irrespirable
Les liens du sang

MICKAËL KOUDERO
La faim et la soif

CHRISTINA KOVAC
La journaliste

AMY LLOYD
Innocente

ELLERY LLOYD
Suivie

T.M. LOGAN
Holiday

LAURENT LOISON
Cyanure

JOHN MARRS
Âmes sœurs
Les passagers

ROZ NAY
Notre petit secret
La sentinelle

B.A. PARIS
Derrière les portes
Défaillances
Dix petites poupées
Le dilemme
Le cercle de Finsbury

JACQUES PONS
Organigramme

ADRIAN J WALKER
The End of the World Running Club

DENIS ZOTT
Maudite

COLLECTION HUGO POCHE SUSPENSE

ALEXIS AUBENQUE
La fille de la plage
La fille de l'océan

ROY BRAVERMAN
Pasakukoo

MARION CABROL
La lionne rouge

KATIA CAMPAGNE
American Witches

COLLECTIF
Storia

SANDRINE DESTOMBES
La faiseuse d'anges
L'Arlequin

SÉBASTIEN DIDIER
Je ne t'oublie pas
Les yeux bleus

LEE MATTHEW GOLDBERG
Mentor

LOÏC HENRY
Lame sur les lèvres

OLIVIA KIERNAN
Irrespirable
Les liens du sang

LUDOVIC LANCIEN
Le singe d'Harlow
Les oubliés de Dieu

JOHN MARRS
Les passagers

ROZ NAY
Notre petit secret

VINCENT RADUREAU
Le dernier match de River Williams
L'ombre d'un géant

Imprimé en France par CPI
en août 2021

N° d'impression : 2059785